大明城垣

陈正荣 著

作家出版社

当歌声和传说已经缄默的时候，
只有建筑还在说话。

——果戈理

小说中的人物汤满、汤和七、汤丙、刘顺一、刘德华、铁柱、黄牛四、李黑、袁兴祖、易和仲、易如山、刘芷娘、谢妹、刘全二、张正四、刘德江、刘六、何四、何兴、李胜轻……都取自南京城墙砖上的铭文，以纪念在六百多年前参加南京城墙建设的匠人们！

目录

第一章　城砖上的手印

如果没有二〇〇七年春天的一个电话，也就不会有这部小说。

那是三月的一天，南京的天气特别好，久雨过后，天空蓝莹莹的，太阳暖暖的，熏得白的、紫的玉兰花一夜之间急不可耐地绽开了笑脸。

我是南京一家报社的记者，负责报道文化新闻。上午完成采访后，在回报社的路上一边慢悠悠地走着，一边欣赏着街头的春色。

手机响了。一看，原来是姜一嘉，南京城墙博物馆的朋友。

"喂，快来吧，有大新闻。"

"又有什么重大发现?"

"暂时保密，你来了就知道，史无前例的重大发现。如果来迟了，就不要怪我先告诉别的记者啦。"姜一嘉说。

姜一嘉，一位痴迷于城墙研究与保护的专家。我们在采访中相识，成为好朋友。每当有什么新发现，他总会在第一时间打电话给我："又发现一块铭文砖""又发现了一个新的烧砖州县""又发现一个明代古砖窑"……他说话总喜欢带点夸张，什么"重要发现""从来没有过""惊世秘密"之类经常从他嘴里蹦出来，我也习惯了。

"哥们儿，又在卖关子啦，又发现了什么?"如此大好春光，我还想在外面优哉游哉，多溜达几步呢。

"电话里不能说，你不来是会后悔的。"听声音，姜一嘉很兴奋。

看来真的有了什么发现。

"你现在在哪里?"我问。

"太平门往琵琶湖方向。"姜一嘉道。

我坐上了出租车。

姜一嘉是土生土长的南京人，省重点中学毕业，学霸的他报考了北京大学考古专业，为此，希望他报考金融专业的父亲对他很有看法，硬是一年多没有理他。姜一嘉说当年报考古系，与他家住在城墙边很有关系。他家住在老门东，开门就可以看见明城墙。放学后，他总是喜欢和小伙伴们一起爬城墙玩，那会儿城墙是敞开的，可以自由地爬上爬下。有一天，他发现城墙砖上刻了很多人名，感到很新奇。"王九""王富""李八""刘小""铁柱""刘和尚""福东海"……他在笔记本上记下了几千个窑匠的名字。中学的时候，他写了一篇题为《明城墙砖上的人名》的论文，受到了历史老师的夸奖。大学毕业后，他回到南京，到了南京城墙博物馆工作。最近几年，他在古城墙研究方面很有造诣，接连出版了《南京城墙史》《南京城墙砖文解读》《明代南京古窑遗址考》等几部专著。

出租车出了太平门，向右拐，就可以看见明城墙了。敦实、黝黑的城墙，稳稳地耸峙在右手边。砖缝里长出的藤蔓上正开着黄的、白的花，在风中摇曳，昭示着它们极其顽强的生命力。这段城墙，南京人称之为龙脖子，曾是湘军与太平天国军发生激战的所在地。城墙依山而建，忽上忽下，十分险峻，每次经过这里，我总是忍不住打量一番。如果赶上大雨天，还能见到"龙吐水"的独特景观。原来这是城墙里的雨水来不及排出所致。尽管如此，城墙依然坚固无比。

汽车上了坡后，经过一个大拐弯，再下陡坡，很快就到了琵琶湖边。

下车后，我远远地看见琵琶湖边靠近城墙的地上，有不少人正在忙碌着。走近一看，临湖一段城墙坍塌了一段，一些工人正在现场清理。

我和姜一嘉打招呼。他正弯着腰给每块砖做着记号。

"什么时候塌的？"我问。

"已经有十多天了。考古的重大发现往往来自这样的偶然。"姜一嘉兴奋地说。

"又发现什么新的铭文？"

"哥们儿，这次可真是一个大发现。"姜一嘉神秘兮兮地说。

"秘密就来自那里。"姜一嘉用手指了指塌陷的豁口说，"跟我来。"

姜一嘉把我领进旁边临时搭起来的帆布棚里，现在这里成了他们的考古工作室。

"我给你看一件稀世珍宝。"姜一嘉不无夸张地说。

临时搭起的棚子里，堆放着很多清理出来的城墙砖。中间的木板桌上，摆放着十几块城墙砖。

姜一嘉指着桌子中央的一块城砖说："秘密就在这城砖上。"

我俯下身子，端详着面前的这块城砖。它和一般城砖的灰黑色不同，表面是白色的，看起来像是一块汉白玉石头。

"白玉砖，我见过，南京明城墙上发现了不少这种砖。"我说。

白玉砖，也叫白瓷砖，是一种用高岭土烧制的瓷性砖，颜色发白或微黄，质地细密、坚硬，砖面平滑如镜，产于江西。我曾经写过报道。

"今天的这块白玉砖，可不是一般的白玉砖。"姜一嘉戴上白色手套，指着砖的一面说。

我顺着他指的位置，俯下身子，仔细打量砖面。

手印？真人手般大小的手印非常清晰，一个大一点，一个小一点，大的印在砖的上部，五个手指朝着下方，而下面的手印五个手指朝着上方。手指都是分开的，手印上还可以清晰地看到纹路。看得出来，这是在制坯时按上去的。

"手印砖？"我脱口而出。

手印砖也没有什么奇怪的，早些年在南京六朝的古墓中就曾发现过。陕西还曾出土过唐朝手印砖，引发过考古学家的争论，有的说这是窑匠对自己烧制的砖负责的一种标记，有的说是窑匠在做砖坯时闲来无事，一时兴起，按个手印玩玩的。

"手印一男一女。"姜一嘉说。

"怎么知道是男女？"

"男女手印的外形、大小、长短都有差别。你看，男性的手指较为粗壮，手掌长而且宽，指头长而且圆，关节突出，按印较深。女性的手指纤细，指头细长，关节平直，印痕明显浅一点。"姜一嘉是考古专业的高才生。

"关键是下面，再看这边。"他将砖翻了个儿。

我再次俯下身子，看到四行字，从右到左为：

袁水汤汤

窑火旺旺

妹手我手

日月共长

字为阴刻，是竖着写的，每句一行，每个字长宽大概在一公分，像是用刀锋直接写在砖面上，笔画都是直线条，虽然有点拙，但颇娟秀。

我连续读了几遍。

"这是一首爱情诗？"我脱口而出。

联想到砖上手印，我立马想到这是一对恋人在这块砖上做的表白。

"这块砖是哪里烧造的？"我知道明城墙上的绝大多数城砖上都有烧造者的姓名。

姜一嘉将砖竖立起来。侧面阳刻的字很清晰——

袁州府提调官隋赟司吏任俊宜春县提调官主簿高亨司吏陈廷玉

总甲袁荣德甲首邱宏义小甲易如山窑匠汤满造砖人夫明月

又是袁州府的！明城墙砖来自三十七个府一百六十二个州县，其中江西袁州府烧制的白玉砖质量最好。

"这个手印难道是窑匠汤满和造砖人夫明月的？"我说，"明月是女的？汤满、明月是一对夫妻？或者是一对恋人？他们在这块砖上表白恩爱之情。"

"再看另一块。"考古学家指着旁边的另一块砖说。

这块砖也是白色的，和刚才那块砖几乎一模一样。这块砖上没有手印，我念着侧面的文字：

袁州府提调官隋赟司吏任俊宜春县提调官主簿高亨司吏陈廷玉

总甲袁荣德甲首邱宏义小甲易如山窑匠圆明月造砖人夫汤满

前面的各级负责人都是一样，汤满变成了造砖人夫，窑匠变成了圆明月，难道还有圆姓？我可从没有听说过。以前发现过"寿南山""福东海"的名字，我怀疑是随便写上的替代名。圆明月与明月难道是一个人？人夫，就是帮助窑匠做杂活的人。

"再看看这一面。"姜一嘉让我看砖的另一面。

"啊，这是猫的脚印？"我十分惊喜，我家里养了一只猫，很熟悉猫的脚印。

"而且是两只脚印，太可爱了！六百多年前的猫脚印。"我脱口而出。

"他们当年在做坯时，一只猫跑来，在湿坯上走动，留下了两只脚印。"姜一嘉说。

我的眼前立即浮现出一只猫在窑场砖坯上跳来跳去的情景……

"窑匠与人夫身份互换，这在城墙砖上见过吗？"我问。

"见过，我们已经发现过好几块砖是这种情况。"姜一嘉说。

"这是一对夫妻，丈夫汤满，妻子是圆明月，他们很相爱，在烧造城砖时，一个说，烧砖的任务也快完成了，我们在砖上留下一个印记吧，写什么呢？写一句我们相爱的话，这块砖可以砌入城墙，一百年，一千年……"我发挥小说家的想象力，这样描绘着。

"你的想象力太丰富了，这可不是我说的，你写新闻稿可不能乱写。"姜一嘉笑道。

"城墙砖上发现过女窑匠吗？"我问。

"发现过，但是极少。"姜一嘉说。

"以往在城墙砖上发现过其他文字吗？"我问。

"当然，比如'万万年''平安''天下王''太平二号''用心'等字样，另外，还发现过一首打油诗，诗是这样写的：'似从工作到如今，日日挑柴吃苦辛。一日称来要五百，两朝定是共千斤。山高路远难行步，水深堤滑阻工程。传与诸公除减少，莫叫思苦众军人。'"姜一嘉背得滚瓜烂熟。

"这是一位军人写的，他在发牢骚。"

"是的，每天挑五百斤柴，也许要走很远，即便是天雨路滑，也要干活。"

"这些刻了字的砖，是怎么通过验收的？"我很好奇。

"毕竟是造一座城，需要上亿块城砖，难保有些砖就这么混进来了，况且这类砖质量很好。"

"这两块砖在什么位置被发现的？"我问。

"就在这段城墙里发现的。"

"那这段城墙后世维修过吗？"

"这个我们还要做进一步考证。这两块砖很可能很早就被砌入城墙里，所以，虽然过去了六百多年，没有被三合土粘着，也没有风化，才能保留清晰的手印和文字。"

我们走出了棚子，抬头望去，巍巍紫金山横亘于后，山色有无中。明城墙绵延于前，将喧闹的都市与幽静的东郊隔开。这座存在了六百多年的城墙似乎藏有很多的秘密。当年的汤满与圆明月为什么要在砖上留下手印？又为什么要写下这四句话？圆明月，一个农村的女窑匠，起的名字如此富有诗意啊，我立马联想到"高高秋月照长城""当时明月在，曾照彩云归""海上生明月，天涯共此时""明月几时有，把酒问青天"……写明月的诗词真是多啊！

"接下来你们打算怎么做？"我问。

"按图索骥。"姜一嘉说。

"去袁州府考察？"

"嗯。"

袁州，就是现在的宜春。

"现在还能找到什么呢？已经过去六百多年了。"

"根据砖上铭文，去寻找宜春明代的古窑，以及匠人们的蛛丝马迹，或许会有什么发现。"

"何时去江西，一定要通知我哦。"我说。

一个多月后的一天，我随着姜一嘉的考古小组一行五人踏上了去江西宜春考察的路。

宜春这座城市，我以前没有去过。去之前我在网上做了功课。我很喜欢"宜春"这个名字。原来，"宜春"的名字汉代就有了。汉高祖六年（公元前201年），开国功臣灌婴奉命来此筑城，因"城侧有泉，莹媚如春，饮之宜人"，故名宜春。先是县治所在地，后来又为郡、州、府所在地。唐代大文豪韩愈曾在袁州府做过刺史，写下了"莫以宜春远，江山多胜游"的诗句。在江西，宜春是建城最悠久的城市之一，它与九江、南昌两座城市一样都拥有两千多年的建城史。

我到了宜春之后发现这完全是一座充满现代气息的城市，宽阔的马路，崭新的城区，一幢幢高耸入云的居民楼……除了老城区还保留一座袁州谯楼外，再没有多少古迹了。袁州谯楼又称宜春鼓楼，建于一千多年前的南唐，是世界上现存最古老的地方天文台。在考察谯楼时，考古人员意外发现谯楼的基座墙面都是用明代城墙砖砌的。姜一嘉仔细辨认后发现，有"袁州府提调官隋赟司吏任俊宜春县提调官主簿高亨司吏陈廷玉"等字样，说明这些城墙砖与南京的城墙砖属于同一时期。

"这是明代人维修谯楼时砌的，还是现代人砌的？"我问。

"看样子是现代人砌的，这需要进一步考证。至于这些城墙砖是哪里来的，有几种可能。比如说，明代袁州府烧造的城墙砖多了，京城不需要了，剩下的就搁置在官署，官署用它们来维修谯楼。或者，现代人在某一个窑场发现了明代城墙砖，就用这些城墙砖修了谯楼。"姜一嘉推测说。

这些明代的城墙砖一下子把南京与宜春拉得很近。凝视着这些烧造于明代的城墙砖，我的心中有一种莫名的激动。我在这古老的墙面上仔细寻找着，希望能寻找到汤满与明月烧制的城砖，可惜没有找到。

傍晚，我们在袁河边徜徉，晚霞将百米宽的河水映得通红。穿城而过的袁河静静地向东流去，这条宜春的母亲河，滋养着一代又一代宜春子民。姜一嘉说，当年袁州府烧造的城砖就是通过这条河，运往南京的。

在宜春，姜一嘉的考古小组走街串巷，向宜春地方史志专家请教，学习宜春历史，参观宜春博物馆。通过宜春地方史志专家的介绍，考察小组找到了几位老窑工，打听古窑的线索。老窑工们说，早些年，宜春的袁河岸边有很多窑场，现在政府保护耕地，不允许烧砖瓦了，窑场所剩无几。至于哪里有古窑，真的难说。

一周的考察结束，没能获得更多有价值的线索。

姜一嘉说，考古就是这样，急不得，大海捞针。下一步，他们将从地方志入手，查找历代的《袁州志》《宜春志》，再到宜春的一些古村落做细致的田野调查，看看能否寻找到线索。

到了当年的九月，一天，我突然接到姜一嘉的电话，他兴奋地告诉我，他们考古有了重大发现。我迫不及待地赶到南京城墙博物馆。

姜一嘉激动地说："哥们儿，你要请我客。大海捞针，这根针还是捞到了。"

姜一嘉讲述了他们的重大发现——

我和我的考古队员们从明代永乐年间编纂的一本《袁州志》里发现了线索。其中有这样一段记载：

> 袁州郊外二十里月亮湾，民擅烧造，有窑场二百二十。洪武初，窑匠汤满烧造白玉砖，授官不就，御赐村名汤满，袁州府通判提调官隋赟升广东按察使。

根据这个线索，我们开始寻找月亮湾。宜春这座城市似乎特别喜欢月亮。用月亮命名的地名很多。南边有明月山，名气很大，是宜春近年来重点打造的旅游景点。叫月亮湾的地名，就有十多处。经过一一比对，都不是我们所要找的。我们锁定"郊外二十里"与"汤满"两个关键词，开始寻找相关地名。地方志的专家说，宜春并没有叫汤满的地名。毕竟六百多年过去了，沧海桑田，地名变动也很正常。考古一度陷入僵局。我想，要么是《袁州志》上的记载有误，要么就是地名的变动。"郊外二十里"，这个线索不能放过。一天，一个念头突然让我脑洞大开。一般窑场都会开在河边，那郊外二十里，或者袁河的上游，或者下游，按照这个距离去寻找。

一天，我在袁河边做田野调查时，突然看见一个招牌——"塘满面粉厂"，"塘满"两个字引起我的注意，因为我们发现的那块砖的窑匠叫"汤满"。我到村子里打听，原来这个地方是"塘满镇"。我向一些年纪大的人了解这个镇的历史，但大多语焉不详。一位八十多岁的老人告诉我，这一带过去都烧窑，袁河岸边现在还有很多窑场。这引起了我的浓厚兴趣。

"以前就有窑场吗？"我问。

"我记事的时候，就有很多人烧窑。"老人说。

"这个地方以前就叫'塘满镇'？"

"不是，原来叫汤满镇，'文革'期间改的。"

"汤满镇？两个字怎么写？"

"喝汤的汤，满意的满。"

这不正是我要寻找的汤满吗？

我简直不敢相信自己的耳朵。

"这个名字怎么来的？"我追问。

"具体怎么来的，我就不清楚了。"

这个线索太令人振奋！这么多天的寻找，没有白费力气。接下来，我们又找了几位老人打听。其中一位老人说，汤满镇的名字可能来自前面的窑神庙村，离这里大约有四五里路，那个村子是一个古村，以前，村子就叫汤满，还有一座古代的牌坊。

这个线索对我们来说如获至宝。随后，我们就来到窑神庙村。这个村子离袁河很近，背后是一个小山坡，前面就是袁河，有一百多户人家，一进村，就看见一座牌坊，上面的横梁已经残破，村中有一条青石铺的老街，两边的房子不少是新砌的，但石板路光滑照人，很有些年头了。村里的老年人都知道窑神就是汤满，是他们的祖先。村东头的一棵老樟树，几个人都合抱不过来，树旁有一座窑神庙，里面供奉着几尊泥塑的雕像，塑像做得很粗糙，和许多地方土地庙里供奉的泥塑没有什么两样。村民们说，这个庙原先是一个古庙，"文革"时破"四旧"被毁了，现在的庙是后来修的。逢年过节，村民们都会到庙里来烧香求保佑。

我想，既然叫窑神庙，一定与烧窑有关。果然，村民们说，过去附近有很多窑场，只是现在已经没有人烧了，后来也就渐渐忘记了。村民们把我们领到袁河边，指着满是荆棘的杂树丛说，那边都是过去废弃的窑场。这个消息对我们来说，至关重要，在后来的日子里，我们就驻扎在窑神庙村，仔细地考察窑场。我们竟然在泥土中发现了明代的城墙砖，大多数是碎砖，少数保存完好，上面有清晰的铭文，经过与南京城墙砖比对，属于同一时期。这意味着我们发现了明代的古窑！经过三个多月的考古、发掘，我们清理出二十座明代古窑，还整理了很多关于窑匠汤满的传说，关于传说，以后慢慢细说……

姜一嘉的考古发现让我十分惊诧。没有想到真的能找到手印砖上窑匠的所在地。这太富有传奇色彩了！

"也就是说，那块砖上的'汤满'与你们发现的'汤满'是同一个人？"我问。

"是的，我们考古上有一个说法叫'孤证不立'。我们有多证，最为重要的是我们在窑神庙村发现了汤满烧的砖，还有，在窑神庙村有很多关于汤满的传说，我们还在《汤氏宗谱》中找到了相关记录。可以很确定地说，我们在南京发现的窑匠汤满，家就在这里。"姜一嘉很自信。

"那砖上的手印是他按下的？那圆明月是他爱人吗？"我问。

"这个嘛我以后再告诉你。"姜一嘉诡秘地一笑。

"你们什么时候再去宜春？"

"大概一个月后吧。"

"别忘了告诉我。"

一个月后，我随着姜一嘉的考古小组来到宜春窑神庙村考察。

汽车出了宜春城，一路向东，沿着袁河边的郊区公路，大约行驶三十多分钟，便来到塘满镇窑神庙村。刚到村口，就看见几棵高大、苍翠的樟树，其中一棵几个人才能合抱得过来。姜一嘉把我领到了石牌坊下，说："据我们考证，这牌坊建于明代。"

石牌坊有人为破坏的痕迹，牌坊一个角落已经塌下，但正中"匠心独运"四个字很清晰，苍劲有力。

随后，姜一嘉把我带到古窑场考古现场。我看见所有的古窑都是沿着袁河边而建，窑边的杂草都被清理干净，窑内的直径在两米五左右，高在两米左右。姜一嘉说，这窑形似馒头，在古代叫"馒头窑"。我看见砖砌的内壁已经风化，地面有火烧的痕迹，旁边还堆放着不少碎砖。

姜一嘉拿起一块说："这块砖上面的字是'袁州府提调官隋赟'，这块砖的窑匠是'易伏'，这块砖的窑匠是'李黑'，这块砖上面的字是'司吏任俊'，这块砖上面的字是'宜春县提调官主簿高亨'。这些都是明代烧的砖。"姜一嘉说，已经发掘了二十多口馒头窑、两口大窑。

"有汤满的砖吗？"

"你看这一块，上面刻着'窑匠汤丙造砖人夫汤满'。"

"汤丙与汤满，是什么关系？"

"这个嘛，再慢慢告诉你。"

我站在山坡的高处，抬眼望去，宽阔的袁河，如一条巨大的绸带，向东北方向蜿蜒而去。袁河两岸是苍翠的田野，田野里有不少农人正在做农活，田埂上有三两头牛在自由自在地吃草。沿着河边，都是一块块被发掘的考古现场。姜一嘉的同事们正在现场忙碌着。

"当年的窑场全部分布在袁河边，这样便于运输。"姜一嘉说。

"水路怎么到南京？"我问。

"袁河直通赣江，然后再入鄱阳湖，由鄱阳湖进入长江。"

听了姜一嘉的介绍，我的眼前立即浮现出这样的场景：夜晚降临，袁河边的窑场窑火点点，火膛前，皮肤黝黑的窑师傅们打着赤膊，挥舞着铁叉，向火膛里喂着柴草，身上滚动着豆大的汗珠，装砖的工夫们一个挨着一个，接龙将一块块大城砖传递到停靠在岸边的船上。清晨，一条条船扬帆起航，载着沉重的城墙砖，驶向京城南京……

姜一嘉又领我到村里考察。

回到南京后，我立即以《南京城墙砖考古有重大发现，江西宜春发现烧造城墙砖的明代古窑》为题，进行了报道。

一天下午，我和姜一嘉相约登上鸡鸣寺的豁蒙楼，要了两杯龙井茶。窗外就是古老的明城墙，我静静地听着姜一嘉讲述汤满的故事。

听着听着，我的思绪不时飘到六百年前的汤满时代……

"谢谢哥们儿，这个故事有看点。"我说。

"你就写写汤满吧，写写这个窑匠的故事。我觉得，这个题材很适合写一部小说，或者拍一部电影。"姜一嘉知道我还是一位作家。

他这么一说，还真的一下子点燃我的创作欲望。

"可是，这是六百多年前的事情，我能写得出来？"我说。

"你看，孟姜女哭倒万里长城，人人皆知。南京明城墙是举世无双的伟大工程，建了二十多年，百万工匠参与，不仅六百年前堪称世界第一，就保存至今的二十多公里城墙来说，也是无与伦比，很值得去写一写。再说，关于南京城墙的传说，也是零零碎碎，即便是官方的文字记载也是很少。说说窑匠汤满的故事，也能让世人知道城墙建造的历史。"

"你的这个建议很好，可是……"我还是底气不足，有所顾虑。

"哥们儿，我支持你。"姜一嘉很自信。

"复原六百年前的事情，难度很大。"我自言自语。

在后来的日子里，我开始做功课，拜姜一嘉为师，阅读大量有关明城墙的资料，多次到宜春做田野调查。我坐在袁河边，看着并不清澈的河水沐浴在落日的余晖里，静静地流去，想象着昔日河边汤满们劳作的场景，眼前浮现出舟楫片片，帆影点点。我在窑匠们曾经劳作的窑场，面对一块块城砖发呆，一次次抓起温润的泥土，搓着，嗅着，仿佛嗅到了古老的窑烟的味道。我仔细端详着袁河的一草一木，想象着它们也曾陪伴过六百年前的窑匠们，想象着窑匠汤满和他心爱的人正在窑场做砖坯，一只白猫在他们面前跳来跳去……

渐渐地，一个关于明代匠人的故事从我脑中浮现出来——

第二章　"和七窑"

六百年前的宜春，是袁州府署、县衙所在地。明朝时的袁州府，辖宜春、分宜、万载、萍乡四县。

宜春城内有一条穿城而过的河，叫袁河，由于袁河两岸景色秀丽，又称秀江。袁河发源于武功山，上游叫芦溪，流经宜春后，再经九十九湾、八十八滩，浩浩荡荡两百里，汇入赣江。

六百年前的袁河时而安静，时而湍急，时而浑浊，时而清澈，出宜春城后向东北方向大约二十里，来了一个半圆弧状的大拐弯，大拐弯酷似一轮弯弯的月亮，不知从什么时候开始，月亮湾的地名就叫开了。其实月亮湾地区有两个村子，一个位于大拐弯的中部，一个位于下游的月牙嘴上。位于中部的村子叫月亮湾，再往下游两里路的村子叫古樟岩。古樟岩因为村上有一棵年岁很老的古樟树而得名，这棵樟树据说是汉代人栽种的。老人们说，月亮湾这一带起初只有一个村子，即现在的月亮湾村，后来不知从哪个朝代开始，有人到了现在的古樟岩居住，久而久之，住户越来越多，又自然形成了一个村子。也不知从哪年开始，在古樟岩村临近袁河边上形成一个码头，月亮湾、古樟岩两个村子的人进进出出都要经过这个码头。

我们的故事就从月亮湾开始。

故事发生在明朝洪武年间。准确地说，从洪武元年开始，洪武元年就是公元1368年，这一年也是元至正二十八年，离现在有六百五十多年了。

这一年的正月十五，月亮湾人正在用一种特有的方式——跳傩会送年。月亮湾人喜欢月亮。每年的正月都要拜月、跳傩，哪怕在最穷苦的日子里也是如此。这种习俗由祖上传下来，不知道已经传了多少年。傩是一种古老的逐鬼祈福的仪式。月亮湾很多人烧窑，他们的傩面是窑神，驱逐的是一种专门破坏窑火的花面鬼以及破坏稻子等谷物的鬼怪。过去年头好，一般要从正月初一跳到十五。正月初一"起傩"，然后挨个儿村子跳，正月十五"搜傩"，以示新年的结束。"搜傩"这一天，临近的村庄有人会来月亮湾看热闹。月亮湾人照例会倾其所有，摆上十几桌，招待前来观看跳傩会的人们。在元朝统治的这些年，宜春境内十年九荒，年年闹水灾，村民们吃不饱穿不暖，正月里的傩会也就简简单单在正月十五举办一次。因为在月亮湾人看来，正月十五这天不敢怠慢，月亮神、窑神都会来到月亮湾，对神好一点，神会保佑月亮湾人。于是，月亮湾人拿出自家舍不得吃的一点点糯米，做成麻糍、扎粉端来。自家酿的一点米酒，平时舍不得喝，这天也会拿出来，招待观看傩会的人。

正月十五这天是个大晴天，太阳刚落山，西边火红的晚霞，倒映在袁河里，泛着耀眼的金光。包括古樟岩在内的邻村人陆陆续续来到了月亮湾老槐树下。

圆圆的月亮，已经在东边的天上露脸了。

"噼噼啪啪——"一阵爆竹声响起后，村上九十岁长老易大吆喝道："上香——"

两位村民将香点燃，放置在八仙桌上。

"跪拜——"

所有人面朝月亮跪下拜月。

易大高喊："一拜，风调雨顺；二拜，无灾无难；三拜，有吃有穿。"

易大每喊一声，众人都齐声应和。这声音穿过老槐树枝，响彻在月亮湾的上空。

接着宴席开始，老槐树下的人们端起大碗，喝着米酒，祝贺新年。互相的问候声，孩子的嬉闹声，大人们的敬酒声，此起彼伏，热闹非凡。

跳傩的人匆匆吃了几口，就去换傩服。红头巾、红裙子、绿袖子，是标准的打扮。神灵与鬼怪的面具放置在身边，正等待着村上长老一声令下，就会跳起来。

突然，一阵急促的锣鼓声响起。开始时，没有人太在意。直到两匹高头大马疾驰而来，冲到老槐树下，人们才意识到，官府的人来了。不是催税，就是纳粮，村民们对官府的人早已恨之入骨。

只见一个官府衙役敲响了锣，高声喊道：

"诸位乡里百姓，肃静，肃静，新皇帝诏书来了！"

场面继续嘈杂，没有多少人听见。衙役又高声喊道：

"皇帝的诏书！皇帝的诏书！"

人群中一阵骚动后，渐渐平静下来。

衙役跃身登上老槐树旁一块大石头上，高声喊道："各位乡亲，肃静！肃静！新皇帝登基了。新皇帝的诏书来了。大家都要行跪拜礼。"

月亮湾的人们从来没有听过诏书，也不知道怎么行礼。

衙役又高声喊道："诸位乡亲，跪下，大家都跪下，一起喊三声'万岁'。"

人群中很少几个人跪下，稀稀拉拉地喊了几声"万岁"，更多的人无动于衷。

衙役从一个黄色的匣子中拿出一个黄缎子包裹的诏书，大声念了起来——

……朕本淮右庶民，荷上天眷顾，祖宗之灵，遂乘逐鹿之秋，致英贤于左右、凡两淮、两浙、江东、江西、湖、湘、汉、沔、闽、广、山东及西南诸部蛮夷，各处寇攘，屡命大将军与诸将校，奋扬威武，已皆戡定，民安田里。今文武大臣、百司众庶，合辞劝进，尊朕为皇帝，以主黔黎。勉循舆情，于吴二年正月四日，告祭天地于钟山之阳，即皇帝位于南郊，定有天下之号曰大明，以吴二年为洪武元年。是日，恭诣太庙尊四代考妣为皇帝、皇后，立太社、太稷于京师。

布告天下，咸使闻知。

诏书念完了。月亮湾人识字的不多，但也听出了大体的意思：元朝灭亡，改朝换代了，换了一个新皇帝，新皇帝已经于正月初四登基，国号叫大明。

"元朝终于完蛋啦！"

"九十几年，一百年还不到。"

"我早知道会有这么一天。"

"新皇帝叫什么名字？"人群里有人问。

"新皇帝姓朱，叫朱元璋。"衙役道。

人群里又议论起来。

"新皇帝什么时候登基的？"

"不是说正月初四吗？"

"往后，我们叫什么朝代？"

"大明。明亮的明。"

"元朝太黑了，真希望亮一点。"

"新皇帝哪里人？"有人大声地问。

"临濠。"衙役道。

"临濠在哪里？"

"在北方。"其实衙役自己也说不清在哪里。

……

宣读诏书的衙役走了，要去古樟岩宣读诏书。

朱元璋正月初四在应天府登基的消息，传到袁州府宜春县月亮湾时，已经是十几天以后的事情了。改朝换代，对于月亮湾、古樟岩的人来说，真是巴不得的好事情。

月亮湾与古樟岩两个村子背山靠水，后面是不太高的山坡，山坡上长满了灌木，不适合种田，临河一边有些田地，常常闹水灾。所以，从很久以前，两个村子的村民就崇奉"有艺走遍天下，无艺寸步难行"的信条，几乎家家都学个手艺。由于月亮湾这片地最初是由袁河的泥沙淤积而成，又经过多年的风化，泥土黏而不沙，很适合烧砖瓦。据说从汉朝开始月亮湾一带就有人烧窑了。最盛的时候，几乎家家都烧窑。砖瓦烧出来了，造房子需要瓦匠，所以，一般烧窑的窑匠师傅，都会做瓦工。造房子，需要木作、石作，于是，又有人做起木匠、石匠。这样一来，两个村子除了窑匠多，瓦匠、木匠、石匠、漆匠、铁匠都有人学。照理说，手艺人比种田人要好过一些，可是元朝官府太让人失望。月亮湾尽管手艺人多，又有什么用？烧好的砖瓦，没有人买，手艺人没有活做。苦难年头，造房子的人能有几个？有钱的大户人家把价钱压得低低的，手艺人干脆不做了，四处逃荒去。俗话说，百样手艺百样好，荒年不饿手艺人。可是不怕年灾，就怕连灾，现在手艺人照样饿死。官府只知道收田租，根本不去组织修水利。袁河三天两头发脾气，每到四五六月，咆哮的河水，漫过河堤，淹没了农田，冲走了房屋。"三天不雨成旱灾，一场大雨遭水患。"洪水过后，袁河两岸一片汪洋，瘟疫横行，有的村子不剩一人。用十村九空形容洪水过后袁河两岸的村庄并不为过。早些年，月亮湾和古樟岩发人瘟，死掉了大半。

不知从什么时候开始，月亮湾一带都在传唱这样一首儿歌——

元、元、元，

黑！黑！黑！

钞买钞，

不种田，

贼做官，

官做贼，

人吃人，

去做鬼，

阎王见了也可怜！

元至正年间，一天，村上来了一个头裹红头巾的人，他告诉村民说，袁州南泉山慈化寺里有一位叫彭莹玉的和尚，不是一般人，出生那天，大雪纷飞，雷声阵阵，天空划过一道红光，原来他是佛祖派到人间的弥勒。彭和尚在袁州创立了白莲教，鼓吹他的教义：穷人参加了白莲教，种瓜得瓜，种豆得豆，风调雨顺，粮食丰足，瓜果甘甜，平平安安。走投无路的人们听到这样的说法，岂能不动心？纷纷加入白莲教，扎起红头巾，喊着"推翻元朝"的口号，拯救劳苦大众。月亮湾的人想，坐在家里是饿死，还不如跟着彭和尚造反去，有吃有穿。于是，月亮湾十几个年轻力壮的人跟随头裹红头巾的人去了。留下在家的老弱病残盼着去了的人早日回来，能给乡邻带来好日子，可是左等不来，右等不来。一年冬天夜里，村上突然跑来了三个血肉模糊的人，原来就是村上先前参加红巾军的汤丙、刘顺一、李黑。村民们赶紧将他们藏在了窑洞里，元军追兵紧随其后就到了月亮湾，到处找没有找到。后来，三个人告诉村民，红巾军一天天壮大，攻城略地，节节胜利，一天，五六万红巾军正在瑞州府开会，突然被元军围城，遗憾城外没有援军，城里弹尽粮绝，元军围堵了十五天后开始攻城屠杀。城里的红巾军几乎都被杀死。汤丙等三人夜里从死人堆里爬了出来，又从城墙的裂缝处偷跑出来，跑了五天五夜，才回到了月亮湾。

瑞州惨遭屠城后，彭和尚不知所终。红巾军遭受了毁灭性的打击。袁州府成了元政府的眼中钉，百姓的赋税更加沉重。后来，陈友谅的军队打败了元军，占领了袁州、南昌、瑞州三府，袁州人欢欣鼓舞。然而让袁州人大失所望的是陈友谅横征暴敛，以补充军队所需，袁州、南昌、瑞州三府的税赋不降反升，比元朝时增加了三倍，袁州大地更是民不聊生。

今天听说改朝换代了，月亮湾人能不兴奋？宣读诏书的衙役一走，月亮湾人就议论开了——

"终于盼到这一天啦！"

"老天还是有眼的，不会把老百姓活活饿死。"

"不知道这个朱皇帝怎么样？"

"管他是'猪'皇帝还是'羊'皇帝，对我们老百姓好一点就是好皇帝。"

"再怎么样，也会比原来的皇帝好啊。"

……

本来是送新年的傩会，现在换了一个话题，都在为改朝换代欢欣鼓舞。老槐树下，月亮湾人继续举起大碗，开怀畅饮。平时不喝酒的，今天也破例喝了起来。人们边喝边聊，好不快活，不知不觉夜幕降临，月亮照在袁河上，泛起粼粼波光。有人点起了干葵花秆当火把照明，只见星火点点，到处都是火把燃烧发出的"噼啪噼啪"的响声。

一阵爆竹声响起之后，锣鼓已经敲起来。

"咚咚锵——，咚咚锵——"

伴着锣鼓声，人们发出一阵阵吆喝声。

傩会开始了。

"正月里跳傩，四季平安——" 月亮湾最年长的易大用他那苍老的声音，高声喊道。

"嗨哟——"下面的人齐声喊起来。

"五谷丰登——"

"嗨哟——"

"六畜兴旺——"

"嗨哟——"

"咚锵、咚锵、咚锵——"

跳傩的人合着鼓点，跳了起来。

一位老人迈着踉踉跄跄的醉步，走到跳傩队伍的前面，大声地喊道："汤丙，改朝换代啦，跳啊！好好跳！"

喊话的老人叫汤和七，月亮湾有名的窑匠，队伍中装扮窑神的是他的儿子汤丙。

马步、弓步、摆拳、跳跃、翻滚……跳傩的人你追我赶，左躲右闪，人们看出了其中的意思——

窑师傅们正在烧窑，吃土的袁河土魔王来到袁河边，闻到窑火的味道，就偷偷潜入窑里吃砖，窑师傅们打开窑后，看到自己辛辛苦苦烧的砖被吃了，十分气愤。他们一次次去祈求窑神帮忙，窑神被窑师傅的执着所感动，便求助于太上老君，太上老君在玉皇大帝面前说情，玉皇大帝派出天兵天将，将吃土魔王捉住，从此，袁河边的窑师傅们平平安安……

有人用四句话描述那天傩会的情形：

手脚弯钩身段圆，发怒晃头笑抖肩。

只见身子不见脸，一招一式踩鼓点。

人们发现，跳傩的人从来没有像今晚这么卖力，人群中不时发出阵阵喝彩声。

圆圆的月亮已经升到中天，外面越发冷了。

傩舞跳完了，兴奋的人们还不肯散场，三个一堆，五个一伙，说着笑着，一直到很晚才陆续回家。喜欢看热闹的孩子们意犹未尽，东躲西藏，大人们的呼唤声此起彼伏。

跳窑神的汤丙脱了傩装，在孩子堆里找到了儿子汤满、女儿谢妹，他们玩得正欢。汤丙颇费一番口舌，才将二人拽住往家走。

"不是换了皇帝吗？再玩一会儿吧。"儿子汤满今年六七岁。

"皇帝换了，就不睡觉？"汤丙道。

"换了什么皇帝？"女儿谢妹比汤满小两岁。

"换了一个姓朱的。"

"'猪'还能当皇帝?"汤满问。

"'猪'当皇帝啦——"谢妹大声喊了起来。

汤丙连忙制止道："小孩子，不能乱说。"

"就要说，就要说，'猪'皇帝又听不见。"汤满的声音很大，在夜色中传得很远……

人们散去后，月亮湾恢复了平静。月光如水，静静地泻在老槐树光秃秃的枝丫上，也泻在月亮湾参差不齐的老屋顶上……

年过完了，月亮湾家家户户的存粮被横扫一空。就在人们一筹莫展的时候，传来消息，宜春县府打开元朝的储备粮仓，每人发一斗米，这对于月亮湾人来说，实在是件雪中送炭的大好事。月亮湾人开始尝到了新皇帝的好处。

过了正月，月亮湾人没有什么事可做。月亮湾的很多窑已经好几年不烧了，烧了也没有人买。倒是汤和七的窑一直没有停止过。年前，汤和七就把窑里窑外打扫得干干净净，等待春天开窑。

风，一天比一天暖和。春雨过后，袁河里的水涨起来了，流得也急。袁河岸边的柳树最先绽出了新芽，小草已经探出小脑袋，在柔柔的风中招摇。野花争相露出笑脸，黄的、蓝的、白的、红的，很娇媚。不知名的鸟儿，俏皮地点过春水，在袁河上空快乐地飞翔着，歌唱着……月亮湾的春天来了！

一天，宜春县新主簿叶成林来到了月亮湾，传达朝廷的诏令——

一年之计在于春。春来不下种，一年把手拱。朝廷禁止村民外出讨饭、流浪，男劳力要在家垦荒，官府免费发放耕牛、种子，新垦荒的地免去三年租税。清明谷雨两相连，浸种耕田莫迟疑。清明前后，种瓜种豆，家有空地栽桑麻。不怕贫，就怕勤。如果有田不种，任其荒芜，朝廷要重罚。

月亮湾人听了将信将疑。不过，官府这次说到做到，过了两天就给月亮湾送来两头耕牛和两三百斤稻种。月亮湾人一下子忙碌起来。抛荒太久，田里已经是杂草丛生，棘刺疯长。当下最紧迫的事情是将荒地翻过来。官府送来耕牛、种子，谁还敢懈怠？吃饭可是大事。月亮湾在外讨生活的人也都陆陆续续往家赶。

近来，汤和七一家人都到田头劳作。汤丙的妻子姓谢，叫谢玉莲。两人约定，生儿子随父亲姓，生女儿随母亲姓。汤满和妹妹谢妹也拿起锄头、铁镐干活。

这一天上午，汤丙正在山坡上翻地，不经意间看见一个人挑着担子往月亮湾走。汤丙老远就看出是刘顺一。汤丙和刘顺一曾经一起参加红巾军，两人亲如兄弟。

"顺一啊，一两年不见了，回来啦？"汤丙停下手中的活，大声喊道。

"回来了——"刘顺一也大声呼应着，并快步走来。

等隔了几条田埂，刘顺一放下石匠挑子，站着问候汤丙的父亲汤和七："汤老伯身体好吧？"

"好呢。"汤和七也停下了手中的活，应答着。

"改朝换代了。"汤丙道。

"是啊，不然我也不回来。"刘顺一道。

"寸土寸金，地是老根。你家翻地，我们来帮忙。"汤丙说。

"那好，太感谢啦。'和七窑'一直在烧？"刘顺一说。

"烧烧停停，这年头，谁还买砖瓦呢？等忙完这阵子再烧吧。"汤和七说。

汤和七和刘顺一的父亲刘全二年龄差不多，都是窑师傅，两家关系一直很好。刘顺一从瑞州逃回来之后，学了石匠活，现在的手艺不错，最近几年一直在外乡做石匠活，听说改朝换代了，朝廷给耕牛给种子，就回家来忙春耕。

过了一会儿，汤和七又看见易和仲回来了。易和仲也是村上的老人，烧窑手艺好，可是前几年月亮湾闹水灾，易和仲就到南昌那边去烧窑了。听说新皇帝发粮食，也回来了。

汤和七站在田头与易和仲闲聊。

"和仲，这些日子在外面还好吗？"汤和七问。

"哪里都一样。烧烧停停，也挣不到什么钱，没有饿死就算不错了。"易和仲说。

"换了皇帝，发种子发米，这真是大好事啊。"

"作孽的元朝，兔子的尾巴，怎么能长得了！"

"是啊，盼星星盼月亮，总算盼到这一天。"

两人在一起骂了一通元朝。

最近十来天，月亮湾在外地讨饭的、投亲靠友的、做苦力活的都陆续回来了。对于新的大明朝，他们抱有很大的希望。其实，谁当皇帝，他们本来无所谓，只要能对老百姓好一点，让老百姓不挨饿，就够了，可是这一点，元朝做不到，不仅苛捐杂税多，徭役多，还不修水利，不问农事。现在，官府给百姓送耕牛送种子，鼓励农桑，看来这个大明朝的新皇帝真的不错。

人间四月闲人少。今年的布谷鸟好像懂事似的，叫得特别早，天还没有亮，就一声接着一声："插禾——，插禾——"，似乎在催促着人们赶紧去播种插秧。

春天不忙，秋天无粮。这个春天，月亮湾家家户户起早摸黑，为的是多翻几块田地。但一个村只有两头牛，不够用，只能大家轮着。多年的抛荒田，翻起来十分费力。汤和七和刘全二、易和仲等人商量，集中劳力，一家家地做。汤丙家在众人的帮助下，好不容易翻了六七亩田，栽上了秧。

　　栽过秧后，汤和七就要开始烧头窑。

　　说起烧窑，月亮湾方圆几十里没有人不知道"和七窑"。月亮湾、古樟岩烧窑师傅几十个，哪个能和汤和七比？汤和七什么样的砖瓦没烧过？什么小砖、方砖、圆砖、城砖、琉璃砖，什么筒瓦、板瓦、正吻、鸱吻……样样都烧过。月亮湾的窑师傅中，只有汤和七会烧大城砖、琉璃砖。汤和七烧的砖瓦不仅成色好，而且结实，像石头一般硬，拿铁块敲一敲，会发出"叮当叮当"的悦耳声。汤和七说，冤有头，债有主，谁烧的砖瓦谁负责。因此，他专门刻了一个砖章，上面刻了两个字——和七，坯子做好了，在上面盖上这个小砖章，表明这砖瓦是他汤和七烧造的，出了问题，包换。周围人都习惯把汤和七烧的砖瓦叫"和七窑"。不论富有人家，还是小户人家造房子，都争相购买"和七窑"。

　　有人说，月亮湾一带最早烧窑的就是汤家，那是很久以前的事情了。汤和七祖上六七代都是烧窑的，传说中，汤家烧窑有过极辉煌的过去。在月亮湾一带流传着这样一个说法：

　　南宋时，袁州城造城墙，要用大城砖，而月亮湾一带窑师傅过去烧的都是小砖，没有烧过大砖，一烧就开裂，汤家的烧窑师傅汤春风倾其所有，走遍天下，四处拜师取经，终于掌握了烧造各种砖的诀窍。回到月亮湾后，他把诀窍传授给了月亮湾的窑师傅们。汤春风还特别善于精算物料，盖一幢房子需要多少块砖瓦，他只要到场走几步，立马就能报出一个数来，往往就是几块之差。袁州筑城时，官府听说汤春风会算物料，就找到他，让他算算袁州城一周下来需要多少块城砖。一位督工不相信汤春风能有这样的算功，心想，这么长的城墙，需要多少砖，他怎么能算得出来？那岂不是神人了？他对汤春风说，我们打个赌吧，如果你算准了，误差允许在十块之间，我给你二百两银子。如果你算不准，你给我二百两银子，怎么样？汤春风笑道，不会后悔吧？督工说，君子一言，驷马难追，怎么会后悔？汤春风按照官府确定的规划图，走了两圈后，肯定地说，需要九百九十九万九千九百九十块城砖。督工心里想，我们走着瞧吧，我赢定了。到了城墙完工之日，用砖九百九十九万九千九百九十一块。有人问，汤师傅，怎么多了一块？汤春风不慌不忙地说，这一块是鲁班师傅定的老规矩，叫定城砖。放在北门袁山门顶上，用来镇水怪的。这样说来，真是一块不多，一块不少。那位督工哑口无言。

这个故事月亮湾人都知道。有人问，和七伯，这是真的吗？汤和七笑道，祖祖辈辈就这么传下来的，谁知道呢？不过，那块定城砖，我倒是亲眼看见过。有人问，那二百两银子拿到手了吗？汤和七道，这我就不知道了，等我哪一天百老归山，我去问老祖宗，那打赌的银子究竟有没有拿到。说得众人笑了起来。

汤和七烧窑手艺为什么这么好，有人说得益于汤家有一部祖传的《烧造真经》，上面尽是烧造秘诀。经常有人问汤和七，家里是否有《烧造真经》，汤和七总是笑一笑，不说有，也不说没有。这越发让人们觉得神秘。人们宁愿信其有。不然，同样的泥土同样的水，怎么烧出来的砖瓦就是不一样呢？

关于汤和七烧窑，月亮湾一带的窑师傅有说不完的话题，简直把汤和七当成了神。有人说，汤和七有一双火眼金睛，只要看一眼窑火，就知道这窑砖瓦烧得怎么样。有一次，汤和七路过一口窑，看了看窑烟，就对窑师傅说，窑师傅啊，你这一窑就不要再烧了，省点柴火省点劲儿吧。窑师傅听他这么一说，气不打一处来，这分明是诅咒啊，捋起袖子就要打架，汤和七自然不理会，我认孬总可以吧。架肯定是打不起来。过了十几天，这家窑师傅出窑时一看，满窑都是废品。那位窑师傅对汤和七佩服得五体投地，特地拎了两坛酒，到月亮湾向汤和七赔不是。

有人说得更神乎，只要汤和七师傅闻一闻窑火的味道，就能知道这一窑的砖瓦成色怎么样。

汤和七从来不为这些传说所动。响鼓不用重槌。他一如既往地沉默寡言，做他的砖坯烧他的窑。月亮湾一带窑师傅有什么难题来请教，汤和七总是会和颜悦色地点拨几句，但话也不多。往往经他一指点，窑师傅茅塞顿开。遇到有人问烧窑的秘诀，汤和七说，手到眼到心到，做到这"三到"，还怕烧不出好窑？

最近这些年，月亮湾人的日子难过，能坚持烧窑的已经不多，只有汤和七还在烧，但也只烧几窑。现在换朝代了，往后的日子肯定要好过一些，月亮湾窑师傅们都在考虑恢复烧窑。听说汤和七要烧窑了，栽过秧的村民都主动来帮忙。月亮湾以前姓汤的多，但后来年年灾荒，死的死，跑的跑。外地迁来的人不少，村上现在虽然杂姓多，但大家的心很齐，谁家有什么事，众人都会出力帮忙。汤和七手艺好，待人诚，名气大，村上的人自然对他很尊敬。

"拜了窑神庙，才把砖瓦烧。"月亮湾一直有一个传统，每年烧第一窑时，窑师傅都会先到村头的窑神庙去祭窑神。老年人都说不清窑神庙建于何年，反正是一代一代传下来。也有人说这窑神就是太上老君，盘古在开天辟地时，太上老君看到人只能住在树上、洞中，就教人怎么去烧砖瓦、造房子，从此人开始造房子，住进遮风蔽雨的房子里。于是，便把太上老君作为祖师爷来祭拜。月亮湾也有木匠、铁匠，他们说，这太上老君其实就是祖师爷鲁班。所以，窑神庙里供奉着两尊塑像，一尊是太上老君，一尊是鲁班。

这天一早，村上的窑师傅们来到窑神庙祭扫。汤丙点起一挂长长的爆竹，窑师傅们每人手中拿着一炷香，在窑神塑像前齐刷刷地磕了三个头。汤和七口中念念有词："太上老君，人间又是一年了，朝代换成了大明朝。风调雨顺收成好，有粮有钱造新屋。窑匠汤和七，烧砖又烧瓦。敬请太上老君，保佑月亮湾！保佑我汤和七烧好窑！"

拜过之后，汤和七与众人一起将香插在窑神像前的香炉里。

众人随后来到窑场，帮着打扫，等到天好，就可以刨土起泥了。

四月的天，一天比一天暖和。袁河岸边，已是一派盎然春意。月亮湾人都忙了起来。

这天，汤和七请了十多位村民来帮忙刨土起泥。汤家窑边已经掘出一个大泥塘，可以想见已经烧了多少砖瓦，现在取泥只好往泥塘的东边刨土。汤丙和村民用铁镐刨着土，汤和七抓起一把土，在手里搓了搓，点头道："嗯，这土还不错。选用什么土，有讲究。土有红、黑、白、黄，有的黏，有的板，有的粉，有的沙，有的适合种稻，有的适合烧砖，有的适合烧瓦。如果泥巴含沙量过大，烧出的砖就容易粉，不结实。如果土太黏，烧出的砖容易走形、开裂。即便是同一个泥塘里的土，也会有区别，必须仔细辨别。"

月亮湾人在一起干活时，总有人喜欢喊号子。刨土的村民往往一人喊，其他人一起应着——

袁河水，嘿哟嘿啰！

哗哗流，嘿哟嘿啰！

袁河边，嘿哟嘿啰！

刨一刨，嘿哟嘿啰！

抓一抓，嘿哟嘿啰！

搓一搓，嘿哟嘿啰！

像米粉，嘿哟嘿啰！

细密密，嘿哟嘿啰！

好砖瓦，嘿哟嘿啰！

盖华屋，嘿哟嘿啰！

村民们在齐刷刷的号子声中刨土，浑身是劲，一点也不觉得累。刨了两天的土，够烧两窑的。接下来，汤和七要让这新刨的土在太阳底下晒上十来天。

傍晚，古樟岩的木匠袁兴祖来到汤和七家。

"和七伯，听说你要开窑了。"袁兴祖问。

"已经有人订砖瓦了，秧已经栽下去，马上开始烧。"汤和七说。

袁兴祖和汤丙的年龄差不多大，木工的手艺在这一带无人能比，月亮湾这一带流传着一句顺口溜："谁家请到'汤袁刘'，造屋建楼不用愁。"汤，是指汤和七，汤和七的砖瓦不用说，汤和七不仅烧窑的手艺好，瓦工活也是顶呱呱，只是现在年纪大了，一般外出的活都是汤丙去做。袁是指古樟岩的袁兴祖，刘是指月亮湾的石匠刘顺一，三人在一起造房子，配合得天衣无缝，所以当地人干脆称他们"汤袁刘"。方圆几十里，三人配合盖的房子无数。只是最近一些年，民不聊生，盖房子的人少了，三人才各自忙自己的事情。但是，三家之间经常走动，平时谁有个什么难处，其他两家都会来帮忙。听说汤和七开始烧窑了，袁兴祖今天特地来看看。

"大门楼里敲锣鼓，声名远扬。'和七窑'是停不下来的，恭喜恭喜啊！"袁兴祖道。

"改朝换代了，往后的日子会好过一些，造房子的也会多起来。"汤和七道。

"是啊，山脚李的王大已经和我说好了，五月他家要盖新房子，让我们仨一起去。"袁兴祖说的"我们仨"，就是指"汤袁刘"。

"桃园的郭富家也和我说了，他们家也要翻修房子。让汤丙去吧，我在家烧窑。"汤和七说。汤丙的烧窑手艺虽然比不上父亲，但也非同一般，特别是瓦工活，在月亮湾数一数二。汤丙还有一个绝招，能精算物料。建一堵墙，需要多少块砖，他只要走几步，就能报出来。三间屋需要多少砖瓦，他也是稍稍量一下，很快就能报出多少来。

汤和七让汤丙把刘全二、刘顺一父子喊来，晚上大家喝几杯。

过了一会儿，刘全二、刘顺一父子来了。

玉莲做了扎粉，到地里割了韭菜，汤和七拿出自己酿的米酒，大家边喝边闲聊起来。

"现在已经有好几家说好造屋，和七伯，恐怕'和七窑'往后来不及烧了。"袁兴祖说。

"可能还要好几年。人怕伤心，树怕伤皮。这些年既伤了心，又伤了皮。"汤和七说。

"前几年，一些大户人家都跑出去了，现在又纷纷跑回来了。这些人家的屋子都要整修，肯定需要砖瓦。"刘全二说。

"是啊，我们村的袁满正也回来了。和七伯，星星跟住月亮走，彩云绕着太阳行。你先烧起来，月亮湾、古樟岩两个村子都在看你，你是龙头啊。"袁兴祖说。

"这几年，你们古樟岩靠着一个码头，日子要好过一些。春木匠，腊裁缝。兴祖，你们木匠马上活肯定要多一些。"汤和七说。

"也都差不多。最近窑师傅也都在清理窑场，很快要开工了。"袁兴祖说。

"当年彭和尚招兵买马的时候，势头好着呢，不知道为什么后来越来越差。不然，我们袁州府不就是都城了吗？"刘全二说。

"汤丙啊，那瑞州城里五六万人怎么不跑呢？"袁兴祖问。

关于元朝军队血洗瑞州城，在过去相当长一段时间里，汤丙、刘顺一都不愿意提，一者，元朝时朝廷一直在追查参加红巾军的人，一旦查到，就会被杀头；二者，瑞州屠城，实在是太惨了，两人亲眼看见，人头落地，血流成河，作为幸存者，他们不愿意回忆那一幕。现在改朝换代了，提起元朝，他们还咬牙切齿。

"想当年，势头很好。红巾军连克江州、南康、饶州、徽州、信州、杭州，一路胜利，元军望风而逃，到了瑞州城，放眼望去，真是一片火红啊。怪就怪那个彭和尚太粗心大意了，元军在后面追赶，也不知道。"刘顺一叹了口气。

"元军真是太残忍，不论男女老少，见人就杀，真是血流成河啊！直到现在我还经常做噩梦。"汤丙道。

"那个陈九四也是一个尿家伙，听说有百万大军，怎么最后被一个讨饭的和尚打败了？"刘全二说。

"陈九四是谁？"袁兴祖问。

"陈友谅啊，你知道陈友谅的父亲是干什么的吗？打鱼的。"刘全二说。

"打鱼的斗不过讨饭的。不管谁当皇帝，让老百姓有吃有穿就好。月亮湾的窑都烧起来，日子才算好起来。"汤和七说。

接连十多天的晴天，对汤和七来说是最开心的事，他家刨的土晒好了。这天，十多位窑师傅帮着筛土。不少窑师傅烧砖瓦，嫌筛土麻烦，就省去了，可汤和七坚持要筛，他说，百物土中生，好土出好砖。一粒老鼠屎，带坏一锅粥。碎石子在泥土中，做成坯子，一经火烧，就容易开裂，不结实。

李黑一边筛土，一边问："和七伯，你家里到底有没有《烧造真经》？也拿出来给我们学一学啊。" 李黑生下来就黑，加上烧窑被烟火一熏，就更黑了，村民们都喊他"小黑子"。当年李黑也和汤丙、刘顺一一起参加红巾军。

黄牛四道："小黑子，你现在变得好学了嘛。就是拿出来了，你也看不懂，骑牛追马——赶不上。"黄牛四姓黄，平时村上人就喊他黄牛，排行老四，现在干脆就叫黄牛四。

在一旁往筛子里填土的汤和七笑一笑，没有回答。

李黑道："沾沾仙气也好啊。"

黄牛四道："你拿几坛酒来给和七伯喝，和七伯就会把真经拿出来。"

李黑道："人笨，再怎么学，也学不到和七伯的手艺。"

铁柱在一旁说话了："和七伯，有神人托梦给他，你哪里能学到他的手艺？"

汤和七道："这烧窑啊，说窍门吧，倒也是有的，三百六十行，行行有窍门，行行出状元，说没有吧，也有几分道理。古话说得好，熟能生巧，眼熟手熟，再加上脑子灵，包你能烧出好窑。"

黄牛四说："和七伯，你以前一直说'三到'，手到眼到心到，现在又说'三熟'，到底哪个是真经啊？"

汤和七说："一个意思啊。"

铁柱问："是《烧造真经》上说的吗？"

汤和七笑笑，没有回答。

李黑笑着说："和七伯，你要是不拿出来，哪天我去你们家把《烧造真经》偷出来。"

黄牛四道："那和七伯家的狗是吃素的？"

李黑道："和七伯，你就不怕被虫偷吃了？"

刘德江道："你们还是好好烧窑吧，练练苦功夫，不要整天就想到偷懒。和七伯的技艺也不是整天念经念出来的。和七伯，你说是不是？"

汤和七道："千言万语，也生不出一个巧匠来。只有熟能生巧匠。"

众人插科打诨，边筛土边闲聊。

土筛好后，接下来就是和泥。汤和七赤着脚，用铁锹做了一个泥塘。十多个年轻劳力负责到袁河里挑水。黄牛四牵来耕牛，负责在泥塘中踩泥。牛在烂泥塘中走得很费力，走着走着就会停下来，黄牛四拿着鞭子，不停地吆喝着。黄牛四喜欢唱小调，踩着踩着，就唱了起来——

　　　袁河水呀长又长，
　　　河边小花香又香。
　　　我在河边烧砖瓦，
　　　妹在河边洗衣裳。
　　　妹问做砖累不累，
　　　我问河水凉不凉。
　　　妹问谁家造新屋，
　　　我说东家娶新娘。
　　　妹问新娘丑不丑，
　　　我说哪有眼前亮。
　　　妹妹低头不说话，
　　　我把窑火烧得旺。
　　　……

黄牛四会唱小调，吸引了附近不少姑娘。古樟岩一个烧窑师傅的女儿曾被他的歌声吸引，跟了他，可惜生孩子时难产死了。黄牛四伤心至极，发誓这一辈子再也不娶了。

牛踩累了，不愿意走，黄牛四再赶也赶不动，就喊汤和七来验泥，看泥巴是否熟了。汤和七蹲下身子，抓着一把泥，从指缝里滑过，道："还早着呢。"

黄牛四让牛歇一会儿，自己也在一块石头上坐下来歇息。

"这窑匠活真够累，整天和泥巴打交道，苦啊。木匠坐在家里干活，干净，又舒服，以后学个木匠去。"黄牛四说。

"你以为木匠不累？俗话说，石匠蹲，瓦匠爬，铁匠站断腿，木匠躬断腰梁杆。"李黑在一旁说。

刘德江道："阿四啊，我给说一个木匠的故事。一个小木匠打门，将门闩装在大门外，主人看了，很不高兴，道：'你这个木匠真的是瞎了眼。'小木匠道：'我怎么就瞎了眼？分明是你瞎了眼啊。'主人很气愤，道：'我怎么就瞎了眼？'小木匠道：'你若是有眼，怎么请我这样的木匠。'"

众人哄然大笑，都指着黄牛四道："阿四如果学木匠，肯定像这个小木匠。"

黄牛四道："有几个瓦匠，合伙砌了一堵墙，天黑完工，作头就找主人领钱，主人道：'还有几位瓦匠呢？'作头道：'他们都在忙着收尾，还有最后几块砖。'正说着，外面几个瓦匠在高声喊着：'作头，结好账了吗？我们几个快顶不住了。'原来，他们几个正扶着一堵快要倒了的墙。"

汤丙、李黑都是瓦匠，纷纷笑道："阿四分明是在笑话我们瓦匠呢。"

"其实就是我们窑匠最实在，也最辛苦。十个窑匠九个驼。"黄牛四说。

汤和七接话："阿四啊，三百六十行，九佬十八匠，哪一行不苦？没有一番彻骨寒，哪有梅花喷鼻香。不苦不累，就去做那个小木匠。你嫌苦，我嫌累，谁来造砖造瓦？"

刘德江说："阿四，你以后去当吹鼓手吧，红白喜事，你去吹一吹，不费力，有酒有肉吃。"

黄牛四说："红喜事还好，白喜事，不吉利啊。"

李黑问："对了，和七伯，你给我们说说哪九佬十八匠？"

汤和七说："小黑子，说起九佬十八匠，还有一个故事呢。"

汤和七就说起九佬十八匠的故事，干活的人都围拢来听——

鲁班过八十大寿，徒弟们从各地赶来给师父拜寿。鲁班最得意的徒弟有二十七个。头一天来了十八个，鲁班很高兴，道："我已经老了，你们赶快把我的手艺都接过去吧。"大徒弟说："师父，手艺的门路太多，我们学都学不过来。"鲁班说:"艺多不养家,你们各精一行才好。"大徒弟说:"师父,你就给我们分一分吧。"鲁班想了一下,就给每个徒弟分了一个匠:金、银、铜、铁、锡、石、木、雕、画、皮、弹、轧、瓦、垒、鼓、椅、伞、漆。在一旁的老伴说,织布的女儿和做篾货的女婿怎么能漏掉呢?鲁班想了想,也是,只好又加了两个匠:机匠、篾匠。

第二天,又来了九个徒弟,听说十八个师兄分了行当,便央求师父也给他们分一个。鲁班想了想说:"匠都分完了,再给你们分九佬吧。"九个徒弟想,不管什么,只要有一口饭吃就行。鲁班又分了阉猪、杀猪、骟牛、打墙、打榨、剃头、补锅、修脚、吹鼓手。最后一个徒弟不高兴了,说,师父啊,怎么把我放最后?鲁班说:"乡亲们栽秧、薅草要打锣鼓,红白喜事要迎宾客,都是先把你放在前头嘛。"这个徒弟想想也是,就接受了。从此,"九佬十八匠"各立门户,代代相传,手艺越做越精。

黄牛四说:"小黑子,那下辈子我们一起去做吹鼓手吧,天天有酒喝,有饭吃。"

李黑说:"吹鼓手也要学好艺,不然就是乱弹琴。"

黄牛四说:"小黑子,红喜事,众人都开心,谁在意吹得怎么样?白喜事,人家都在哭,又哪个在意吹得好不好呢?"

汤和七说:"古话说,匠人易得,匠心难求。匠人不能想着怎么偷巧啊。"

正说着,易和仲来了,听见众人在说话,道:"秀才谈书,屠户谈猪,你们这是在谈匠。月亮湾现在只有六七种匠,以后把九佬十八匠学齐了,才算真本事。"说得众人都笑了。

黄牛四又牵着牛踩了一会儿。汤和七抓起一把泥,看了看,说:"现在我们都赤脚下去踩一踩吧。"

黄牛四说:"不是让牛踩好了吗?还要人踩?"

汤和七说:"人脚踩泥,踩得更细密。"

六七个人都下了泥塘,一起踩了起来。

黄牛四说:"牛踩了之后,还要人踩。原来,'和七窑'的窍门就在这里。"

汤和七说:"踩泥就像捣麻糍,要把糯米饭捣得烂熟,麻糍才好吃。做砖瓦,是一样的道理。"

第二天,开始做砖坯了。汤和七一家人早早来到窑场。汤丙和汤满负责运泥,玉莲和谢妹负责准备稻草灰。汤丙对父亲说,你歇一歇,我和玉莲来做坯。汤和七说,一起做,这样快。

木板上摆起三副砖模子,汤和七先做了起来。他取出一团泥巴,十指翻飞,像揉面一样反复揉搓。揉好后,将砖模摆在面前的案板上,双手举起一团泥巴,利索地砸向砖模,然后拿起铁线弓除掉模子上多余的泥巴,再盖上砖章。

玉莲说:"汤满啊,你看看爷爷的手多熟练,年轻人都比不上呢。"

汤和七说:"取泥,心中要有数。砸模有讲究,如果泥巴少了,再添加泥巴进去,烧出的砖就容易开裂。如果用力不够,泥土很难到达砖模的边上。最好是看准了,不多不少。这就要手熟眼熟心熟。"

汤丙、玉莲在一旁也做起砖坯来。月亮湾会烧窑的女人不多,汤家的女人都会做。玉莲掘土、做砖坯、烧窑样样都能来。

大人们在做砖坯,孩子们都跑到窑场来玩。刘顺一的儿子刘德华比汤满小一岁,女儿刘芷娘和谢妹同龄,两家大人走动多,四个孩子也就经常在一起玩。大人做砖坯,他们就在一旁捏着泥人泥狗泥猫,互相比着谁的好看。有时跑来缠住大人,让大人评一评。汤满捏什么像什么,大人们赞不绝口。村上人说,十岁看老。汤满这孩子将来烧窑肯定是一把好手。

汤满让爷爷把他们做的泥人泥狗泥猫,放进窑里烧,汤和七答应了。汤家、刘家家里都摆了很多陶制的小玩意儿。

砖坯制好了,刘顺一、黄牛四帮着搬砖坯,送到旁边由芦席搭起的大棚里。湿坯子不能放在太阳底下晒,必须放在大棚里让风吹干。吹干大约需要二十天。这间隙,汤和七父子要去准备烧窑用的芦柴、稻草。烧一般的小砖,一块砖需要三十斤芦柴,这一窑三百块砖,大约需要一万斤芦柴。汤丙说,家里存的柴草可能不够。汤和七说,那就去刘顺一家借一点来。

春天的夜晚，月亮很亮，汤丙一家坐在门口院子里看月亮。汤满问东问西："爷爷，我长大了种田。"

"学会种田，也是一门手艺，但是古话说，家有良田万顷，不如薄技在身。我们月亮湾田少人多，还是要学一门手艺。我们家祖祖辈辈的手艺不能丢了。"

"爷爷，我家的老祖宗什么时候开始烧窑？"

"多少代，我也说不清，听说六七代了。"汤和七道。

"那我只能烧窑吗？"

"那也不一定。"

"刘德华的父亲做石匠呢。"

"不管做什么，要做一个好匠人。"

"爷爷，我的祖先他们都是好匠人？"

"当然是，我给你说一个老祖宗烧窑的故事吧。很久以前，有一年，袁州府化成寺里建大殿，一位老祖宗负责烧瓦，最后还缺一块金瓦，如果烧成了，就可以拿到很多工钱。他心想，我烧了一辈子的瓦，这块金瓦又有什么难烧呢？他就去窑神庙磕了头烧了香，拜了太上老君，让他烧成这块金瓦。哪想到烧了一窑又一窑，就是烧不成，一天夜里，玉皇大帝托梦给他，说你一生做了九十七件好事，只要再做两件好事，就功德圆满了，金瓦也会烧成。于是，窑师傅又造了一座桥，铺了一条路，终于做了九十九件好事，金瓦很快烧成了。如今这块金瓦还装在袁州府化成寺大殿的屋脊上，有缘分的人进到化成寺，老远就能看到那块金光闪闪的瓦。"

"爷爷你什么时候带我去看看金瓦吧。我以后也要烧金瓦。"

"嗯，匠人易得，匠心难求。先做人，再做匠。"

"什么叫匠心？"

"匠心就是好心、细心、专心。做一个好人。做了好事，才能烧成金瓦。"

"爷爷，你做了很多好事，你给好多穷人家送砖瓦，不要人家钱。你一定能烧出金瓦。"

"先做人，再做匠。自然就能烧出金瓦。"

"我长大了要做像爷爷一样的窑匠，什么瓦都会烧。"

爷爷开心地笑了。

周围人都知道，汤和七一贯乐善好施，过去不少人家造房子，没有钱，砖瓦先拿回家，什么时候有钱再付钱，没有钱，也就算了。

"爷爷，你以前告诉我，要做到手到眼到心到，就能烧成最好的砖瓦。那什么砖瓦才算最好的砖瓦？"

"记住四句话：断无孔，敲有声，硬如石，色灰青。"

"断无孔，敲有声，硬如石，色灰青。"汤满重复了好几遍，似懂非懂。

爷爷给汤满讲解这四句话的含义。

"我能烧出最好的砖吗？"汤满问。

"能。世上千门活，只要人肯学。"爷爷说。

装窑那天，村上又来了十多个劳力，众人组成接龙队伍，一手接一手，将砖坯传进窑洞里，汤和七站在窑洞的最里面，把砖坯一块块摆放好。铁柱一边传坯子，一边打起了窑号子——

你一块，嗨哟嗨。

我一块，嗨哟嗨。

砖兄弟，嗨哟嗨。

进窑来，嗨哟嗨。

你在这，嗨哟嗨。

我在那，嗨哟嗨。

一家人，嗨哟嗨。

真热闹，嗨哟嗨。

谁英豪，嗨哟嗨。

比一比，嗨哟嗨。

……

汤和七接过每一块砖坯的时候，总是盯着砖飞快地看一眼，他似乎与每一块砖坯都熟悉，和它们打着招呼。黄牛四问，装窑还有些什么窍门？汤和七说，要给砖坯留气口，如果堆得太密，火就烧不到位，砖就会憋死。如果太松，砖坯也经不起火烧。这叫不紧也不松。窑装好了，窑师傅们都过来看汤和七是怎么堆窑的。汤和七又在窑顶上挖了三个孔，作为出气的烟囱。

"啪——啪——啪——"

点火前，汤丙照例点燃了一挂爆竹。汤和七拿起事先准备好的大碗，倒了一碗酒，跪下，举起碗中的酒，朝着窑口连作了三个揖，口中念念有词，旁边没有人能听清楚他在说什么。说完他霍地站起来，连倒了三碗酒，洒向火膛，然后才点火烧窑。

窑师傅点火，都有自己的习惯。至于汤和七洒的这三碗酒，月亮湾窑师傅们看在眼里，都很好奇，没有人敢问，只有黄牛四大大咧咧，问汤和七，这是在祭窑神，请他保佑吗？汤和七只是笑笑。也有人演义说，这是汤和七在点火前念他的《烧造真经》。汤和七听到后，也只是笑了笑。黄牛四后来才知道，手艺人都有一些属于自己的隐秘，即便是最亲近的人也未必会言明。

接下来，汤和七要在窑洞里烧上三天三夜。只见他手拿铁叉，凝视着火膛里的火苗，不时添加柴火。汤丙在旁边打着下手。汤和七不断地重复着老话："一开始，要烧冷火，火力要小，断断续续喂柴草，让砖里的水分排出。一天一夜后，要烧长火，火力要大，不能断火。窑师傅要会观火，火有红、白、青，什么时候用什么火，是有讲究的，不能稀里糊涂。火如果过了一成，砖坯容易开裂。如果过了三成，砖就会缩小、弯曲，根本不适合砌墙。火少一成，则砖面的釉色不好看。如果少两成，就是嫩火砖，经过风霜之后，就会粉碎……"这些烧窑的技巧，汤丙都会。父亲不厌其烦地絮叨，他也认真地听着。在父亲面前，他不敢逞能。父亲的几个绝招，他还在揣摩中，比如，父亲看看火苗，就立刻能判断出砖坯烧了几成熟。父亲看一眼窑烟，就能知道这窑烧了几天。闻闻窑烟的味道，立马就能判断出一窑砖瓦的好坏。这是父亲几十年的经验所得，他打心眼里佩服。

火膛口热浪滚滚，熏烤难耐。汤和七上身打着赤膊，豌豆大的汗珠从脸上成串地滚落下去，宽大的短裤已经被汗湿透。他不时拿起搭在肩上的一块青布手巾擦着汗滴。汤丙在旁边帮着搬运柴草。

这天，刘全二、易和仲、黄牛四、刘德江来窑场看看，刘全二还带来一坛米酒，一大碗花生米，几人用大碗喝着，叙着家长里短。窑火将窑师傅们的脸照得通红。

"听说何四家的窑倒了。"刘全二道。

"刀不磨，会生锈。窑不烧，周围的土松了，就会塌。"汤和七道。

"那天，我到山脚李去，看到他们村的石桥搭好了，石拱桥砌得既牢固，又好看。桥头的狮子雕得活灵活现。"易和仲道。

"哪里的石匠做的?"汤和七问。

"听说是王凿子做的，刘顺一还去做了几天工呢。"刘全二道。

"小七子与汤二姑好上了，有人早晨看他从汤二姑的屋里出来。"黄牛四神秘兮兮地说。

汤二姑的丈夫不在了，寡妇门口是非多。

"这像什么话? 那要管一管。"刘德江说。

"这小七子人不错，就是有点懒。"易和仲说。

"和仲啊，你去和小七子说说，不要把村上的风气给带坏了。"汤和七说。

"这个小七子，我要狠狠骂他一顿。"易和仲说。

"你说奇不奇，古樟岩的陈有二在袁河里打鱼，打了一条三十斤的鱼，有人说是鱼精，不敢吃，就放了。过了几天，陈有二又在袁河边锄地，锄到了一锭银子，这真是福报啊!"刘全二说。

"袁河里的大鱼，是不能吃的。有一年，小黑子捉了一条大鱼，后来，他的船翻了，差一点淹死。"刘德江说。

"这因果报应是有的，李三打死了一只黄鼠狼，结果那一窑砖就烧坏了，没有一块好砖。"汤和七道。

刘全二道："篾匠岗的王小大最近又闹笑话了，他在地里干活，他老婆喊他回家吃饭，王小大高声喊道：'待我藏好锄头就回来吃饭。'王小大回家，老婆道：'你藏就藏，这么高声喊做什么？被人听见，还不会被偷走？'王小大又到了地头，一看，果然锄头没有了，他回到家，对妻子轻声轻气，道：'锄头被偷走了。'"

四人一起哈哈大笑。

"这个王小大，身上一大堆笑话呢。那年与人合伙酿酒，对村上的李八说：'我出水，你出米，怎么样？'李八说：'那我们怎么算账？'王小大说：'我已经横下心了，酒酿好之后，只还我的水，其余的全给你。'"黄牛四道。

四人又笑了。

村上人闲着在一起的时候就会张家长李家短，说一些奇闻逸事……

连续烧了三天三夜，火力算是完成了，最后一道工序就是堵住窑顶上的三个出烟孔，从窑洞的顶部，给烧熟的砖浇水，这叫窨水。李黑、罗七等十多个劳力都来了，从袁河里挑水，然后送到馒头窑的顶部，倒入窑里。水火相遇，立即升腾起一阵白色的烟雾，然后袅袅升向空中。空气中弥漫着砖坯烧熟了的特有的焦熏味。

汤和七说："浇水要充分，不然，就会烧出花脸砖，红一块，青一块。"

黄牛四问："这一窑货色怎么样？"

李黑在一旁说："阿四，这还要问吗？还不是铁板上钉钉——稳稳的？"

汤和七笑了笑。

冷却一天一夜后，可以开窑了。

这天，天气特别晴朗。月亮湾的窑师傅都跑来看汤和七烧的头窑。

开窑前，汤丙照例要放一长挂爆竹。汤和七又斟满了一碗酒，在窑口前跪下，拜了三拜，口中念念有词，拜完后，将一碗酒洒向火膛。

黄牛四搬来板鼓、掌鼓、腰鼓，一人打起三面鼓，李黑敲起了小铁铛。月亮湾人红白喜事，都会来上一段三星鼓。

汤和七从火膛口打开窑，先是取出三块砖，众人走上前一看，只见砖面平整如镜，色泽新鲜，用瓦块轻轻敲击，像敲铁器发出的声音，悦耳动听。众人连连称赞：

"好砖！"

"不愧是'和七窑'啊！"

当晚，玉莲杀了一只鸡，摆酒请客。村上来了十几个村民，汤和七拿出米酒，众人喝得开心。

黄牛四说："和七伯，千般易举，一诀难得。你家的《烧造真经》藏在哪里，拿出来让我们看一眼吧！"

汤和七笑笑，道："一个和尚一本经。你还是老老实实念你自己的经吧。"

李黑喝得满脸通红，问道："和七伯，你口中经常念的可是窑经？"

汤和七笑着说："是啊。"

铁柱问："窑经上怎么说？"

"断无孔，敲有声，硬如石，色灰青。你念好了这几句经，保证你能烧得不差。"

"断无孔，敲……敲有声……"李黑重复道。

黄牛四补充道："硬如石，色灰青。"

李黑念了好几遍，总算念对了。

铁柱在一旁道："你这是小和尚念经——有口无心，念多也没有用。"

"那怎么念？"黄牛四问。

"百艺好学，一窍难通。掌握了窍门就好办。"铁柱高声叫道。

"你说什么窍门？"黄牛四问。

"手到眼到心到啊！"铁柱道。

众人越说越开心，大口大口地喝着酒。过了一会儿，黄牛四、铁柱、刘德江都喝醉了，在众人的搀扶下，跟跟跄跄地回家去了。

第三章　建中都

一

洪武二年（1369年），九月的应天府已经进入初秋时节。

九月初四，天刚蒙蒙亮，天空瓦蓝瓦蓝的。下弦月还挂在西边的宫墙上。画角响起，在寂静的清晨传得很远很远。有人敲着木梆，高声喊道——

为君难，

为臣又难，

难也难；

创业难，

守成又难，

难也难；

保家难，

保身又难，

难也难。

如今，应天府的人都知道，这叫画角吹难。朱元璋为了让人们记住守成的艰难，在京城四处安排敲梆人，每天清晨高喊着朱元璋亲自拟定的《难词》，无论刮风下雨，从不间断。

画角响起的当儿，午门前已经是人头攒动，身着朝服的百官早早等候着参加早朝。

朱元璋当了皇帝后，十分重视每天的早朝，一年四季，风雨无阻，每天大臣朝拜后，他都要训诫一番。

"入朝！"内侍官高声喊道。

百官分文官武官两队，按照品次等级，依次步入宫中。过了金水桥，来到奉天门前的广场上，依照朝廷事先排定的队列站好队，静候皇帝驾到。

奉天门廊内的丹墀上，旗幡仪仗林立，御林侍卫严整。

过了一会儿，仪仗队开始奏乐，内侍官喊道："皇上驾到——"

在侍卫官引导下，力士张五伞盖、四团扇，身着黄袍的朱元璋出现在奉天门廊的丹陛上，走到金台上坐定，内侍官鸣鞭肃静，文武百官齐刷刷跪下，齐声高喊：

"恭请陛下圣安！我皇万岁！万岁！万万岁！"

朱元璋目光炯炯，从左到右环视一遍，微微点头，道："平身！"

大臣朝拜过后，便是朱元璋每天早朝的训诫。朱元璋操着浓浓的凤阳口音，语气笃定，道："朕起于布衣，历经战阵十五六年，得上天垂顾，才得以替天行道，一统江山。今天虽身为天子，但朕常思创业之艰难，常念民众之疾苦，天天夜不能寐啊。朕朝夕临政，事必躬亲，不敢有丝毫懈怠。诸位爱卿，艰难得之，必以艰难守之。你们现在都能安享富贵，但万不可忘了艰难之时。心中要装着国家、社稷！当下，国家还没有完全安定，元帝失纲，百废待兴，千头万绪，你们责任重大。万不可骄奢淫逸，妄自尊大，理当克勤克俭，为国为民鞠躬尽瘁。因此，朕要求你们黎明即起，兢兢业业，好好处理国家公务，不得有丝毫的耽搁。"

大臣们齐声道："吾皇圣明！"

接着，便开始每天例行的朝奏。文武大臣向皇帝汇报事务，请皇帝定夺。

朝奏后，侍卫官宣读皇帝钦点的大臣名单，进奉天殿内商议政事。

此时距离朱元璋开国即位仅一年多。

元至正十六年（1356年）三月，朱元璋攻占集庆后，改集庆为应天，意为"上应天意"。他最初居住在应天城南的富户王彩帛宅第里，王家虽然是富户府第，但毕竟是私人住宅，空间有限。不久，朱元璋迁入了元朝江南行御史台办公。大明朝建立前两年，朱元璋命令太史令刘基卜新宫。

刘基，字伯温，浙江青田人，本是元朝的进士，在元朝时曾几次出来做官，都不如意，干脆辞官回乡。此人天资聪慧，博通经史，又通天文堪舆之术。朱元璋打天下时，广招英才，在孙炎的推荐下，刘基与章溢、叶琛、宋濂等人一起被延揽至应天，深受朱元璋的器重。吴元年（1366年），朱元璋拜刘基为太史令。刘基和他的老师黄楚望、铁冠道人张中奉命卜新宫，踏遍应天的山山水水，觉得在六朝和南唐都城故址上建都，格局太小。如果在原六朝都城故址上向外拓展，搬迁的民居又太多，动静太大，因此建议朱元璋将新宫放在钟山之阳。这个想法得到了朱元璋的首肯。但朱元璋也有顾虑，因为钟山脚下向南，有燕雀湖，再向东南就是秦淮河，湖与河之间的空间并不大。刘基建议填平燕雀湖一角，朱元璋接受了建议。此时尚未建国，朱元璋考虑不宜广泛征召役夫，便下令让驻守在应天城里的五十万将士参加营建。到了第二年九月，用了不到一年时间，就把新宫建好。朱元璋随即搬进了新宫，在奉天殿内处理朝政。当时建新宫，也只是临时性的考虑，究竟在哪里建都，朱元璋并没有想好。现在，建国快两年了，徐达、常遇春、汤和率领的北伐大军取得节节胜利，国家统一已成定局，朱元璋再一次想到在哪里建都的问题。今天早朝后，他想听听大臣们的意见。

此时的朱元璋年仅四十一岁，可谓壮年得志。他身材魁梧，脸庞黝黑，额头下巴突出，颧骨高耸，鼻孔与耳朵都大，面部棱角分明，目光炯炯有神。经过十多年血雨腥风的洗礼，他的脸上写满刚毅、果敢。此时的他已经是万民之君，加上唯我独尊的心态，说起话来，声音洪亮，底气十足。坐在龙椅上的他，可谓是春风得意。他环视左右，道："诸位爱卿，今天好天气啊。转眼到了秋天，农民该收割庄稼了。蒙上天眷顾，众爱卿鼎力相助，大明军所向披靡，河南、山东、陕西平定，大都攻克，天下归一，上天垂青于朕，朕深感肩上的担子沉重啊。先前，在应天钟山之阳建新城，也是权宜之计。都城乃一国之中心，天下之机枢，兴国之根本，不可轻视。现在到了该决策的时候，诸位爱卿，你们觉得朕定都何地为宜？"

今天被皇帝召来的都是当朝担任要职的重臣。他们没有想到皇帝会提出定都的问题，应天新城不是才建好不久吗，怎么又提出定都的事来？他们揣度，皇帝肯定有自己的想法了。

一阵沉默，大臣们都在想怎么回答。

朱元璋的视线首先朝向朱升。

"朱老先生啊，本来朕要留你在身边，帮朕出谋划策，可是你老先生执意要告老还乡，朕实在舍不得啊。你当初的九个字，朕牢记在心呢。你有什么好的良策留给朕啊？"

当年，朱元璋在攻打婺源时，大将邓愈向他推荐了隐居在徽州石门的读书人朱升，求贤若渴的朱元璋登门拜访，这位满腹经纶的老先生为他的诚恳所感动，便献了九字策——"高筑墙、广积粮、缓称王"。朱元璋听后，如醍醐灌顶，便将这九个字定为立国之策。建国之后，朱元璋一直想给朱升官位，可是已经七十一岁的朱升一再说自己年迈，耳聋目瞑，不能领职。就在前几天，朱升以回乡祭扫祖茔为由向朱元璋提出告老还乡，朱元璋一开始怎么也不同意，无奈朱升铁了心要走，朱元璋也就答应了。

朱升道："陛下，微臣已经老眼昏花，实在不敢乱说。陛下乃当今天子，替天行道，天下之土，莫非天子之土，在哪里建都，都会江山永固，万世昌隆。不过，自古以来，君天下者居中原为多。至于中原何处，微臣没有到实地察看过，见识浅陋，不敢妄自主张，望陛下恕罪。"

朱升是一个极聪明的人，在和朱元璋相处过程中，已经感觉到这个主子随着节节胜利，性格变得反复无常，尤其是建国以后，更是唯我独尊，杀气冲天，他决定远离这个主子。既然皇帝召集大臣听主张，说明皇帝肯定不想把应天城作为京城。皇帝问了自己，不能不表个态，也就说个模糊的意思吧。

朱元璋听了也没有说什么，停了片刻，又道："诸位爱卿说说。"

中书省参知政事吕昶道："北京汴梁乃汉、周、宋故都，四方朝贡，道里均适，水陆便利，微臣以为在汴梁建都为宜。"

朱元璋点头道："去年三月，徐达攻克陕西后，就曾建议朕在汴梁建都，朕去年四月还特地去汴梁考察了一番，当时将汴梁定为北京，将应天定为南京，就是有意将汴梁作为都城啊。可是，考察一番后，朕觉得汴梁虽然水陆便利，但无险可守，四面容易受敌。再说，偏北而不居中，谈不上道里均适。还有，战火连年，百姓不宁，道路遥远，水陆转运艰辛，难道适合做都城？"

中书省参知政事杨宪道："微臣以为，洛阳乃天地之中，背负邙山，面临洛水。东有成皋，西有崤函，北通幽燕，南对伊阙。山河拱戴，形势甲于天下。自夏、商、周以来，十多个朝代在此建都。洛阳集中原之精粹，有王者之气。微臣以为在洛阳建都为宜。"

朱元璋望着前方，略有所思，但没有说话。

御史胡子祺道："天下胜地可以作为都城者有四地：河东高厚，控制西北，上古尧舜禹时代定都河东，然其地苦寒，士卒不堪；汴梁襟带江淮，然平旷无险可守；洛阳，夏、商、周、汉、隋、唐建都之地，可是险固不足；长安，乃天下之脊，中原之龙首，有函谷关、陇蜀之千里沃野，南边有巴蜀之富庶，北边有胡人畜牧之便利，只要控制住渭水，就能把握住东边。正所谓金城千里，天府之国。微臣以为，大明都城非长安莫属。"

朱元璋微笑着点了点头，道："嗯，长安，好地方。"

翰林院直学士范常道："大都北枕居庸，西崎太行，东连山海，南俯中原。沃壤千里，山川形胜，足以控四夷、制天下。元朝失纲，元运已衰尽，无力以都天下。当今陛下君临天下，应天而立，此一时，彼一时。臣以为，元都宫室完备，若在大都建都，以原先都城为基本，稍增扩大，既可节约钱财，也可以给天下黎民休养生息之机会。微臣以为在大都建都为宜。"

翰林院修撰鲍频立即反对，道："胡主起立沙漠，立国在燕，及今已有百年，地气已尽，行自渐灭，万万不可建都。臣以为南京乃兴王之地，不必改图。"

太常卿胡惟庸道："元朝君臣，不遵祖训，废坏纲常，宫中秽乱，若定都于此，大不吉利。微臣亦以为万万不可。"

朱元璋道:"燕地寒冷,你们去了,恐怕都不会习惯。"

校书翰林钱宰道:"启禀皇上,微臣以为在应天建都为宜。金陵古都,王气所钟。西北濒临长江,号称天堑,东依钟山,天然屏障,南控秦淮河,北临玄武湖。金陵险要坚固,粮仓充裕,人心安定。石城虎踞之险,钟山龙蟠之雄,状江南之佳丽,汇万国之朝宗。天下财赋,出于东南,而金陵为其会。大明都城非金陵不足以定天下。"

朱元璋点点头,道:"嗯。"接着,又问翰林院学士宋濂:"宋老先生,你有什么高见啊?"

宋濂与刘基、章溢、叶琛并称"浙东四先生",自从归附朱元璋后,颇受尊重,被尊为"五经"师,为太子朱标讲经,朱元璋称之为"开国文臣之首"。

宋濂道:"微臣以为,国都者,乃综览天下、睥睨六合之地。金陵为帝王之州。自六朝迄于南唐,皆偏据一方,无以应山川之王气。等到我皇帝定鼎于兹,上应天意,下接民意,王气相应,亘古未有。此外,金陵城池之高深,关阨之严固,真乃天造地设,微臣以为定都金陵,当为首选。"

朱元璋点头,道:"金陵是朕兴盛之地,决胜天下之大本营。朕应该好好感谢金陵啊。但众臣想过没有,在此建都的东吴、东晋、宋、齐、梁、陈、南唐,都是气短命舛,祚数不久。过去都说金陵有王气,可是诗人说了,'金陵王气黯然收',如果金陵果真有王气,怎么会一个个都是短命呢?由此看来,在金陵建都,不吉利啊。"

翰林侍讲学士张以宁道:"陛下,金陵前临大江,天设巨堑。北俯中原,万里一目。诸葛孔明,乃振古之豪杰,谓金陵龙蟠虎踞、帝王之宅,此言不虚。此地山川神明,雄伟瑰奇,陛下仰承天意,在此建南京,与北京汴京并峙,不可偏废。临濠乃陛下启圣之帝乡,臣以为可立中京,如汉南阳,兴建宫阙。等到天下太平,民力富裕,再营建洛阳,作为西京,如此四京连亘相望,以开永久之宏规,以承中华之正统,以衍亿载之丕基。"

最近,张以宁几次向朱元璋建议在金陵、汴京、洛阳、临濠建立四京,朱元璋一直没有表态,但在临濠建立中京,正合朱元璋意。

朱元璋连连点头道："以宁啊，以你之见，是在朕的家乡临濠建中京？"

张以宁道："正是此意。汉时三都，大明四都，我皇顺天承运，以启万世之师表。"

中书省左丞相李善长道："微臣以为张学士说得好，临濠是龙兴之地，北望中原，前俯大江，宜建中都，至于四京嘛，以后再议。"

李善长濠州定远人，与朱元璋是同乡。很早就投靠朱元璋，做了谋士，跟随朱元璋南北征战，出生入死，立下汗马功劳。朱元璋称吴王时，任命李善长为右相国。开国后，李善长任左丞相。有人提出在自己的家乡建都，他当然赞成。

李善长话音刚落，一些淮右大臣都附和说，这个建议好。

沉默了片刻，刘基道："陛下，微臣以为，国都乃一国之根基，当世之心脏。万不可让元气四处分散，再说，建国之初，民生凋敝，百事待兴，也不可大肆营建。" 刘基此时担任御史中丞兼太史令。

"那你的意思是？"朱元璋问。

"都城者，必须具备天时、地利、人和。当今之时，天朗气清，风调雨顺，天时有之。金陵前有大江阻隔，后面钟山屏障，地利有之。陛下横扫六合，以金陵为大本营，四方出击，金陵乃陛下福地，不可轻易放弃。当今，君臣一意，人心所向，人和有之。臣亦以为，都城非金陵莫属。"

朱元璋道："早在渡江之初，陶安就建议先取金陵，据形势以临四方。冯国用也向朕进言定都金陵，以为根本，出征四处。叶兑上书，定都金陵，拓江广以自资，进则越两淮规中原而取天下，退则保全面以自守。朕都采纳了他们的建议。金陵的确是朕的福地啊。"

有说汴梁，有说洛阳，有说北平，有说应天，有说临濠。其实在定都的问题上，朱元璋有自己的考虑。他在听了众臣意见后，沉思了片刻，道："诸位爱卿所言都有道理。不过，时势已经变了啊。长安、洛阳、汴梁虽系周、秦、汉、魏、唐、宋诸朝故都，然大明刚刚建立，民力未苏，如果在那些地方建都，供给力役都要依靠江南，势必增加江南百姓负担，尤其是汴梁，经过二十年兵火，民生凋敝，水陆转运艰辛，在那里建都势必使百姓生活雪上加霜。北平虽然为元朝首都，但如果定为都城，仍需经过一番改造，同样要耗费大量人力、物力。再说，北平离江南甚远，鞭长莫及啊。你们说洛阳、汴梁道里均适，但其实未必。"

朱元璋顿了顿，从左到右又环视了到场的大臣，慢慢道："应天诚然是朕的福地，长江天堑，龙蟠虎踞，江南形胜之地，但也有一个明显缺陷，去中原颇远，控制北方良难。再加上在此建都的朝代总是短命，不太吉利。你们看看，超过百年的有几个？"

朱元璋停了片刻，继续道："朕的家乡临濠位于江北，离中原不远。前有长江后有淮河，有险可恃，有水可漕，距离应天也很近，水路陆路，都很便利。可以弥补应天诸多不足。朕的意思是，实行两京制，在临濠建中都，以中都为主，以应天为辅。诸位爱卿，你们觉得如何？"

一片沉默。

对于皇帝的这个决定，大臣都很惊讶，没有想到朱元璋想在自己的家乡建都。连朱元璋的淮右同乡们都感到突然。

过了一会儿，丞相李善长道："陛下高瞻远瞩，洞察幽微，实在高明。"

接着，大臣中陆续有人出来附和："陛下英明！"

刘基站了出来，道："启禀皇上，临濠地处淮河之右，山矮地广，地势蔓衍，无阻无挡，非天子居所。昔日，汉高祖出身沛丰邑，而定都长安。天子之乡，是龙兴之地，未必是龙宫之所。蛟龙志在四海，吞云吐雾，气贯长虹，岂能局限于一隅？微臣以为，临濠不宜建都，望陛下圣鉴！"

起初，朱元璋对刘基十分信任。刘基满腹经纶，雄才大略，朱元璋是了解的，可是最近他对刘基的态度有了些许改变。就在上一年，刘基执意要杀掉李善长身边的亲信李彬，尽管有理有据，但因此得罪了李善长。李善长最近一直在朱元璋身边说刘基的坏话。这些日子，时逢大旱，朱元璋让刘基祈雨，结果没能如愿，朱元璋很不高兴。加上听到朝中有人议论刘基态度倨傲，朱元璋开始对刘基有所疏远。刘基虽然是位饱学之士，但性格刚烈，为人率性，在处理君臣的关系上有欠火候。他以为朱元璋还是打天下时的朱元璋，其实他错了。也许你刘基没有变，但朱元璋变了。

朱元璋听了没有说话，两眼望着前方，似乎在思考着。

沉默了一会儿，朱元璋又巡视一周，道："诸位爱卿，还有什么高见？"

大臣中没有人再说话。

"退朝！"侍卫官高声喊道。

第二天，即洪武二年九月初五，朱元璋诏令天下：以临濠为中都，中书省立即着手规划，征召天下工匠，广搜八方名材，按京师之制，营建城池宫阙。改临濠府为中立府，取"中天下而立，定四海之民"之义。

二

洪武二年十月。

袁州府宜春县月亮湾。

汤丙被一个梦惊醒。梦里，他在前面跑，后面是元军在追赶，可是他的腿怎么也跑不动，眼看就要被追上。突然发现一匹马，他想骑上去，可是他不知道怎么骑，但一想，他小时候骑过牛，就学着骑牛的模样，从马的头上骑上去，马飞奔而去。他庆幸多亏了这匹马，就在他高兴之际，突然前面又发现元军，马冲向袁河里，踏着水花，飞奔而去……就在即将上岸时，他又突然发现岸上站着黑压压的元军，这时候，他惊醒了，一身冷汗……这样的梦，他经常做。他定了定神，朝窗外望去，外面有些微光，但天还没有亮，他索性爬了起来，推开门，下弦月还挂在天上。他习惯朝正前方的袁河看了看，河那边黑黢黢一片，袁河还没有醒来。天上的星星很亮，一闪一闪的，仿佛在向早起的人们调皮地挤眉弄眼。

鸡已经叫过两遍。听见动静，父亲汤和七也起来了。人勤地早。最近十几天，父子俩每天都起得很早，他们一边要忙着翻土秋播，一边要为烧窑做准备，现在已经有十几家来订货。汤丙家今年春天，抢种了五六亩水稻，收成不错。眼下，打算再开垦四五亩地，种上油菜。官府又给月亮湾送来两头牛，月亮湾每家轮流耕地，今天轮到汤丙家。玉莲也早早起来烧早饭。

十月小阳春，清晨，袁河边刮起丝丝凉风，河面上氤氲着一层浓浓的雾。空气中飘荡着窑场特有的窑烟气味。汤丙去牛棚牵牛，汤和七往地里走，这时候，田里已经有人影在动，月亮湾有人已经起来干活了。

汤丙在犁田，汤和七抡着锄头，在后面平整泥土。过了一会儿，鸡叫三遍，东方开始出现鱼肚白。

"咚——咚——咚"，一阵急促的催农鼓响了起来。

明朝建国后，朱元璋要求每个村子都要设置一面催农鼓，每天清晨五更天，村上有威望的长老起来击鼓，催人下田干农活。如果有谁偷懒不起床，长老负责训斥。月亮湾现在最年长的是易大，他的儿子易和仲被大家推为长老。易大每天起得很早，代儿子敲催农鼓。其实，在催农鼓响起之前，月亮湾很多人就已经下田干活了。这可是以前从没有过的景象。大明建立以后，朝廷劝农，送耕牛种子，新垦田地，免去地租，农民有了种田积极性。上年与今年老天长眼，雨水不多也不少，袁河没有发大水，两岸收成不错。眼下，秋播开始，农民们再抓紧时间多垦几亩地种小麦油菜蚕豆。

汤丙甩着鞭子，不停地吆喝着，赶牛犁田。

天亮了，袁河上升腾起一层白雾，空气中弥漫着新翻泥土和牛粪混杂的味道。玉莲送来早饭，是红薯粥。玉莲说，快来吃吧，一大早就出来了，肯定饿坏了。汤丙说，就放在田埂上，过会儿再吃。玉莲也抡起锄头，帮着平整土地。汤满、谢妹也都下田帮着干活。

"咚咚咚，咚咚咚"，到了晌午，又响起一阵急促的鼓声。按村规，三声连敲，表示有急事，在田里干活的农人都要放下手中的活，回到村里老槐树下议事。

汤和七、汤丙都停下手中的活，把牛系在旁边的一棵苦楝树上，来到老槐树下。此时，很多村民都已经到了。县里来了四个衙役，其中一个是先前来过月亮湾的宜春县主簿叶成林。

叶成林站到老槐树下的一块大石头上，开始说话："诸位乡亲，大明刚刚建国，百废待兴，万象更新，国家不可一日无都城，现在朝廷决定在皇帝的家乡临濠营建新都城，需要天下百姓一起出力。当年，皇帝打天下，还不是为了拯救黎民、造福百姓？饮水不忘挖井人。现在天下太平了，老百姓过上好日子，但不能忘了本啊。朝廷有令，在江西实行均工夫，就是计田出夫，去服役两到三个月。造都城需要城砖，朝廷现在急缺窑工，月亮湾、古樟岩烧窑师傅多，宜春县决定选派三十位窑师傅到皇帝的家乡临濠去烧窑。官府会安排官船送窑师傅们去。去皇帝家乡筑皇城，可是一件很荣光的事啊！"

月亮湾的村民们都听清楚了，官府征徭役，朝廷要征召窑师傅去皇帝的家乡烧城砖。

月亮湾人自然想起元朝时各种名目的税赋和徭役，这也就是前几年的事情。朝廷不顾百姓死活，税赋层层加码，沉重而又无休止的徭役，逼得宜春县老百姓家破人亡，妻离子散。刚刚改朝换代，都盼着税赋少些，徭役轻一些，好日子才过一年多，官府又来征徭役了。

"走了强盗，来了鬼。日子还是不好过啊！"

"天下乌鸦真是一般黑！"

"男劳力走了，家里谁来干活啊？"

"临濠在哪里？"

"'猪'皇帝的家乡！"

"能到皇帝的家乡去烧窑，是一件荣光的事情啊！"

……

村民们你一言我一语议论开了。

叶成林主簿又说话了："诸位乡亲，安静！安静！皇上体恤民情，心里想着百姓，给乡民送来耕牛、种子，垦荒的田地三年免租，还不是为了让百姓过上好日子？这真是皇恩浩荡啊！历朝历代，交税出工，是天经地义的事情。现在皇帝要建都城，作为大明的子民，出点力不是应该的吗？只做两三个月的活，就回来。这有什么难的呢？希望窑师傅们把家小安顿好，抓紧秋播，十天后官府派船送各位去临濠。"

说完，叶成林主簿又去下一个村子宣讲。

月亮湾的人还在七嘴八舌地议论着。有发牢骚的，也有说好的。

月亮湾现有五十多户人家，一半是匠户，一半是农户。去年以来，粮食收成不错，窑师傅也陆陆续续恢复了烧窑。正当大家感觉到日子好过一些时，突然听到要去服徭役，自然有些牢骚。易和仲看到大家你一句我一句，乱哄哄说个不停，就站了出来，道："朝廷决定的事情，难道还能改变？再说，建设都城也是件大事情，历朝历代，都是要出工役的，元朝不管我们死活，还不是照样把我们弄去挖河筑路？现在官府给我们发粮食，送耕牛种子，这比以前好多了。还有，县衙看得起我们月亮湾，说不定其他地方的窑师傅想去都去不了呢！"

汤和七接着说："就是啊，想想元朝，再看看现在，不要身在福中不知福，不就是去做两三个月的活吗？还有什么好龇牙的呢，汤丙，你也要去。再挑几个。"

村上老一辈都这么说，也就没有人再议论了。

易和仲和汤和七、刘全二等几位老人在一起商量，这次要选手艺好的去，给月亮湾人长脸。易和仲说："和七啊，你们家'和七窑'现在订货多，要不这次就不安排你们家的人去了吧？"

汤和七说："不，让汤丙去吧。汤丙去参加红巾军为了什么？还不是为了推翻元朝，能过上好日子？现在元朝推翻了，去帮朝廷做几个月的活，应该！汤丙烧窑的手艺还不错，到了京城，不会丢脸的。"

月亮湾最后确定去临濠的窑师傅是汤丙、黄牛四、李黑、铁柱、易如山、刘德江、罗七、何四、张正四、李胜轻。

汤丙回家把即将去临濠烧窑筑城的消息告诉了玉莲，玉莲先是一愣，说，才过上一年多的好日子，怎么又要出去做工？汤丙说，去皇帝的家乡临濠烧窑，人家想去也没有机会去，到皇帝的家乡，说不定还能沾沾仙气呢！这皇帝可不是一般人啊，是天上派下来的。再说三个月就回来。

经汤丙这么一说，玉莲觉得真是一件好事，也就笑了起来。

汤满听说父亲要去很远的地方去烧窑，就问去哪里。

"到皇帝的老家去。"汤和七说。

"皇帝的老家在哪里?"汤满问。

"临濠。"汤丙也不知道临濠在哪里。

"那带我一起去吧。"

"远得很,你就在家好好帮妈妈做活,跟爷爷学烧窑吧。"

"烧窑很简单,我已经会烧了。"

"你会烧了?"

"那天,我和刘德华做了好多泥人泥狗,再挖了一个小窑洞,不停地烧,烧了一天,烧好了,我拿来给你看看。"

汤满拿出一堆小陶器,汤丙仔细看了,心里一阵暗喜,连连称赞说"好"。

"汤满啊,看来,你以后烧窑手艺也不会差。不过,俗话说,学会三天,学好三年。会了很容易,但要学好,还要慢慢来。以后,你帮着爷爷多做做。"

汤丙对父亲说:"这几天,我喊刘顺一来帮忙,把油菜种上。"

"汤丙,你就放心走吧。我手脚还灵,能做得动,现在订货的不少,我要抓紧多烧几窑。"汤和七说。

"你年纪也不小了,不要太累。汤满、谢妹也渐渐长大了,你教他们多做点。"汤丙说。

谢妹在一旁说:"爷爷,明天,我和汤满帮你烧窑。"

"好啊,我要把你们四个孩子都教会。等你们都会烧窑了,我就可以歇一歇啰。汤丙啊,你就放心走吧,到皇帝的家乡去做工,我们脸上都有光。家里有什么事,我还可以喊刘顺一、袁兴祖来帮忙。"汤和七说。

接下来的几天里,玉莲放下手中的织布活,赶时间做点扎粉,给丈夫带着。这扎粉好吃但做起来够麻烦,要经过浸米、磨浆、做团、舂团、扎粉、晒粉、扎把七道工序。宜春人过年,好的年头家家都会做。玉莲做的扎粉柔韧爽滑,都说好吃。这天,玉莲正在磨米浆,汤满说,妈妈,让我来推磨。玉莲说,你力气还小了点。汤满非要推,这磨子就是不听使唤。正在这时,刘德华和妹妹刘芷娘来玩,刘德华看见汤满在推磨，就跑上前一起推，两个人终于将磨子转了起来。

磨了一个多时辰，终于把米磨完了，接下来，玉莲教四个孩子做米团。四个孩子平时在窑场捏泥人泥狗，熟练得很，现在做起米团来也就快得很，一边做，一边唱儿歌——

> 二十四，打麻糍，
> 二十五，爆圆子，
> 二十六，买鱼砍肉，
> 二十七、二十八，杀鸡杀鸭，
> 二十九，样样有，
> 三十夜，胀得屁呱呱……

这儿歌是往年过年的时候玉莲教孩子们唱的，现在不是过年，但看见大人做扎粉，孩子们很自然地唱了起来。

这天晚上，古樟岩的袁兴祖来到汤和七家。

"和七伯，听说汤丙要到京城去筑城？"袁兴祖问。

"是的，很快就要走了。"汤和七道。

"我们古樟岩也有十个窑师傅去。"袁兴祖说。

正说着，汤丙回家了。

"汤丙，听说你要走，我特地来看看。"袁兴祖道。

"家里有什么事，麻烦你多照应点儿。"汤丙道。

"那是很自然的事。你这一走，造房子的活就不能再接了。"

"是啊，我父亲年纪也大了，家里的窑来不及烧，等我回来吧！"

"月亮湾有几十个窑师傅呢，你非要去吗？"袁兴祖问。

"兴祖啊，这可是到皇帝的家乡去筑城，百年一遇的好事情。当年我祖上筑袁州城，后来多少代还在说。现在去大明皇帝的家乡烧窑筑都城，这是我们汤家几代人积的德啊！"汤和七近来一直为自己的儿子能去皇帝的家乡筑城感到自豪。

"和七伯，你这么一说，还真的是好事。山外有山。汤丙啊，你先去，顺带打听打听，要不要木匠，如果要，我以后也去皇帝的家乡见见世面。"

过了一会儿，刘全二、刘顺一父子也来了。

"我送点扎粉给汤丙带走。"刘顺一的妻子七巧拿了一包扎粉送来。

"哎哟，我也做了扎粉呢。"玉莲说。

"都带上吧，要在外面几个月呢。"七巧说。

玉莲又把刚刚做好的扎粉，每人炒了一碗，都说好吃。

刘顺一说："我们三家能走到一起，还真是缘分。附近的人都说，'造房子，汤袁刘'，缺一不可呢。"

汤和七说："俗话说，石匠木匠瓦匠三弟兄，原是鲁班师父封。一个师父嘛，当然有缘。"

刘全二说："当年我让刘顺一学石匠，就是看到月亮湾都是窑匠，袁家是木匠，没有石匠怎么行呢？汤丙，你去皇帝的家乡，要烧出好砖瓦来，让那里的人都知道我们月亮湾有最好的'和七窑'！"

汤和七说："汤丙去，我是放心的，他的烧窑手艺怎么样，我还不知道？会给月亮湾人长脸的。"

父亲当面很少夸他，汤丙还是第一次听父亲这么说。

这天，古樟岩的袁满正来到月亮湾，找到长老易和仲。

袁满正是古樟岩的长老，也是月亮湾、古樟岩两个村的粮长。粮长不是什么官，是官府指定的乡村头目，负责催粮催税。袁满正祖上做木材生意，发了大财，鼎盛时期家里有五六百亩田。陈友谅统治时，将他家的田没收了。朱元璋占领宜春后，袁满正很识相，给朝廷捐出了一百亩田、五千斤粮食，官府也就没有找他麻烦，还让他当了两个村的粮长。

月亮湾和古樟岩两个村子虽然相隔只有三里地，但两个村之间的关系最近若干年来一直很微妙，好好坏坏。两个村学手艺的人多，其中烧窑的最多。同行是冤家，免不了竞争，由此引发出不少矛盾，比如为了村界，两个村就曾经打过群架。两个村都烧窑，互相瞧不起对方。关系好的时候，每年端午节，两个村还举办龙舟赛，每隔两三年还举办一次烧窑比赛。元末的那些年头，两个村的人死的死，逃的逃，自然也就没有多少怨恨了。最近一些年来，月亮湾的汤和七和古樟岩的袁兴祖两家关系最好，所以，今天袁满正也把袁兴祖叫上，一起到了月亮湾。

月亮湾人很吃惊，袁满正过去很少来月亮湾。易和仲把汤和七、刘全二几个年纪大的人喊来。

众人坐在老槐树下说话。

袁满正说："月亮湾、古樟岩自古就是一家，往后月亮湾有什么困难，就找我吧。能帮忙的，我袁满正一定会尽心尽力。"

听了这话，汤和七心想，早些年，月亮湾饿死那么多人，你袁满正也没有来发发善心，施舍施舍，漂亮话谁都会说。

袁满正继续道："我今天和袁荣德、袁兴祖来月亮湾，一是来拜访各位乡民，两村一家亲。二是问问去临濠的事情，不知去临濠的窑师傅定了没有。我的意思是，我们月亮湾、古樟岩两个村祖祖辈辈烧窑，烧窑的手艺在宜春县、袁州府数一数二，我们古樟岩选派的窑师傅，都是我一个个挑选的，不知道月亮湾选得怎么样？"

原来他是担心月亮湾不把手艺好的窑师傅送到皇帝的家乡去。

易和仲说："这你就放心吧，我们月亮湾选定的窑师傅不会差的。"

袁满正说："那就好，那就好。汤师傅，你们家汤丙也去吧？"

汤和七说："再忙，我也让汤丙去。你放心。"

袁满正笑道："那太好了，'和七窑'现在无人不晓啊。昨天，我还跟古樟岩的窑师傅们说，你们要到'和七窑'求求经啊。对了，汤师傅，听说你家有一部祖传的《烧造真经》？"

汤和七只是笑一笑，没有答话。

袁满正道："不过，汤师傅对《烧造真经》肯定烂熟于心了。"

"袁荣德，你们古樟岩的窑师傅手艺也不错。"汤和七道。袁荣德是古樟岩的老窑匠了，汤和七早就认识他。

"你看看，袁兴祖师傅的木匠手艺附近无人能比。"刘全二这样说，也给袁满正面子，袁兴祖与袁满正是宗家。

"那是，那是，袁兴祖的三板斧，那是稳稳的，周围十里八里，无人能比。"说起宗家来，袁满正脸上洋溢着自豪感，在他看来，仿佛与月亮湾人扳了一个平手。

倒是袁兴祖有些不好意思："哪里哪里，外面好木匠多呢。"

众人又闲聊了一会儿，袁满正就走了。

晚上，老槐树下坐了很多人，众人都知道袁满正今天来月亮湾了。李黑说："当年月亮湾人出去讨饭，他怎么不来看看我们呢?"

黄牛四说："他算什么? 我能听他的?"

刘德江道："他是卖布不带尺——存心不良。"

易和仲说："他是粮长，要显示一下地位，我们不去管他。人要面子，树要皮。月亮湾人到了临濠，好好干活，才是真的，为月亮湾挣点面子。"

汤和七说："凡事要有一个比较，想想在元朝时，我们去讨饭，我们拼死拼活推翻元朝，还不是为了日子好过点儿? 现在好歹有吃有穿，为朝廷干点活，也是应该的。人心齐，泰山移。你们在外一定要心齐，在外面，古樟岩的人，也是家乡人，都是手艺人，拧成一股绳才对。"

出发的时间到了。

这天，天还没有亮，古樟岩边的码头已经是人头攒动。月亮湾、古樟岩两个村的二十位窑师傅就在这里乘船去临濠。

家人都来为窑师傅们送行。汤和七、玉莲、汤满、谢妹早早就起来了，玉莲把扎粉包好，给汤丙带上，并把二十文钱缝到汤丙的衣兜里。

站在码头边的人，彼此千嘱咐万叮咛。

天，渐渐亮了。袁河水变得清晰起来。一汪秋水，倒映着清晨的彩云，煞是好看。河边树上的喜鹊在叽叽喳喳地叫着。月亮湾人认为，喜鹊叫，就有好事。有人撺掇说："阿四啊，唱一首歌吧。"黄牛四不推辞，就唱了起来——

树上喜鹊那个叫喳喳，

那个叫喳喳——

哥的心里那个乐开花，

那个乐开花——

妹问什么好事情，

哥说捡到一块大金砖。

妹问金砖放哪里，

哥说卖了金砖造楼房，

还买镯子加金钗，

一顶八抬大轿，

把小妹妹娶回家……

从袁州城里发出的六七艘官船都要经过古樟岩码头，船在码头停了下来，窑师傅们陆续上了船，岸上的人挥舞着双臂。

……

树上喜鹊那个叫喳喳，

那个叫喳喳——

……

黄牛四的歌声渐行渐远，很快便消失在袁河的晨雾中。

官船要在两百里的袁河上行驶大半天，经过九十九湾、八十八滩，浩荡两百里，转入赣江。在赣江上行驶一天一夜，到达鄱阳湖，再转入长江，顺江而下，然后经过高邮湖、洪泽湖、淮河，最后到达临濠。

这一趟水运，从袁州秀水驿到淮河的临淮关驿站，全程两千七百二十里，要走二十三个驿站，如果顺风顺水要六七天时间，加上途中休息补给，一般要十多天。如果遇到大雨大风恶劣天气，花上二三十天也难说。

汤丙所在的船上载了四十多人，他们大多数人没有出过远门，一开始看到外面的风景，感觉新鲜，甚至有些兴奋，一路上有说有笑。

汤丙看见袁河水时而清澈，时而浑浊。河岸上有零星的牛在吃草，砖瓦场的烟囱正在冒着白烟，田里三三两两的人在干活。这景象也就是这两年才看得见。

途中，不知什么时候，船老大喊起了船号子——

　　一道湾，嗨哟，

　　两道湾，嗨哟，

　　九十九道湾。

　　一道滩，嗨哟，

　　两道滩，嗨哟，

　　八十八道滩。

　　哥哥要盖新房，嗨哟，

　　妹妹要织夏布，嗨哟，

　　哥哥要娶新娘，嗨哟，

　　妹妹要五十两，嗨哟。

　　娶新娘，嗨哟，

　　难上难，嗨哟。

　　山外山，嗨哟，

　　天外天，嗨哟，

　　行船苦，嗨哟，

　　把家还，嗨哟。

"袁河水真的有九十九道湾、八十八道滩?"有人问船老大。

"当然，我数过。无湾不成河，无滩不成江。世上哪有笔直的河?"船老大说。

"滩很险?"

"俗话说，做田怕旱，行船防滩。"

"九十九道，能数得过来? 数了前面，忘了后面。"

"我走了九十趟，还数不过来?"

"哪一滩最险?"

"鹅叫十八滩、鬼见愁、断魂岭。"

"听这名字，就吓死人。险?"

"当然险。死的人多呢!"

"不要吓我们。"

"翻船是常有的事呢!"

"不会把我们的船弄翻吧?"

"船载千斤，掌舵一人。不到船翻不跳河。放心吧，我的船叫'稳泰山'。"

说话之间，官船驶入峡谷中。只见两岸山高坡陡，河面狭窄，水流湍急，船剧烈地颠簸着。

"八十八滩中最险的十八滩到了。"船老大说，"这里又叫鹅叫十八滩。"

"怎么叫鹅叫十八滩?"众人问。

"鹅叫一声，船已经过了十八个滩头。你说这水急不急?"船老大说。

众人心里发怵，看着滩头翻着的白浪，不说话。

"在这里翻船的可多着呢，船从这里过，两边的冤魂都会叫。"船老大说得人毛骨悚然。

"这两边的山，就叫伤山。伤心的山啊!"船老大说罢，就唱起来——

　　十八滩啊十八滩，

　　小鬼叫，大鬼喊，

　　喊得我哥哥心头烦，

　　小水鬼啊大水鬼，

　　千万不要再作难，

　　让我过了这个滩，

　　老父亲，九十九，

　　老母亲，八十八，

　　就等我哥哥回家吃个年夜饭……

过了十八滩，接着是鬼见愁，最后过了断魂岭，水面渐渐宽了，船也行得平稳了。

不知何时，船驶入了赣江。

黄牛四说："乖乖，这赣江比袁河宽多了。"

铁柱说："这还叫宽？等到了长江，那才叫宽呢！"其实，铁柱也没有见过长江，只是听说。

汤丙以前到过赣江，那还是他十一二岁的时候。那一年，袁河泛滥成灾，淹没了两岸的田地、村庄，月亮湾颗粒无收，房屋倒塌，村上人死的死，逃的逃。人们说，袁河又叫黑龙河，在黑龙河源头有一条黑色的恶龙，生性残暴，每逢乱世就会出来发脾气，口吐大水，淹没土地，吞噬村庄，还专门吸活人的血。袁河两岸的人争着逃出袁河，去找活命的地方。父亲带着汤丙，抱着一棵大树，在袁河上漂啊漂，不知漂了几天几夜，漂到一个宽阔的江面，被一个船民救下。船民告诉说，这里是赣江。父子俩在赣江边的山洞里落下了脚，以乞讨为生，总算活了下来。今天再见赣江，汤丙努力搜寻着记忆中的影子，可是江水滔滔，两岸山形都差不多，哪能看出一点影子来？

有人问船老大是哪里人。

船老大说："天宝人。"

"哎哟，天宝的女人好看啊，'万载的爆竹浏阳的伞，天宝的女人不要拣。'"李黑说。

"是好看，怎么样，去天宝娶一个回来？"船老大说。

"天宝的女人会嫁给我这个穷光蛋？"李黑做了一个鬼脸。

"你有烧窑的手艺，还怕没有女人喜欢你？再说，你从临濠回来后，就说老子到了皇帝的家乡烧窑，那女人们追着你呢！"船老大道。

黄牛四说："船老大，就这么说定了，李黑从临濠回来后，就去找你。你给他介绍一个天宝女人。"

"一言为定。"船老大拍着胸脯道，"有什么要求尽管说。"

黄牛四道："只要不是老婆子就行。"

众人都笑了。

船老大道："我和你们说一件趣事。我家附近的山洼村李跛子最近娶了一个老婆，就是年龄大了点儿，脸上皱纹多了点儿。新婚之夜，李跛子问：'你多大年纪了？'女的说：'四十五六。'李跛子道：'婚书上写的三十八。'李跛子再三问她多大年纪，她一口咬定就是四十五六。这个李跛子心生一计，道：'我要起来盖盐罐子，不然被老鼠偷吃了。'这个女的笑道：'这太好笑了，我活了六十八，从来没有听说过老鼠会偷盐吃呢。'"

众人都笑了起来。

黄牛四道："船老大，你不会给小黑子介绍一个六十八的吧？"

船老大道："那就五十八吧。反正吹了灯，都是一个样。"

众人又是一阵哄笑。

也不知过了几天，船在夜晚驶入一个开阔的水面，汤丙伸头看看外面，水面很平静，再抬头望，漫天的星星就在头顶上，似乎伸手就能摘到。

船老大说："北斗星已经转西了。"

有人问："行船的人都看北斗星？"

船老大说："那是啊，北斗星是我们的好朋友，没有它指路，我们寸步难行啊。我每天晚上不知看它多少遍呢！"

黄牛四道："哪里是北斗星？"

船老大指着天上的北斗星道："就是那七颗星，像舀酒的斗。"

李黑问："这北斗星是转的？"

船老大说："当然。斗柄向东，是春天。斗柄向南，是夏天。斗柄向北，是冬天。现在，斗柄向西，是秋天。"

又行驶了一段时间，船老大说鄱阳湖到了。船驶进了码头，众人都在船上歇息。

第二天早晨，船又开始前进，不知在什么时候驶入了开阔的水面。

"快看看大江。"船老大高声喊道。

汤丙看见江面比袁河宽很多，水是浑浊的，浪很大，水面上有很多帆船，来来往往。左右两边是连绵起伏的山峦。

"江上风这么大。"黄牛四说。

"长江无风三尺浪。这还算大？六月里，遇上风暴，那才叫大呢！"

船老大说。

"小黑子，你说这江里有没有水鬼呢？" 黄牛四说。

"怎么没有呢？不过，水鬼对好人还是不碰的。" 船老大道。

"我们都是好人。"黄牛四道。

"那你们放心吧。"接着，船老大讲了一个水鬼的故事——

在我们老家有一个黑龙潭，潭水很深。有一天，村上的崔老六掉进潭里，淹死了，成了水鬼。这崔老六啊在阳间是个老实人，在阴间也是个忠厚鬼。做鬼已经有一些日子了，阎王爷看他老实，就对他说，崔老六啊，这段时间，你老老实实做水鬼，也蛮尽心，你拽一个人到水里做水鬼，就可以投胎阳间，做一个有钱人家的儿子。阎王给了崔水鬼一个期限，三天里如果没有找到人来替代，那就别想再投胎了。崔水鬼想，把活人拖进水里淹死，太残忍，但我也想投胎啊。于是，他横下一条心，要去拖一个人下水。崔水鬼到处转啊转，看见人就是不忍心去拖。到了第三天，他想，再不拖一个就没有机会了。太阳出来了，一个小姑娘来到潭边淘米，边哭边说："娘啊你死得太早了，后母真是没良心，我整天被打骂，还吃不饱。"崔水鬼听到后觉得这个小姑娘太可怜了，算了吧。中午，一个女人来到黑龙潭边洗衣，崔水鬼想，就她吧。崔水鬼游到了女人的脚边，正要伸手，忽然听到女人背后婴儿的啼哭声，这才发现女人身上还背着一个婴儿。崔水鬼想，这万万不能啊，糟蹋两条命，作孽作孽。到了下午，太阳快要落山了，过了这个时辰，就再也没有机会了。崔水鬼想，无论如何，一定要抓一个。这时，一个卖货郎手摇拨浪鼓，走到潭边，水鬼使出浑身的力气，吹了一口气，将货郎的草帽吹落到水上，货郎放下担子，就要来捡，水鬼故意让草帽往潭中间漂去，货郎叹道："苦啊苦，一家八口，没吃的，没穿的，走村串户，今日才卖得几文钱，偏偏这怪风也来作弄我，真是倒霉啊！"崔水鬼一听，心软了，如果抓他做替身，那他家余下的七口人怎么办，唉，算了。太阳下山了，崔水鬼失望啊，看来是没有办法投胎转世了。这时，他看见潭边一个戴着竹笠的老翁正在钓鱼，心想，老天爷真有眼啊，这老翁年岁也不小了，让他来做水鬼吧。崔水鬼很快来到老翁的脚边，一把拉着老翁的脚，就往水里拖。崔水鬼说："老人家，你年岁不小了，也活够了，你就来做水鬼吧。"老翁很平静地道："我做了一辈子好事，与你无冤无仇，你为什么要害我？"崔水鬼一听，让一辈子做好事的人做水鬼，我也不忍心，于是就放开了老翁，然后叹口气道："算了，大不了我继续做我的水鬼去。"

正在这时，一道金光闪耀，一位白发老人，手持拐杖来到潭边，对水鬼说："崔老六啊，你真是一个好心水鬼！我是本地的土地神，奉阎王爷之命，马上将你带到阳间。"崔老六真是喜出望外。

黄牛四道："这崔老六后来不知道投胎到哪家了？"

船老大道："那肯定是一个大户人家啊。"

铁柱道："这个崔老六还真是一个好人。做鬼也老老实实的。"

黄牛四道："以后我们到了阴间地府，也要好好做鬼，这样好投胎。"

说得众人都笑起来。

船上的人正说着话，突然听见有人在哼，一看，是月亮湾的罗七。汤丙赶忙问："小七子，怎么了？"

小七子说："肚子疼。"

汤丙说："饿的？"

小七子说："操他娘的，早不疼晚不疼，偏偏这时候疼。"

汤丙给小七子喝了热水。

过了一个时辰，黄牛四也说肚子疼。过了一会儿，铁柱也说肚子疼。汤丙和船老大商量，几个人肚子都疼，靠岸找个郎中看看。叶成林主簿不同意，说，如果我们靠岸，船就会掉队。又过了一个时辰，船上有七八个人喊肚子疼，有的还上吐下泻。汤丙和易如山再次找叶成林主簿，坚决要求靠岸，叶成林只好答应了。船停靠在江边一个小驿站，汤丙打听到驿站有一个郎中，就把他请到了船上。郎中给拉肚子的人号了脉，说，船上受了风寒，吃点草药就会好。众人折腾了大半天，几个肚子疼的人喝了药，船继续起航。不知不觉又过去半天，黄牛四等人都说肚子疼好些了，可是小七子的肚子还一直在疼，吃药好像没有用，还拉肚子。汤丙让小七子不停地喝水，可是喝了就拉。众人眼看着小七子瘦下去，十分着急。汤丙对船老大说，找一个驿站吧，让他下去再找郎中看看。

船老大说，前方没有驿站，要到很远的地方才有。船上的人说，再这样下去，小七子就没命了。船老大说，那我也没有办法，随便停靠在江边怎么行？易如山问，下一个驿站还有多远？船老大说，可能还有两三个时辰。

大约两个时辰过后，小七子发起高烧，接着昏迷不醒。船终于停靠到江边的一个小驿站，众人急忙找来郎中，给小七子号了脉，郎中看了看小七子的眼睛，说，不中用了。大伙听了顿时傻眼了，都央求郎中救命。汤丙说，老先生，有什么好方子，你就用吧，你要多少钱我们给你，你就行行好吧。郎中说，不是我不救命，是救不了他的命。这样吧，我开一服药，看看他能否喝得下去，如果喝得下去，就有救。如果喝不下去，我也就没有办法了。再过了一会儿，汤丙抱着小七子，船老大拿来药碗，黄牛四撬开小七子的嘴，硬是把一大碗药灌进他肚里。众人看到把汤药灌进了小七子的肚里，也松了一口气。船老大说，上船吧，我们还得继续赶路。

小七子头枕在汤丙的腿上，一直昏迷不醒，一船的人都不说话，气氛十分凝重，大家都在心里默默祈盼着小七子喝下汤药后能好起来。易如山在旁边陪着，不时问汤丙有没有退烧。

起风了，船老大拉起了风帆，船加快了速度，顺流直下。

汤丙一点儿睡意也没有，他不时看看外面漆黑的夜空，夜空中星星闪烁。他不停地摸小七子的头，希望他能退烧，可是，小七子又是一阵呕吐，把吃下的药全都吐了出来。汤丙想再给他灌些热水，可是小七子的牙齿咬得紧紧的，根本灌不进。快到天亮了，一直昏迷的小七子在汤丙的腿上永远闭上了眼睛。

船上的人都哭了起来。

船，仍然在快速向前驶去。

汤丙、易如山一边流泪，一边和众人商量着处置小七子的尸体。有的说，让船靠岸，找一个地方埋了。有的说，在船上死的，就让他魂归江水吧。有的说，带到临濠去埋吧。叶成林主簿说，官府有交代，如果途中发生意外，死去的人就放入水里。

月亮湾人在一起商量，决定实行江葬。众人用一床被单将小七子裹起来，再用绳子捆扎好，放在船头，然后，齐刷刷地跪下，磕了三个头，此时已是哭声一片。

月亮湾人一边流泪，一边将捆着小七子尸体的包裹推入了江水里，包裹在黄黄的江水里翻腾了几下，转眼就不见了。

汤丙边哭边说："兄弟啊，你这是命苦，还没有到临濠，你就这么走了，以后回月亮湾，我怎么向你的家里人交代呢……"

一只白鸥绕过船边，绕了两圈飞走了。

李黑哭着道："这肯定是小七子魂变的，最后看了我们一眼，就飞走了，转世去了。"

黄牛四道："肯定给江里的水鬼拽走了，可惜不是崔老六，不知道是哪个水鬼要投胎阳间，就做了这个混账事。"

刘德江道："我们出门不利啊，还没有到地方，怎么就有灾难？今晚，我们拜拜窑神吧，让窑神保佑保佑我们。"

船老大说："江里有水府，也是阎王爷管，小七子肯定到水府里去了。"

船很快离开小七子沉下去的江面，男人们凄厉、沉闷的哭声在江面上久久回荡……

当天夜里，船在江中行，月亮湾人都到了船头，易如山点了一炷香，众人都跪下，朝着天上的月亮拜了三拜。没有人说话，都在心里默默地祈祷着。

此时，江月无声，如银似水。

三

袁州府的官船到达临濠已经是十六天以后的事了。

临濠，古为钟离县，元朝时为濠州，大明朝皇帝朱元璋的家乡，临濠被朱元璋改名为"凤阳"那是五年后的事情。

临濠临近淮河，由于黄河泛滥，淮河多年失修，加上水旱蝗灾不断，瘟疫横行，土地荒芜，冈陵灌莽，庐舍寥落，一片萧然。朱元璋出生于临濠东乡的孤庄村，小时候饥一顿饱一顿，十七岁那年，家乡干旱，加上瘟疫，半个月之内，父亲、母亲、哥哥、哥哥的孩子先后死亡，走投无路之际，朱元璋才到了附近的皇觉寺做了小行童。二十五岁那年，在小时候的伙伴汤和推荐下，到濠州参加了郭子兴的起义军。本来是为了糊口保命，干着干着竟然如鱼得水，显示出不凡的军事才能，当上了大帅，率领千军万马，横扫六合。自从渡江占领集庆后，他就有了要做首领甚至皇帝的冲动。随着节节胜利的到来，他感觉到自己离皇帝的宝座已经不远了，便开始经营起自己的家乡来。称吴王后，他从占领的江南地区强行迁来七十多户富户落户临濠，也不管他们愿意不愿意。他给这些富户田地、耕牛，还免了他们的租税。随着大明朝的建立，一个更大胆的想法在朱元璋的脑中渐渐形成，那就是在自己的家乡临濠建都。

　　"临淮关驿站到了！临淮关驿站到了！"一阵吆喝声，唤醒了正在沉睡的汤丙。他睁开惺忪的睡眼朝外望去，一轮红日正从淮河上升起，河边停靠了很多船，河面上升腾起薄薄的水雾。岸边生长着很多杨树，有的叶子已经泛黄，在秋风中瑟瑟作响。低矮的茅草屋，散布在码头附近。汤丙想，皇帝的家乡临濠怎么这么穷？一问才知道，这里不是临濠，是临淮关。从这里到临濠还有六七十里路。本来船可以从临淮关经濠河直接开到临濠码头，但由于近来濠河上来往的船只太多，袁州府来的船只能停靠在临淮关，人要走到临濠去。袁州府的窑师傅们坐在杨树下，有人喊饿死了，有人喊渴死了，负责运送的袁州府官员说，正在准备弄吃的，让众人再等一等。过了好一会儿，才有人送来十几筐馒头。官员说，每人先吃两个馒头，等到了临濠再吃饭。南方人吃不惯馒头，很多人咬了几口，就把馒头扔了。

　　"这面疙瘩真是难以下咽。"

　　"饿了一天，就让我们吃这个，不管我们死活。"

　　"真不把我们当人。"

　　"什么龙兴之地，一点也看不出来。荒凉得很，还不如我们宜春呢。"

　　……

刘德江从夏布袋里掏出几个生红薯，这是他临走时妻子塞给他的，他塞给汤丙一个。汤丙用衣服擦了擦，三口两口就吃掉了。李胜轻带了十几个柿子，分给大家吃了。

队伍又启程了。此时，从临淮关往临濠走的人太多，都是从各地来的匠人役夫，远远望去，路上黑压压的一片。时值秋天，多日没有下雨，泥土路上腾起了浓浓的尘雾。

汤丙边走边打量着路边，近处是田野，远处不时看见几个小山丘，路边村庄的房屋多数是茅草房，高低不平的田地里有三三两两的农人正在干活。

"这里就是中原？"李黑问。

"差不多吧，不怎么样。"铁柱道。

"你看这山上光秃秃的，也不能种什么庄稼。"李胜轻道。

"一个鬼不生蛋的地方。"黄牛四道。

汤丙赶忙制止道："说话小声点，这里可是皇帝的家乡啊。"

"皇帝的家乡又怎么样？穷就是穷。看来中原比我们宜春还要穷。"李黑道。

"别看现在这样，再过几年，这里就是一国之都，大明的都城。"汤丙道。

"我看早着呢，八字还没有一撇。"黄牛四道。

众人边走边说。

秋阳高照，田野上空，麻雀乱飞，田埂上，有牛在吃草，远处的山坡上，时而可见白色的羊在觅食。乌泱泱的人头向前蠕动着。太阳下山了，西边的天幕上现出了五彩的云朵。路两边的小山丘越来越多，山上青石裸露，树木稀少，显得很荒凉。

在黑夜降临之前，月亮湾人到了临濠。众人在暮色中看看四周，这里分明就是乡野，哪里像一个城市？

袁州府来的窑师傅被安排在一个由芦席搭成的大棚里，到了很晚，才有人送来饭菜，大家已经饿得眼睛直冒金花。

第二天一早，工部负责烧窑的监工罗运来来到工棚，召集窑师傅们训话："各位师傅一路劳顿，辛苦啦。临濠是皇帝的家乡，是龙兴之地，各位能到皇帝的家乡做工，是上辈子修来的福分。你们来了这里，要好好干活，不能怠工，不能乱跑，不能乱说，遵纪守例。如果烧出孬砖，不合要求，官府就会追责。你们每人每月做二十天活，朝廷给你们分了地，其余十天不上工，就去种地。干活时的口粮，由朝廷提供，每月三斗，不上工时，官府不会发粮，由你们自己种粮补足。"

随后，官府的人把窑师傅们带到不远处的小山坡前，指着一片长满杂草的荒地说，这块地划给宜春窑师傅耕种。

"我们是来给皇帝建都城的，不是来种地的。"

"我们跑这么远，到这里来翻地，我们自家的地还荒着呢。"

"一个月干二十天活，够累的，还让我们种地。官府也太会算计了吧。"

"再说，我们几个月就走了，庄稼即便是种下去了，还没有熟呢。"

……

众人都在发牢骚。罗运来说："只有干活，才能发粮，这是天经地义的事。"

"那我们粮食不够吃，怎么办？"有人问。

罗运来说："你们是第一批来的，可能没有等到粮食成熟，你们就回去了，不过没关系，你们可以先向官府借，等到庄稼收获了，再还上。役夫是要轮换的，你们走了，袁州府后面还会再来一批，他们接着种。"

众人七嘴八舌地议论着。官府的人装作没有听见。他们知道，役夫们在一起总会发发牢骚。

眼下正是种植冬小麦的时节，过了两日，官府派人送来了耕牛、农具，袁州府的窑师傅们只好下地翻土、种小麦。

洪武二年九月，朱元璋确定临濠为中都后，大规模的营建开始了。朝廷从直隶、湖广行省、江西行省六十多个州府调集了三十万匠人、民夫到临濠参加营建，加上驻扎在临濠的军队以及囚犯二十万人，共计五十多万人参加役作。临濠顿时成了一个巨大的工地，到处堆满泥土、石料、木料，随处可见脚手架以及在旁边劳作的人影。

这天，监工罗运来召集各地窑师傅开会。罗运来说，现在临濠都城工地急需大城墙砖，依靠民间税砖，来不及供应，所以官府决定在临濠附近建官窑。各州府要抓紧时间，寻找适合烧窑的地方，一旦选中，官府会有奖赏。

袁州府官员决定让汤丙领头，去临濠郊区选窑址。汤丙领着五十多个窑匠，在临濠四处寻找，但发现附近泥土中沙子较多，不适合烧砖。

黄牛四说："汤丙，我们不要太认真，随便选一个地方，差不多就行了。"

李黑也说："我们江西来的，人生地不熟，哪里能找到呢？"

汤丙说："还没有找呢，就说找不到？千里迢迢来皇帝的家乡烧窑，总要做点事，给袁州人长长脸。"

晚上，众人都在工棚里歇息，铁柱说："汤丙，你说得有道理。树活一层皮，人活一口气。我们还真要好好烧，以后回去了，还可以和子孙们吹一吹，大明京城、皇帝的宝殿，都是你爷爷烧的砖，这样想一想，我们脸上也有光啊！"

汤丙笑道："把你铁柱名字刻在砖上，你的子孙以后到京城来，就会看见你的名字了。"

"这的确是个好办法。你们家'和七窑'早就刻了字。出了名才能刻，像我这样的窑匠名字刻在上面，不是献丑吗？"铁柱道。

"你的窑烧得也不差。你看你名字，铁柱铁柱，像铁一般坚固。"黄牛四在一旁道。

"阿四，你这是笑话我。和'和七窑'比，'王奶奶'与'玉奶奶'，就差一个点儿。"铁柱道。

众人都笑了。

第三天，汤丙在临濠东边的濠河旁山坡上，找到了适合烧砖的土。一打听，这个地方叫柳树湾。

各府派出的窑师傅都选了烧窑的地方，这天，官府召集各府窑师傅，汇总勘察情况。

庐州府选在羊角坡，常州府选在牛尾巴地，镇江府选在大山凹，宁国府选在篾匠岗，安庆府选在牛岭，袁州府选在柳树湾……各个州府选的地都在周围的山坡上，唯独扬州府的窑匠作头陈兴二说，我们扬州府泰州烧砖瓦，用溱湖里的湖底泥做砖坯，烧出的砖瓦绿豆色，既细密又结实。这里不是有濠河吗？我们想到能否用濠河底的泥来烧砖。我们昨天看了一下河泥，觉得还不错。

监工罗运来说，工部马上组织窑师傅逐一勘察后再定夺。

这天，罗运来带领几个有经验的窑师傅来到柳树湾察看。柳树湾濒临濠河，因为河边种植了很多柳树而得名。时值秋天，柳树的叶子也渐渐泛黄，秋风一吹，瑟瑟作响。在柳树之间的乌桕树，叶子已经像火一般的通红。河边往东去，就是一个不高的小山坡，山坡上一棵高大的银杏树，在秋阳的照耀下闪着金光。

汤丙让黄牛四刨了好几个洞，他抓起一把泥土，一边用手搓着，一边道："掘地验土辨色，是窑匠的头等大事，马虎不得。你们看，这个山坡上石头少，土中的沙子少，黏而不散，粉而不沙，很适合烧砖。山坡向阳，砖坯容易风干。另外，这里临近濠河，烧好以后，用船运输也方便。这里很适合做窑场。"

工部组织来的窑师傅们都有烧窑的经验，他们抓抓土，再看看周围，都觉得汤丙选的这个地方不错，可以作为官窑场。

几天看下来，工部最后确定了六处候选。罗运来说，各家先烧一窑，最后再比一比看，哪里烧的砖好。这水下取泥烧砖，就算了，这濠河上船来船往，也没有办法捞泥。

汤丙带领袁州府的窑师傅们在柳树湾驻扎下来。窑师傅们开始刨土掘泥。铁柱说，一镐下去，你看这里的土多好啊！易如山说，汤丙的眼力就是好！黄牛四说，汤丙真是眼睛上长锥子——真尖！汤丙说，什么锥子不锥子，你和泥巴真心交朋友，泥巴才认你。黄牛四说，湖底泥能烧砖，那我们袁河里也有泥啊。汤丙说，湖水一般不流动，淤泥能烧砖，可以理解，但袁河水是流动的，泥土也被河水冲走了。所以，袁河底的泥巴多半是烧不成砖的。

六处待定地都烧好了一窑砖，送到工部鉴定。官府鉴定后认为，袁州府汤丙烧的砖最好，因此决定在柳树湾的山坡上营建官窑。

此前，各地窑师傅平时烧造的砖大小不一，多数烧砌屋小砖，没有烧过大城砖，工部营缮司根据《营造法式》明确城砖烧造定例："馒头窑"依山坡而建；城砖长一尺二寸，宽四寸，厚二寸，重四十斤；中等窑装砖瓦二千二百个，记工八十八，用五十围芦柴八十八束。大窑及小窑以此为准增减。

寂静的柳树湾一下子热闹起来。官府沿着山坡营建了一百多座窑，各地的窑师傅都集中到了这里烧窑。白天，山坡上人头攒动，有人刨土，有人运土，有人筛土，有人做泥塘，有人做砖坯……到处是一片忙碌的身影。时而还传出一阵阵夯声、歌声。点火之后，柳树湾一带到处都弥漫着窑烟味道。无风的日子里，烟雾蒙蒙。到了夜晚，站在山坡高处望去，窑火点点，似繁星落地。早晨，一柱柱窑烟袅袅升起，飘向天际……

到了开窑时间，官府派了十多个督工与窑作头挨个窑查看烧砖情况。在袁州府窑场，督工们查看了汤丙烧的城砖后，赞不绝口。袁州府的窑师傅说，汤丙可不是一般的窑师傅，他是祖传的大师傅，袁州城墙的城砖就是他祖先领头烧的。他家里还有一部《烧造真经》，他父亲烧出的"和七窑"无人能比。

一传十，十传百，汤丙出名了，柳树湾窑场的窑师傅都知道袁州府有一个手艺高超的窑匠。从此以后，时不时还有人到汤丙的窑口来拜会取经。

过了一些日子，汤丙当了宜春县窑师傅的作头。除了自己烧窑，他现在还要指导别的窑师傅。就是月亮湾的窑师傅，也只有几位烧过大城砖，掌握不好火候，汤丙在十几口窑之间来回穿梭，悉心指导。汤丙和他父亲一样，是一个较真的人，谁有一点马虎的地方，都逃不过他的眼。

黄牛四和李黑烧的一窑砖，由于窨水不够，有部分砖面出现花纹，两人商量，决定不和汤丙说。汤丙在巡窑时发现了花纹砖，就问怎么回事。黄牛四说，就是部分砖出现了一点花纹，但还是结实的，不影响砌墙。汤丙听他这样说，勃然大怒，厉声道："黄牛四，这是你们干的好事！烧了孬砖，还不说？还想蒙混过关？这像月亮湾人做的事吗？"

"汤丙，你为什么这么较真？这砖就是颜色有点不大好看，还算结实。再说……也没有人知道。"李黑道。

"是啊，一点小毛病，也不是什么大问题。烧一窑砖，很不容易。"黄牛四附和道。

"没有人知道，就能蒙混过关？匠人的心，天知，地知，神知，这个道理你们也不懂？没有人知道就可以敷衍了事？千里长堤，往往坏在一个蚂蚁洞。营建的事情，能有小事吗？"

"烧一窑砖，也不容易……"黄牛四有些不好意思。

"正因为不容易，所以才要用心烧啊！匠人要有匠心。"汤丙道。

二人从未见过汤丙发这么大火，也就不再吱声了。

"这一窑砖作废，重新烧。"汤丙厉声道。

月亮湾人都知道，汤丙平时很随和，但在烧窑这件事上，一丝不苟，他和他父亲一样，就是一副犟脾气，认准的事情，谁也说服不了他。他的话，月亮湾人还是听的。

一次，两位宜春窑师傅为了赶进度，没有筛泥，被汤丙发现了，自然不会放过。汤丙训斥道："做手艺活，不能有一点点偷懒。"

"汤师傅，这又不是造房子，何必那么较真？"其中一位窑师傅嘴硬。

"造作之事，怎么有大小之分？小到一根针，大到一座城，都是马虎不得的。不较真就会出大事。"汤丙道。

另一位窑师傅不服气："我就要偷懒，怎么样？你也不是宜春知县，管不着！"

汤丙毫不示弱，厉声道："良心会找你算账的。"

"过两个月，我就走了，管他呢！"窑师傅道。

汤丙火冒三丈，道："我就要来管。亏你还是宜春匠人，你对得起匠人这个身份吗？"

汤丙与两位窑师傅吵了起来，督工在不远处听见这边有人吵架，就赶了过来，问怎么回事，汤丙道，没有什么，在谈做砖坯的事情，想法有点不一致。督工东看看，西看看，没有什么，也就走了。宜春的两位窑师傅心里想，如果让这位督工知道了，免不了一顿鞭抽，看到汤丙不是那种踩人的人，对他也就多了几分尊敬。

太阳快要落山了，柳树湾的官窑在傍晚的余晖里，升腾起缕缕白烟，犹如一条条白丝带，在空中飘漾。

黄牛四站在窑顶上唱了起来——

窑哥哥，好心肠，
白天忙，黑夜忙，
一年三百六十五日，
天天都在黑窑场。
烧了青砖，烧白瓦，
烧了金瓦，烧金砖。
草作被，地当床，
顶星星，披月亮，
最后住了个茅草房。
……

听到有人唱歌，不远处的扬州府窑场也有人唱了起来——

早上起来蒙蒙亮，
妹子做砖到窑场。
撕一块云来做衣裳，
妹子生来好模样，
撩得我小哥哥心痒痒，哎呀——
妹妹怕羞红了脸，
小哥哥心里喜洋洋，哎呀——

妹妹她是一个水蛇腰

端起砖来蝴蝶飘，哎呀——

妹妹做砖是巧手，

做的砖瓦香溜溜，

小哥哥我整天想去转一转，

哎那么哎呀呀——

唱歌的是扬州府窑师傅焦九四，他平时也喜欢唱歌。两个喜欢唱歌的人现在混熟了，经常串串门聊聊天。黄牛四平时说话喜欢吹吹牛，焦九四也是一个说大话的人。两人到一起，吹得天花乱坠。

我们溱湖的砖瓦，天下无双。

我们月亮湾的砖瓦，无人不晓。

溱湖戴家窑的"绿豆青"，抢不到。

月亮湾汤丙家的"和七窑"，来不及烧。

扬州城里的寺庙，用的都是我们溱湖的砖瓦。

袁州的城墙就是我们月亮湾人建的。

……

两人你一言，我一语，说着说着，戗了起来。最后，竟然打了起来。听说有人打架，汤丙赶忙到了黄牛四的窑口，将二人拉开，狠狠训了黄牛四一顿。汤丙说，万事和为贵。为这点小事打架，值得吗？在家靠父母，出门靠朋友。多一个朋友，多一条路。再说，月亮湾的砖是不是天下最好的，也不是你黄牛四说了算。

黄牛四道："他说话太气人。"

汤丙道："穿衣戴帽，各好一套。让他一分又何妨？"

黄牛四道："我要为月亮湾争一口气。"

汤丙道："有本事烧出顶好的砖来，自然让人家服气。"

不打不成交。扬州府窑匠作头顾万一事后听说这事，觉得汤丙师傅为人很大气，就特意找来，代焦九四赔不是。顾万一和汤丙聊了起来，不聊便罢，一聊两人竟然聊得很投机。

汤丙问："你们用湖底泥烧砖，如果天冷了，怎么到湖中捞泥呢？"

顾万一道："窑师傅一般都在夏天下湖捞泥，然后让泥巴在日头底下暴晒，这样秋冬季就可以用晒好的泥做砖坯了。这溇湖里的泥巴是黑色的黏土，柔软、细密，烧成的砖瓦呈绿豆色，所以，我们当地叫'绿豆青'，用手敲一敲，像敲铜锣子一样响，又叫'噹锣响'。"

"我从来没有见过绿色的砖。"

"不过，并不是所有窑匠都能烧成'绿豆青''噹锣响'，有道行的窑师傅才烧得出。"

"溇潼有多少口窑？"

"我们溇潼镇上有七坊，戴家、陈家、范家、宋家、张家、蒋家、徐家，每坊有七座窑，七七四十九座窑。每年都要打擂台，看谁的砖瓦烧得好。连应天城的寺庙都用我们溇潼的砖瓦呢！"说起家乡的砖瓦来，顾万一眉飞色舞。

汤丙啧啧称赞，心想，真是山外有山、天外有天。

起初，顾万一听说汤丙的烧窑手艺不错，直到有一天，黄牛四把汤丙家"和七窑"的历史说了，顾万一十分惊讶，道，汤师傅，你藏得也太深了吧，我是半桶水，晃来晃去。你是一桶水，稳稳的，一滴不漏。

汤丙笑笑道："你们用湖底泥烧砖，我就没有烧过，还是头一次听说。真是鱼有鱼路，虾有虾路，学艺无止境，我要好好向扬州师傅请教才对呢！"

官府布告，柳树湾官窑场近期举办烧砖比赛，二十府所属的五十州县都要将烧制的城砖报送到工部营缮司，营缮司再进行评判。

晚上，众人在一起聊天，黄牛四说，这烧砖状元必定姓汤。李黑说，我也这么想。汤丙说，不能这么说，临濠这里烧窑的高手多呢。黄牛四道，再多也强不过汤状元。铁柱道，如果这次状元不出在我们月亮湾，我们还有什么脸面？李黑道，这一砖窑我们要好好烧，不能有半点瑕疵。汤丙道，不仅仅这一窑要好好烧，每一窑都不能马虎，才能对得起匠人良心。

在接下来的日子里，月亮湾窑师傅帮着汤丙掘泥、筛泥、和泥、踩泥、做坯、烧窑，尽心尽力，汤丙看在眼里，喜在心里，虽然他不怎么看重比赛，但看到窑师傅们如此认真做活，心里还是蛮开心的。到了开窑的时候，众人一看，一窑砖块块都好，成色新鲜，砖面如镜，坚硬如石。汤丙说，这一窑砖虽然说是我烧的，其实都是大家的功劳。众人都说，这样的砖块块都是极品，谁能比？状元非汤丙莫属。汤丙道，牛皮不能吹破了，大话不能说在前。

黄牛四让汤丙挑选十块砖，汤丙淡淡地说，随便拿吧，我看块块都合例。黄牛四与李黑、铁柱一起挑了十块城砖送到官府。黄牛四说，我们静等开榜吧。

又过了一些天，工部营缮司召集各府窑匠开会，宣布评判结果。黄牛四、李黑都很激动，催着汤丙早点去。汤丙说，我还有几把柴火要烧，你们先去，我过会儿就到。

各府的窑匠们都到了濠河边一块空地上集合，黄牛四放眼望去，乌泱泱一片，有好几百人，都在等待着官府的评比结果。

一阵锣声响过之后，工部营缮司的员外郎宣布结果——

"第五名，庐州府无为州窑匠李重一。"

庐州府的窑师傅们发出一阵欢呼声。

"第四名，镇江府武进县窑匠叶秀三。"

"第三名，太平府当涂县窑匠蒋九四。"

"第二名，扬州府泰州窑匠顾万一。"

每念到一个名字，下面都是一阵欢呼声。窑师傅们都在想，第一名是谁呢？都在屏声静气等待着。

"第一名——"，工部员外郎故意顿了一下，朝人群中扫了一眼，接着宣布，"袁州府宜春县窑匠汤丙。"

袁州府窑师傅们立即欢呼起来，黄牛四、李黑等月亮湾一干人更是开心得跳了起来，人们齐声高喊："汤丙——，汤丙——"黄牛四在人群中寻找汤丙，就是找不到。

工部员外郎说："恭喜获得前五名的窑匠！朝廷对获奖的五名窑

匠，每人奖赏二两银子。三百六十行，行行出状元。要想做烧窑状元，可不是一件容易的事情。这五位窑师傅烧出的城砖顶呱呱，我们请头名窑状元汤丙上台来说几句。"

众人都在东张西望，等待汤丙站到台上去，可就是没有汤丙身影。黄牛四急了，就走上台，众人以为他是汤丙，都呼喊起来。黄牛四神色羞涩，紧张得支支吾吾："各位……各位师傅，实在……实在对不起，我……我黄牛……四……"

下面的人听成"黄牛"了，发出一阵哄笑。

"黄牛上来干什么？"有人高声喊道。

"黄牛得到了窑状元，奇了！"人群中又是一阵笑声。

"是这样的，汤丙师傅……刚刚还在这里，他这会儿有事，才走。我……我和汤丙师傅是一个村的，我来代他领奖，银子嘛……我不会私自落下。"

下面又是一阵笑声。

"我……我黄牛四和汤丙都是袁州府宜春县月亮湾村人，村上祖祖辈辈都烧窑。汤丙家祖上六七代都烧窑，袁州城……城墙上的砖，就是汤丙祖上烧的。汤丙的父亲汤和七烧出的'和七窑'在我们那里，真是无人不知，无人不晓。'和七窑'的货，那真是好，好得不得了，拿铁锤敲都敲不碎……汤丙家还有一部祖传的《烧造真经》，祖传的。汤丙的父亲汤和七总是说，烧窑要做到手到眼到，还有一到，叫什么……对了，对了，叫心到……"

黄牛四还想说，员外郎打断了他的话。李黑听到结果后，飞快地跑到汤丙的窑口报喜讯，人还在窑口外几丈远，就高声喊起来："汤丙啊，汤丙，太好啦！第一名，状元，状元，你成了烧窑状元啦！"

李黑跑进去一看，汤丙正在给窑喂柴草，见到李黑，只是淡淡一笑，没有说话。

李黑说："汤师傅，我们早就说你肯定是天下第一。"

"天下第一？怎么能这么说？"汤丙停下手中的活，擦了擦额头上的汗，淡淡地说。

李黑看了看汤丙，发现他脸色发白，就问："汤丙，你今天怎么了?"

汤丙道："今天有些发烧，小毛病。"

李黑赶忙到了伙房，让伙房师傅熬了一碗生姜水，给汤丙喝了。

黄牛四、铁柱等人都回来了，大家闹着要汤丙请大家喝酒，得知汤丙今天发烧，都来问寒问暖。当晚，汤丙的烧退了。可是第二天下午，汤丙又发烧了。黄牛四和李黑去找作头，作头说，你们先回去，我们会安排郎中去看病。到了晚上，郎中还没有来。黄牛四又去找罗运来，罗运来说："整个窑场只有一名郎中，看病的人太多，现在不知道在哪个窑口看病呢，争取明天一早去看吧。"

第二天上午，郎中来了，给汤丙开了药。可是吃药后，第三天还是发烧。李黑说，这叫什么郎中啊?简直就是一个骗子。到了第四天，汤丙总算不发烧了，可走起路来依然发飘。铁柱道，你得了窑状元，连太上老君也嫉妒了，让你生几天病。李黑说，不对啊，他得了窑状元，太上老君高兴才对啊。汤丙感慨道，病来如山倒，病去如抽丝。出门在外，大家都要保重，千万不能生病啊。

汤丙选定了官窑场地址，还在烧砖比赛中获得了"窑状元"称号，很快出名了。现在，临濠柳树湾官窑场师傅们都知道袁州府有一个叫汤丙的师傅，烧砖手艺好。隔壁窑口的扬州府泰州窑师傅顾万一、焦九四跑来向汤丙表示祝贺："汤师傅，我们原先认为我们是天下第一，现在甘拜下风，祝贺!祝贺!"汤丙有些不好意思，连忙道："哪里哪里，扬州师傅很厉害，我们要好好向你们学呢。"

临濠都城工地上的工程全面推开，工部正在广搜人才，让众人推荐有本事的能工巧匠担任督工。罗运来向工部推荐了汤丙。汤丙很快被任命为督工，负责督查指导烧窑，检查城砖是否合例。督工虽然不是什么官，但有决定城砖是否合例的权力，实际上是一个把关人。汤丙现在负责三十口窑，涉及袁州府、庐州府、太平府所属的八县。月亮湾的窑师傅都为他感到高兴。

黄牛四道："看样子，汤丙是鲤鱼跳龙门——要高升了，说不定会到朝中去做大官呢！"

李黑道："已经是一个官了啊，如果再升官，岂不是公鸡戴帽子——官上加官？汤丙啊，你做了大官，可不要忘了我们这些自小一起长大的'窑花子'，到时候也分我们一个小官当当。"

铁柱做了一个鬼脸，道："小黑子，你能当什么官？给你一个工部尚书当，怎么样？"

"你以为我不能当？给我当，我还不照样当？"李黑笑道。

"'王奶奶'和'玉奶奶'都不分，皇帝的诏书也看不明白，当什么官？"铁柱道。

"你又错了，你没有听说，皇帝只要认得四个字就可以了。"李黑道。

"哪四个字？"铁柱问。

"可、不可、杀。这四个字难道我还不认得？"李黑道。

张正四在一旁道："小黑子，认得不少字嘛。我考你一下，秃子的'秃'怎么写？"

李黑道："把秀才的尾巴弯过来不就是？"

众人都被逗笑了。

刘德江在一旁道："官不官，那是以后的事，拿了奖赏，要请我们月亮湾人喝一顿酒，才是眼前的事。"

汤丙笑笑，道："罢了，罢了，督工算什么官？只是当一回恶人而已，还不是外甥打灯笼——照舅（旧）。不过，酒是要喝的。"

汤丙将月亮湾的窑师傅们请到了临濠工地上一家小酒馆，拿官府奖赏的钱请大家喝了一顿酒。月亮湾人个个都敞开来喝，喝得酩酊大醉。

汤丙很快从工棚搬到督工们集中住的瓦房里居住，那里的条件要比窑师傅住的工棚好得多。他现在每天都吃得好，餐餐有鸡有鸭，顿顿有鱼有肉。督工、作头们还经常在一起喝酒作乐，好不开心。汤丙白天在管辖的窑口之间来回穿梭，对窑师傅进行悉心指导。凡是出窑的城砖，他都要一块块查看，发现有一点问题，也不会放过，因此，窑上的人都说，这个汤师傅看样子是个"好好先生"，其实对大家苛刻得很。

一天，汤丙来到庐州府含山县窑师傅负责的窑口查看，只见窑师傅正在出窑，汤丙走上前去，仔细看了几块，再掂量掂量，感觉城砖不够重量。他问作头史大："这里的砖坯，都是足秤？"史大道："我们的模子都是按照定例来的。"汤丙又拿了几块，掂量掂量，道："肯定不足秤。"汤丙让人去称，史大磨蹭，不大愿意去称，道："汤师傅，不可能少的。再说，重一点轻一点，也不影响砌墙。"

　　"史师傅，你烧过窑吗？"

　　"怎么没有烧过窑，烧得多呢，砖重一点轻一点，无所谓。就是断砖，也可以拼在一起砌墙啊！我们乡下就有一个说法，只有孬瓦匠，没有孬砖。"

　　"史师傅，你这话可不能这么说，古话说，失之毫厘，差之千里。如果每块砖都少一点，那一堵城墙就会少多少下来呢？就会倒塌的。你要知道，这可是在砌皇城啊！"

　　"皇城又怎么样？古话就说，乱砖不乱墙。好砖孬砖砌进墙里，又有什么关系？"

　　"那是偷懒的说法，好匠人，眼里是容不得沙子的。砌皇城的砖不能马虎！"汤丙说得很坚决。

　　正说着，庐州府督造官丁大祥来了。问明了情况后，丁大祥把作头史大狠狠地骂了一顿："史师傅，你手下的师傅烧砖，居然还缺斤少两？亏你还说得出口。不按定例来，你还好意思说？亏你还是一个匠人。马上称，看看少多少。"

　　上秤一称，果然每块砖只有三十六七斤，少了三四斤。

　　史大不说话了。

　　丁大祥大怒："这批砖必须作废，重新烧造。"

　　汤丙自此对庐州府督造官丁大祥有了好印象。有空时，两人经常在一起聊聊。丁大祥是庐州府合肥人，木匠出身，也懂瓦工活，平时说话干脆，为人豪爽，在临濠工地上颇有人缘。但是罗运来不喜欢丁大祥，曾提醒汤丙，矮树根多，小人心多。与丁大祥交往要多个心眼。汤丙想，我在烧砖的问题上，绝不会含糊的。我的心里自然有一根线，越了这根线，我是不会认的。

最近，临濠工地上发生了一起在建的城墙倒塌事故，这段城墙由庐州府负责营建，倒塌时砸死了正在砌墙的三个瓦工。有人认为，是瓦匠在砌墙的时候不按定例，导致坍塌。而庐州的瓦匠师傅说，城墙倒塌后，地上都是碎砖，这明显是城砖不合例造成的。工部官员立即召集有经验的瓦匠、窑匠来查看。汤丙仔细查看后认为是城砖不合例造成的，把这些砖称一称，发现有的城砖竟然轻了六七斤。工部立即追查这批城砖来源，由于城砖上没有记号，从窑场运到工地上也没有详细记录，因此，很难认定是哪个州府烧制的。汤丙向工部建议，今后烧制城砖，每块砖上都应该盖上印章，刻上窑匠的姓名，便于官府追查源头责任。另外，在砌墙的三合土里加入杨桃藤汁，这样墙会更牢固。工部官员说，汤丙的建议很好，近期报朝廷定夺。

一天，庐州府督造官丁大祥请汤丙去喝酒，在汤丙印象里，丁大祥是一位遵守规矩、待人友善的人，他也就没有推辞。丁大祥将汤丙带到一家酒馆。汤丙走进一看，作头史大也在，还有一位庐州府木匠大师傅鲁三。

丁大祥给在场的人一一做了介绍。

"幸会，汤师傅手艺高超，瓦工、窑工样样精通。"鲁三道。鲁三虽然没有见过汤丙，但他早有耳闻。

"哪里哪里，我只是一个窑匠。"汤丙道。

"我们鲁师傅是'庐州帮'的帮主，无人不识。"丁大祥道。

"这次多亏了汤师傅的眼力好，看出了我们庐州府含山窑师傅的问题，庐州师傅们对你充满感激。"鲁三道。

"天下匠人是一家。匠心无假，有一说一，有二说二，含糊不得。"汤丙道。

"汤师傅说得好！失之毫厘，差之千里。我们做匠人的，岂能有半点含糊？"鲁三很坚决。

"火要空，人要实。来吧，天下匠人是一家，今天我们有缘在一起，大家多喝一杯。"丁大祥道。

说话间，酒菜都已上来。

几杯下肚，史大满脸通红，声音越来越大，唾沫横飞，道："鲁大师傅的祖先是谁？你们知道吗？鲁班啊，祖师爷！鲁三的祖先还在元大都建过大殿，那手艺无人能比，什么木料到了他面前，只要看一眼，立马就能报出是什么树，从没有走过眼……"

丁大祥打断道："史大，元大都也是随便提的吗？好了好了，喝酒。"

鲁三道："史师傅喝多了，尽说大话。我是隔窗吹喇叭——名声在外，其实嘛，也就是一个匠人。汤师傅，你祖上都是烧窑的？"

"是的，已经有六七代了。"汤丙道。

"烧过琉璃瓦？"鲁三问。

"我父亲烧过，我没有。"汤丙道。

"嗯，能烧琉璃瓦，那不是一般的窑师傅。"鲁三一愣。

"我父亲是给寺庙烧的，不过，现在烧了琉璃瓦，也不能随便用。"汤丙道。

"听说临濠也只有五个窑师傅会烧。"鲁三道。

"鲁师傅现在在哪个工地？"汤丙问。

"正在午门工地。这午门真气派，左为中书省，右为大都督府，三处同时开工营建。"鲁三道。

"天南海北，萍水相逢，无缘不会走到一起，有缘才会举杯同饮。喝！"丁大祥道。

众人举杯共饮。

汤丙本来就不胜酒力，几杯酒下肚，头就开始发飘，丁大祥一个劲地劝酒："今朝有酒今朝醉。喝！"

不知何时，进来了一个穿着月华裙的女人，在桌边唱起了小曲——

月子弯弯照九州，
几家欢乐几家愁。

几家夫妇同罗帐，

　　几家飘散在外头。

　　汤丙醉眼蒙眬中觉得唱得好听，便问这女子唱的什么调？女子说，这是昆山腔。汤丙从没有听说过什么昆山腔，想看看这个女子长得什么样，无奈眼前都在摇晃。他努力睁眼打量，女子二十来岁，皮肤白里透红，一双圆圆的大眼睛，楚楚动人。这女子简直就是仙女下凡。

　　丁大祥还在劝人喝酒，汤丙不记得后来自己有没有再喝了。过了一会儿，丁大祥道："汤丙啊……，我带你……去一个地方，你……肯定喜欢。"丁大祥说话舌头已经不利索了。

　　汤丙的眼前天旋地转，根本不知道丁大祥要带他去哪里，就说"好"。

　　不知过了几时，汤丙似乎看到红灯笼在面前摇晃，过了一会儿，听见有女人在说话，他想睁开眼看看，但眼睛怎么也不听使唤。他的面前好像有几个女人的影子在晃荡。他被带进了一个屋子里。他似乎闻到了一股香味，很好闻，他从来没有闻过。他的面前，好像有烛光在摇曳。他隐约看见蜡烛旁有一个女人。

　　"官人——"女人轻声地喊道。

　　他已经无力应答，看了她一眼。她很年轻，再看看，这不是刚才唱小曲的女子吗？她怎么在这里？

　　"官人，你喝了很多酒。"

　　汤丙想，难道这里就是人们说的妓院？这女人就是妓女？我汤丙怎么会到妓院里来呢？这是万万不能的。他想往外走，可是腿根本不听使唤。他倒在了床上。

　　汤丙醒来的时候，身边躺着一个赤身裸体的女人。难道是玉莲？不，这里是临濠啊。再睁眼，透过摇曳的烛光，他看到身边的女子皮肤似雪，乳房丰满。他的心怦怦狂跳起来。他努力回忆着，这是在哪里呢？自己怎么到了这里？

　　"官人，你醒了？"女人娇滴滴地问。

　　汤丙蒙了，不知道怎么回答。

"这是……这是在哪里?"汤丙问。

"这是临濠有名的梅香院。官人,你昨晚喝醉酒了。"

汤丙没有说话。

"官人,你在官府做事吧?"

"嗯……嗯……"汤丙不知道怎么回答。

"你是哪里人?听口音,是南方的?"

"是……江西的。"

"噢,江西老表啊。"

她也知道江西老表?汤丙想。

"你是来建都城的吧?"女人问。

"是的,你……怎么知道?"汤丙问。

"这年头,在临濠的人都是外地人,听说有几十万人在这里筑城。我也是外地人。"

"你……你叫什么名字?"

"我叫阿香。我是扬州人。"

"扬州在哪里?"

"扬州离这里不远,坐船半天就可以到。"

汤丙的脸碰到阿香雪白的胸口,好柔软,他闻到一股从未闻过的香味。在这之前,除了玉莲,汤丙没有见过第二个女人的身体。玉莲的胸是平的,这个女人的乳房怎么这么丰满,软绵绵的,像丝绸一般柔滑。他的脸不自觉地贴了上去。突然,他有了冲动。粗壮的双手,一把握住了女人的乳房,尽情地揉搓,女人发出了断断续续的呻吟声:"官人,轻一点。"

他压在了女人的身上,女人发出断断续续娇喘声。

此时的汤丙像一块正在燃烧的砖坯,炽烈,滚烫。

他把面前的女人当成了玉莲,尽情地释放着狂野与粗暴,直至筋疲力尽……

汤丙不知道自己后来是什么时候离开梅香院的。回到自己住处,他一连好几天都恍恍惚惚。那一晚上的事情，他觉得是在做梦。阿香，难道真的有这个人？她就在临濠？莫不是在梦里碰见的吧？但想起阿香雪白的身体、柔软的乳房，又觉得是真有其事。

汤丙好一阵没有到袁州府的窑场工棚去了，这天，他带了丁大祥送给他的一坛酒，来到月亮湾匠人们住的工棚。

黄牛四道："汤丙啊，你才当了几天官，就把我们忘了，好多天也不来看我们。"

易如山道："就是啊，我们还以为你又升了什么大官呢!"

张正四道："你现在过上好日子了，弄点酒给我们喝喝啊!"

众人你一句我一言，说得汤丙有些不好意思。

"这阵子的确很忙，天天到窑场去督查。唉，哪里什么官，不就是一个跑腿的吗？这边看看，那边瞧瞧，还做了恶人，管严一点吧，窑师傅们就吵，不管吧，我于心不安。对了，我今天就带酒来了，我们喝一杯吧。"汤丙道。

当天晚上，众人就在工棚里喝了起来。边喝边聊，好不快活。不知不觉，汤丙又喝得晕晕乎乎，就在工棚里睡着了。夜里，汤丙还喊了几声"阿香"。第二天早上醒来，黄牛四问他，阿香是谁？汤丙一时脸红，搪塞说，我说的是梦话，哪里有什么阿香。

又一天，丁大祥来找汤丙，向汤丙倒苦水，说庐州府的窑师傅们最近吃不饱，官府给的米不够吃，自己种的庄稼又接不上，现在都不大愿意好好烧窑。汤丙说，那要向督工反映。末了，丁大祥神秘地一笑，问道："汤师傅，那天晚上那个女子怎么样？"

汤丙不好意思，没有答话。

"那女人曲子唱得好。"丁大祥道。

"嗯，唱得好听。"汤丙附和道。

"唉，这个女子原来也是扬州城里大户人家的女儿，家里犯事了，父母都被流放到塞外，可怜自小就被卖到妓院了。"

汤丙想，你怎么这么了解她？

丁大祥道："哎，如果喜欢的话，我今晚再带你去。"

汤丙没有回答。

"走吧，我带你去玩玩。"丁大祥望着汤丙道。

汤丙又一次走进梅香院，见到了阿香。

汤丙再一次看见阿香裸露的身体，为她白皙、细嫩的皮肤所迷醉。他把她当成一团柔软的雪，尽情地握在手里揉搓，直至最后一点点融化掉……

"你有老婆吗？"阿香问。

"嗯……有。"汤丙嗫嚅道。

"老婆和我一样好看？"

怎么这样问？汤丙没有回答，忽然间他想起了玉莲。此刻，她在织夏布，还是在烧窑？陡然间，他有一种负罪感。

"她在家干活吗？"

"是的，她……她还会烧窑。"

"那不简单，哪像我，什么事也不会做。对了，你是一个工头吧？"阿香问。

"嗯，你怎么知道？"汤丙道。

"不是工头，哪里有银子到这里来？"

原来，到这里来是要银子的，不过，丁大祥从来也没有说要银子的事，肯定是丁大祥安排好了。

"你在这里还做多长时间？"

"三个月吧，就回去。"

"你们江西来临濠的人就是多。朝廷就喜欢你们江西人。"

汤丙想，她怎么知道我们江西的人多？她肯定接了不少江西的客人，想到这里，他心里一阵不高兴。

汤丙独处的时候，时常提醒自己，不能再想阿香了，那边是妓院，不能再去了。但另外一些时候，他似乎被一种无形的影子所牵引。他努力克制自己，不去多想，但影子会时不时飘来，让他不能自已。他又鬼使神差地走进梅香院。

一天，当他正要往阿香屋子走的时候，一个男人从屋里走了出来，他进也不是退也不是，站在那里愣住了。

"汤师傅——"

阿香喊了一声。汤丙才走进屋，阿香边穿衣边道："官人，外面冷吧，快进屋子暖和暖和。"

阿香若无其事。

汤丙走到阿香身边，很快脱了自己的衣服，也把阿香的衣服脱了。他又见到了阿香雪白的身体，忽然间脑子里想起了刚才进门时看见的那个男人，一股无名之火冒上心头，他甚至想发作，可转而一想，我有什么理由发作呢？他顿时变得像一块冰。

阿香用柔软的乳房，贴着汤丙黝黑的胸膛。可是汤丙怎么也没有感觉。过了很久，他才被一点点唤醒。他再一次压在了阿香身上……

转眼到了腊月，袁州府的窑师傅们服役期满，准许回乡。官府说，汤丙要到来年的春天才被准许回去。

黄牛四道："谢天谢地，终于让我们回家了。"

李黑道："汤丙，看样子，你真的要升官了，我们回月亮湾给你报喜去。"

铁柱道："你做了官回去，就是衣锦还乡，我们月亮湾人脸上都有光啊！"

汤丙笑笑。汤丙想做官吗？当然想。这也是父亲汤和七的梦想。汤家祖祖辈辈都是烧窑的，从来没有人做过官，难道我汤丙真的碰到了好运气？不过，督工也不是什么官，如果把督工做好了，朝廷会不会给我一个官做？现在朝廷建都城，工部提拔的匠人多呢，我汤丙有这个福气吗？汤丙怀揣着梦想，在临濠的工地上奔波着。他认真指导窑师傅们做砖坯、烧窑，从不放过一个细微之处。在验收城砖时，也是锱铢必较，从不马虎。

一天，汤丙在例行检查时，发现庐州府舒城县一批城砖上有黄斑，立马判断出是火候不到位造成的。舒城县的窑师傅李作头来找汤丙说，这窑砖有少数的确有一点瑕疵，但不妨碍砌墙，他们那里经常会烧出这种砖。汤丙说，火候不到位的砖，经过几年的风雨冰冻之后，就会粉掉。他拿起锤子，一连敲断了好几块，砖里露出黄瓤。

"这一窑砖先是火候不够，后来窨水过多，花斑砖，肯定不合定例，不能通过验收。"汤丙果断地说。

李作头道："汤师傅，这……这一窑砖只有少数有问题，其他砖应该没有问题。"

"李师傅，这窑砖作废，赶紧组织重新烧造。"汤丙道。

舒城县的窑师傅们呆呆地站在一旁。

第二天，作头史大来帮舒城县说情："汤师傅，也不是什么大问题，能放行就放行吧。"

汤丙态度很坚决："我是做一天乌龟驮一天碑，这批砖肯定不能放行，否则，我就是失职。"

过了一天，庐州府督造官丁大祥来找汤丙，问了一下情况，汤丙看出了他的意思，是帮舒城县说情来了。

汤丙道："我们老家那里有一句俗话，九层楼台，坏于一砖。一块砖不好，楼台就会倒塌。同样的道理，都城的城墙百年千年不倒，每一块城砖都马虎不得。我不能做亏心事。"

"汤师傅说话有道理，如果缺斤少两，我是绝不放行的。但砖面上有些花斑，不是什么大问题，你看看是否可以通融通融。"丁大祥道。

汤丙想，丁大祥啊丁大祥，你是一府的督造官，怎么能说这种话呢？照理说，应该好好督促窑师傅烧砖、严格把关才对，怎么能替他们开脱呢？

"丁师傅，这批砖如果能放行，我汤丙不会作难的，实在是……如果放了，我的心是不安的。再说，他日城墙坍塌，朝廷必定会问罪。"汤丙道。

丁大祥看汤丙很坚决，也就不再说什么。

晚上，皓月当空，寂静无声，汤丙躺在床上，回想白天的事情，心里堵得慌。筑城是千秋万代的事情，马虎不得。虽然自己最近与丁大祥、史大交往比较多，不该放行的，坚决不放行，即便是得罪了他们。他觉得自己做得对，没有什么好后悔的。

过了一天，官府宣布舒城县五百块砖作废，并处罚金五十两银子。

一天，汤丙正在柳树湾窑场检查城砖，突然接到传令，让他立即到工部营缮司。到了营缮司，胡员外郎脸色阴沉，道："汤丙，工部信任你，念你烧窑手艺好，帮工部选了窑址，将你提为督工，可是你毫不珍惜，在临濠肆意妄为，嫖宿妓女，还不给银子，情节实在恶劣，按理说要杖责，工部看在你选中窑址的分上，免去杖责，你已不配在京城做督工，即日发回本地。"

汤丙的脑袋嗡的一声炸开了。逛妓院，是事实，那是丁大祥带我去的，再说，也没有人和我要银子。怎么能说我不给银子呢？

"我……我……"汤丙支吾着，不知道说什么好。

"汤丙，做匠人，先要做人，否则，再好的手艺，也是枉然。去吧，回你的家乡，好好烧你的窑。"胡员外郎道。

汤丙整个人都傻了，他想去找罗运来，告诉他，这肯定是一个圈套，去妓院都是丁大祥一手安排的，加上自己喝醉了，吃了人家的，嘴短，稀里糊涂做了傻事。由于没有给庐州府舒城县的城砖放行，丁大祥、史大怀恨在心，才报复了自己。先前，他们说话可是好言好语。俗话说得对，咬人的狗不露齿。他再一想，找罗运来说这些，有什么用呢？自己的确去过妓院，罗运来还曾经提醒过自己要谨慎交往，是自己没有听他的话。这能怪谁呢？

汤丙被摘掉了督工的帽子，官府限他三日内离开临濠。至于怎么回，官府是不管的。罗运来对汤丙的遭遇表示同情，便给了汤丙一张盖有官府印章的文书，汤丙凭着文书可以搭乘去江西的便船。

汤丙想，虽然走得不太体面，但可以回了家，和亲人团聚，未尝不是一件好事。

汤丙收拾了一下，就到了临濠码头。时值腊月，临濠的天空阴沉灰暗，北风呼啸。他回头看看，此时的工地上，仍有几万役夫在挑土筑城，一片忙碌的景象。

汤丙凭着官府的文书，搭乘上了一艘去江西的官船，黯然地离开了临濠。一路上，心情沮丧，自不待言。船行了若干日，到了湖口县，又换上了另一艘开往袁州的官船。

船到赣江的时候，天空飘起鹅毛大雪。汤丙从窗口往外望去，白茫茫一片，已经分不清天地，雪落到江里，立马就融化了。船上都是在外做生意赶回去过年的人，看到这么大的雪，都有一种被莽莽雪天吞噬的感觉，内心充满恐惧。船老大说，开了这么多年船，这样大的雪还是第一次见到。好在我常年在赣江上开船，水深水浅，心中有数，众人不要怕。

船驶进袁河时，雪下得小了些。汤丙放眼望去，两岸已经被厚厚的白雪所覆盖。

腊月二十，船到了古樟岩码头。汤丙下了船，抬头一看，外面风雪交加，根本睁不开眼睛。他打记事起，宜春从来没有下过这么大的雪。他努力定了定神，看到了码头边的一棵棠梨树，再四处打量，终于找到了回月亮湾的方向。路被大雪覆盖，他只好深一脚浅一脚往月亮湾走去。两条腿根本不听使唤。倒地了，就歇一歇爬起来再走。走不了，就爬。也不知到了何时，他看到了村中的老槐树。他想，谢天谢地，月亮湾终于到了。

村口静得出奇，连狗叫的声音都没有，仿佛世界凝固了。

汤丙最后几乎是爬到了自己的家门口。

当玉莲开门的时候，一个雪人滚进了屋，正在屋内织夏布的谢妹、汤满吓了一大跳。

当看清楚是汤丙时，全家人都惊呆了，以为是在做梦。玉莲赶紧帮汤丙脱去湿衣服。

"汤丙——，汤丙——，你怎么回来了？"玉莲连忙呼喊。

汤丙已经冻晕，说不出话来。

谢妹赶忙烧了热水，让汤丙喝了。过了好一会儿，汤丙才渐渐回过温来。

"我……我想在过年前赶回家，没有想到，路上遇到下大雪。"汤丙想，我若把自己被官府赶走的事情告诉家里人，他们会怎么看我？我汤丙还有面子？

"你怎么没有和阿四、小黑子他们一起回来？"汤和七问。

"官府的人不让回，实在没办法。"汤丙道。

"你这次回来，还去临濠吗？"汤和七问。

"不去了，官府会换一批窑师傅去。"

"听说你做大官了？阿四伯伯回来说的。"谢妹道。

"叫什么督工。"汤满道。

"没有的事。小孩不要乱说。"汤丙道。

"能平安回来就好。"汤和七不知道什么情况，但看看儿子的表情，已经猜到几分，汤丙在临濠过得并不开心。

当晚，玉莲用赤裸的身体抱着冰冷的汤丙，她要给丈夫足够的温暖。有那么一刻，汤丙的脑子里忽然飘过阿香的影子，顿时有了负罪感。他努力不去想临濠的事情。每当玉莲问临濠的事情，他就三言两语，不想多说。渐渐地，他的身体复苏了。他给了她。

第二天，月亮湾人都知道汤丙回来了，人们陆陆续续来到汤丙家看望。汤丙家的屋子里挤满了人。

李黑道："汤丙啊，你和我们前后脚回，为什么朝廷这么坏，不让你和我们一起走？"

"朝廷还有什么道理可讲？"黄牛四道。

为什么回家，汤丙没法和众人说清楚。

刘德江道："汤丙，朝廷给了你多少两银子，你这次回来还能背得动？"

汤丙道："哪里有银子，还不就是一个布袋子？"

黄牛四道："汤丙啊，升了什么大官？"

铁柱道："升官以后带我们去京城做工吧。"

汤丙笑笑，道："老鼠尾巴熬汤。"

黄牛四接上道："难道油水不多？"

众人又问汤丙年后什么时候回临濠去，汤丙说，不去了。这话让众人很不解，你汤丙不是当了督工吗？怎么就不去了？

下午，古樟岩的袁满正和袁荣德、袁兴祖一起来了。袁满正满脸堆笑："汤师傅啊，听说你从皇帝的家乡回来了，我就和袁兴祖说，我们一起去拜望汤丙师傅吧，汤师傅在皇帝的家乡临濠做官，不仅光宗耀祖，也为我们古樟岩、月亮湾争光了啊！"

原来，袁满正以为汤丙在皇帝的家乡做了官，赶紧来巴结巴结。

汤丙一家都感到突然。汤丙也不好说什么，只听袁满正一个劲地说："朝中有人好做官。我们月亮湾和古樟岩还没有人在京城做过官呢，你汤丙手艺好，做官也是实至名归。"

当得知汤丙年后不再去临濠时，袁满正有些尴尬了。说了一会儿话，就回去了。

月亮湾人都知道了，汤丙真的没有做什么官。

快过年了。

不打麻糍不过年。年三十这天一早，玉莲在家蒸米饭，汤和七把石臼、木槌找出来，洗干净。汤丙来到窑神庙，放了一挂爆竹，然后点了香，在窑神塑像前跪下祷告——

"窑神、鲁班师父、汤家祖先在上，人有失足，马有失蹄。我汤丙是不肖子孙，对不起窑神，对不起你们，在皇帝的家乡临濠做工，一时鬼迷心窍，做了不该做的事情，实在对不起祖宗。窑神在上，我汤丙以后如果再犯浑，雷打电劈。我汤丙会遵守祖训，老老实实烧窑，为祖宗争光！"

汤丙回到家时，汤和七带着汤满、谢妹已经在打麻糍了，他也加入其中。汤满和谢妹一边打，一边唱起了儿歌《打麻糍》。

四

洪武四年（1371年）正月初二，朱元璋和马皇后在宫中闲聊。

马皇后是濠州城大元帅郭子兴的养女，朱元璋的结发妻子，在过去打天下的日子里，她给了朱元璋极大的支持与鼓励，即便是在丈夫最困难的时候，也一如既往帮助他。大明建国后，朱元璋立即册封她为皇后。尽管做了皇后，但她一直过着俭朴的生活。朱元璋平时对马皇后尊重有加，几次要对马皇后的亲戚加官封赏，都被她婉谢了。平时有什么大事，他也喜欢和马皇后商量商量。

"临濠的都城已经建了快两年，等到宫殿建好，朕就和你回到家乡的皇宫里去住。"朱元璋分明是在讨好马皇后。

"我不去。皇上要去自己去。"马皇后一边缝衣，一边道。

"我和你说好多次了，不要再补衣服了。"朱元璋道。

"现在过上了好日子，不能忘了过去。想当年，你哪件衣服不是补了的？再说，补一补，还不是照样穿吗？人啊，最容易好了伤疤忘了痛，想当年，打仗的日子，多艰难啊！"说着说着，马皇后眼睛有些红了，停了片刻，继续道，"应天这里的新宫建了也没几年，不是都好好的吗？为什么又要到临濠去建新都呢？你我都是那里的人，不是我说家乡的坏话，那里过去都是荒芜之地，鸟都不生蛋，蝗虫铺天盖地，那年头饿死多少人啊！建国不久，国力虚弱，还拿出这么多银子建都城，不知道皇上是怎么想的。"

"哎呀，皇后啊，你就是想不开。一国之都，岂能马虎？大明朝的都城也要有一个样子嘛。俗话说，人要衣装马要鞍。每逢过新年，乡下人还想着要添一件新衣服，有钱了盖一幢新房子呢。你说得没错，临濠那地方的确是荒芜之地，朕当年差一点儿就饿死了。我对家乡也是又爱又恨。朕既然当了皇帝，也要给家乡一个惊喜。再说，家乡的那么多人跟随朕一起南征北战，好不容易打得天下，朕也要给他们一个交代啊。"

"年年打仗，死了多少人啊，如今天下稍稍安定，又征几十万人到临濠去建都城，天下的民力怎么能承受得了？"

"你这是多虑了。天下百工，天生就是要劳作的，岂有不劳而获的道理？"

"我最近还听说，让那些犯了重罪的犯人去工地上役作，陛下想过没有，那些囚犯身体本来就很差，如果再做很重的苦力活，还不是死路一条？"

"皇后啊，你真是菩萨心啊！那些囚犯犯了罪，本该被处死，有什么可同情的呢？你还是不要去过问这种事情了。"

"陛下是天下人的父亲，我有幸能成为天下人的母亲，我怎么可以不管不问？"马皇后越说越不高兴。

看到马皇后不高兴，朱元璋马上笑了起来，道："好了好了，仁慈的皇后，我听你的，再不让死囚去筑城了。对了，你也听我的，不要再去缝缝补补了，一国之母，难道不应该穿一些新衣服？"

朱元璋心想，建都城与打仗、施政、治理天下，都是男人做的事情，你们妇人家就不要多管闲事了。

正月初八，朱元璋在奉天殿召见韩国公李善长、工部尚书安然。

此时，李善长是朱元璋身边最信任的大臣。就在上一年，朱元璋大封功臣，授李善长为中书左丞相，封韩国公，年禄四千石，子孙世袭。被封公者，一共六人，除了李善长，还有徐达、冯胜、邓愈、常遇春的儿子常茂、朱元璋的外甥李文忠。

朱元璋道："百室啊，时间过得可真快，大明建国已经整整四年了。你跟随朕南征北战，出谋划策，吃了不少苦头。朕封你为韩国公也是实至名归。开国之初，千头万绪，朝中大事，还需要爱卿多多烦神。"

百室是李善长的字。李善长道："启禀皇上，微臣深得皇上隆恩，感激涕零，唯有披肝沥胆，鞠躬尽瘁，方能对得起陛下。"

朱元璋道："百室啊，眼下数万匠人役夫在临濠营建，这么大的事情，朕还是有些不太放心。朕近来有所耳闻，说那边有些怨言。朕想了一下，想让爱卿你去察看督办，朕赐予你一些田地，你就在家乡待上几年，如何？"

李善长道："都城建设乃国家大事，微臣责无旁贷，理应为都城建设出力。微臣随时回临濠督工。"

朱元璋又对安然道："大明刚刚建立，百废待兴，工部掌天下百工、屯田、山泽之政，责任重大。安然，你为人实诚，做事谨慎，朕让你做工部尚书，寄予厚望。当下朕最牵挂的事就是中都营建。你和丞相一起去临濠，负责建新都。朕打算在今年春天去临濠看看。"

安然道："谢陛下隆恩！微臣一定不负重托，兢兢业业，克勤克俭，建好中都。"

安然是元朝时的旧臣，曾守莱州。大明攻占山东时，安然率众归附。由于他做事缜密，考虑周到，过去虽然没有管过工程方面的事务，但朱元璋还是让他担任工部尚书。

朱元璋赐给李善长一千亩地，佃户一千五百家，赐给安然十两金子。第三天，李善长和安然就去临濠了。

转眼到了当年的二月，春寒料峭，但皇宫中已是桃红柳绿，朱元璋回乡察看的心情十分迫切，侍卫官选定了日子，遂决定二月二十一日启程回乡。

洪武四年二月二十一日清晨，朱元璋带领右丞相汪广洋、翰林院学士宋濂、吏部尚书李仁等大臣，起驾前往临濠视察中都营建情况。

朱元璋上一次回家乡临濠是元至正二十六年（1366年）四月。那时的朱元璋还在打仗，当攻克被张士诚占据了六年之久的濠州后，再也按捺不住回乡看看的愿望，自应天出发，回到了家乡。这六年，他从一个要饭的僧人成为一位军中的统帅。那一次回乡，朱元璋在家乡待了十二天。他重新安葬了父母，让曾经帮了他的邻居汪大娘的儿子汪文、刘继祖的儿子刘英看守祖陵，召见了父老乡亲，见到了当年没有给他好脸色的地主刘德。他本可以一刀让刘德毙命，以解当年恶语相向之恨，可是他还是饶恕了已经吓得瑟瑟发抖的刘德。不仅如此，他还给了刘德三十顷田。此事让朱元璋的家乡人都很感动。他还去了当年出家做和尚的小庙看了看，庙已经不在了，只剩下一堆烂砖碎瓦。那一次回乡，他一直在心里想，老天如果让我做上皇帝，我一定会将一个穷乡僻壤变成大明朝举世无双的都城。

现在，朱元璋真的当了皇帝，他要兑现自己的诺言，在家乡建都，他要光宗耀祖，要让家乡人看看天下无双的都城是什么样子。他要告慰父母以及朱家的先人，在他们的护佑下，朱家出了一位天子。

从南京到临濠花了整整三天时间。到达临濠是当天的下午，天刮起了西北风。二月天，小孩的脸，说变就变。刚才还是太阳高照，这会儿天空飘起小雪花。

李善长和安然等人前来接驾。众大臣拜过朱元璋后，李善长道："陛下驾临，天降瑞雪，万事吉祥，国泰民安。"

大臣们纷纷说，好雪好雪，瑞雪迎驾，真是一个好兆头。朱元璋也是笑容满面，连连点头："百室、安然，这些天你们辛苦啦。我每天都在想着营建的事情呢。"

李善长道："请陛下放心，营建有序，万事顺利。"

朱元璋连连点头道："嗯，那就好！"

昔日的邻居汪文、刘英都来了，朱元璋感到很亲切，和二人闲聊了起来，问了乡里的情况。

李善长请朱元璋先到宫中休息。朱元璋道："朕还是先到工地上看看吧。"

朱元璋笑道："诸位爱卿，这点雪算得了什么，想当年大雪纷飞，朕还在纵马行军，驰骋沙场，外面是天寒地冻，朕穿着薄薄的衣裳，一天没有吃东西，也没有感觉到冷。二月杨柳雪，真是难得。爱卿们，你们好好在雪中享受享受吧。走，我们一起去工地上看看。百室，你选择一个高处，朕先在高处看看中都的形势。"

李善长展开一幅事先准备好的《中都宫室图》，道："陛下，高处有二，一是站在凤凰山顶，可以俯瞰全城。一是位于城东的独山顶，可以饱览在建的宫殿全貌。"

朱元璋道："去独山顶。"

皇驾一行登上独山。独山说是山，其实只是一个三四丈高的土坡。

刚才还在飘雪花，现在停了。站在山顶上，放眼望去，到处都是脚手架以及忙碌的身影。

李善长指着《中都官室图》道："陛下英明，所选的宫殿真是龙兴之地。陛下请看，皇城位于临濠西二十里凤凰山之阳。凤凰山像一只展翅飞翔的凤凰，岗峦环向，寓意绵国祚于万世。山之东西两峰对峙，东边盛家山，西边马鞍山。三大殿都是背靠凤凰山，枕山筑城，前低后昂。从整个都城来看，北临淮水，东南有濠水流过，有山有水，堪称绝佳之都。"

朱元璋一边看图，一边抬头看，道："凤凰山，这名字好。盛家山、马鞍山……应该重新起一个名字。宋老先生，你给重新起个名字吧。"

站在一旁的宋濂道："陛下，容臣稍作斟酌。"

朱元璋又问："中都的形制都是按照应天城而来？"

工部尚书安然道："启禀陛下，所建城池宫阙，都按照京师之制。在形制上，中都遵照《礼记》设'五门三殿'的旧制，从外向内，洪武门、承天门、端门、午门、奉天门。五门之后，是奉天殿、华盖殿、谨身殿。六宫也依照《周礼》旧制而建。"

朱元璋点点头。

安然用手指着在建的宫殿方向，道："那个正在建墙的工地就是奉天殿，紧随其后的是华盖殿，再后面是谨身殿。三大殿尚在建设中。"

朱元璋又问："中都与应天相比，大小如何？"

李善长一边指着图，一边道："中都有三道城。皇城周长六里，高三丈九尺。皇城有四门，午门正南，东华门正东，西华门正西，玄武门正北。四门有城楼，午门有五凤楼。皇城外禁垣周长十三里半，高二丈，开四门。承天门正南，东安门正东，西安门正西，北安门正北。都城已经将盛家山、马鞍山包括在内，周长五十里，完全按照应天城的规模而建。"

李善长对中都的形制、规模了然于心。

朱元璋凝视着前方，道："等中都全部建好，还是很壮观的。"

宋濂道："陛下，微臣有了，凤凰山改为万岁山，山之东盛家山不如叫日精山，西边的马鞍山不如改名月华山。"

"日精，月华，聚天地之精华。嗯，这两个名字好！凤凰山就不改了。"朱元璋点头称赞。

朱元璋又转向李善长："朕所在的独山难道处在皇城墙外？"

李善长道："皇城是方形的，独山刚好位于东南城墙旁。可在山顶上置军把守，随时察看城内动向，可确保都城平安。"

朱元璋道："百室啊，不必事事都按古制，古人有古人的格局，今人有今人的眼界。泥古不化，是要吃亏的。朕的看法是，不必方方正正。可以向东再延伸三四里嘛，就可以把独山包括进去。"

李善长、安然齐声道："遵旨。皇上英明。"

朱元璋道："目前都城的工程进展到哪一步了？"

李善长指着已经建好的宫殿说："启禀皇上，三大殿目前正在做内饰。午门左边的中书省、右边的大都督府、御史台都已经完工，圜丘、方丘、日坛、月坛、社稷坛、山川坛及太庙也都在建设中。"

"整个都城何时能完工？"

"后年肯定能完工。"

朱元璋慢慢地道："一代之兴必有一代之作。秦有阿房宫，汉有长乐宫、未央宫，唐有大明宫，六朝有临春楼、结绮楼，而今安在哉？人事有代谢，岁月难停步。上天垂顾于朕，降大任于朕，朕不负上天，建立大明，一统万方，我大明朝的都城宫殿务必要坚固耐久，万年不朽。百室、安然，你们要把天下最好的营建之材搜罗来筑城。"

李善长、安然道："遵旨。"

朱元璋问道："目前工地上有多少人？"

李善长道："工匠、军士、民夫、移民、囚人加在一起，五十万人。"

朱元璋道："当今天下归一，万民安定，朕已经蠲免了百姓不少粮税，再增加一些匠人役夫来筑城，还不是应该的？"

皇驾从独山下来，来到午门前停下。此时的午门城楼尚未完工，有很多匠人正在劳作。

朱元璋沿着午门台基一边走一边看，只见巨大的白石须弥座上雕刻着龙、凤、祥云、方胜、牡丹、荷花，极为精致，朱元璋看了连连点头，道："嗯，这些白石真好看，哪里找来的？"

李善长颇为得意地道："万民仰戴陛下，听说陛下造都城，都把当地最好的物料进贡来。"

朱元璋很开心："这些石头运到临濠来，颇费一番工夫。"

朱元璋抬头一看，脚手架上有很多木匠正在造城楼，朱元璋登上二楼，走到一位正在用斧头砍柱子的木匠师傅面前，问："这位师傅，我看你斧头还算老到，你老家哪里？"

"小的是苏州来的。"木匠师傅以为是官府的人来巡视，并没有停下手中的活。

"谁是这里的大师傅？"朱元璋问。

"我就是。"木匠师傅抬头看了来人一眼。

"嗯？你？你做了几年木匠？"

"二十多年。"

"那是老师傅啦？你祖上就是木匠？"

"是的。"

朱元璋点头："嗯，城楼既要建得牢靠，又要有威武气象。"

安然道："陛下，他是当今有名的苏州'香山帮'帮主陆良大师傅。"

听旁边的人喊"陛下"，木匠露出惊愕的神情，手中的斧子自然也停下了，连忙施礼。

"苏州？张九四的老乡？不过，他已经寿终正寝了。你们苏州富人多，营造之事肯定多。这样倒好，成就了你们这些匠人。"朱元璋说的张九四，指张士诚。

"木匠师傅，你家在苏州哪里？"朱元璋问。

"小的家住太湖边。"木匠道。

"不过，张士诚当年亦是一条好汉，只是他不能顺应天意，错失了良机。对了，陆师傅，我看你在每根柱子上都写上'良'字，这是为何？"

"物勒工名，自古皆然。无论大作小作，'香山帮'匠人都要一一标明匠人名字，一旦出事，就会严加追责。"

朱元璋听了微微一怔，连连点头，道："物勒工名，这个做法好！木匠师傅，你好好造作，完工后朕会奖赏你的。"

朱元璋一行出了午门，抬头就可以看见奉天殿工地。在内金水桥边，很多匠人工夫正在铺石头，在一旁的工部尚书安然给朱元璋介绍三大殿的营建情况。朱元璋朝前看去，三大殿的框架已经竖起，立柱巍然耸立，琉璃瓦已经盖好，大殿颇具气势。朱元璋看得正入神，忽然听见有哭泣声，再走近一看，只见一位作头正拿着鞭子在抽打一位工夫。

看到有人来，作头停止了抽打，但还在骂骂咧咧："懒鬼，就是要打死你这个刁民。"

朱元璋走近作头，问道："你为何要打这个人？"

作头道："今天他本该抬二十趟石头，抬了两趟就说腰疼，坐在这里一动不动。"

朱元璋问躺在地上的工夫："你真的腰疼？"

躺在地上的工夫看见有大官人来了，吓得浑身发抖，连忙作揖，道："小的该死！小的该死！小的真的是腰折了，太疼了，腰直不起来，小的如果说谎，就给雷劈死。"

朱元璋两眼怒睁，问作头："人家真的是腰疼，你为什么不能体恤体恤？如此粗暴待人，不辨真假，来人，给我打十棍。"

侍卫一拥而上，将作头拉到旁边去打棍。

朱元璋对身边的大臣们说："这些匠人役夫背井离乡，到临濠来筑城，已经够苦的了，遇到生病不舒服的，要给他们药吃，要让他们歇息几天。岂能如此粗暴对待？从今以后，你们要善待匠人役夫，否则，朕不会饶过你们！"

朱元璋一行穿过三大殿，查看了后宫的工地后，就从皇城的玄武门走出，登上凤凰山顶。

朱元璋对李善长说："凤凰山这个名字很吉祥，以后要在凤凰山下多栽些梧桐树，栽下梧桐树，引得凤凰来嘛。"

朱元璋站在凤凰山上，俯瞰临濠，尽管到处都是脚手架，但都城的宏大气势已见端倪，再过几年，这里就是大明的新都城，他就可以在这里诏令天下。想到这，他心里一阵激动，对众臣道："朕过去只是田间一布衣，走投无路之际才投身行伍，当时只不过是为了讨口饭吃而已，没有料到天助我也，成就大业。当年朕就是以濠州城为据点，一步步走来，濠州是朕的腾飞之地，如今，朕给了濠州一个回报，将这里建成举世无双的大明都城！"

朱元璋又问李善长："百室啊，朕看工程量巨大，要加快进度。工期越长，百姓的负担就越重。"

李善长道："遵旨。"

"临濠现在有多少人口？"

"大明开国之际，临濠本地居民三千二百二十四户，一万六千六百二十人，这几年下来，临濠的人口大为增加，已经有十三万了。"

"还是太少。朕所到之处，除了匠人役夫，人居稀稀落落，没有都城烟火气。从前汉高祖迁徙天下富豪到关中，朕很不以为然，现在想通了，京师是全国的根本，不得不这样做。建国前，朕已经迁徙了部分江南富民到临濠。苏、松、嘉、湖、杭五郡地狭民众，人多田少，临濠田多未辟，土有遗利，可令江南各郡没有田产者迁来临濠种田，官府给他们耕牛、种子。三年不征收他们的税。这样，几年下来，临濠不就大变样了？"

朱元璋话音刚落，不远处有人高声喊道——

　　凤凰南，
　　凤凰北，
　　凤凰飞到了凤凰台。
　　……

朱元璋抬头一看，只见不远处一位白胡子老人，手里还拿着一根拐杖，目不斜视，匆匆走过。朱元璋突然想起了在南昌遇见的疯道人周颠，心想，莫非就是他？等他再次打量时，也不像，一眨眼工夫，白胡子老人的背影就消失了。

朱元璋问："这个人怎么进得了工地？"

工部尚书安然道："都城工地实在太大，眼下无法封闭施工。"

正说着，又听见那老人在高声喊道——

> 龙不在河，
>
> 龙在江。
>
> 从江入海，
>
> 真飞扬。

朱元璋分明是听见了，但还是问身边的宋濂："大学士，刚才这人在说些什么？"

宋濂想了想道："江湖术士，口无遮掩，信口胡来，陛下不必在意。"

朱元璋回想着刚才的那个人的话——"龙不在河，龙在江"，心想，这是什么意思呢？难道是说……？

"你们去把这个人给朕找来。"朱元璋对身边侍卫道。侍卫追去，但已经杳无踪影。

后人在解读这几句话时认为，这位白胡子老人是在说定都之事，凤凰飞到了金陵的凤凰台，"龙不在河，龙在江"，说的是朱元璋不该在淮河的濠州建都，而应该在长江边的应天建都。

朱元璋对右相汪广洋道："临濠是朕龙兴腾飞之地，既然置为中都，就要有都城的模样，现在还是太小，你们回京城后好好研究，重新规划临濠附近的州县，只要是水路漕运便利的州县，都统统划归临濠管辖。"

走着走着，前面突然有人跪地挡驾，高声喊叫："冤啊——！冤啊——"，随行侍卫连忙把那人拉走，朱元璋道："且慢，这人有什么冤，朕要亲自审问。"

侍卫将喊冤的人带到朱元璋面前。

喊冤的人看见有官人来，匍匐在地，不停地作揖："大官人帮我做主啊，我有冤！我有冤啊！"

朱元璋大声喝道："刁民挡驾，该当何罪？你有什么冤，如实说来。"

那人说："我儿子在郭英家做仆人，就偷了几把米，藏在口袋里，被主子发现，就把他打死了。"

朱元璋很诧异，连忙问："郭英？你说的郭英是什么人？"

那人道："就是当朝的大官，听说深得皇帝的信任，自从他回到临濠后称霸乡里，动辄就打死奴仆，已经打死十多个了。"

朱元璋问："你说的是实话？"

那人道："小的如果有半句假的，就把我千刀万剐。"

朱元璋愣了一下，说："嗯，你起来，等朕调查清楚了，再给你一个明断。"

那人根本没有想到面前的这个人是当今的皇帝，吓得一个劲儿地磕头。随驾的御史台官员立即将那人带去调查。

第二天，朱元璋提出要巡视城墙工地。此时临濠大部分城墙还在营建中，安然说："只有东华门一段完工。"朱元璋走在一段已经建好的城墙下，边走边看。朱元璋道："这护城河要挖宽一点，才能起到护城的作用。城墙务必要牢靠，马虎不得。"

安然道："有的地段泥土松软，打墙基时，多次坍塌，后来就用生铁水浇注，目前墙基十分牢固。"

朱元璋突然看见一段城墙有一个豁口，就问，这里怎么留了一个口？

安然道："不久前下雨，发生坍塌所致，眼下正在抢修。"

"为何发生坍塌？"

"陛下，微臣尚未得知。"

"你们去把督工给朕喊来。"

督工来了，连忙行礼。朱元璋问："这里的城墙怎么坍塌了？"

督工道："发现有的城砖偏小，不合例。"

朱元璋立马生气道："城砖为何方所造？"

督工道："经查，是直隶溧阳县所造，已经追责，责令该县重新烧造，并加倍增加了任务。"

"是哪个窑匠所为？"

"是哪个窑匠，就不知道了。"

"把这些糊弄朕的窑匠抓起来，杀了也不为过。"朱元璋想起了那天在午门工地上"香山帮"陆良说的"物勒工名"，便道："从今以后，各府烧造城砖，每一块上都要注明州府县提调官以及窑匠、工夫姓名，不得有遗漏。一旦发现城砖有问题，立即追责。"

安然道："遵旨。"

朱元璋对身边的大臣厉声道："朕出身布衣，知道乡民中总会有一些顽民刁民，投机取巧，奸猾骗人，今后临濠营建工地如果发现欺君惑众的顽民刁民，定不饶恕。各地所烧城砖以及木作、水作，都要物勒工名，记录在案。"

朱元璋又对汪广洋说："江西人精通烧造，景德镇瓷器天下第一，让他们多烧些税砖，从水路运来也方便。"

汪广洋道："遵旨。"

朱元璋道："工部要制定城砖定例，下发各地。各地要严格按照定例烧造，吏部给各州府县派去提调官，专门督查烧砖营建事项。一旦发现偷工减料，严惩不贷。"

安然道："有匠人建议，砌墙时所用三合土，如果再掺入桐油、糯米粥、杨桃藤汁，会更牢固。"

朱元璋若有所思，道："糯米粥？朕先前担心农民种糯米酿酒，沉迷于酒中，所以才下令禁种糯米。工部抓紧研判，如确实坚固，采纳建议。"

晚饭时，李善长准备了二十多道菜，水陆俱备，鸡鸭牛羊肉，无所不有，朱元璋看了看，很不高兴，道："百室啊，一个人能吃多少东西？为什么要做这么多菜？大明建国不久，切不可如此奢靡浪费。"李善长听了，面露尴尬之色。

"撤了撤了，就留四道，朕上次回临濠时黄厨师做的酿豆腐，留下来。"

李善长道："这道菜就在其中。"

上一次朱元璋回临濠时，乡下一位姓黄的厨师用豆腐做了一道菜，朱元璋吃了，赞不绝口，并赐名"酿豆腐"。如今，临濠的很多饭店里都有这道菜。李善长特意安排黄厨师烧了这道菜。此外，朱元璋又留下雪花藕片、泥巴鸡、炒韭菜三道菜，另加一道珍珠翡翠白玉汤。

晚饭后，朱元璋单独召见了郭英。郭英与兄长郭兴从朱元璋参军那天起就跟随朱元璋南征北战，战功赫赫。朱元璋对郭兴、郭英兄弟俩十分信任，一直称郭英为"郭四"。建国后，朱元璋就在家乡赐给了郭英一座庄园。郭英经常回临濠住上一段时间。昨日有任务在身，没有跟随朱元璋视察工地。

朱元璋没有好脸色，道："昨天的事情想必你也知道了。"

郭英低头，嗫嚅道："刁民偷盗，罪有应得。"

朱元璋一脸不高兴："确系偷盗，应该由官府惩处，你怎么能私设法堂，刑讯逼供，而且还把人打死了？还有，有人告你私自养家奴一百五十余人，擅自杀死家奴多人。"

"我……我……" 郭英支支吾吾，一脸茫然，心想，这些皇帝怎么都知道了。

朱元璋道："郭四，朕念你跟随多年，出生入死，屡立战功，这次朕就饶了你，你自己好好反省去。以后，如果再胆敢做违法的事情，就不要怪朕不客气了，朕绝不饶了你。记住朕的话，在江山面前，我朱元璋是不认淮西人的。"

郭英连忙行礼："谢陛下恕罪，微臣今后一定谨慎从事，小心做人。"

回应天城前一天，朱元璋把所有的官员都找来训话。

朱元璋道："朕命军士在临濠筑城，朕还听说，郭英动用军士为私宅干活？有这事吗？"

郭英心想，那天皇帝私下里都骂过我了，今天怎么又在大庭广众之下提这事呢？他低头，没有说话。

朱元璋道："百室，郭英动用军士为自己建房，该当何罪？"

李善长道："陛下，臣实在不知。"

朱元璋对诸位大臣说："诸位，你们听好了，从今以后，谁敢欺负乡邻，不要怪朕铁面无情，一律斩首示众。都城是一国之心脏，万世之根本。一定要建得牢固，不能有半点马虎。古人云，差之毫厘，失之千里。此外，役作买卖繁多，最容易滋生贪婪之心，不法之徒会利用采购的权利，贪公吃公，中饱私囊，你们一定要严加防范，一旦发现有人以身试法，朕一定砍了他的头。你们是当年和朕一起打江山的功臣，朕能为你们建功臣庙，但朕也能为你们建坟墓。郭英，这次朕就饶了你，你好好反省反省吧。"

大臣齐声道："谢皇恩！"

朱元璋特地交代李善长："百室啊，临濠营建之事，朕日夜牵挂，再多征召一些匠人、工夫来，争取早日完工。"

李善长道："陛下放心，微臣一定严加督促。"

这一次朱元璋回临濠，在家乡待了八天，特意去皇陵祭拜了父母的坟墓，还到了自己出生的村子——太平乡孤庄村看望了乡亲们，给他们送了银子与布匹。他对二十户乡邻说："从今以后，你们就不要种地了，地租给别人家种，你们就帮朕看守好陵墓，你们祖辈的坟墓也不要迁走了，平时，朕也不在这里，你们要把陵园打扫干净，春秋祭扫，好让朕安心。"众乡邻感激不尽。

朱元璋又对李善长说："皇陵里面的皇城、享殿、城楼、红门要抓紧营建。"

李善长道："砖城围起来一圈是六里，土城围起来，二十八里，里面的陵户是否要外迁？"

朱元璋道："就不要外迁了，留下来让他们帮着洒扫、供祭。"

在朱元璋离开临濠的第二天，朝廷颁布诏令：各地所烧税砖，一律依照定例，砖上标明州府、县提调官以及匠户、窑匠、工夫姓名，是阳刻还是阴刻，由各州府自定。如果有人将不合例税砖输送到临濠，一律充军或棒杀。

随后，中书省又下令，将寿州、邳州、徐州、宿州、颍州等九州，五河县、怀远县、中立县、定远县等十八县划归中都管辖。

朱元璋从临濠回到应天后，突然想起了刘基。当初，朱元璋决定在临濠建中都时，刘基曾极力反对。朱元璋想，今天我要亲口告诉他，中都建得很顺利，也很有气势。你老先生的话未必都对。

最近两年，朱元璋和刘基的关系很微妙。

起初，刘基归附朱元璋时，陈书时务十八策，在平定张士诚、陈友谅的战斗中立下了汗马功劳。朱元璋对他器重有加，称他为"吾之子房"。可是随着大明朝的建立，朱元璋对身边大臣的态度渐渐发生了变化。加上刘基说话耿直，得罪了李善长、胡惟庸等重臣。淮右的功臣们把刘基视为浙东派的领头人，拼命打压，在皇帝面前说了刘基不少坏话。刘基在朝中的分量渐渐失去。洪武三年（1370年），朱元璋大封功臣，封公者六人，封侯者二十八人，刘基连一个爵位都没有得到，过了二十多天，朱元璋补了刘基一个"诚意伯"，而且还不是世袭的，其俸禄才二百四十石，同样是伯的汪广洋，年俸是三百六十石。李善长不仅被封公，年俸达到四千石。刘基是极聪明的人，看到自己已经失去了昔日的恩宠，心想，君臣难处，自古皆然，尤其是夺得政权后，更难相处。如果继续待在京城，是不会有好下场的。于是，便向皇帝提出告老还乡。即便是在家乡，胡惟庸等人也没有放过他，找了一个理由向皇帝告了他一状，他胆战心惊，只好拖着病躯又回到应天，以示对皇帝忠心不变。

这天，朱元璋召见了刘基。

"老先生，你最近身体怎么样？"朱元璋问。

"谢陛下隆恩！微臣最近总是腰疼，吃了药，总不见好转，真是枯木老朽了啊。"刘基身姿瘦削，面色苍白。

"朕让太医再给你配药。"朱元璋一副很关心的样子。

"谢陛下，我已经在吃药了。"

"嗯，老先生啊，我看你身体有恙，就回浙东括苍吧，好好养养。我再赐给你一些田地，让你这辈子够吃够穿够用。"

"谢陛下隆恩，微臣遇圣主，三生有幸，这辈子已经够吃够穿够用了。"

"老先生，叶落归根鸟归巢。最近我也越发想念起家乡来，等临濠宫殿建好了，我就回临濠去住。对了，我刚刚去临濠看了看，都城建得很顺利，很有气派。"

对于朱元璋决定在自己的家乡建都，刘基一直是反对的。皇帝已经在建了，他还能说什么？今天，皇帝又和他说起了临濠的事，他本想不再说什么，可是一想，我马上都要回家乡了，有什么话应该告诉皇帝，否则就是对皇帝不诚心。于是，他道："微臣本不该说的，但念圣主隆恩，言者无罪，也就再斗胆直言，万望陛下恕罪。微臣曾奉旨去临濠勘察过，从大的方面看，淮河狭窄，渡河容易，无险可据。临濠远有方丘湖，近有马鞍山、独山，方丘湖可以藏兵百万，马鞍山上可以支大炮，炮炮可以击中大内，无险可守。中都既然建了，陛下不妨作为行宫，有时候回去住住，但不宜在那里久居。"

刘基真是本性难改，到了这时候还在发表自己的意见。他以为和皇帝说心里话，皇帝就会喜欢。他错了。后人在评价刘基的这番话时，认为刘基也太不识趣了，皇帝正在兴头上，你还在说三道四，坚持自己的所谓"临濠不宜建都"，这越发让皇帝不高兴了。

"老先生，你说金陵是否适合建都？江南佳丽地，金陵帝王州。人们总认为金陵有王气，可是在这里建都的都是短命啊。可见天下也没有一个定数。临濠地广人穷，过去谁敢说，临濠会出一个皇帝呢？天道循环，如果气力不周全，就得不到这个道。我朱元璋本来没有想到要当皇帝，天降大任于朕，让朕得到了这个道，朕也就责无旁贷了。所以，朕认为，没有什么不可以改变的。"

刘基想，我说的是一番心里话，既然皇帝不以为然，我还能说什么呢？

"微臣见识浅陋，万望陛下恕罪。"

"老先生，朕看你身体虚弱得很，你还是尽快回浙东老家去吧，朕明天就派车马送你回去，朕会派人去看望你的。等你身体好了，再回应天来看看。"

刘基行礼："谢陛下隆恩！"

五

朱元璋视察临濠工地后，立即责成工部、户部共同商量，增加匠人、役夫。

洪武四年四月，朝廷下令，计田出夫，按照田亩计算，月亮湾出十二人去临濠服徭役。

乡村四月闲人少。月亮湾人有的正在忙春耕春种，有的正准备烧窑，有的正在做手艺活，没有想到朝廷又来征徭役。

"日子刚刚好一点，又要去做苦力。"

"他们不管我们死活！"

"走了大鬼，来了小鬼，反正都是鬼。"

"我上次听说，我们袁州府每亩征粮一斗八升七八合，新喻县九升三合，安福县每亩征粮七升三合，就我们袁州府最多，这是什么世道？现在又要我们服徭役。"

……

牢骚归牢骚，胳膊拧得过大腿？临濠还得去。过了几天，宜春县衙役又来月亮湾催了。

汤丙从内心来说，是沙滩上行船，进退两难。上次在临濠的遭遇，给他带来了很多痛苦，他不想再去面对。然而，汤家烧窑名声在外，再说，汤满还小，自己不去谁去？好在这次袁兴祖、刘顺一都去，大家相互有个照应。黄牛四、李黑、铁柱、刘德江也都是第二次去。易如山、李胜轻身体不好，这次就不去了。张正四的妻子最近半身不遂，在家要照顾妻子。

临行前的晚上，月亮湾人聚集在老槐树下，七嘴八舌，没有去过临濠的人，不停地问去过临濠的窑师傅，似乎对即将的远行充满好奇。去过的人，又在回忆过去的经历。黄牛四说，汤丙这次去，朝廷应该给他封一个官做。李黑说，汤丙帮官府选定了窑址，上次就该给他官做。汤丙说，你们整天想着做官，有几个烧窑师傅能做官？还是好好烧我们的窑吧。

月亮湾老一辈的都知道，上一次月亮湾人到临濠服徭役，汤丙帮官府选了窑址，在烧砖比赛中还获得了第一，为月亮湾人争了光。他们觉得，这次再去临濠的人，也应该好好做，为月亮湾人长脸。汤和七说，我们老了，不中用了，不然的话也要去皇帝的家乡看一看，出一份力。易如山说，和七伯都这么说了，月亮湾人还有什么理由不好好烧窑？

春风浩荡，袁河水碧。

满载着袁州府役夫的船从古樟岩码头出发了，从袁河到赣江，再到长江，最后到洪泽湖，入淮河，到临淮关。这条水路，汤丙已经是第二次走了，看着河两岸的风景，他已经有些熟悉。大明已经建立四年了，河两边的田里做活的人明显多了，一块块水田被整理出来，一路上都会看见田里有人在插秧。这景象是过去很少见的。见此情景，他自然想起了当年参加红巾军时的一幕幕，那时，十村九空，人烟稀少，所到之处，都是一派荒凉景象。自己能活下来，真是命大。

船到了长江，汤丙拿出准备好的扎粉，黄牛四点燃了一炷香，李黑、铁柱、刘德江倒了三杯酒，月亮湾人一起朝着江水跪下，口中喊着"小七子"，拜了三拜。

顺水行舟，经过八天的航行，船到达临濠的濠河码头。役夫们上了岸，被带到工棚里歇息。

汤丙打量已经离开了几个月的临濠工地，发现有了不少变化。先前正在营建的楼阁不少已经立了起来，街道两边的房子也多了许多，街道上已经铺上了青石板，两边还栽了不少树。

工部派人来分配任务。袁州府的窑师傅汤丙、黄牛四、李黑、铁柱去柳树湾烧窑，袁兴祖等木匠去洪武门工地做木工活，刘顺一等石匠去玄武门工地凿石，易伏、刘德江等工夫去东华门夯土筑城。

　　汤丙再次来到柳树湾，放眼望去，濠河边的柳树已经挂满绿叶，条条柳枝垂下，在春风中翩翩起舞。山坡上的野草都已经长出嫩叶。一柱柱窑烟正在袅袅升起，空气中弥漫着浓浓的窑烟味道。想到官窑场就是自己选中的，汤丙顿时有了一丝自豪感。可是，他的脑子里随即又出现了鲁三、史大、丁大祥、阿香的影子，心情立马变得糟糕起来。他本可以在临濠做一位督工，说不定还可以做一个小官，家乡人都会以他为豪，谁承想自己一时糊涂，掉进了圈套中……他努力不去想过去的事情，现在，他只想好好烧窑，三个月以后能顺顺利利回月亮湾。

　　官府分配了窑口，月亮湾的窑师傅们两人一组一口窑，窑口紧挨着。现在，窑师傅们刨土起泥、筛泥、做泥塘、踩泥、做砖坯，从早忙到晚，一刻也不得闲。

　　一天，汤丙、黄牛四正在踩泥，作头来打招呼，官府的督工马上来检查。汤丙没有当回事。过了一会儿，走来一帮人，汤丙一看，啊，走在前面的不是丁大祥吗？此时，丁大祥也认出了汤丙，露出了惊愕的表情。

　　"是你？汤丙师傅，你……你怎么又来了？"丁大祥问。

　　"丁师傅，你……你……还在工地上？"汤丙有些木然。

　　"丁师傅现在是我们这一片的督工。"站在一旁的随从道。

　　"哦……哦……"汤丙支吾着。

　　"汤师傅的烧窑手艺好。"见到汤丙，丁大祥有几分尴尬。

　　"哪里，哪里。"汤丙也有些不自在，"你一直在临濠？"

　　"是啊，本想回老家，这里工程量大，缺人，让我来做督工。"

　　"史大还在临濠吗？"汤丙脱口而出。

　　"哎哟，史大被充军了。说来话长，以后再告诉你。鲁三大师傅，现在在鼓楼工地上做工，是那里的大师傅。"

听到史大、鲁三这熟悉的名字，汤丙一时心里不是滋味。去年在临濠的时候，汤丙还经常和他们在一起喝酒。

"这边就不查了，汤师傅的手艺，我是知道的，走！"丁大祥对随从道。

"汤师傅，改天请你喝酒。"丁大祥临走时特地对汤丙说。

汤丙站在那里，没有说话，一直在发愣。有时候不去想一件事或一个人，那件事、那个人偏偏就要找你。他本来不去想过去的事情，可是丁大祥的突然出现，又让他情不自禁地想起了过往很多事。上一次就是因为自己醉酒，导致酒后乱性，不知不觉走入了他们的圈套中，幸好自己后来头脑还算清醒。如果一错再错，将不合例的城砖放行，被朝廷知道，或许命都难保。他到现在也想不明白究竟是谁告的状，是史大，还是丁大祥？真是不是冤家不聚头！现在又见面了。

后来，丁大祥真的派人来请汤丙去喝酒，汤丙找理由婉谢了。

官府有规定，所有砖上都必须盖上刻有烧砖人名字的砖章。汤丙找到作头，问这个砖章在哪里刻，官府的人说，官府认定刻章的店有好几家。汤丙问，这个钱谁出？官府的人说，由窑师傅所在的府、县出。汤丙又找到宜春县的皂吏，皂吏说，县里哪有这个钱？汤丙又找到袁州府的官员，官员说由县里出。推来推去，最后还是县里拿了钱。汤丙来到刻章处，报了姓名。刻砖章的人问汤丙是哪里人，汤丙说，是袁州府人。刻砖章的人说，我刻的砖章中，你们袁州府的窑匠最多。汤丙说，我们那里烧窑师傅多。刻砖章的人问，是阴刻还是阳刻？汤丙问，什么叫阴刻？什么叫阳刻？刻砖章的说，字凸出来，叫阳刻，字凹进去，叫阴刻，并拿出事先准备好的样子给汤丙看，汤丙说，那就阳刻吧。刻砖章的又问了窑师傅、造砖人夫的姓名。

汤丙在回柳树湾的路上，看到一个熟悉的院落，陡然想起来了，是梅香院。阿香是不是还在里面呢？他放慢了脚步，朝里面张望，现在是白天，里面一点动静也没有。

汤丙正走着，看见迎面走来一队人马，原来这些人都是被罢官的官吏以及罪囚。只见他们拖老带小，满面尘土。有的脖子上还夹着木枷。旁边看热闹的人在议论说，这些人都是被发配来临濠筑城的。汤丙问身边一个看热闹的人，这些人要发往哪里做工？那人说，这些人都要去做最重的活，听说是要去挖城壕。

汤丙回到窑场后，把路上见到的情景说了，李黑说，天下不幸的人多着呢。当了官，过上了好日子，到头来还是被罢了，成了囚犯，实在是可怜。黄牛四说，想想，我们也知足了。

又过了一阵，城中的工地缺少砌墙瓦匠，让各府推荐瓦匠，袁州府推荐了汤丙。汤丙想，反正砌墙和烧窑一样干活，自己砌墙手艺也不差，便带上黄牛四，来到洪武门工地上砌墙。

洪武门工地上的作头陈有福一脸横肉，说起话来，粗声粗气："你们好好砌墙，我也是瓦匠出身，什么也瞒不过我，我会天天在工地上看着，一旦发现偷工减料、敷衍了事，官府定会严加追究。"

汤丙没有说话。他觉得只要砌好墙就可以了。汤丙砌的墙既快又平。一方墙需要多少砖，汤丙来回走几步，立马就能报出来，往往一块不多一块不少。周围的瓦匠师傅啧啧称赞。

作头陈有福手里拿着铁钎，这里看看，那里戳戳，只要稍有不满意，就会拿起鞭子，对瓦匠、工夫一顿抽打。汤丙隔壁砌墙的一位扬州瓦匠师傅，在拌三合土时，多放了一点儿黄泥，被陈有福看见，就是一顿猛打。

汤丙发现，在工地上砌墙，比在柳树湾烧窑艰苦多了。作头太猖狂，对匠人动辄训斥，举起鞭子就打。每天吃得也差，几乎天天是腌菜，好几天才有一道荤菜。黄牛四说，这个陈有福太蛮横，下次再敢打我们，我们就一起和他斗。汤丙劝道，反正就三个月，忍一忍吧。

这天是休工日，月亮湾在四处做工的人都来到汤丙的工棚里，平时众人都分散在各个工地上做工，只有休工日，才难得一见。

汤丙问："兴祖，你在那边负责什么木工活？"

袁兴祖道："现在在临濠，'香山帮'和'庐州帮'名气最大，吃得开，很受官府重视。官府要建鼓楼和钟楼，让'香山帮'造钟楼，让'庐州帮'造鼓楼，两家打擂台，看谁建得好。我们袁州府的木匠师傅都被分散在各处。我在鼓楼工地上做木作，每天负责刨木，那个木头可粗了，几个人才抱得过来，都是金贵的楠木。"

刘顺一问："哪里弄来的?"

袁兴祖道："都是从云南、四川大山里砍来的。采木可辛苦了，木匠都说'入山一千，出山五百'。"

铁柱问："进山一千两银子，出山五百两银子，出山难道还便宜一些?"

袁兴祖道："你不懂，这个意思是说，一千个人进到山里采木，只有五百个人能活着走出来，一半人会死在大山里。"

铁柱道："唉，那比我们窑匠要苦多了。"

黄牛四问："云南、四川那么远，怎么能运到临濠?"

袁兴祖道："用江水运，把大木头捆在一起扎成木排，让木排顺流漂下来，派船跟着，就能运到临濠。"

铁柱问："遇到旱地怎么办?"

袁兴祖道："车拉人抬啊。有一天，我去临淮关码头接大木头，亲历过一回。那大木头太重，一般的车轮哪能经得起压呢，只好用几十个车轮一起上，再在每个车轮上兜一个铁圈。带铁圈的车轮碾过石头时擦得火星直冒，走不了一里路铁圈就散架了，必须马上换一个新的。一辆拉大木的车，二百人在前面用力拉，还有二百人肩扛着铁圈跟着走，一旦轮子坏了，马上就有人替换。这样一天下来，只能走几里路。那次，我们从临淮关拉到城里的工地上，整整花了七天。"

汤丙问："木匠师傅都是哪里来的?"

袁兴祖说："我们鼓楼工地的木工作头叫鲁三，庐州府的，这个师傅是个多面手，石匠活、木匠活、瓦匠、铁匠活，样样都会。不过，我看了看他做的木工活，手艺也就那样，不比我强多少。不过人家是大师傅，我们都得听他的，想想也憋屈。"

"鲁三?"汤丙听了一愣。

"是啊，鲁三，你认识?"袁兴祖问。

"庐州府的鲁三吧?"

"是啊。怎么了?"

"去年，我在临濠工地上，见过这个人。"汤丙说。

"鲁三待下面的人可凶呢，不是骂，就是打。不过，从没有骂过我。"袁兴祖道。

"我们袁州府的大师傅，凭什么听他的?"在一旁的黄牛四道。

"袁州府如果有汤丙这样的匠人挑头就好了。不过，我刨的木头，他都说好。"袁兴祖道。

刘顺一抢着插话道："玄武门工地上的那些大石头也不知从哪里运来的，石头雪白如玉。各地来的石匠，手艺都还不错，应天府江宁县石匠万家宝雕刻手艺绝对好，雕什么像什么，什么'龙凤呈祥''五谷丰登''一帆风顺'……雕得活灵活现。石匠们每天都要交三斗石头渣子，一天下来，腰都要断了。"

易伏说："谁不苦啊，官府规定，我们做工夫的，半里之内，每天要挑三百担，每担六十多斤。如果半里之外，要挑二百担。一里之外，要挑一百担。我每天挑三百担，腰也要被压断了。"

黄牛四说："操他娘的，皇帝让我们干活也罢，总要让我们吃饱吧，现在饭菜越来越差。去年我们来柳树湾烧窑的时候，吃得还不错。"

汤丙问："小黑子，柳树湾窑场那边伙食怎么样?"

李黑说："不是一般的差。那个督工丁大祥心狠手辣，对窑师傅随口就骂，举手就打。"

汤丙道："以前，他不是这样的。"

刘德江插嘴说："人，有了一官半职就会变的。窑场现在每天吃饭像打仗一样，饭菜一来，一抢而光。"

月亮湾人在一起，你一言，我一句，发牢骚，骂官府，都在盼着能早日回家。

这天，汤丙正在砌墙，督工方大同和作头陈有福一起来找，要汤丙放下手中的活，跟他们走一趟。汤丙问，去哪里？方大同说，去了就知道了。

方大同将汤丙领到太庙工地上，指着面前的一堵墙道："这堵墙是常州府瓦匠王小六砌的，不知怎么歪了，眼看就要倒塌。已经砌了这么多天，如果拆掉，损失太大。汤师傅，我看你砌墙的手艺不错，请你来帮看看，出出主意，能有什么好办法可以把这堵墙扶正。"

此时，这里围了不少人。有人说，可能是砖不合定例。有人说，肯定是砌得不齐。有人说，赶快拆掉，否则很快就要倒塌。

方大同觉得太庙工期本来就很紧，如果拆掉这堵墙，肯定会影响工期，而推迟工期，朝廷会追责的。于是，他就喊来汤丙，看看能否纠正。

汤丙走到这堵墙的正前方看了看，又到左侧的墙角看了看，再到右边的墙角看了看，随后又到墙的内面看了看，看完之后，在墙前走了一个来回，问道："这砌墙的砖全部都泡水了？"

王小六支支吾吾："泡是泡了……不过……可能有的泡的时间太短。"

汤丙道："你们难道不知道'干砖不上墙，湿木不上门'的道理？"

王小六脸红一阵白一阵。

汤丙道："不怕费时，只怕返工。不用全部拆，从上面往下数四排，从左往右数第二十块砖开始拆掉，重新砌就可以扶正了。"

现场的人都被他的话给镇住了，这是哪里来的师傅？说话如此肯定，不会是儿戏之言吧？

此前，常州府督造官同时也请了一位苏州师傅来看墙，苏州师傅到的时候，汤丙已经在用脚步丈量了。他就站在一旁，听到汤丙一番话，先是一愣，继而点点头。

方大同突然在人群里看见苏州师傅，赶忙走过来打招呼："陆师傅，这事惊动你了，实在不好意思。你帮看看，现在怎么办？"

"照这位师傅说的去做。"苏州师傅肯定地说。

"对了，给你介绍一下，这位是'香山帮'大师傅陆良，这位是袁州府汤丙师傅。"

陆良与汤丙互相行礼。

汤丙随后对常州府瓦匠王小六做了一番交代，王小六一一照办，到了第二天下午，墙果然扶正了。

过了两天，常州府督造官请方大同、陆良、汤丙一起喝酒，汤丙带了黄牛四，陆良带了助手张四。

汤丙和陆良又见面了。

陆良是临濠工地上名气很大的木作大师傅，平时很孤傲，但遇到手艺好的人，他不但不嫉妒，反而十分愿意去交往。那天，他迟到了一步，听到汤丙的一番话后，觉得汤丙不是一般的匠人，今天再次见面，他很开心。

"汤师傅，你手艺不错！"陆良竖起了大拇指。

"哪里，小技小艺。"汤丙道。

"你做瓦匠多少年了？"

"我做了二十年吧。"

"你家祖上都是瓦匠？"

"祖上好几代。"

"房屋做得好，全靠瓦匠一把刀啊！"

黄牛四在一旁道："我们汤师傅一家可不是一般的窑师傅，他父亲烧的'和七窑'在我们宜春那里无人能比，天下第一，举世无双啊！"

汤丙连忙制止道："阿四，怎么能这么说？牛皮吹破了。"

"噢，你还是烧窑师傅？"陆良问。

"是的，我们家是烧窑的，但都会瓦工。"汤丙道。

"烧过琉璃瓦？"

"我父亲烧过。"

"以前就烧过大城砖？"

"烧过。袁州城墙的城砖，是我祖辈牵头烧造的。"

"那这次为什么不让你来烧窑？"

"我刚来时，在官窑场烧窑，后来这边缺瓦匠，就把我调来了。"

"柳树湾窑场就是我们汤师傅选的。"黄牛四一旁赶忙道。

"柳树湾官窑场是你选的？"

汤丙点点头。

"了不起！汤师傅，你真的厉害！你们村上烧窑的师傅多吗？"

"我们月亮湾村绝大多数是窑师傅，但也有石匠、木匠、铁匠、漆匠。"

陆良露出吃惊的表情，道："你们村叫月亮湾？天下真有这么巧的事，我的家乡也叫月亮湾，这真是有缘啊！"

"陆师傅可是当今匠人中的高手，木匠、石匠、瓦匠、铁匠、漆匠，样样都会。对了，陆师傅，你们不是叫'香山帮'吗？那你们那里叫香山，还是叫月亮湾？"方大同问。

陆良道："香山是我们那一带总的称呼。香山离苏州有三十里地，沿着太湖边有香山、花墩、外塘、水桥、月亮湾等十几个村子，我住的那个村子叫月亮湾。我们村子有一百多户人家，月亮升起的时候，家家户户都能看见月亮，从汉朝开始就叫月亮湾了。我们村子自古以来都是以手艺养家，木匠、石匠、瓦匠、铁匠、漆匠、金银匠……三百六十行，行行都有人做。家家有匠人，户户有绣娘，一代传一代，附近的人都叫我们香山一带的匠人为'香山帮'。"

汤丙道："我也听说，当今天下名匠大半出自吴地，没有想到，就出自你们那里。我能结识天下名匠陆师傅，真是三生有幸啊！"

陆良笑道："岂敢，岂敢，汤师傅手艺高超，我也领略到了。"

黄牛四最喜欢说说大话，在一旁听陆良这么一说，马上神秘兮兮地道："我们汤师傅不仅砖瓦烧得好，还有几个绝招呢，一方墙，只要走几步，就能立马报出多少块砖。"

"嗯？汤师傅，今天没有外人，不妨一试。就看我们旁边的这方墙吧，汤师傅看看用了多少砖。"陆良道。

汤丙开始还有些不好意思，连忙道："阿四，你在陆师傅面前吹什么吹？这不是鲁班门前弄大斧吗？"

"汤师傅见外了，手艺人之间，多亮几手，彼此可以开开眼界啊。"

陆良一再让汤丙试试，汤丙也不好推辞，他起身在旁边的这方墙前走了一个来回，然后笃定道："用砖四千二百一十五块。"

在场的人数一数，果然一块不多，一块不少。陆良连连点头，表示佩服。

"我们汤丙师傅，还能用瓦刀敲一敲，就能辨别出砖的好坏。"黄牛四又道。

这位陆良师傅平时偏喜欢与那些拥有手艺绝招的人打交道，每当听说哪里有绝招奇人，他总是千方百计去结识。今天听说汤丙有几个绝招，岂能放过？非要汤丙演示给众人看不可。

汤丙说，我怎么能在关公面前耍大刀呢？

众人都要汤丙出来演示。汤丙拗不过，只好答应。

陆良马上派人找来十几块砖，其中有好有孬，让汤丙辨别。汤丙拿来瓦刀，在每块砖上敲了三下，敲完后，道："这八块砖是好砖，这四块砖不合例。"

陆良让人将刚才的砖砸开，只见四块砖内瓤呈黄色，没有烧熟。

陆良笑道："佩服！佩服！出手见高低。汤师傅手艺实在是高超啊！"

汤丙道："没有什么，只是眼熟手熟而已。家父一再说，敲之有声，断之无孔，方为好砖。家父还能望烟辨砖，看到窑烟，就能判断这一窑砖烧得好坏。"

陆良说："俗话说，行行出状元，门门有诀窍。打铁看火候，板凳看榫头。原来烧窑看窑烟啊！"

汤丙接着说："烧窑看烟火，砌墙看瓦刀。"

陆良说："说得好！瓦匠一把刀，木匠一把斧，石匠一根凿。汤师傅的瓦刀真是厉害，以后就叫你'汤三刀'吧。来来来，我们喝一杯。"

汤丙说："稻穗长得越饱满，身子弯得越低。陆师傅就是如此实在。"

陆良哈哈大笑："我陆家就信奉一条，对于后代做什么，从不干预，只有一条祖训，终一生，爱一事。只有做到家了，才能学第二样手艺。"

汤丙听了，心头一震，在心里又念了一遍："终一生，爱一事。"

众人举杯，一饮而尽。

黄牛四喝了两杯，话又多了起来："在我们宜春老家，没有人不知道我们'汤袁刘'，造房子都要请他们三个人。汤师傅是瓦匠，还有木匠袁兴祖、石匠刘顺一,这次三人都来临濠做工。"

汤丙呵斥道:"阿四啊,再不要乱说了,陆师傅可是当今木作大师傅。"

陆良道:"汤师傅,你也太谦虚了。手艺人之间,比试比试,取长补短,未必不是一个好事啊。"

"陆师傅,请问令尊大人也是木匠?"汤丙问。

"我父亲早年是石匠,后来才做木作师傅。我们'香山帮'的师傅一般都是从学水作开始,后来学木作。要把水作、木作活都了然于心。当年我祖父、父亲被召去营建大都,官府称他们为'可兀兰',就是将作大匠的意思。朝廷还封祖父诸路工匠都总管,赠中奉大夫,我父亲做了诸将提举,他带领'香山帮'一百多个匠人,辛辛苦苦做了十几年,大都造好了,但父亲被罢了官。真是天有不测风云啊!"

在一旁的张四道:"陆师傅可厉害了,众人都喊陆师傅'陆三斧子',不论什么木料,只要看一眼,就能立马报出是什么树。拿起斧子砍三下,要什么有什么。有人干脆喊他'陆鲁班'。陆师傅的绝活,你们肯定没有见过。"

陆良道:"木匠的斧子当然是最重要了。俗话说,一世的斧子三年刨。"

方大同道:"听说陆师傅能双手同时画龙。"

陆良笑道:"哈哈,只是雕虫小技,不足挂齿。"

方大同道:"陆师傅给我等展示一下,也让我们见识见识。"

陆良想,刚才让汤师傅表演了,自己岂有搪塞之理?道:"好吧,我来献丑了。"

说话间,有人已经准备好笔墨纸。只见陆良左右手各拿一支笔,同时落笔,左右手各自龙飞凤舞,一气呵成,两条龙活灵活现,各具形态,大有腾云驾雾之势。

众人齐声叫"好"。

陆良道:"狮要雄,龙要神,凤凰是个直眼睛。"

张四道:"你们看看这条龙太神了!我们陆师傅还有很多绝活呢。"

陆良连忙制止道："哎，张四，不要瞎吹，做人要实在一点。匠人要以技养身，以心养技。"

黄牛四道："陆师傅刚才还说，手艺人之间比试比试，取长补短，是好事啊。"

陆良想想也是，道："后会有期，日子长着呢，以后，我们再在一起切磋切磋。学一门手艺，就要精，不精，怎么能得道？"

汤丙道："请教陆师傅，什么叫'道'？"

陆良道："门门有道，道道有门。技高，才能接近道。汤师傅，你的技艺高超，你得到了道。"

黄牛四在一旁道："汤师傅的父亲汤和七经常说，烧窑要做到'三到'，眼到手到心到，他说的'到'和陆师傅说的'道'都是一样？"

陆良笑了笑，道："是的，做到'三到'，就能得'道'。人生何处不相逢，天下匠人是一家。要不是造都城，我们哪有相识的缘分，来，喝酒。"

众人举杯。

汤丙被调到洪武门工地砌千步廊。这天，汤丙和黄牛四正在砌墙，古樟岩的木匠袁小五突然气喘吁吁地跑来找汤丙，道："不好了，不好了，汤师傅，袁兴祖被官府抓起来了。"

汤丙一愣，连忙问怎么回事。

袁小五说："我们正在营建的鼓楼城楼歪了，官府抓了二十个木匠，官府的人说，如果不能纠正，就把全部的木匠杀了。"

汤丙几天前听袁兴祖说，鼓楼工地的作头是庐州府鲁三，汤丙上一次来临濠做工的时候就曾与他打过交道。他对"庐州帮"没有好印象，自然不想去见他们。他让黄牛四和袁小五一起去看看什么情况。

黄牛四很快回来了，一脸紧张的样子，结结巴巴地道："不好……不好了，鼓楼……城楼快要完工了，突然发现歪了，工部下令……必须三天之内纠正，如果纠正不了，木匠们都要被砍头。"

汤丙道："那个庐州府大木匠鲁三不是很能吗？怎么把楼建歪了？"

汤丙说的是气话。

黄牛四道："我也不知道。"

"袁兴祖现在在哪里？"

"鼓楼工地上所有参与的木匠都被捆了起来。"

汤丙想去看看，但一想到鲁三，又打消了念头。

"汤丙，你赶快去看看吧。"黄牛四道。黄牛四知道汤丙和袁兴祖的关系非同一般。

汤丙道："我也不懂木作。"

到了晚上，袁兴祖来找汤丙，汤丙大吃一惊，连忙道："你们不是被抓了吗？"

袁兴祖神情沮丧，道："刚刚放出来，真是倒霉透顶。我只负责刨木，与我有多大关系呢？真是冤啊！现在官府给了三天时间，如果纠正不了，我们统统都要被杀头。"

"不都是按照《营造法式》定例来的吗？"汤丙问。

"是啊。"袁兴祖耷拉着脑袋。

"你们还是好好商量商量吧，看看到底哪里出了问题，这时候急不得。"汤丙安慰道。

黄牛四也在一旁安慰他。

突然，袁兴祖"呜呜"地哭了起来。

"鲁三不是木作大师傅吗？怎么会把楼建歪了？这实在是不应该啊！我不懂木工活，也帮不了你。"汤丙叹气道。

在一旁的袁州府匠人们，你一言，我一句，议论起来：

"木匠好不好，全凭看卯窍。是不是榫头不合出了问题？"

"也许是承重柱瓢了？"

"木料没有干透？"

"或许是木料太干了。"

……

各种说法都有，汤丙道："他们鲁家的祖师爷怎么不帮帮他啊？"

"对了，赶紧去给鲁班烧香。"有人道。

"到哪里去拜?"袁兴祖道。

"找一个庙去烧香。"有人道。

"临时抱佛脚,有用吗?"袁兴祖道。

"兴祖,你现在急也没有用,赶快回去,找鲁三师傅商议去。"汤丙道。

袁兴祖叹口气道:"唉,他们现在是热锅上的蚂蚁。"

第二天傍晚,袁兴祖又来找汤丙,说,众人想了各种办法,就是没有办法扶正。鲁三已经六神无主了,这如何是好?

到了第三天上午,袁兴祖又来了,道:"汤丙,鼓楼工地上乱成一锅粥,现在只有一个人能救。只能请你帮忙了。"

"谁?"汤丙问。

"找钟楼工地的木作大师傅、'香山帮'帮主陆良。"

汤丙没有说话。他想,"庐州帮"与"香山帮"本来就是两个山头,陆良会帮"庐州帮"吗?再说,"庐州帮"的人曾经想置我于死地,我能去帮他们?

"汤丙,你去找找陆良师傅吧。"袁兴祖一副失魂落魄的样子。

是啊,二十条人命事大,再说袁兴祖也在其中。汤丙的确内心很矛盾。

"我能请得动他吗?"汤丙自言自语道。

黄牛四也说,汤丙你去试试吧。

汤丙无奈之下只好来到钟楼工地,找到陆良,把事情的经过说了。

陆良一副不以为然的样子,道:"楼歪了?怎么会歪了?这不是鲁大师傅做的主吗?汤师傅,你不知道,'庐州帮'的师傅一向很骄横,他们经常放话,说他们造的鼓楼,肯定比'香山帮'造的钟楼要好,这个鲁三更是口出狂言,说什么'香山帮只能做些小木作'之类的话,现在,我能管他们的事情?"

"陆师傅,我的一个好兄弟袁兴祖在鼓楼工地上做工,我是看在他的面子上来找你。如果纠正不了,他得去死。"汤丙说。

"这个木匠大师傅是怎么当的?他不是很能吗?对不起,这个浑水，我不能去蹚。"陆良道。

看到陆良态度很坚决，汤丙就不好再说什么。

到了中午，袁兴祖又来找汤丙，汤丙道："我请不动陆师傅。"

"他见死不救啊。怎么能请得动他呢？"袁兴祖哭丧着脸。

一阵沉默。

"要不我们一起去请一次？"汤丙道。

汤丙和袁兴祖再一次来到钟楼工地，找到陆良。

汤丙道："陆师傅，我又来打扰了，救人一命，胜造七级浮屠。今天过了，二十多个木匠师傅就要人头落地，看在都是匠人的面上，也看在我的面子上，你就帮帮吧！"

"万望陆师傅帮帮我们，你的救命之恩，我们不会忘记的！"袁兴祖也恳求道。

陆良叹了一口气，道："我也是半桶水，晃荡晃荡的，没有多少本事。如果我去了，纠不了偏，我也要被砍头。刘备三顾茅庐，诸葛亮也出山了。再说，汤师傅也是好人，我也不好意思再推辞了。这样吧，我去看看，只能是看看。"

"张四，把我的斧子带上，走，一起去。"陆良对助手张四道。

袁兴祖把陆良、汤丙等人领到了鼓楼工地上，又把陆良介绍给了鲁三。见到陆良，鲁三很尴尬，连忙行礼。在一旁的"庐州帮"木匠们看到"香山帮"的大师傅来了，像抓到一根救命稻草似的，纷纷给陆良行跪拜礼。

"给陆师傅添麻烦了。"鲁三不好意思道。

"鲁师傅，天下手艺人是一家，就不必客气了吧。"陆良还是给了鲁师傅一点面子。

陆良和鲁三以前见过面，由于是两个山头的帮主，互相瞧不起。官府让"香山帮"造钟楼，让"庐州帮"造鼓楼，也有让两家竞争的意思。现在"庐州帮"造的鼓楼出了问题，鲁三也就顾不上面子了。

陆良来到鼓楼前，从东西南北各个方向，朝城楼定神望去，随后又爬到了楼上，在城楼的四角看了看。

"张四，把我的斧子拿来。"陆良道。

张四递给陆良斧子。陆良用斧子在每根立柱上敲了几下，再用耳朵贴在柱子上听了听，又向袁兴祖要了鼓楼的施工样图看了看，对鲁三、袁兴祖等人道："一根柱子动，根根屋梁摇。现在鼓楼往西南方向倾斜，你们让人在东边第二根立柱、北边第一根立柱上各挂三十袋沙子，然后在四角立柱旁堆上一百袋沙子。"

交代完，对张四道："好了，我们走吧。"

众人听了陆良的这番话，都愣了，心想，陆良说话这么轻松，这靠谱吗？

陆良走后，有的木匠说，哪有这么简单的事？有的木匠说，别听他胡说，也许在害我们。鲁三说，现在是什么时候了，不要乱说，人家是在帮我们，怎么能说这种话呢！袁兴祖急了，十分恼火道，你们有本事去纠正啊？鲁三果断地道，按照陆良师傅说的去做。木匠师傅们这才不说话，赶忙按照陆良师傅说的去做。

到了半夜，袁兴祖跑到汤丙的工棚，激动得说不出话来："汤丙啊……汤丙，这……这简直是太神奇了，扶正了，楼……已经扶正了！"

黄牛四跳了起来，道："这个陆师傅真的不是人，是一位神啊！"

汤丙听了，暗自佩服，这陆师傅手艺真不是一般的强！

"怎么感谢陆师傅呢？"袁兴祖道。

"我们明天一早登门致谢吧。"汤丙道。

第二天一早，汤丙和袁兴祖就来到陆良的住处，向陆良表达谢意。正说着，鲁三也带着"庐州帮"的木匠师傅来致谢。见到陆良，木匠师傅们齐刷刷地跪下，陆良连忙道，起来，都起来，天下匠人是一家啊！哪里来这么多的礼节。

鲁三道："陆师傅，真是高手，感谢救命之恩！我鲁三没齿不忘。"

看到鲁三这副样子，陆良也放低姿态，连忙道："鲁师傅客气了！智者千虑必有一失，我们做匠人的岂能永远没有失手的时候？俗话说，板凳看榫头，高楼看柱头。横挑千斤竖挑万。柱子的榫头出了问题，木料没有干透。"

鲁三有些不好意思，道："让陆师傅笑话了。"

陆良笑道："天下手艺人是一家。能帮就互相帮帮，互相拆台有什么好处呢？匠人易得，匠心为大。"

鲁三点头称是，连忙道，改日摆酒答谢。

鼓楼城楼被扶正的消息很快就传开去，从此，"香山帮"和陆良的名气更大了。

过了一阵，在柳树湾烧窑的李黑、铁柱跑来找汤丙，说窑场那边吃得越来越差，督工、作头都十分蛮横，他们不想在那边烧窑了，问汤丙，能不能把他们调到城里的工地上。汤丙说，方大同这个人还算好讲话，我上次也帮了他的忙，我试试看。

汤丙找到督工方大同，方大同对汤丙一直很欣赏，便一口答应。过了二十多天，便将李黑与铁柱调到了洪武门千步廊工地。现在，月亮湾人又能在一起做工了。白天，汤丙、铁柱负责砌墙，黄牛四、李黑负责运砖。晚上，月亮湾人在一起说说笑笑，很开心。李黑说，千步廊工地的伙食，比那边好多了。铁柱说，还是汤丙有办法，不然，我们还要在那边受罪。

一天，汤丙正在砌墙，突然看见一队军士押送一个犯人在洪武街上游街，很多匠人放下手中的活，站在路边看，汤丙在人群中踮脚一看，啊，犯人被绳子捆住手，脖子上戴了木枷，再仔细一看，这不是方大同吗？人群中有人在议论：

"这个方大同人很好，真没有想到，他也是一个贪官，贪了很多银子。"

"贪了多少？"

"听说贪了一百五十两银子，真是胆大包天啊！"

"马上就要被砍头了。"

"唉，哪个督工不贪，只不过没有人发现罢了。"

……

汤丙后来打听到，方大同被人告发，放卖工夫，每放一个收受五两银子。他已经放走了二三十个工夫。对于方大同，汤丙的印象一直不错，待人也和善，汤丙请他帮忙，把李黑、铁柱从柳树湾调到洪武门工地上时，他没有要一文钱。汤丙看到方大同今天这个下场，心里很不好受。

转眼到了洪武四年（1371年）的十一月，一夜北风吹，天气突然冷了下来。到了傍晚，北风裹挟着雪花，纷纷扬扬地飘了起来，刹那间，天地变得白茫茫一片。

月亮湾人从没见过雪下得这么早。

粉粉的雪，像棉絮，一片片落到地上，越下越大。

月亮湾人纷纷跑到屋外看雪，可是两层单衣服，哪能抵住寒冷，马上又跑回工棚。到了夜里，更冷了，薄薄的被子根本抵挡不住寒冷。

汤丙道："瑞雪兆丰年。这大雪对种田是有好处的。"

黄牛四道："这鬼天气，怎么这么冷？"

铁柱道："下大雪，我们可以歇一歇了。"

李黑道："现在工地上都在传着这样一首歌：'如今世道鬼天下，窑场牢房是一堂。作头屋里酒肉臭，可怜窑工饿断肠。'我们在这里也受够了，腊月快到了，我们也该回家了。"

黄牛四道："如果雪下很多天，没有船了，怎么回家呢？"

汤丙道："那年，我从临濠回去，雪下得比现在还大，我不也到家了？"

有人在工棚内点起干柴，众人感觉暖和不少。可是睡到夜里，还是感觉到冷。第二天早上，汤丙起来发现工棚的门推不动，再一看，被几尺厚的雪挡住了。外面是白茫茫一片。他赶紧喊黄牛四、李黑、铁柱等人起来将门口的积雪铲去，扫出一条道路来。

雪停了。霜前冷雪后寒，宜春人冷得受不了，都围在柴火边取暖。到了中午，官府也没有人过问吃饭的事。工棚里的役夫们又冷又饿。

黄牛四道："怎么没有人管我们？我们去找刘作头去，要棉被、棉袄。"

李黑道："到哪里去找刘作头呢？"

黄牛四说："我知道刘作头住哪里，走，去找他。"

黄牛四和李黑、铁柱三人深一脚浅一脚踩着雪，找到了刘作头的住处，门是关着的。

黄牛四在门口大声喊道："刘作头，你管管我们的死活吧，这样的鬼天气，我们南方来的人，没有带什么厚衣服，都快冻死了。"

等了好一会儿，门才打开。刘作头道："哎哟，黄师傅，不要急嘛，这场雪下得太突然，官府也没有做准备，搞得我们措手不及啊。你们放心，官府不会不管的。"

李黑问："那什么时候给我们发棉衣棉被？"

刘作头道："大雪封路，道路不通，你们先在棚子里待着吧，我们会尽快送去。"

黄牛四等人先回来了。到了傍晚，官府的人才送了些米菜来。众人一看，米已经发黑，一股霉味，菜只有一碗腌萝卜，咸得难以下咽。众人都饿极了，也只好一边吃，一边骂娘：

"不给棉衣，不给饭菜，还让人活不活啊？"

"再不管我们，明天造反去！"

"走，我们回家去吧。"

"一粒豆豉吃两餐，一盆馊饭两天粮。这日子怎么过！"

……

第二天上午，官府还没有人送棉衣棉被来。到了中午，役夫们纷纷走出工棚，聚到了一起，有人在高声喊叫"反了去——"，众人齐声应着："对，反了去！"

"冻死——"

"饿死——"

"放火——"

"杀人——"

……

一人喊，众人应，喊声震天。

只见一位役夫，站到了高处，高声喊道："工友们，这么冷的天，官府对我们不管不问，根本不把我们当人，我们一起到官府去，如果再不管不问，我们就把官府烧了。"

黑压压的人群开始向官府涌去。尽管外面喊声震天，但官府还是没有人出来说话。

有人说，干脆点火烧了吧，反正不是冻死，就是饿死。

有人开始点火，官府旁边的屋子被人点着了，顿时燃起了熊熊大火。

眼看着外面的事越闹越大，一位穿着皮衣的官员走出来，喊话道："各位师傅，这么冷的天，你们在外面会冻坏的。这场大雪来得太早了，太突然了，官府还没有做好准备，棉衣、棉被肯定是有的，正在路上，大雪天路难行，过几天就会到的。另外，官府已经开仓，给各位发米，让大家吃饱。菜嘛，大雪天，就简单点，保证大家有菜吃。各位师傅，你们先回去吧。"

"白纸上坟，糊弄鬼。分明是在骗我们，别相信他。"

"乌鸦的肚里，黑心肠。"

"不，马上就要棉衣棉被。"

"官府在糊弄我们，绝不能上当受骗。"

"点火——"

……

有人开始推倒正在营建的墙，有人把火把扔到官府大门口，只见浓烟滚滚。这时，走出五六位官员，其中一位高声喊道："各位师傅，冷静，冷静，马上就发棉衣！"

看到官员们出来，有人喊："打死他！烧死他！"众人纷纷应和着，有人往前冲去。官员们赶紧缩回屋里，其中一位官员没有来得及进屋，被工夫们抓住了，众人你一拳，我一掌，便将这位官员打倒在地。

就在这时，有人抬来几大捆棉衣，开始发给现场的匠人工夫。又出来一位官员，高声喊道："各位师傅，棉衣到了，棉衣到了。你们不要再闹了。你们放心，棉被随后会送到工棚里。"

突然，两队手拿大刀的军士出现在官府旁，看到几百个军士，役夫们并没有退却，众人继续往前冲，军士开始抓人，冲在最前面的几个役夫被军士们死死摁住。

旁边的官员又在喊话："师傅们，赶快回去，官府马上给大家送吃的、送棉被。如果有人再胆敢闹事，立马拿下坐大牢。"

看到官府开始发棉衣棉被，又说马上要送吃的，众人才渐渐平息怒气，在骂声中陆续散去。

围堵官府的事件发生后，官府对役夫们的态度明显好多了。官府很快下令，大部分到期的匠人、工夫可以回家过年，小部分匠人要继续留在临濠，待到明年春天才能回去。月亮湾的铁柱、刘德江、何四、易伏、张正四可以回家了。汤丙、刘顺一、袁兴祖、黄牛四、李黑等十多位匠人还要留在临濠工地继续做活。

督工对留下来的匠人、工夫说："朝廷正在建中书省、大都督府、御史台，需要匠人，由于工期太紧，部分师傅要留下来在屋内做工。待到明年开春后，再换一批匠人、工夫，官府肯定会让你们回去。"

黄牛四很生气，道："那你写一个字据，不然我们明年开春找谁去。"

"官府说话还不算数?"督工道。

"官府说话，放屁的时候多。"

督工瞪了黄牛四一眼："你们就听命吧，我也是没有办法，执行官府的指令。"

袁州府的匠人、工夫要出发了，汤丙等人到濠河码头为铁柱他们送行。

汤丙对铁柱说，回去给各家报一个平安，就说我们在临濠一切都好，明年三四月都可以回家。

铁柱说，你们在临濠多保重，我们在月亮湾等你们回来。

洪武五年（1372年）的春天到了，城壕边的柳树已经绽出了新芽，远远望去，像飘来一层绿色的云雾。

又一批匠人、工夫来到临濠工地。汤丙找到督工，要求回家。可是督工不认账，说，工期很紧，你们再做一段时间。

工地上的匠人、工夫越来越多，督工、作头越来越蛮横，动不动就打人。稍有反抗，就会被抓去坐牢。匠人、工夫们吃得越来越差，经常吃不饱。工地上有人生病，找不到郎中看病，每天都有人死。

这天，黄牛四发烧拉肚子，汤丙找到作头陈有福，让郎中来看病，陈有福若无其事地说，工地上郎中太少，忙不过来，过两天才能来。黄牛四只能在工棚里躺着，两天不能吃东西，到了第三天，郎中还是没有来。陈有福看到黄牛四没有上工，把他生病的事情忘记了，就派人来找，黄牛四躺在床上，连说话的力气都没有。来人恶狠狠地说，装什么装，不就是拉肚子吗？有什么大不了的！黄牛四说，你们这些人都是狼心狗肺。来人举起鞭子就打。李黑刚好回来看见这一幕，给了那人一拳。那人看到工夫们多，赶忙溜走了。

一天，作头陈有福又在工地上鞭打一位瓦匠，旁边的工夫们实在看不下去，一拥而上，将陈有福扑倒在地，纷纷朝陈有福扔起了砖头。工夫们一边扔，一边骂："陈作头，你的心比狼还狠。今天不是你死，就是我们死。反正朝廷不管我们死活。"众人都把气撒在了陈有福身上，陈有福哪有还手之力？不一会儿，陈有福就被众人砸死了。

官府的人闻讯赶来，派五十个军士将这片工地上的匠人、工夫全部带走。汤丙也在其中。官府逐一审讯，众口一词，陈有福平时太坏，根本不把匠人、工夫当人看待，是罪有应得。

督工对陈作头本来也没有什么好感，帮着匠人、工夫们说了几句好话，负责调查的官员看到工期紧，如果把几十位匠人、工夫都关起来，就没有人干活了，于是把匠人、工夫训斥了一番后，全都放了。

到了三月底，汤丙再次向官府提出要回家。可是督工还是说，现在很缺瓦匠，不能走，你们再干一段时间吧。

汤丙和几十万匠人、工夫在临濠都城工地上日复一日地忙碌着，用辛劳的汗水换来了一幢幢宫殿、一座座城楼拔地而起。可是匠人、工夫们的生活状况越来越差。汤丙发现，每当匠人、工夫们闹一闹，就会好一些，但过一阵子，又很糟糕。黄牛四的腿现在走路一拐一拐的，但新来的刘作头每天还让他去抬砖。袁兴祖腰疼，刘作头说，工期紧，不能歇息。李黑骂了几句，被一位监工听到了，就是一顿毒打。官府供应的直米、柴薪、盐蔬，根本不够。匠人、工夫们每天累得要死，饭都吃不饱。现在，工地上每天都有匠人、工夫逃跑。逃跑的人一旦被发现抓回来，不是被打死，就是被锁进大牢。

转眼又到了洪武六年（1373年）七月，天气暴热，汤丙、黄牛四等人的身体都不好，便再次向官府提出要回家。新来的何督工说，等上面批准下来，你们才能走。

汤丙等啊等，一天、两天……等不到任何消息。

这天晚上，汤丙、袁兴祖、刘顺一、黄牛四、李黑在工棚里歇息，都说想家了，黄牛四道："再这样下去，我们都会没有命的。"

众人沉默。

李黑快言快语："对了，我们鼓动匠人们起来造反吧！"

刘顺一道："现在军队就驻扎在附近，造反不是死路一条？"

黄牛四道："每天都有人跑，官府也来不及追查。"

李黑道："对，我们跑吧。"

刘顺一道："如果被抓住了怎么办？"

李黑道："我实在是待够了，能跑出去，就有一条活路。"

袁兴祖说："路途这么远，跑出去怎么回家呢？"

黄牛四说："一路讨饭也可以讨回家啊。只要跑出了临濠，天高皇帝远，官府的人也不会再找我们了。"

袁兴祖道："这真不是人待的地方，汤丙，我们跑吧。"

汤丙道："我再打听一下，什么时候让我们回去。"

又过了十多天，还是没有消息。

一天傍晚，黄牛四急匆匆找到汤丙，说："不好了，不好了，刘顺一被打死了。"

汤丙、黄牛四赶到东安门工地，只见刘顺一躺在一块大石头上，全身是血，衣服已经破烂不堪。汤丙赶忙走上前去大声喊道："顺一，怎么了？"

刘顺一一动不动，汤丙抓住他的手，摇了几下。

"顺一——"

刘顺一慢慢睁开了眼睛，气若游丝，道："汤……汤丙，我……我要……死了，他们狠毒啊！"说着又昏死过去。

汤丙和黄牛四找来冷水，泼在了刘顺一的脸上，过了一会儿，刘顺一醒了。汤丙等人将刘顺一抬回工棚里。又过了半天，刘顺一才说出话来。

原来，刘顺一在工地上凿一块白玉石，凿到一半，白玉石突然断裂，再细看，白玉石中间有一道自然的裂缝。作头知道后，就来问责，怎么把石头凿断了？刘顺一解释说，很多石头中间有自然的裂缝，不是我凿断的。可是作头哪里肯听，一口咬定是刘顺一失手造成的。作头报告给了钱督工，钱督工来了，看了断开的石头，不容刘顺一分辩，就是一顿毒打，把刘顺一打得昏死过去。

汤丙和李黑一起找到那个打人的钱督工，钱督工一副凶相，一口咬定就是刘顺一凿断的。汤丙争辩了几句，钱督工立即喊来十多个打手，围住汤丙就是一顿拳打脚踢。

李黑赶忙喊来黄牛四等人，督工一看来了很多人，才住手。

当天晚上，汤丙、袁兴祖、黄牛四、李黑都围在刘顺一的身边，看到刘顺一伤情有了好转，才稍稍松了口气。

黄牛四道："汤丙，你看看，官府把我们当牲口看待，我们还在这里做什么？"

李黑道："快跑吧，我一天也不想待下去了。"

刘顺一道："我的腿疼，一时跑不动，你们先跑吧。"

袁兴祖道："怎么能丢下你呢？我们背你。"

汤丙道："要跑我们一起跑。等刘顺一的伤好了以后再说。"

又过了十多天，汤丙等人又凑在一起，密谋着如何跑出去。

黄牛四道："最好选一个下大雨的日子，不被人注意。"

刘顺一道："不行，下雨天，认不清方向，出了城，路滑，也跑不快。”

袁兴祖道：“选一个夜里，最好没有月亮。”

李黑道：“没有月亮，漆黑一片，也不知道往哪个方向跑。”

袁兴祖道：“反正往北边，朝北斗星方向跑，那边就是淮河。”

汤丙问：“今天是七月十几？”

刘顺一道：“七月十二。”

汤丙道：“月亮升得早，不行，再过七八天吧。十七十八，黄昏摸瞎。月亮上来迟，天色不那么亮，我们再跑。”

这天是七月十九，几个人又凑到一起。汤丙道：“今天月亮上来迟，夜里也有月色，夜深人静时才能走。我们约好，万一遇到官府的巡逻，我们就立马分散，能跑一个是一个，不要管他人，认准北斗星跑。千万不要管其他人，不然的话，我们都会死。”

第二天夜里子时，五个人简单收拾了一下，就先后悄悄地走出工棚。汤丙抬头一看，天上的云很多，月亮在云中穿行。五个人先后来到事先约好的一棵大树下，统一了暗号，然后分散着朝北斗星方向匆匆走去。

白天喧闹的工地，此时十分宁静。月色朦胧，但能看得见影影绰绰的亭台楼阁。大街上空荡荡的，没有一个人。走着走着，李黑突然看见有一大户人家门口挂着两只红灯笼，五个人顿时警觉起来，很快拐进旁边的小巷子。走出小巷子，来到一条大街上，走了一会儿，又发现一个大户人家，挂着一排红灯笼，五个人正要离开，突然，从大门旁蹿出一条大黄狗来，朝着五个人狂叫。五个人飞快地分散跑开，好不容易甩掉了狗。

五个人事先已经打听好路线，过了北安门，再走十多里，就到淮河边。好在正在建设的都城方方正正，认准一条街直走，不会走错路。五个人很快到了北安门，就在他们庆幸平安通过时，一队巡逻的士兵打着灯笼朝他们走来，五个人急中生智，黄牛四躺倒在地上，其他四个人围着黄牛四，巡逻兵走上来问：“如此深夜，你们在这里做什么？”

刘顺一道：“哎哟，躺地上的这位是我们工友，临濠乡下人，得了绝症，快不行了，他央求我们把他送回家，见他父母一面，我们几个人正在送他回家，他家就在前面，过了北安门就到。"

听说人快要死了，再朝地上看看，只见一个人躺在地上哼着，一个巡逻兵道："你们快去快回。"

等到巡逻兵走远，黄牛四爬了起来，五个人顺利过了北安门。出了北安门，就是颠簸不平的道路，五个人深一脚浅一脚，朝着北边走去。

此时，天空中的云朵已经散去，旷野里的月色比刚才更清朗，田里的萤火虫一闪一闪，不知名的鸟雀"扑棱"一声飞起，飞进夜色中。

五个人大汗淋漓，快步地往前走。

"出了北安门，应该没有什么事了。"黄牛四小声道。

"天亮就好了。人一多，我们就可以混进去。"刘顺一道。

"这鬼天气太热了。"李黑浑身湿透了。

……

众人走着走着，发现道路旁边出现了芦苇。汤丙道："见到芦苇，淮河不远了。"

"谢天谢地，终于跑出来了。"黄牛四道。

就在众人庆幸快到淮河边时，突然，从对面传来一阵急促的马蹄声，一队骑马军士迎面疾驰而来，五个人慌忙往路边的芦苇丛中跑去。

"哪里的盗贼？"军士们看见有人跑，高声喊叫。

好几个军士翻身下马，往旁边的芦苇地追赶。

刘顺一看到旁边有个土窖，翻身滚进去，用草盖住头。

袁兴祖的腰受过伤，腿不听使唤，跑不快，很快被一个军士抓住，袁兴祖反抗，两人扭打在一起，旁边一个军士上来就是几脚，袁兴祖被踢昏过去。

汤丙腿疼，跑不动，跑在前面的黄牛四想回来背他，结果被士兵发现，两人都被逮住。

李黑看见汤丙被抓，上来要和两个军士拼命，他岂能斗过两个军士，很快也被捆了起来。

汤丙、李黑、黄牛四被捆在一处，袁兴祖躺在旁边，哼着。巡逻军士凶狠地说："你们这些盗贼，从实招来，偷了什么？"

黄牛四说："我们路过这里，一不偷，二不抢，你们为什么抓我们？"

一个巡逻军士又踢了黄牛四几脚，说："既然你们是路过，为什么见了我们就跑？那肯定就是逃跑的役夫。"

李黑大声地骂了一句，六七个军士一起上来，拳打脚踢，三人都被打晕过去。巡逻军士将四人捆绑好，带到官府去请功。

刘顺一趴在土窑中，一动不动，一直待到天亮，等到大路上进城的人多起来，才乘机混进了人群，往定淮关方向逃去。

汤丙、黄牛四、李黑、袁兴祖都被关进了黑牢。

朝廷把从临濠工地上逃跑的役夫抓回来后，有的处以死罪，有的充军到辽阳或者云南。三个月后的一天，狱卒将汤丙、黄牛四、李黑带到了百万仓工地，督工告诉他们，这里正在营建粮仓，囚犯在这里劳作，以工赎罪。

原来，"香山帮"帮主陆良听说汤丙逃跑途中被官府抓到送进大牢，就找到工部一位员外郎说情，让他们以工赎罪。员外郎让陆良做了担保，如果汤丙等人再次逃跑，就会追究陆良的责任。

三人出狱后才知道袁兴祖已经死了，刘顺一生死不明，黄牛四肋骨被打断三根，此时还没有完全好，走起路来伛偻着腰。

现在，三个人都戴着脚镣干活。黄牛四说，这日子难熬啊，我发现这里有水道通淮河，我们跑吧。汤丙说，人家陆师傅做了担保，现在跑不是害了人家？再熬熬吧，总会有完工的那一天。李黑说，戴着脚镣，怎么干活？活受罪啊，真是生不如死。

六

洪武六年（1373年），十月。

清晨，人们在古樟岩码头发现了月亮湾的石匠刘顺一。此时，刘顺一倒在码头边一块大石头旁，身上的衣服破烂不堪，人瘦得皮包骨，只有眼睛还能间或一动。古樟岩有人认出了这是月亮湾的石匠刘顺一，便喊来几个年轻人，将刘顺一抬到了月亮湾。

妻子七巧看到刘顺一这副模样，心如刀绞，号啕大哭起来。

刘顺一睁着眼睛，不能说话，泪水不停地滚下。刘德华、刘芷娘根本认不出是父亲，在一旁哭着。

刘全二说，你们不要哭了，先让他安静安静。

月亮湾人听说刘顺一回来了，纷纷来到他家看望，看见刘顺一这副样子，都不知道发生了什么。

汤和七说，现在不能给他吃太多，只能喂一点米汤，慢慢来。吃一斤，不如睡一觉。先让他好好睡一觉。

过了四五天，刘顺一渐渐恢复了元气，开口说出了事情的经过——

我们到了临濠后，开始说三个月就可以回家，没有想到那里的工程量太大，工地上有几十万人在干活，我们做了六七个月活还不让我们回家，一直说缺匠人。监工、作头手拿鞭子，开口就骂，动不动就打，饭发霉，吃腌菜，难得吃上一顿荤菜。下大雪，也不给我们发棉衣棉被。生病了，也不让歇息。工地上每天都有人死，也有人跑。我们几个一合计，跑吧，那天，我们乘着夜色，往城外跑，想跑到淮河边的临淮关码头，在码头上搭船。就在我们快要到临淮关码头时，被一队巡逻军士发现了，我们就分头往旁边的芦苇荡跑，跑着跑着，我突然发现脚下有个大洞，就滚到了洞里，用芦苇遮住。我们事先约好，能跑几个就跑几个。我看见汤丙、黄牛四、李黑他们三个人都被抓住了，袁兴祖当场被打晕过去。我心里难受啊。我在洞里待到天亮，等到路上行人多了起来，才敢爬出去，混在人流中，走到临淮关码头。看见到处是黑压压的人，这才放心了。我在码头上转悠半天，希望能碰见江西口音的人，巧的是竟然撞见一位江西船老大，他的船是来运官粮的，我说了万般好话，他才答应带上我。我就跟着他的船到了应天城，在应天城上新河码头又待了十天，好不容易搭上去芜湖的船。这芜湖是江边一个小城，但十分繁华，我在一家染坊找到了一个活，浆洗布料，每天累死累活，还吃不饱，又生了一场大病，差一点死掉。后来，我又偷偷爬上一条开往江西鄱阳湖的米船，途中被发现，被打得半死，到了湖口县，我被赶下船，只好到处讨饭。我沿着赣江，一直往前走，不知道走了多少天，才走到袁河边。一天夜里，我又爬上一条船，这一次，很顺利到了古樟岩码头。算我命大，要不早就没命了。

妻子七巧流着泪说："只要人能回来就好。"

刘顺一哭着说："可是汤丙、黄牛四、李黑、袁兴祖他们……"

汤和七来了，安慰道："顺一，你能回来就好。凡事要往好的方面想，我马上去窑神庙给汤丙他们烧个平安香去，你好好养一养身体吧。"

刘全二说："唉，这是什么世道啊！"

刘顺一流着泪说："官府说话不算数，说好三个月，结果一拖再拖。"

汤和七说："我错了，本来想，新皇帝待百姓好一些，到皇帝的家乡做工，应该是很荣光的事情，没想到也是一个坏皇帝！"

刘顺一说："这个新皇帝原先是个要饭的出身，一旦得志，就飞上天，在自己家乡建皇都，临濠那地方鬼不生蛋，比我们宜春差远了。"

临濠的官窑场供不上烧造城砖，朝廷给直隶、湖广、江西三个行省的府、州、县下达了烧城砖任务。

现在，月亮湾每家都要交纳三百块城砖。汤和七和刘顺一商量，两家合起来烧，就用汤和七的大窑烧。官府规定，所烧的城砖上都要刻上府、县以及窑匠、烧砖人户的名字。

汤家、刘家的孩子们似乎一夜之间长大了。汤满、刘德华帮着刘顺一刨土掘泥，谢妹、刘芷娘帮着筛泥，汤和七、玉莲忙着做泥塘，两家人轮流来踩泥。

现在孩子们对烧窑很感兴趣，总问前问后。汤和七总是耐心地讲着烧窑的要领："百物土中生。泥巴是有灵性的，你与它相识之后，要真心对待它，它才会对你好。踩不熟的泥，烧成的砖不是开裂，就是粉砖。"

"什么样的泥巴才算熟？"汤满问。

"就像打麻糍一样，打成糯米泥。"汤和七说。

"这砖坯为什么不能在太阳底下晒?"谢妹问。

"晒了,就会开裂。"汤和七道。

"这做砖坯的泥巴,硬也不行,软也不行。"刘德华道。

"硬了会开裂,软了会走形。"汤和七道。

"那怎么做到不硬不软呢?"刘德华问。

"学艺莫怕丑,一看二问三动手。抓一把泥巴,细细感觉,就知道了。"汤和七道。

"汤满,我考考你,泥巴是什么味道?"刘德华问。

"你吃一口,就知道了。"汤满笑道。

"我又不是窑鬼。"刘德华道。

"那你就是蚯蚓,蚯蚓吃泥巴。"谢妹道。

"爷爷,你见过吃泥土的窑鬼吗?"刘芷娘问。

"人们都说有,可是谁见过呢?"汤和七道。

"那窑神见过吗?"谢妹问。

"窑神每年过年就来月亮湾,他能看见我们,我们看不见他。"汤和七道。

"汤满,今年过年,我们不要睡觉了,就等窑神来,要看看窑神长什么样?"谢妹道。

"我知道,窑神长得像和七爷爷一样。"刘芷娘道。

"还真是的,我听村上很多人说爷爷就是窑神。"汤满道。

汤和七笑了笑。

四个孩子衣服上、脸上、头发上都沾满了泥巴,踩着说着,又唱起了儿歌:

　　　生泥巴,熟泥巴,

　　　左揉揉,右捏捏,

　　　抓在手里稀拉拉,

　　　捏一个男娃,

　　　捏一个女娃,

再捏一个小娃娃。

男做砖，

女做瓦，

再捏两朵花，

什么花，

牡丹花，

什么花，

蔷薇花，

带着花花过家家。

……

踩了一会儿，四个孩子都叫累，说踩不动了。汤和七让孩子们上来歇会儿。

等到泥踩熟了，汤和七就让孩子们走到自己身边，他抓起一把泥，让泥巴从指缝中滑过，告诉孩子们，黏黏挂挂，这样的泥才算熟。他让孩子们用手抓泥，自己感觉感觉。孩子们一边抓着泥，一边嬉闹着，汤满和刘德华简直成了泥人。

快要做砖坯了，汤和七找到易和仲，问城砖上刻字的事。易和仲说，现在官府都要求盖砖章。我们月亮湾人没有会刻字的，要到袁州城里宜春县指定的店里刻。汤和七问，砖章上刻些什么字？易和仲说，上次县里来人说砖上要刻上府、县以及窑匠、造砖人夫、人户的名字。汤和七说，我们各家都把要刻的名字汇总一下，统一拿到袁州城里去刻。易和仲觉得这个建议好。第二天，易和仲将全村的窑匠名字收齐，和汤和七一起到袁州城里刻字。

过了几天，砖章到了，汤和七便开始做砖坯。汤和七教孩子们怎么抓泥，怎么砸模。四十斤重的泥，孩子们一次抓不起来，汤和七就帮着孩子们一起揉泥。孩子们举不起泥团，汤和七就用手帮着他们举起来砸到模子里。

坯子制好了，就要在砖的侧面盖上砖章。汤满问，这砖章上面是什么字？汤和七念道："袁州府宜春县提调官主簿叶成林窑匠汤和七造砖人夫刘全二。"

汤满问："爷爷，怎么没有我的名字？"

汤和七说："刻上名字，是要对砖负责的。出了事，就会找烧砖人的责任。以后你独立烧窑，再给你刻'窑匠汤满'，好不好？"

谢妹在一旁说，那我也要刻上名字。汤和七说，嗯，我们一家人的名字都会刻上的。窑匠轮流当，其他人做人夫。

谢妹说，太好了！

砖坯晾干了，装好窑后，汤和七像往常一样，斟满三碗酒，洒进膛口，汤满问："爷爷，这砖也会喝酒？"

汤和七道："这叫洒酒敬泥。泥有灵性，窑师傅要懂得敬重它们，它们才会对你好。"

等到点火烧窑的时候，汤和七让孩子们坐到膛口边，教他们怎么添柴、辨火。汤和七说："火也是有灵性的，火大了，会把砖烧裂开。火小了，砖烧不熟。把握火候最重要。火有三色，红色、黄色、白色。红色，火力最小。白色，火力最大。黄色，是中间。要记住：先要小火，烧一天一夜后，再大火。大火不断火，勤加柴。火色太白，就要压一压……十窑火，银眼睛。百窑火，金眼睛。意思是说，烧十窑砖，才能练就好眼力。烧百窑之后，才能练出金眼睛来……"

孩子们似懂非懂。

这天夜里，汤和七在窑里烧窑，汤满执意要留在窑里陪爷爷一起烧砖。玉莲不放心，汤和七说，孩子大了，就让他给我做个伴吧。

窑洞里，火焰升腾。窑洞外，天上星星闪烁。

爷孙俩打着赤膊，豆大的汗珠成串成串地滚下。汤和七挥舞着铁叉，一边喂柴草，一边教汤满看火情。

"一年四季，火候都不一样。不同的柴草，火候也不同。以后烧多了，你就变成金眼睛……"

汤满道："爷爷，这烧窑的活好像不难。"

汤和七道："三百六十行，行行有窍门。掌握了窍门，就不难。"

"什么叫窍门?"

"窍门啊,就是抓一把泥巴,看一看,就知道能不能烧砖。看看窑火,就知道这一窑烧得怎么样。"

"这很简单啊,爷爷教我就是了。"

"艺学一年,艺在眼前。艺学十年,艺在天边。"

"这是什么意思?"

"这意思是说,学艺啊,越学越深,学了十年,还觉得没有学好。所以,学艺是一辈子的事情,马虎不得。"

汤满若有所思。

"汤满,爷爷给你讲一个故事,从前啊,一个老木匠在老东家做工,做了一年又一年,老木匠想,我年纪也大了,回家去享享福吧。这天,老木匠师傅就对东家说了想法,东家说,既然你想回去,我也就满足你心愿吧。这样,你最后帮我建一栋房子。老木匠想,反正是最后一栋房子,就马虎一点吧。于是,榫头能少则少,铁钉原来用八根,现在只用六根,能省则省,房子很快完工,他把钥匙交给了东家。东家说,你跟我做了几十年的活,我无以报答,就把这栋房子赠予你吧。老木匠一听,真是后悔啊,我做了一辈子的木匠,最后给自己造了一栋粗制滥造的房子,这真是'木匠戴木枷,自作自受'。缺了匠心啊!"

"爷爷,那房子会倒吗?"汤满问。

"怎么不会?汤满,这手艺活,真是一辈子的事情,马虎不得。匠人要有匠心。"

"什么叫匠心?"

"匠心啊就是一心一意,自始至终。"

夜深了,爷孙俩在烧窑的间隙,时而也会走出窑洞,在外面望望天,透透气,坐一会儿,说说话。

"今晚的星星很多。"汤满说。

"星星布满天,明日大晴天。"爷爷说。

"爷爷怎么知道是大晴天?"

"这就是经验，一代一代传下来的。还有，日晕袁河水，月晕草头风。月亮长毛，太阳不牢。"

"这是什么意思？"

"日头旁边有黑晕，肯定要下雨，如果月亮旁边有黑晕，肯定要刮风。如果月亮旁边毛絮絮，第二天天气就不会好。还有，窑烟往下埋，不久雨就来。灵得很呢！"

"种田的人才需要看天气呢。"

"不，烧窑的人，也要看天气。爷爷年轻的时候，吃过这个亏。记得有一次，傍晚时，我看天气很好，就把砖坯放在外面，心想，反正不下雨，明天早晨再搬进大棚里吧。没有想到，当天夜里就是一场大雨，把几百块砖坯冲得稀里哗啦，全烂了。"

"爷爷，哪里是老人星？"

"南边最亮的那颗星就是。"爷爷指着天上的星给汤满看，"天上一颗星，地上一个人。"

"人死了，就变成星星？"

"是啊，人要做好事，才能变星星，否则，就会被打到阴曹地府里受罪去。汤满，有一天爷爷死了，你和你父亲说，不要做棺材，就把爷爷放在一个用砖砌起来的宕里就行了，爷爷烧了一辈子的窑，枕着自己烧的砖，是一种福气。那时候，爷爷就变成了天上一颗星，会一直看着你。"

"爷爷不会死的。"汤满有点伤感。

"傻孩子，人都会死的，皇帝也会死的，只有明月山的神仙才不会死。"

"明月山在哪里？"汤满好奇地问。

"明月山在袁州城南边五十里，我小时候就经常听大人说，明月山里住着神仙。"

"爷爷，你去过明月山？"

"爷爷去过一次，明月山很高，山上有很多树木，那山上流下来的水，像一条白绸子从天上飘下来，好看呢。山里有很多果树，梨子、杏子、桃子，什么都有。神仙就住在山里面。"

"爷爷，你什么时候带我去明月山看看好不好？"

"爷爷老了，以后让你爹带你去。"

"我爹什么时候回来？"

"快了。"

"他在哪里烧窑？"

"给皇帝造宫殿。"

"皇帝住的宫殿很大？"

"当然大，皇帝住的地方，叫都城。"

"汤勺子家造房子，造了几天，就造好了，皇帝的房子怎么这么难造呢？"

"都城太大了，你爹都去了两次，还没有建好。"

"以后我也要到都城去做工。"

"那你多学一点本事，出门就不怕了。"

"嗯，我要做最好最好的窑匠、瓦匠，还有木匠、石匠……"

"你有这个志向，爷爷开心啊。"老人会心地笑了起来。

再过了些日子，汤和七对汤满、刘德华说："你们自己独立烧一窑吧。"

汤满、刘德华都很开心，他们已经和爷爷说过好几次了，可是爷爷就是不开口，现在终于答应了，两人喜出望外。刘芷娘、谢妹听说了，都来帮忙。这一次，从刨土、筛土、做泥塘，到踏泥、制坯、装窑，都是孩子们自己做主，汤和七在一旁看着，有时会点拨几句。村上的窑师傅路过汤家的窑口，看见几个孩子在忙着，说，和七啊，你在教孩子们烧窑了？汤和七笑着说，钟不敲不响，人不教不会。窑师傅说，木匠家的孩子会砍柱，铁匠家的孩子会把钳。汤和七说，门里出身，自会三分。但也要好好教，哪有挖井只一锹。

到了点火烧窑时，汤满和刘德华轮流在火膛口喂芦苇秆，汤和七一旁看着，不时指导着如何均匀地喂柴草。夜深了，汤满说，爷爷你回家去睡觉吧，我和刘德华在这里烧。汤和七想，小鸟总要有放飞的时候。于是，就回家睡觉了。窑洞里剩下两个少年，打着赤膊，挥舞着铁叉，有说有笑，外面是静极的夜，与满天的星斗。

一连六七天，两个少年都在窑场烧窑。刘芷娘和谢妹轮流给他们送吃的。汤和七每天白天都会到窑场来看看火候和窑烟。闲的时候，他会去刨土，为下一窑做准备。

有人问汤和七，看看汤满这一窑的烟，烧得怎么样？汤和七笑了笑，没有说话。

有人说，有汤和七在旁边指导，怎么会差？

窨水冷却后，到了开窑的时间。

村上来了不少窑师傅，大家都想看汤和七的孙子烧得怎么样。刘顺一帮着取出三块砖，汤和七走上前去，用瓦刀背敲了敲，面带微笑地说："夹生饭，没有熟。"

汤满和刘德华听了，很诧异。我们烧的柴草也不少，怎么就没有烧熟？

汤和七笑了笑道："俗话说，头道生，二道熟，三道四道成师傅。再烧几窑，你们就成了窑师傅啦。"

汤满一脸疑惑："爷爷，不会吧，窑里面的砖也许是好的呢。"

汤和七肯定地说："爷爷烧了几十年窑，熟不熟，还不知道？你们这一窑砖，只有三成是熟的。"

等到把窑里的砖都清理出来，数了数，正好只有三成是熟的。汤满和刘德华很沮丧。谢妹笑着说："汤满，你整天说自己会烧了，你以后不能随便吹牛了。"

汤和七用瓦刀敲断了一块砖，说："你们看，里瓤是黄的，火候没有到位。"

汤和七又取出一块砖，敲断后，说："这一块砖是花纹砖，窨水不足。烧窑要做到手到眼到心到，每一处都不能放过。"

汤满和刘德华没有想到第一窑烧成这样。月亮湾人说，这是汤和七故意安排的，目的是让两个孩子长长见识。

后来，汤满又独立烧了四五窑，烧得一次比一次好。汤和七说："嗯，不经一事，不长一智。不跌倒，就想走路？世上哪有这么容易的事情呢？"

在汤和七眼里，汤满似乎一夜之间长大了。农忙的日子里，汤满和爷爷一起去干活，玉莲、谢妹都去帮忙。有时候，刘顺一也带着刘德华、刘芷娘来帮忙。农忙结束了，汤和七就开始烧窑，税砖任务完成后，就烧小砖小瓦。这几年，宜春人的收成好起来，年成也不错，不少人家有积余，就开始买砖瓦造房子。"和七窑"一如既往供不应求。

一天，刘德华和汤满去忙农活，汤和七一个人去窑场烧窑。做完农活，汤满来窑场看看。

"爷爷——，爷爷——"

汤满像往常一样，老远就喊。

窑洞里没有人应答。

汤满最近觉得爷爷的耳朵不大好，又高声喊道："爷爷——"

还是没有人应。

汤满走进窑洞口一看，爷爷不在，奇怪，爷爷去哪里了？

窑火还正在烧着呢。

汤满再左右看看，发现爷爷头歪倒在芦柴上，手里还拿着铁叉子。汤满以为爷爷睡着了，就轻声喊道："爷爷——，爷爷——"

爷爷还是不应答。

汤满蹲下身子，用手摇了摇爷爷，爷爷还是没有任何动静。

汤满这才意识到爷爷已经死了。汤满从没有见过这样的场面，不知道该怎么好。他想哭，哭不出来，整个人都蒙了。

过了一会儿，他跑回家，告诉妈妈说，爷爷死了。

玉莲傻了。怎么会？早晨还好好的。

玉莲和汤满来到窑场，见到已经闭眼的爷爷，玉莲哭起来。这时，汤满才悲从中来，跟着哭起来。

哭声引起了旁边窑场师傅的注意，不一会儿，月亮湾的窑师傅们都来了。

众人将老人平放在窑前的芦柴上，旺旺的窑火将老人的脸，映得通红。老人面带微笑，像是睡着了一般。

易和仲、刘德江、刘全二等村上老人都来了，众人都很伤心。有的说，和七伯怎么说走就走？有的说，和七伯的手艺太好，太上老君召他到天上烧窑了。有的说，汤丙还没有回来，和七伯就走了，父子俩也没有见上一面！

"和七窑"的主人去世，这个消息在方圆几十里迅速传开，附近几十里的窑师傅们都陆陆续续来到月亮湾吊唁，向这位德高望重的老窑匠表达敬意。古樟岩的袁满正也来了，送来两根大木头，说要为汤和七做棺材。玉莲千谢万谢，说，老人在世时曾经吩咐，有一天他老了，千万不要用棺材，就用他自己烧的砖砌一个宿。村上长老易和仲说，我们遵照汤和七的意愿吧。

出殡这天，月亮湾附近方圆几十里的窑师傅们都来为老窑匠送行，队伍排了几里路长。

月亮湾人用老人自己烧的砖为他砌了一个家，让老人头枕着他自己烧的砖长眠。

封墓的时候，刚刚还是好天，突然下起了小雨，月亮湾人说，这是老天爷为和七伯滴下的眼泪。安葬完毕，袁河上空突然升起了一道彩虹，惹得人人称奇。

爷爷去世后，汤满感觉到自己一夜之间长大了，他开始给母亲分担忧愁，家中大大小小的事情，他都会抢着去做。实在忙不过来，他会喊上刘德华、刘芷娘来帮忙。

转眼到了洪武七年（1374年）的腊月。又快过年了，月亮湾家家户户在准备年货。玉莲说，年要到了，汤丙也该回来了吧。她去窑神庙烧了香，求窑神帮忙，让汤丙平平安安回家过年。

一天、两天、三天……天天盼，眼看腊月将尽，汤丙还是没有回来。

到了三十，家家户户打麻糍。汤满像爷爷以前一样，把石春洗干净，刘德华、刘芷娘都来帮忙，大家一起打麻糍。爷爷不在了，孩子们心里很失落，爷爷教的儿歌，大家都不想唱了。

大年三十，玉莲把两双筷子放在桌上，一双留给爷爷，一双留给汤丙。玉莲对着北方，口中念念有词："汤丙，你这一走，走了这么多时日，怎么还不回来？父亲走了，他没有等你回来，就走了。汤满和谢妹都长大了，他们现在都会烧窑了，你在外面也好好地过年……我们等你回来……"

说着说着呜咽了。

七

洪武八年（1375年）。

北元政权已经彻底衰微，被朱元璋称为"天下奇男子"的王保保败走塞外沙漠，四川的夏政权也已经被剿灭，云南的梁王政权也只能偏居一隅，收拾他们只是迟早的问题。朱元璋的大明政权稳稳当当。此时的朱元璋还不到五十岁，正值人生的盛年。踌躇满志的他要正纪肃纲，造钞立法，调整都卫，兴学安邦。他睥睨一切，要把大明朝建成一个"前无古人、后无来者"的庞大帝国。都城，是他最近最挂念的事情之一。从他决定在临濠建都起，至今已经过去六个年头了，李善长曾经向他保证过，洪武八年一定能建好。

这天是正月初一，正旦日。

每年正旦日，朝廷都要举行盛大的正旦朝会。

一大早，奉天殿前陈卤簿、列仪仗，气象森严。一轮红日东升，百官早早在午门外等候。礼乐队奏《万岁乐》《朝天子》。奉天殿丹陛上，御座升起。三次击鼓后，百官从午门左右掖门鱼贯而入。

待站定，百官齐呼"万岁、万岁，万万岁"。

礼乐队奏朱元璋亲自审定的《金陵之曲》：

钟山蟠苍龙，
石城踞金虎。
千年王气郁，
于今归圣主。
六代繁华经几秋，
江流东去无时休。
虽言天堑分南北，
英雄岂但嗤曹刘。
我皇昔住濠梁屋，
神游天赐真人服。
手提三尺渡江来，
词臣早献金陵曲。

先是皇太子、亲王朝拜皇帝，再是百官大臣朝贺。

朝拜结束后，已近中午，皇帝在谨身殿赐宴群臣。

李善长以丞相的身份，坐在皇帝身边，上酒的间隙，他乘机向皇帝报告中都营建情况："陛下，中都建设一切顺利，三大殿、中书省、大都督府、御史台都已经建好，内饰完毕。圜丘、方丘、日坛、月坛、社稷坛、山川坛、太庙、独山上的观象台都已经建好，鼓楼、钟楼巍然耸立。皇城外墙即将合围。估计今年六七月中都所有工程都可竣工。中都期待陛下驾临。"

朱元璋点头道："百室啊，你辛苦了。营建一座都城很不容易，濠州原先只是一座小城。朕把都城放在家乡，是有私心的，你们这些自小在那里长大的人自然最高兴了。那里原先一点底子也没有，硬生生造了一座气势恢宏的都城来。历朝历代哪有过这样的事呢？朕这样做完全是为了父老乡亲们着想啊，我朱元璋能做上皇帝，得感谢濠州，朕把中都放在那里，也是朕对家乡的回报。"

李善长道:"陛下英明。"

"朕把临濠改为凤阳,濠州的百姓有什么反应?"

洪武六年,朱元璋将临濠府改为中立府。洪武七年,又将中立府改名凤阳府,府治迁往新城,同时割临淮县的太平、清洛、广德、永丰四乡设凤阳县。

李善长道:"陛下,凤凰山之阳,龙凤呈祥,天下无双。凤阳这个名字实在是太好了!"

朱元璋点头道:"我也喜欢这个名字。四年前,朕回去的时候,临濠还是一片工地,现在像模像样了?"

"陛下,现在的凤阳已经不是过去的临濠了,远远望去,城门高耸,宫殿巍峨,雕梁画栋,美不胜收。如果登山纵览,俯瞰全城,城墙逶迤,规模壮丽,天下无双。"

朱元璋听了,连连点头道"好"。

李善长道:"陛下顺应天意,深得民心,一呼百应,天下名材,百工技艺,能工巧匠,如今都集中到了凤阳。"

朱元璋道:"不过,朕也知道营建都城是一件劳民伤财的事情。毕竟建了六年,耗费不少财力,百姓也吃了不少苦头。建国不久,国力还不够强大,造这样豪华壮丽的宫殿,朕心里还有些不安。"

"国都乃大明的标志,建一个当世无双的都城,顺应天意,百姓拥戴。陛下应该高兴才是。"

"凤阳老乡们的生活现在过得怎么样?过去日子很苦,朕把都城放在家乡,也是想让他们都能过上好日子。"

"凤阳这几年风调雨顺,百姓乐业,八方工匠聚集于此,市肆繁华,商贾辐辏,百货骈阗,百姓可以做些生意。"

"朕听说有一些匠人闹事,果真有其事?"

"陛下,刁民愚民胸无笔墨,见识浅陋,欲壑难填,有几个出来吵闹滋事,也是正常的,都已经及时处置了。"

朱元璋若有所思,道:"百室啊,要善待那些匠人,他们也不容易,抛妻别子,在凤阳役作,要定时发给他们工钱和口粮,他们吃饱饭，才能干活。"

李善长道："陛下放心，官府按例拨给他们钱粮。"

朱元璋点头道："那就好。朕当年跑去参军，就是想推翻元朝，让乡亲们过上有吃有穿的日子。现在朕做了皇帝，不能忘记了这个初衷。百室，朕打算在春暖花开的时候，回凤阳去看看，一是检阅工程，二是奖赏有功者。"

李善长道："遵命！微臣朝会过后，就回凤阳准备。"

朱元璋道："这些天我经常做梦，梦见家乡，这说明朕也老了。都城建好后，朕就可以一直在家乡住下去。金窝窝银窝窝不如自家的草窝窝，还是自己的家乡好啊！"

李善长道："陛下思乡心切，微臣回去以后抓紧完工，恭候圣驾。"

转眼之间，洪武八年的春天到了。

四月初二，朱元璋决定起驾回乡。

右丞相胡惟庸、工部尚书薛祥、吏部尚书吕熙、御史大夫汪广洋等大臣陪驾。

就在这年正月，朱元璋刚刚任命薛祥担任工部尚书。薛祥，庐州府无为州人，大明建立前，跟从俞通海归附。建国后，担任京畿都漕运使，做事果断，治政有方，深得朱元璋信任。三个多月来，他一直在凤阳辅佐李善长，指挥营建。这次特地回京迎驾。

人间四月天。阳光明媚，春风怡人，应天城百花齐放，紫金山下，布谷声声。

初二早朝之后，随臣列队，卤簿陈列，龙旗飘扬，一切准备停当，皇帝传旨起驾，卫兵前导，龙辇缓缓前行。

朱元璋乘坐的龙辇车身刻有龙凤图案，镶嵌金银宝石，由六匹骏马驾驭，尽显皇家尊贵气派。

朱元璋这次回凤阳，先是从龙江驿过江，然后走陆路，经过滁州，需要三天。

滁州是朱元璋起兵后攻克的第一座城池，他曾率兵在此驻扎十个月。

当时，他以滁州为根据地招兵买马，扩充势力，支援六合，攻取和州，为后来的胜利奠定了基础。一路风和日丽，鸟语花香。朱元璋心情大好，不时要下龙辇看看野外春光。只见路两边都是连绵起伏的山峦，快到滁州时朱元璋再次下令停驾，要下车看看。

滁州西南多山，层峦起伏，连绵数十里，朱元璋对这里的山形很熟悉。他站在一个山坡上，放眼望去，山峦泛青，蔷薇朵朵。朱元璋对左右道："草色青青，梨花盛开，山河依旧，春风如故，可是物是人非了。想当年跟随我驰骋沙场的那些将士们很多已经不在人世了，我朱元璋能有今天，全靠上天保佑，也依靠这些将士们的加持，不然，朕不知道死了多少回。朕还要感谢郭子兴，没有他，也就没有我元璋的今天，走，我们去滁阳王庙祭拜。"

滁阳王是谁？郭子兴，定远人，元末群雄之一，江淮地区红巾军领袖。最初，朱元璋参军时，郭子兴也没有把他当回事，但过了不久，他发现朱元璋头脑灵活，颇能打仗，便让他担任了十夫长，再后来，朱元璋屡立战功，受到郭子兴的器重。郭子兴把义女马氏嫁给了他。作为一方首领，郭子兴虽然勇悍善斗，但性情火爆多变，对人多有猜疑，对朱元璋也是若即若离。元至正十五年（1355年），郭子兴病逝。对于这位曾有恩于自己的人，朱元璋还是心存感激的。建国后，朱元璋追赠郭子兴为滁阳王，追封郭子兴妻子张氏为滁阳王夫人，并在滁州立庙纪念。

皇驾在滁阳王庙前停下了，朱元璋和大臣们都下了车。朱元璋是第一次来滁阳王庙，他看到，庙不大，很简陋，就三四间屋，不过收拾得倒也整洁，门前种植了两棵白果树。走进庙里一看，里面供奉着郭子兴和张氏的塑像，塑像前案上置有一个香炉。

朱元璋对着郭子兴和张氏的塑像凝视了一会儿，突然高声喊道："滁阳王、滁阳王夫人，元璋今天来看望你们了。"说罢，跪下，拜了三拜。

侍卫准备好香火，朱元璋向郭子兴、张氏塑像进香。侍卫官高声念起朱元璋的祭文——

襄者群雄鼎沸之时，民不堪命，王乃奋臂定远，拔濠城而守之，朕方从军，几被他人所害，惟王能活我，致有今日，尽平天下，家国已成，再生之恩，终世难忘，今者督工凤阳道经环滁，莹祠在斯，亲临致祭，尚飨！

祭拜完毕，起驾前行，朱元璋对侍卫说："朕要去城西醉翁亭看看。"皇家车马又朝西行进，很快便来到醉翁亭。

这醉翁亭建于北宋，与一代文豪欧阳修有关。北宋庆历五年（1045年），欧阳修被贬到滁州任太守，结识琅琊山琅琊寺住持智仙和尚，两人结为知音。庆历七年（1047年），智仙在山麓建造一座亭子，欧阳修为之作《醉翁亭记》。记因亭起，亭因记显。醉翁亭因为欧阳修的文章而名声大噪。朱元璋当年在滁州驻兵时，就曾听说过醉翁亭，那时战事紧张，也没有时间去看看。这次他要去看看这个名声很大的亭子。

走在仪仗队最前面的侍从早已飞奔到了琅琊寺，寺里的住持、方丈闻讯全都走出山门迎接。朱元璋先到庙里的大雄宝殿，拜了佛祖，然后，在琅琊寺住持的引领下来到醉翁亭。朱元璋看了看亭子道："这个亭子看起来倒也普通，只是有了欧阳修才出了名。"

朱元璋在亭子里坐下，对宋濂道："大学士，你把《醉翁亭记》背一遍给朕听听。"

"环滁皆山也，其西南诸峰，林壑尤美……"宋濂一字不差地将《醉翁亭记》背了下来。

朱元璋点头道："'山行六七里，渐闻水声潺潺'，写得好啊，刚才，朕就听到山溪的潺潺水声。'野芳发而幽香，佳木秀而繁荫'，说的正是现在的景致。这位欧阳太守还真有文采。"

宋濂道："旁边一块碑上刻的是苏轼的字，欧文苏字，实在是难得啊！"

朱元璋道："朕没有读过什么书，对这两位贤人很敬佩。诸位，既然来到醉翁亭，还不喝一杯？来来来，摆酒。"

一声令下，不一会儿工夫，寺庙住持将各色素菜摆上，有人拿出了酿泉酒，朱元璋招呼众人喝了起来。

朱元璋道："这欧阳公到滁州来当太守是多少岁数，敢自称老翁？"

宋濂道："陛下，欧阳修是庆历五年来到滁州的，那时他只有三十九岁。"

朱元璋大笑道："哈哈哈，比朕还小好几岁呢，就说自己是老翁，那朕岂不是衰翁了？"

众臣看到朱元璋今天心情很好，也纷纷举杯喝了起来。

朱元璋的酒量不大，三杯下肚，就有些飘飘然，又问道："欧阳修喜欢喝酒，他的酒量究竟怎么样啊？"

宋濂道："太守的酒量很小。"

朱元璋道："你怎么知道？"

宋濂道："欧阳公自己说的啊，'太守与客来饮于此，饮少辄醉，而年又最高，故自号曰醉翁也。'"

朱元璋道："对对对，欧阳公在文中自己说的。逢喜事，喝点酒也无妨，但不能不理政事啊！"

宋濂道："陛下，据说欧阳公经常在醉翁亭下办公，因此有人写诗夸他'为政风流乐岁丰，每将公事了亭中'。"

朱元璋道："先天下之忧而忧，后天下之乐而乐嘛。当官的就是要这样，要多想想天下的事情，尤其要多想想农人的艰难。年丰自然乐。"

朱元璋道："欧阳修写得《醉翁亭记》，我元璋今天也写一篇《感旧记有序》助助兴。"

侍从准备好笔墨，铺开纸，朱元璋沉思了一会儿，挥笔写道——

> 予因督功中都，道经滁阳，乘春之景，踏青西郊。细目河山，城雉如故，怀壮戍此，今河山随是依然，故人首面移然，花木谢而再春，人已苍而不少，感彼此之时势，执笔留心，特叙困兴之事以为记……

文章写好了。朱元璋对宋濂说："老先生，你看看朕的这篇即兴之作怎么样啊？"

宋濂走到文章前面，看了半晌，道："仰瞻陛下挥洒之际，思若渊泉，顷刻之间，烟云盈纸。陛下文章，出自胸臆，雄深宏伟，好文！好文！"

朱元璋大笑："哈哈哈，见笑见笑，朕出身布衣，没有读过什么书，也就是胡诌几句，抒发抒发心中的快意罢了。对了，我前几天还写了一首诗，我念给你们听听。"说罢，便念道：

> 燕子矶兮一秤砣，长虹作杆又如何？
> 天边弯月是挂钩，称我江山有几多。

众大臣都说写得好。宋濂道："陛下的诗气象宏伟，非天子不能道、不敢道也。"

朱元璋得意地道："诗书成文，释然自顺，如果斧凿留痕，读来也就疙疙瘩瘩，不会顺畅。"

朱元璋放牛娃出身，祖辈几代人都是穷苦农民，他小时候没有念过书，参军以后，他利用闲暇时间，向识字的人请教。特别是渡江以后，幕府中招募了不少儒生，他更有机会向他们请教。由于悟性好，又好学，久而久之，心中渐渐有些笔墨。这些诗虽然是大白话，但直抒胸臆，颇有些气象，连宋濂这些饱读诗书的文人看了都会眼睛一亮，赞不绝口。

午后未时，皇驾再次启程，往凤阳方向赶去。

四月初五上午，皇驾到达凤阳县境内。朱元璋对侍卫官说，朕要到剩柴村停一停。身边左右都不知道剩柴村在何处，一打听，就在前方不远处。待到了村口，朱元璋下了车，四处张望，然后朝着一棵柿子树走去。

这棵柿子树有碗口粗，枝干上已经长出嫩叶。朱元璋抬头看了看树枝，又抚摸树身，对身边的大臣说出了实情——

朱元璋十七岁那年，父母长兄相继死亡，他几天没有吃饭，路上讨不到一口饭，路过剩柴村时，发现路边一棵柿子树上挂着不少柿子，再看看旁边，没有人，就攒起最后的力气爬上树，一口气吃了十几个。后来被树的主人发现，但主人看到这个年轻人快要饿死的样子，也就发了善心，放了朱元璋一马。这柿子可是救了朱元璋一命！今天，朱元璋再次来到柿子树边，抚摸着树干，心中自然生起无限感慨。柿子树啊，三十多年不见了，你长粗壮了，朕也老了，承蒙你当年救了我朱元璋一命，朕今天封你为凌霜侯。说着，他弯腰施礼，朝着柿子树拜了三拜。

朱元璋让侍卫打听一下树的主人是否还在，过了一会儿回话说，主人早就饿死了。朱元璋叹了一口气。

皇驾继续向凤阳城方向行进，很快到了城西南的朝阳门。李善长率文武官员早早地在朝阳门外等候。

文武官员拜过朱元璋后，李善长道："陛下，中都工程已经按期完成，七月定会全部完工，恭请陛下检视。"

朱元璋站定，朝四周看看，果然有了全新的面貌，朝阳门左右打扫得干干净净，收拾得整整齐齐，令人赏心悦目。正看着，从旁边走出了一对身着红绿衣服的女子，边打鼓边跳了起来——

说凤阳，道凤阳，

手打花鼓咚咚响，

凤阳真是好地方，

赤龙升天金凤翔，

数数天上多少星，

点点凤阳多少将。

说凤阳，道凤阳，

手打花鼓咚咚响，

凤阳真是好地方，

皇恩四季都浩荡，

不服徭役不纳粮，

淮河两岸喜洋洋。

听到临濠家乡的花鼓腔小调，朱元璋感到十分亲切。这调子他太熟悉了，小时候，每到正月里，他总能见到讨饭的，手拿小鼓，走村串户唱着小调。后来，他自己讨饭，也会哼唱几句。再后来南征北战，多年不在家乡，也就没有听到这小调了，今天突然听到这熟悉的调子，而且配了新词，自然十分开心，连声道："唱得好！唱得好！百室，给每个人赏两贯。"

朱元璋站在朝阳门前，朝里看去，一条笔直的大道平整如镜，道路两旁，城楼高耸，扶廊透迤，亭台楼阁，色泽鲜艳。看着看着，朱元璋心花怒放，喜不胜喜。

从朝阳门进去，沿着洪武大道走了一会儿，便来到都城的最南门——洪武门。洪武门城楼巍然耸立，雕梁画栋，艳丽夺目。四年前他来这里的时候，看到的都是脚手架以及如蚂蚁般忙碌的匠人、工夫，如今整饬一新。只有几位匠人在做收尾的活。李善长在一旁介绍说，云霁街右边高耸的楼宇是鼓楼，左边为钟楼，中间相隔六里。正说着，从鼓楼方面飘来雄浑的鼓声，继而又从钟楼方向飘来悠扬的钟声。李善长说，皇都的鼓声、钟声觐见陛下。朱元璋开怀大笑，道，钟鼓之声相闻，太平盛世之相。鼓楼、钟楼是都城之魂，建得很有气派。

李善长道："陛下写的'万世根本'四个字，耸立在鼓楼之上，陛下何时亲临鼓楼看看。"

朱元璋点头道："过几天去看。"

正前方就是大明门，城楼巍峨，气势非凡。朱元璋看了一会儿，便对李善长说："百室啊，真是大变样了。朕做梦都梦见回到凤阳，今天所见和朕梦见的一模一样啊。大明都城的气势出来了。你们辛苦啦！"

听到皇帝夸赞，李善长打心眼里高兴，道："陛下重托，微臣岂能怠慢？唯有恪守职责，兢兢业业，不辜负陛下期待。"

朱元璋问："现在宫城周长多少？"

李善长道："大内宫城城垣周长六里，皇城周长十四里，最外一道城垣五十里。"

朱元璋点头道："嗯，如此规模，甚合朕意。"

朱元璋又对工部尚书薛祥道："薛祥啊，还有一些收尾工程，抓紧完工，争取在七月底全部完工。"

薛祥道："微臣遵命。"

接着，朱元璋在大臣们陪同下，从承天门走进皇城。承天门是皇城禁垣的正门，有五道券门，走过中间的正门，就来到御桥，过了御桥，就是午门前广场。站在广场上，放眼望去，左边是中书省，右边是大都督府、太庙、太社稷。殿宇森然，煞是壮观。李善长在旁边一一介绍，朱元璋连连点头。

午门是皇城的正门，有三券门。午门正券两侧楼台基部四周全部由白石砌成，洪武四年，朱元璋来视察工程时，就已经看过须弥座上精美的雕刻。现在，脚手架全部撤去，所有墙面都清洗过，更显得富丽堂皇，光彩照人。朱元璋走到一块刻有凤凰的须弥座前，说："这只凤凰刻得太好了，奖给这位石匠十贯。"走到一块刻有龙的须弥座前，连声说好，要随从奖励一两银子。

朱元璋又沿着午门的外墙看了一圈，就从正门走进了午门。

过了午门，三大殿巍然耸立在眼前。最前面是奉天殿，随后是华盖殿、谨身殿。朱元璋抬头一看，三大殿斗拱飞檐，雕梁画栋，左右廊庑相接，地铺青砖，台阶全部用汉白玉石砌成。巨大的蟠龙石础，让人眼睛一亮。朱元璋端详了一会儿，道："百室啊，这些匠人手艺太好了，造作精巧，给他们奖赏些银子。"

李善长道："陛下顺应天意，天下归心，当今天下最好的匠人都被征召到了凤阳，能够参加皇都的役作，是他们的福气。"

朱元璋道："不过，建了六年多，这些匠人也吃了不少苦头。"

李善长道："陛下福泽海内，体恤民情，万民仰戴。他们也就不觉得苦了。"

朱元璋边走边问："凤阳现在有多少人口？"

"前年从山西弘州、蔚州、定安、武朔迁来八千二百三十户，计三万九千多人。这几年从江南陆续迁入六批富户，二十多万人。目前驻军六万四千九百六十人，军籍移民十八万八千人，囚犯五万人，凤阳府大约五十三万人。"

"这些迁过来的人，能安心吗?"

"凤阳是龙兴之地，迁来的人都深感荣幸，当下人心稳定，请陛下放心。"

"嗯，这样朕就放心了，朕还担心他们不服凤阳的水土呢。"

当晚，朱元璋下榻于大内兴福宫。

第二天，天还没有亮，朱元璋就起来了。回到家乡，他兴奋得没有睡好。一早，便带了两个随从，到附近微服私访。三人出了东华门，来到路边的街市，此时，都城尚未完全竣工，附近有人就在宫墙外的大道边摆地摊，做起了买卖。街市上卖鱼的、卖米的、卖农具的……吆喝声，此起彼伏。朱元璋听了这些家乡口音，感到特别亲切。

朱元璋微笑道："好久没有见过这样的场面了。元朝时民不聊生，临濠不是旱就是涝，村村萧条，家家败落，路上都是要饭的，哪里能见到这样的场景呢!"

他越看越舒心，不经意间走到一个卖菜的小摊贩前，见到一位六七十岁的老妪在卖菜，问道："老妈妈，这个菠菜是你家种的?"

卖菜的老妪说："官人，是的，我在屋前种的。"

朱元璋想起了年少时，靠讨饭为生，一年冬天，天降大雪，他一天都没有讨到东西吃，饿得直不起腰来，这时候，遇到了一个老妪，正在雪地里拔菜，他就跪在老妪面前，要老人给他一口饭吃。老妪说，家里没有米了，锅里还有半碗饭，我做一个汤给你凑合着喝吧。于是，她把半碗饭与刚刚从地里采的一把菠菜放在一起煮，又加进两块豆腐，烧好后，端到了朱元璋面前。朱元璋三口两口就吃光了，觉得天下没有比这更好吃的了，便问老妪，这叫什么汤，老妪说，就叫"翡翠白玉汤"吧。

从此，朱元璋记住了这道汤。今天见到菠菜，自然想起了这道救命汤。他对随从说，把这个老奶奶的菠菜全部买上。老妪连连作揖，千谢万谢。

"老人家，你会做翡翠白玉汤吗？"

"什么汤？"

"翡翠白玉汤。"

老人听不明白在说什么，一时蒙住了。

朱元璋道："其实嘛，就是豆腐菠菜汤，对我来说，可是一道救命汤啊。"

老妪听了，愣愣地看着朱元璋，也不知道怎么说。

朱元璋问："现在凤阳城建得好看吧？"

"好看，你看看这皇宫造得多气派，全亏了那个朱皇帝，了不起啊，一个要饭的和尚，做了皇帝，自古以来，哪里有呢！"

朱元璋听了这话心中五味杂陈，道："皇帝也不容易啊！"

"可不是，我们村上几个人有一年还特意去皇帝的家乡孤庄村看了看，沾沾仙气。这个皇帝啊不是一般的凡人，肯定是天上派下来的，不然，怎么会轮到他做皇帝呢！"

"现在凤阳的老百姓日子过得怎么样？"

"有富有穷。老百姓的日子还是很苦啊，凤阳的东西贵，老百姓哪能买得起。"

"你在家种菜种粮，不就好了，还要买什么？"

"哎呀，大官人，我们家六口人只有两间破草棚，一直想再盖一间房子，盖不起。家里三口被征走，在凤阳工地上做苦活，日子不好过啊！"

朱元璋打量老妪，满脸皱褶，一身破旧的衣服，忽然想起了自己的母亲，又想起了曾经在大雪天给他做"翡翠白玉汤"的老妪，便对身边的随从轻声吩咐道："送给她五两银子。"

随从给了老妪五两银子，老妪看傻了，连忙说："官人，你搞错了，只要一贯，怎么要五两银子啊！"

"是我给你的，你回去把那间屋造起来吧。"朱元璋说罢，转身就离开了。

老妪以为自己是在做梦，愣在那里一动不动。

朱元璋继续往前走。街上有人玩杂耍，有人唱曲。他很久没有见到如此悠闲的市井场景了。小时候，他和汤和、周德兴、徐达一起放牛时，他扮演皇帝，让小伙伴们给自己行礼。当时他说，将来我做了皇帝，就把濠州变成都城。没有想到，昔日的戏言，眼下竟然变成了现实。现在，他真的做了皇帝，他要亲手将家乡的一座小城变成硕大无比的京城。想到这里，他心里充满着成就感、自豪感。走着走着，他又隐约听到了凤阳花鼓调，昨天进城时，李善长安排的花鼓调让他十分喜欢，没想到街市上也有人在唱。他便循着歌声走去，只见十多个老人围坐一起，听一个人在唱小调——

　　　说凤阳，唱凤阳，
　　　凤阳本是个好地方，
　　　自从出了个朱皇帝，
　　　十年倒有九年荒。
　　　……

听到这里，朱元璋脑子"嗡"的一声，刹那间，脸变得煞白，心想，这是在说朕吗？他又屏声静气地听下去——

　　　说凤阳，唱凤阳，
　　　凤阳本是个好地方，
　　　自从来了个朱皇帝，
　　　家家户户去讨荒。
　　　……

没错，说的就是朕。好大的胆子，竟然在骂我朱元璋？但一想，自己只带了两个随从，不便暴露身份，便强按着怒气，问旁边的一位老人："这个唱歌的在骂大明皇帝吗？胆子够大啊，这当朝的朱皇帝真有那么坏吗？"

老人道："哎哟，官人啊，你是本地人还是外乡人？刚迁到凤阳来？这凤阳现在可成了灾难之地啊！凤阳原先是一个安静之地，现在可好了，朱皇帝造了一个都城，把好的地都给了那些从外地迁来的富户，那些富户也不安心，把田地给荒了，不少外地迁来的人都跑了。很多农民没有了土地，成了佃户。凤阳现在什么东西都贵，银子不值钱。"

"那官府的人不管？"

"哼，官府的人，吃好的，穿好的，哪管百姓的死活！"

"老人家，过去临濠这地方是荆棘遍地，杂草丛生，现在变成了皇都，高楼大厦，雕梁画栋，凤阳人应该感激这个朱皇帝才对啊！"

"感激？我问你，这高楼大厦里住的是什么人？还不是当官的？咱老百姓住的还不是土墙草棚。那些当官的，只知道搜刮钱财，对老百姓可狠了！"

"你这个人不能睁眼说瞎话，你没有听说，当今的皇帝对贪污的官员决不饶恕？"

"贪官在下面贪，皇帝高高在上，他怎么能看见？你看看那些官员，哪一个不是肥头大耳啊，贪吃贪钱还贪色。"

朱元璋已是火冒三丈，也不好发作，只好任凭老人喋喋不休。随从对老人说："你不能胡言乱语，被朝廷知道了，是要砍头的。"

老人道："我怕什么啊，就是皇帝在我面前，我也敢说，看他把我怎么样。不就是一个讨饭的和尚吗？得志了，就飞上天了啊！"

随从拉着朱元璋离开了这里，往鼓楼街方向走去。

鼓楼刚刚建好不久。举目望去，台基高耸，九五开间，屋檐三覆，楼宇百尺，规模壮丽，鼓楼正中开了三个门洞，只见朱元璋题写的"万世根本"四个大字镶嵌在正门洞之上。

鼓楼旁边的广场上积聚了很多看热闹的人，有小商贩在广场上做起小买卖。朱元璋转了一会儿，突然看见一堆人在围观着什么，走近一看，只见七八个头戴白布的人，跪在地上，面前一张白纸上写着一个大大的"冤"字。

朱元璋走上前去，问："你们有什么冤情，给众人说说。我们也好为你们主张。"

看见有人问，其中一人说："官人，你说冤不冤，这世道难道没有王法了？小的是镇江人，就一个儿子，在军中讨一口饭吃，哪里想到被带到凤阳来修皇城。去年冬天，一百多个军士在凤阳城一个偏僻的地方干活，官府不给粮食吃，活活饿死了。我们从四面八方赶到凤阳来找官府评理，官府的人根本不理我们，一百个人被活活饿死啊！活不见人，死不见尸，你说冤不冤？"其他几个人也都异口同声喊冤。

朱元璋道："修都城，朝廷不是有直米供给吗？怎么会饿死？"

那人说："都给贪官贪走了。"

一听到贪官，朱元璋两眼圆睁，可是他又想到这是在微服私访，只好强忍着怒气，自言自语道："这难道是真的？怎么可能？"

朱元璋没有心思在外面转了，便径直回到宫中，把李善长找来，厉声问道："百室啊，今天早上，朕去私访，有人在喊冤情，说是有一百多个在凤阳做事的军士被活活饿死，有这事吗？"

李善长一副很吃惊的样子："陛下，民情诉求，历朝历代都有，黎民愚顽，往往出于一己之利，蛊惑人心，博得世人同情。陛下说的这件事情，微臣一点也不知情。如果真的发生这样的事情，微臣不可能不知道。"

朱元璋吩咐侍卫："速去鼓楼，把那几个喊冤的人给我带来。"

过了一会儿，那几个喊冤的被带到朱元璋的面前。朱元璋厉声道："你们几个给我听好了，把你们的冤情一五一十地给朕说来，如果有半点虚假，朕就打断你们的腿，敲掉你们的牙，把你们送进大牢。"

这几个喊冤的人压根儿没有想到早上遇见的就是皇帝，此刻都跪在地上，腿一直打哆嗦。其中一个人又把冤情说了一遍。

朱元璋说："汪广洋，你给朕快速查明这几个人所说的是否属实。"

左御使大夫汪广洋道："遵旨。"

朱元璋这次回凤阳，本来心情很好，看到中都快要完工，营建的宫殿、楼阁、街市都很满意，可是今天微服私访时遇见的事情让他心中很不快，但转而一想，如此大的都城役作，难保不发生一点事情，待查明情况后再处置吧。

随后几天，朱元璋在李善长、胡惟庸、汪广洋、薛祥等大臣的陪同下，继续视察凤阳各处工程。

八

早在十多天前，皇帝要来凤阳验工行赏的消息就在凤阳城传开了，很快传到留在城里做工的匠人、工夫们耳中。

晚上，汤丙和黄牛四所在的工棚里，就有工友在议论：

"今天看见皇帝来了，前呼后拥。"

"听说是来验收的。"

"皇帝应该多给我们赏点银子。"

"别做梦吧。"

"赶快完工吧，我们要回家了。"

……

当天夜里，有人来到汤丙等人住的工棚敲门，进门后，此人介绍说，我叫刘虎，庐州府木匠，跟随鲁三大师傅在凤阳工地上劳作了五六年，吃够了苦头。没有想到官府根本不把我们当人看待。鲁三大师傅领头营建了那么多工程，被小人告发贪财，官府黑白不分，将他充军去了。我们在这里吃不饱，穿不暖，过着牛马不如的生活，官府只知道让我们干活，不问我们死活。现在，皇帝来凤阳了，我们应该给皇帝一点颜色看……

鲁三被充军了？汤丙一愣，心想，都城快要建好了，鲁三作为"庐州帮"帮主，带领庐州的匠人做了很多工程，究竟犯了什么错，竟然被充军去了？他想问刘虎，但眼前的气氛，似乎也不便问。

刘虎的话，激起了众人的议论——

"吃了果子，忘了树。"

"对，我们应该都起来，给皇帝一点难堪。"

"现在只有拦驾，才能让皇帝注意到我们。"

"听说，拦驾就会被杀头。"

"在皇帝经过的地方，骂骂皇帝吧。"

"那还不是找死。"

"皇帝根本不管我们死活，吃的猪狗不如，我们找皇帝去告状。"

"皇帝会听你的？也不想想你是谁？"

……

众人骂骂咧咧。平时一些不满的情绪，被迅速点燃，大有拼命的架势。汤丙看到这种情况，说话了："工友们，不能乱来啊，都城马上都要完工了，我们快熬到头了，大家都可以回家了，我们都在这里做了五六年的活，吃了多少苦头，心知肚知，还在乎这么几天吗？再说，你以为皇帝的心是豆腐做的？他杀几个人几百个人不是一念之间、一句话的事情？拿鸡蛋碰石头，没有这个必要啊！"

黄牛四大声道："汤丙，我问你，袁兴祖是怎么死的？活活被他们打死的啊！我们都差一点被打死。现在工地上每天都在死人，死了后，就同死猫死狗一般，随便拉出去扔了，我们伤心啊！"

说着说着，黄牛四哇哇哭了起来。

"对，这个苦受够了。"

"不拼一个你死我活，决不罢休。"

刘虎道："其实，我们也不是造反，那明摆着是送死。这不是我的本意。我的意思是……有什么好办法让皇帝难堪难堪，不然，我们匠人的心难以平静。"说罢，就走了。

又过了一天，深夜，有人来找黄牛四。

黄牛四随来人悄悄地来到附近的一个工棚里，他走进一看，里面点着微弱的油灯，油灯下坐了二三十人，由于油灯昏暗，看不清人的面孔。黄牛四再仔细打量，有"香山帮"的张四，"庐州帮"的木匠刘虎，扬州府的漆匠杨六一，其他人都不认识。

过了一会儿，张四开始说话了："各位难兄难弟，我们从四面八方来到凤阳，原先以为皇帝是一位明主，不承想，皇帝高高在上，根本就不管我们死活，当年他到处要饭，当了皇帝以后，把穷人都忘得精光。我们把都城建得这么好，他却让我们这些工夫过着猪狗不如的生活。你们想想，这公平不公平？"

刘虎接着说："这才几年，仅我们'庐州帮'就死掉四十多人，如果不起来说说话，怎么对得起那些死去的工友呢？"

柴经不起百斧，人经不起百语。经过这么一鼓动，众人七嘴八舌议论起来——

"这是什么世道！"

"这个皇帝老儿，待我们匠人太刻薄了！"

"不得好死！"

"有人造反，我们就跟着去！"

"皇帝是吃了秤砣——铁了心！"

"天下乌鸦一般黑！"

"干这么苦的活，不给工钱，说骂就骂，举手就打！"

……

张四又道："都城役作快完工了，皇帝这几天就在凤阳，诸位难兄难弟，我们也见不到皇帝，那些当官的也不会让我们见到。都城建好了，就把我们打发走完事。我们心里憋着一口气啊。这口气此时不出，更待何时？我们趁着皇帝老儿在凤阳，合计着做一件大事，让皇帝老儿难堪一下也好……"

众人附和道："对，让皇帝难堪。谁让他对我们不好！"

张四说："诸位，今天在这里的都是留下来做了很久的匠人、工夫，我们有家难回，每天做牛做马，大家的命是一样的苦。以后做鬼了，也要在一起。我们今天做的事情，大家都要发誓，不能对任何人说。"

众人齐声道："我们发誓，如果对外泄露，千刀万剐，不得好死！"

黄牛四不知道张四说的做一件大事指的是什么。

张四道："我们曾经想到去拦驾，见到皇帝，把我们的苦处一是一二是二说出来。可是，皇帝能听我们的吗？皇帝一走，我们还有命吗？这等于是鸡蛋碰石头。所以，我们只好趁皇帝来验收大殿，给他送点'大礼'。"

黄牛四想，给皇帝送什么"大礼"呢？

张四继续神秘兮兮地道："我们来搞一次'厌胜法'，在宫殿里下镇物，用木块做一些小人，写上皇帝老儿的名字，画上咒符，在上面钉上铁钉，再写些诅咒的纸片，让它在大殿里飘飞，皇帝进出宫殿，一定会看得见。"

木匠下镇物来诅咒仇人的做法，在宜春也有，黄牛四曾听袁兴祖说过，但他自己没有见过。现在，张四组织众人来诅咒皇帝，黄牛四突然感到有点紧张。

工棚里一片沉默。张四先点着两根白蜡烛，接着从口袋里掏出一张红纸，贴在芦苇墙上，只见红纸上画着一个青面獠牙的鬼，张四将蜡烛放在红纸前，又在蜡烛旁摆了两个碗，碗里放了几样瓜果。

张四从旁边抓起一只公鸡，拿起一把菜刀"唰"的一声，斩断公鸡的颈喉，一股鲜血喷涌而出。他让血滴在一摞黄纸上，另一只手摇动着一只小拨浪鼓，手舞足蹈起来——

> 天浑浑，
> 地茫茫。
> 神现灵，
> 仙显圣。
> 放魔兵，
> 纵鬼神。
> 缠住他，
> 不脱身。
> ……

念完咒语，张四又打开一个布包，拿出几个小木人，旁边五六个人一起动手，用墨汁在小木人上写下"光""秃""杀""猪"等字。

写好后，张四开始说话："刘虎、李大，你们将这几个小木人放在奉天殿的横梁上，设一个机关，让它每隔一会儿就掉下来一个。张七，你利用给横梁上油漆的机会，将这个小棺材藏在正厅堂屋的枋柱内。许伏，你将女鬼图拿到奉天大殿的右侧，藏起来。黄牛四，你把这些写着'光''秃''杀''猪'的纸片，放在午门城楼上，一旦起风，纸片就会到处乱飞……诸位，你们做事时千万千万要小心，万一被发现，就咬定是自己一人所为。如果你们乱说别人，定会死全家，我已经念过咒语了。"

张四说话干脆利落。黄牛四听了，热血沸腾。他知道，一旦被发现，就会被杀头，或许还要株连九族。但他又想到这几年过的牛马不如的生活，想到逃跑被投进大牢差一点死掉，想到袁兴祖被打死……气愤立即涌上心头。张四说得对，给皇帝老儿一点难堪！黄牛四当天夜里把一摞写着"光""秃""杀""猪"的纸片悄悄带回住处。

九

朱元璋一连几天在大臣们陪同下，仔细查看了皇城的东西南北各门、太庙、太社稷、中书省、大都督府、御史台、会同馆、历代帝王庙以及宫殿，所到之处，整饬一新，看了很满意，便对李善长道："亭台楼阁已经建得差不多了，宫城中就是缺少大树，明年春天要栽些大树。"

傍晚，大臣们都退下歇息，朱元璋带着两个侍从，从下榻的兴福宫出来散步，走到华盖殿旁，看到蟠龙石础，雕刻精美，就蹲下来仔细端详。突然，空中飘来一张黄纸，随后又飘来一张，朱元璋让侍从捡起看看，只见上面写着一个"杀"字，他眉头一皱，道："这是哪里来的？"

侍从道："陛下，也许是外面的废物随风吹进来的。"

朱元璋也就没说什么。

过了一会儿，又飘来一张纸，朱元璋让侍从捡起来，只见上面写着一个"猪"字，他脸色大变，对侍从吼道："这是哪里飘来的？"

侍从正在疑惑时，又飘来一张纸片，上面写着一个"杀"字。

朱元璋高声喊道："来人——"

十多个禁军卫兵立刻赶到，朱元璋道："你们立即给我搜。看看这些东西哪里来的。"

正说着，李善长、薛祥等大臣都陆续赶来了。

李善长看了看纸片，道："陛下，也许是殿外小民之间的戏言，随风吹入了宫中。"

朱元璋脸色阴沉，没有说话，刚跨进华盖殿大门，只听得"哐当"一声，从屋顶上掉下一个物件，众大臣都大吃一惊，朱元璋走近一看，是一个小木人，上面写了一个"鬼"字，还钉着一个钉子。朱元璋脑子"嗡"的一声。紧接着，又听得"哐当"一声，从大殿顶上又掉下一个小木人，上面写着一个"囚"字。朱元璋脸色大变，联想到刚才在宫殿外看见的纸片，断定是有人在下镇物诅咒他。

"李善长，这是怎么回事？"朱元璋厉声问道。

李善长一时傻了，不知道该怎么回答。大殿上个月就已经完工，最近，为了迎接皇帝来视察，朝廷特地将大殿内外所有工匠赶往别处。这镇物是何人所为？难道是匠人们事先故意放置的？

接着，朱元璋又隐隐约约听到殿外连绵不断的喊叫声，定神一听，好像有很多人在齐声喊"杀"。

朱元璋勃然大怒道："这又是哪里来的声音？"

李善长也听到了，战战兢兢地道："陛下，这恐怕是附近军队在训练。"

"训练？军队训练有这样的鬼哭狼嚎声？"

"杀"声仍不断。

李善长联想到纸片上的字、大殿里掉下的木人，意识到问题的严重性，心想，这是瞒不过去的，不如趁早向皇帝说，否则，就会有欺君之罪，他唰地跪在地上："陛下，臣罪该万死！这东西在民间叫镇物，有人胆大包天，在宫殿里下了镇物。"

"这难道是针对朕的？是恨朕？想置朕于死地？"

"陛下，这在民间叫'厌胜法'。陛下顺应天意，替天行道，至尊至贵，这些刁民的小戏法根本伤不了陛下，请陛下宽心。"

"想害朕是一回事，害不到朕又是一回事。我倒想知道，天下谁有

169

这个胆子，敢如此冒犯朕。朕让他死无葬身之地。你立马派兵把宫殿内外包围起来，所有角落都给我搜遍。"

"遵旨。大殿外都是禁军把守，他们插翅难飞。陛下受惊了，先请陛下回宫休息。"

过了一个时辰，李善长、薛祥等人来禀报，总共搜查到七个小木人，四十多张写着"杀""猪"之类字的黄纸片，还抓到两个人，一个躲在谨身殿的屋梁上，一个口袋里装有纸片。

李善长道："陛下，大内已经完工，现在除了少数匠人留置在指定的地方外，没有人敢进来，大内的所有门都有士兵把守。臣以为，镇物是个别匠人所为，他们在建大殿时把这些镇物埋伏在了大殿梁上。"

朱元璋说："先把那两个人给我带来，朕要亲自审问。"

禁军卫兵将两人带来了，一个是木匠张四，一个是瓦匠黄牛四。

朱元璋厉声喝道："大胆蟊贼，你们胆敢要害朕？你们为何要这样做，从实招来。"

张四道："皇上，小的……小的是一位油漆工，我……我今天来给……给大梁补漆的。"

朱元璋道："补漆？宫殿里早已清场，你怎么进得来？"

张四磕头道："小的是木匠，也会油漆，我参与了营建大殿。俗话说，木匠手艺全，要靠漆匠圆。完工后，我看到大殿上的一根梁柱色泽不够新，就用漆来弥补一下。我前几天偷偷溜进了大殿，根本不知道皇上要来大殿。小的该死，撞见皇上了。"

"哼，我看你圆谎的本事倒挺大。你呢？"朱元璋朝向黄牛四，厉声问道。

"我们是在宫中干活的瓦工，每天辛辛苦苦地干活，没有偷任何东西。如果偷了东西，千刀万剐。"黄牛四道。

"没有偷东西？你以为这就可以掩盖掉你们的歹心。小蟊贼，你编造的理由能骗得过我吗？你给朕招来，你为什么要害朕？"

黄牛四道："我只是一个工匠，在这里做了五年的活，吃了很多苦头。我手中无枪无刀，怎么能害到皇帝？"

"你口袋里的纸片，谁让你写的？"

"我路上捡到的。"

朱元璋吼道："来人，把这两个蠹贼给我用乱棍打死，扔到大街上喂狗去。"

此时的朱元璋已经气急败坏："李善长，现在凤阳城里还有多少匠人？你马上把所有的匠人都给我抓起来，朕要将他们统统杀掉，一个也不要剩。"

李善长吓得脸色煞白。大臣们都跪在地上，不敢言语。

"这些刁民泼夫，蠹贼奸细，统统杀掉，一个不留！"朱元璋道。

李善长颤巍巍地道："陛下，臣以为这些蠹贼当诛，只是现在很多匠人都已经回家，目前留在凤阳城里的只是少数做收尾工程的匠人。"

"就把这些匠人统统给朕杀掉！一个不留。听见了吗？"朱元璋大声吼道。

一阵沉默。

突然，工部尚书薛祥行礼道："陛下，下镇物只是一两个歹毒小人所为，将这两个人千刀万剐，也不为过。中都建设六年，百万匠人役夫参加营建，绝大多数都是良民，他们抛妻别子来凤阳营建都城，兢兢业业，吃了不少苦头，如今中都建成在望，陛下看了也觉得满意。把这些匠人都杀了，恐有悖于天意，天下无艺可传，无匠可营，也对不起鲁班祖师爷啊。今后朝廷还有营造之事，依微臣之见，将两个蠹贼的头砍了，陛下海纳百川，宽宏大量，饶天下匠人一马。"

朱元璋斥责道："薛祥，你好大的胆子，敢冒犯朕。"

薛祥继续道："臣罪该万死，但为天下苍生计，为大明千秋万代计，微臣冒死进谏，以为天下匠人不该杀。该杀的只是几个恶毒的刁民泼夫。日后官府查出刁民，严惩不饶。"

朱元璋厉声喝道："朕率领过千军万马，驰骋于沙场，砍了多少人头，难道还可惜这几个刁民？皇皇大明，杀几个匠人有什么可惜？就是杀光了，也没有什么可惜的。薛祥，你胆敢抗旨？"

"臣以为不能滥杀无辜，否则，苍天有眼，江河泣血，匠人可怜，于道不合，于心不忍。"

朱元璋语气稍稍变得平和一些，问："薛祥，那你说该怎么向朕交代？"

"以臣愚见，下镇物的多是木匠所为，可命人从留在凤阳的木匠中搜查，一旦查出顽劣之徒，严惩不贷，千刀万剐。"

"朕要杀人，不是搜查。那好，传旨，将留在凤阳的木匠全部杀了，一个不留。你们都给我退下，谁再胆敢进谏，拉出去斩。"

朱元璋有些气急败坏，把手一挥，众臣皆退下。

十

当天夜里，工部尚书薛祥找到李善长："丞相大人，千万不能杀啊，留在凤阳的木匠都是当今天下最好的匠人，他们有的已经在凤阳劳作五六年，吃尽了苦头，没有受到奖赏，反而把他们杀了，天理不容啊！"

李善长叹了一口气道："唉，我也知道这个道理，可是我有什么办法呢？一粒老鼠屎，坏了一锅粥啊。皇帝正在气头上，他怎么能听进我们的话呢？"

薛祥道："木匠可谓是天下匠人的种子，杀了，以后朝廷役作又去哪里找木匠？"

李善长沉默了一会儿，又道："薛祥啊，我也以为不该杀，可是皇帝的话，我们能不听吗？"

薛祥道："无论如何，最近不在工的木匠不能杀。否则，我们如何向天下交代？"

李善长觉得薛祥的话有道理，道："薛祥，你先将目前在凤阳城里的木匠统计一下，看看有多少人。"

过了两天，工部的统计结果出来了，目前在凤阳建都的木匠总共有一百二十位，其中苏州"香山帮"的木匠就有四十位。

薛祥是位有仁慈心的官员，现在皇帝要杀匠人，他心里很难过，可是，匠人们下镇物也是事实，在皇帝面前该说的已经说了，正在气头上的皇帝听不进他的谏言。他在心里盘算着怎么才能多救一些匠人，特别是"香山帮"有那么多匠人留在凤阳，做了五六年苦力活，一旦被杀，实在是冤啊。再说，"香山帮"帮主陆良大师傅为凤阳中都营建立下了汗马功劳，杀了这些匠人，有悖天理啊。

这天晚上，薛祥将"香山帮"的帮主陆良喊到住处，把事情告诉了陆良，陆良惊愕不已，半天说不出话来。

陆良焦急地问："张四已经不在了？"

薛祥道："是的。没有人留得住张四。不过，他至死没有承认。"

"还有什么人被杀？"

"袁州府的黄牛四。"

陆良目光呆滞，神情悲伤。

薛祥道："皇帝还要杀人，要把留在中都的匠人全都杀光，我实在不忍心啊。"

陆良一脸悲戚："'香山帮'的匠人都要被杀？"

薛祥道："皇帝一怒之下，什么事都能做出来。"

陆良没有说话。

薛祥道："张四在大殿内被抓，他一口咬定是在为殿内的梁上补漆。皇帝怎么会相信他呢？"

陆良气得脸色发青，道："他怎么干出这种蠢事来？薛尚书，容我想一想。"

陆良随后就找到"香山帮"木匠刘六，问下镇物的事情。刘六说，是张四与"庐州帮"刘虎一手谋划的。

陆良大怒道："你们这是拿性命开玩笑，现在皇帝要杀人，要把天下的匠人全都杀掉，你们这样做，害了多少人啊！还有哪些人知道这件事？"

刘六嗫嚅道："庐州府的刘虎、李二、小罗子、张洼子，扬州府的陈富，袁州府的黄牛四……"

陆良气得说不出话来，随后，他立即找到了汤丙，将张四、黄牛四被杀的事情说了。汤丙傻了，心想，黄牛四啊，出头的椽子先烂。你为什么要做这个椽子？这不是拿性命开玩笑吗？

陆良道："皇帝要杀掉所有在凤阳的匠人，这可怎么办？"

汤丙愣了半天，想到黄牛四已经不在人世了，眼泪哗地流了出来，过了片刻，道："陆师傅，有一个办法，不知道是否有用，我两天前听说，城南一带瘟疫发作，死了五十多人，让人连夜去用刚刚死去的人来调包。这样可以救下一些木匠。"

陆良眼睛一亮，道："这要得到薛尚书的支持才行。好，我再去找薛尚书。"

第二天一早，陆良就去找工部尚书薛祥，把汤丙的主意说了，薛祥没有说话，立即指派自己的心腹，将因瘟疫死去的五十五人冲抵了匠人，并制好了名册，连夜将匠人放走。

又过了两天，朱元璋问起杀人的事情，刑部大臣禀报，已经杀了一百二十位木匠，名单俱在，以供勘验。

朱元璋怒气未消，道："死有余辜。"

十一

朱元璋此次回凤阳本来是验收工程、论功行赏的，没有想到有人胆敢在刚刚落成的宫殿里放置镇物，诅咒他。微服私访时，还有人唱花鼓腔骂他。当天夜里，他做了一个梦，梦见成千上万的匠人，冲进宫殿，见人就杀，见物就抢，刚刚建成的大殿被人放火，火光冲天，大殿里一片"杀"声，正在视察大殿的他被大批匠人包围，他独身一人，只好往外跑，无奈两条腿不听使唤，眼看就要被追上，突然，一条白龙从天而降，落在他的面前，他跨上白龙，远离了呼啸而来的人群……梦醒了，他一身冷汗。联想到一百多人被饿死的冤情，他感到很不吉利，心中十分不悦。天一亮，朱元璋就将御史台左御史大夫汪广洋喊来，问一百多人饿死的案子查得怎么样了。

汪广洋说，现查得军中千户杨左，以事务忙为理由，迟迟不发直米，致使匠人饿死。朱元璋随即诏令，将杨左凌迟弃市。

朱元璋陡然觉得凤阳城里怨气太重，便在到凤阳的第十天，亲往洪武门外圜丘祭天。朱元璋率大臣行礼敬香后，侍从念起了朱元璋头天晚上亲自撰写的《中都告祭天地祝文》——

> 当大军初渡大江之时，臣每听儒言，皆曰："有天下者，非都中原不能控制奸顽。"既听斯言，怀之不忘。忽而上帝后土授命于臣，自洪武初，平定中原，臣急至汴梁，意在建都，以安天下。及其至彼，民生凋敝，水陆转运艰辛，恐劳民之至甚，遂议群臣，人皆曰："古钟离可。"因此两更郡名，今为凤阳，于此建都。土木之工既兴，役重伤人。当该有司叠生奸弊，愈觉尤甚。此臣之罪有不可免者。然今功将完成，戴罪谨告，惟上帝后土鉴之。

这篇祝文的意思是说，我朱元璋本来想在汴梁建都，但考虑到路途远，水陆转运艰辛，大臣们又都建议在临濠建都。建了六年，伤了天下匠人，加上有司盘剥，致使役夫苦不堪言。这是我朱元璋的罪过啊，唯愿上帝神灵饶恕我。

祭过天地，朱元璋来到了父母坟墓前祭拜告慰。

洪武八年四月二十六日，朱元璋传旨，起驾回应天城。至此，他在凤阳待了二十二天。

二十九日，朱元璋闷闷不乐地回到了应天城宫中。刚到宫中，有人禀报，刘基已经于十六日辞世。

听到消息，朱元璋一愣，随后自言自语道："老先生这么快就走了？"

刘基生病，朱元璋是知道的。正月下旬，刘基感染了风寒，身体不大好，朱元璋指示胡惟庸安排太医给他抓了药。三月，刘基要求回家乡，朱元璋就让刘基的儿子刘琏陪同，送他回乡。没想回去才一个月，人就没了。朱元璋突然想起了刘基对他的忠告——"凤阳虽帝乡，然非天子所都之地"，此时似乎若有所悟。

朱元璋问左右："老先生有没有给朕留下什么话？"

左右禀报："刘伯温临走前，写了一首诗，诗是这样写的：'人生无百岁，百岁复如何？古来英雄士，各已归山河。'"

朱元璋又问："刘基的儿子现在在哪里？朕要亲自问问。"

左右道："他的二儿子刘璟此时还在京城。"

"传刘璟到奉天殿。"

刘璟很快来到奉天殿。见到刘璟，朱元璋轻声道："刘璟啊，老天爷收走了你聪明的父亲。你父亲的后事安排可妥当了？"

刘璟道："谢陛下隆恩，一切安排妥当。"

"你父亲不容易啊，难得的人才！天文地理军事，无所不晓。尤其是天文，别人看不懂，只有他能观天象，判形势。当年在鄱阳湖里厮杀，他立下了汗马功劳。他给朕的十八策，策策精要，朕都采用了。大明开国，老先生是大功臣。这几年，他身体一直不大好，没有想到老先生这么快就走了，朕十分痛惜啊！"

"父亲命数天定，我等也无能为力。谢陛下隆恩！"

朱元璋的脸上掠过一丝难过的表情，问："老先生临走时，有没有给朕留什么话？"

"陛下，家父临走时，神志糊涂，没有什么交代。"

"他在世时一再说，临濠不能建都，朕现在依了他。"

第二天早朝时，皇帝颁发新诏书：

奉天承运，皇帝诏曰：罢建中都役作。钦此！

十二

罢建中都的消息迅速在朝野传开了。

无论是朝中的大臣，还是留在凤阳工地上劳作的匠人、工夫，无不感到万分惊讶。

凤阳城内留置的两千匠人工夫听到这个消息后，怎么也不敢相信。工地上，一片哭声。

汤丙找到陆良，激动地说："这难道是真的？"

陆良苦笑道："朝廷的诏书还有假？"

"这么坚固的都城难道就废了？"

"汤师傅，皇帝的嘴大啊。"

"都城建好了啊，这不是儿戏吗？"

"汤师傅，好在我们都可以回家了，应该感到高兴才对。"

陆良说这话的时候，心里是酸酸的，如此浩大的工程，一百多万匠人、工夫参与营建，耗费了多少人力物力啊！朝廷决定在凤阳建都后不久，他就来到凤阳。宫殿楼阁都凝聚了他的心血。他曾经想，将来子孙们来中都，我可以骄傲地跟他们说，你们看，这些宫殿都是你祖辈营建的。子孙们看了定会赞不绝口。可是现在皇帝的一句话就把都城给废了，这太不可思议了！

汤丙在落泪。

陆良安慰道："汤师傅，收拾收拾，回月亮湾去吧。"说这话的时候，陆良的眼角也是湿润的。

"兄弟，谢谢你救了'香山帮'匠人，否则，兄弟们就会人头落地啊。"陆良道。

"谢谢陆师傅。如果没有陆师傅的相助，我们也都死在牢里了。"汤丙道。

"天下匠人是一家，我们相识是缘分，更何况，你住在袁河月亮湾，我住在太湖月亮湾，这又增了一分缘。"陆良道。

"希望陆师傅有一天能到宜春月亮湾寒舍做客。"汤丙道，"皇帝说变就变，怎么和天下人交代呢？"

"皇帝还需要什么交代呢，还不是他一个人说了算！"陆良道。

"本来我回到家乡还可以吹吹牛，大明都城，皇帝的宝殿，是我李黑砌的墙。这下可好了，废了。"李黑道。

"有一天皇帝心血来潮，再把你们弄到另外一地再建一个都城，都是有可能的。"陆良只是随便一说，没有想到他的话日后真的变成了现实，那是后话。

临别时，陆良道："天无常圆之月，人无不散之席。我们彼此一路保重。"

三人依依不舍道了别。

朝廷诏令，在凤阳的各地匠人工夫十天之内全部离都返乡，官府安排车船分批送回。

十三

五月的凤阳，云淡风轻，天气暖洋洋的。空气中到处都飘荡着花香。

临走前一天，汤丙和李黑四处打听袁兴祖、黄牛四埋葬的地点，可是无人知晓。有人说，匠人、工夫死了，直接拉到凤阳城西不远处的山洼里，用芦席一卷，埋在大坑里，久而久之，附近的人都叫这个地方万户坟，多半就葬在这个万户坟里。汤丙说，那我们也要去看看。于是，汤丙和李黑来到凤阳城西的万户坟。

万户坟位于两座小山之间的山洼处，十分僻静，平时匠人死了，这里才会出现几个来送葬的人。汤丙看见，山坡上的老树枯枝已经发出新叶，地上开满一丛丛野花。汤丙和李黑走到了一棵粗大的苦楝树旁，树上几只乌鸦受到惊吓，扑棱棱飞走了。二人吓出一身冷汗。

"你看看这棵苦楝树开了很多紫花。"汤丙说。

李黑抬头看，紫花落了一脸。

"楝树开花春已了。马上就要过夏天了。"李黑道。

汤丙和李黑往下面走去，山洼的土中露出不少白骨。

"这是人骨头？"李黑问。

"是啊，埋得太浅，大雨一冲，就会露出来。真可怜！"汤丙说。

汤丙找了一个空地，拿出了纸，点着了，汤丙和李黑朝着大坑方向磕了三个头，汤丙一边用树枝拨着火苗，一边说："兴祖，阿四，你们快来收钱吧，买件衣服穿。中都的工程终于结束了，我们就要回家了，你们的命太苦了。我们一起回月亮湾多好啊。这次我们回去后，恐怕再也没有机会来看你们了，今天我和李黑来，算是和你们俩道个别，你们就安心吧，我们回去后，会照顾好你们家人的。如果你们想我们了，就来到梦里找我们吧……"

说着说着，二人号啕大哭起来。山洼里回音大，哭声如滚地雷一般响，山洼里的鸟儿被惊起，在树巅上"嘎嘎"乱叫……

"这肯定是他们两个的魂在叫。"李黑一边抹泪，一边道。

"他们看见我们，可是我们看不见他们。"汤丙道。

"我们走吧，这里阴魂太多，如果把我们给拽住，就回不成老家了。"李黑道。

"阴曹地府也要匠人，说不定他们正在忙着呢。"汤丙道。

两人坐在楝树下，说了一会儿话就离开了。

回家乡的日子到了。这天大清早，袁州府剩下的二十多位匠人来到濠河码头集合，他们要从这里坐官船去临淮关，然后再乘船回袁州。匠人、工夫们的心情很复杂，短的在凤阳已经劳作了五六个月，长的像汤丙、李黑在这里已经做了五六年的活。可现在都城废了，他们有白忙一场的感觉。

汤丙上船前特地回头望了望不远处巍峨、高耸的城楼，心里有一种恋恋不舍的感觉。上船坐定后，匠人们聊了起来：

"这么好的都城，以后给谁住呢？"有人说。

"李黑，皇帝不要了，你就搬来住吧。"又有人说。

"好吧，下个月我就搬来。"李黑打趣道。

"给你娶几房妃子，再给你一万两银子，你李黑就用不着去烧窑了。"

"那我还不稀罕呢，金窝银窝不如我家的草窝窝。"李黑道。

……

汤丙没有说话，望着船窗外渐渐远去的亭台楼阁，想起了当初来临濠时的情景……当年他以为很快就会回去，没有想到一待就是四年。如果不是逃跑被抓，他也早回到了家乡。这一点，他一直懊悔不已。他第一次来临濠的时候，这里到处都是山坡、田地，满地乱石，杂草丛生。他看着宫殿、城楼一天天起来，他怎么也不明白现在说废就废了，在这里死去的匠人、工夫死不瞑目啊！

船很快到了临淮关，汤丙等人换上了去江西的船。

逆水行船，需要十多天才能到袁州府。众人归心似箭，一路上也没有多少心思说话，只盼着这船能再快一点。

船不知何时驶入长江，汤丙望着宽阔的江面，想起当年第一次来临濠时死去的小七子。那天，他亲手把小七子的尸体推入滚滚的江水里。他在梦中好几次梦到过小七子，他时常觉得小七子没有死，只是去另外一个地方烧窑去了，那是什么地方呢？是龙宫，还是地府？小七子是窑师傅，他在那边肯定也是个烧窑好手。

李黑说："小七子不知道在哪一段江面上掉下去的？"

汤丙说："江水这么长，谁知道呢。我们给小七子磕个头吧。"

说罢，两人朝着江水跪下，一连磕了三个头。

旅途是寂寞的。不知什么时候，李黑也哼唱了起来——

太阳落山金灿灿，

袁河的水那个哗啦啦，

黄牛吃饱了认得回家的路，

喜鹊进窝叫喳喳。

妹妹我站在桥头望，

哥哥呀，

你去了哪里，

为什么不回家？

为什么不回家？

……

李黑唱着唱着就哽咽了，唱不下去，他想，如果黄牛四还在，他会一路上唱个不停。

船到古樟岩，已经是第十四天的清晨了。

此时，天还没有大亮。汤丙看看码头四周，既熟悉，又陌生。他想起当初从这里离开家，乡亲们送别时的情景。一晃四年过去了。码头还是过去的码头，今天看起来似乎显得小了很多。他又朝衷河看看，河面上黑黢黢的，看不清水是浑的还是清的。空气中飘浮着熟悉的味道。他记得码头临河一边，有一棵棠梨树，他的目光搜寻了一番，找到了，树比先前粗壮了不少，上面长满了碧绿的新叶。

汤丙、李黑与袁州府的匠人们在码头互相道别之后，就朝月亮湾走去。

天渐渐亮了，月亮湾后面的山坡已经看得很清楚，村里的炊烟正在升起，路两旁的田地都种了油菜，菜花已经落了，籽荚已经长出，空气中飘着泥土与窑烟混杂的味道。再看看窑场，不少窑口正冒着白烟。汤丙和李黑已经好几年没有闻到家乡的窑烟味道。

"终于到家了。"李黑说。

"人都老了。"汤丙说。

"看见老槐树了。老槐树有几百年了吧？"

"听说汉朝时栽的。"

"人啊，真不如草木，春天来了，草木还发青。"

"人死如灯灭。"

快到月亮湾村口时，迎面走来一位佝偻着身子的人，只见他一边在敲着木铎，一边高声喊着——

孝敬父母，

尊敬长上，

和睦乡里，

教训子孙，

各安生理，

毋作非为。

汤丙走近一看，啊，这不是易和仲吗?

"易老伯啊?"汤丙脱口而出。

易和仲与汤丙的父亲汤和七是同辈人，头发怎么全白了，腰也佝偻着。

"你是哪里来的，这么早啊?"易和仲一开始没有认出汤丙来。

"易老伯，我是小黑子啊。"

"李黑?"

"我是汤丙。"

易和仲突然认出来了，露出惊愕的表情："你……你是……汤丙，你们终于回来啦?! 你们怎么瘦成这样了? 走了好几年了吧?"

"唉……"汤丙叹一口气。

"你们怎么到今天才回来啊?"易和仲颤巍巍地问。

"唉，说来话长。朝廷不让走，没有办法。"汤丙道。

"回来就好，回来就好。赶快回家吧。"易和仲道。

"你这是在……"

"打更啊，现在朝廷规定每个村庄都要安排长老宣讲，一天三次呢。"

"我父亲、玉莲他们都好吧?"汤丙问。

"嗯嗯，都……都好，都还好。"易和仲支支吾吾地说，"不过，汤丙啊，你父亲，他……"

"他怎么了?"汤丙心头一紧。

"唉! 他已经走了——"

汤丙木然地站在那里，一动不动。

一阵沉默。

"什么时候走的?"汤丙问。

"去年。"

汤丙不说话。过了一会儿才问："我父亲葬在哪里?"

"就在后面山上，我带你去看看?"

易和仲领着汤丙、李黑穿过村后的山冈灌木林，走过一个小池塘，来到一个向阳的山坡上，指着一座坟茔说，这就是你父亲的坟，坟上都已经长草了。

汤丙走到父亲的坟墓前，"扑通"一声跪下，眼泪"哗"地流下来，边哭边道："父亲大人，儿子回来了，儿子不孝啊，没有为你送终……"

李黑也跪下磕了头。

易和仲安慰道："汤丙啊，人活一百岁也有老的那一天，这是没有办法的事情。易大也走了。你父亲也是有福之人，他走时，没有受苦，在窑洞里一觉睡死的，真是好福气。汤丙，能回来就好了，你不要再哭了，赶快回家去吧，玉莲他们都在家呢。"

李黑回自己家了，易和仲引着汤丙，来到了汤丙家门口。门还是关着的，汤丙敲门。

"谁啊?"

"我——"汤丙答。

玉莲开门一看，大吃一惊，啊，是汤丙? 怎么瘦得皮包骨了?

汤丙说："玉莲，是我——"

玉莲怎么也不敢相信，汤丙回来了，"哇"的一声哭了起来。汤丙也用手抹着眼泪。这时，谢妹也起来了，看到父亲回来，悲喜交加，也跟着母亲一起哭起来。

几年不见，女儿都已经长成大人，汤丙说："谢妹啊，父亲我对不起你。"汤丙又问汤满在哪里，玉莲边抹眼泪边说："汤满在窑场烧窑呢。"

易和仲说："汤丙，你在家，我去窑场那边喊汤满回家。"

汤丙道："玉莲，这么多年，你们在家辛苦了。"

玉莲道："苦算什么呢，就是人家都回来了，你不回来。我不知道发生什么事了。我几次梦见你不在了……我哭啊哭……"说着又呜咽着哭了起来。

汤丙道："皇帝说话不算数，也怪我们没有跑成，被抓了回去，不然，也早就回来了。"

玉莲跑到屋里哭，汤丙也跟着进去了，两个人抱成了一团……

汤丙吃了玉莲炒的扎粉，就来到袁河边的窑场，老远就看见汤满正在堆柴草。

"汤满——"汤丙喊了一声。

少年放下怀中的柴草，回头一看，愣住了，原来是父亲。

"你……你……你回来了?! 刚才和仲爷爷和我说了。"

"汤满，长大了。"汤丙嘴里嗫嚅道。

四年不见，汤满长高了许多。在汤丙的记忆中，汤满还是一个孩子。汤满对父亲的记忆，也是模糊的。父子俩见到后，都有一种陌生感，但亲密的血缘关系，又让父子俩很快熟悉起来。

"今天烧的是什么砖?"汤丙问。

"烧的是官砖，官府让烧的。"汤满一边喂柴草一边说。

"都城废了，还烧什么砖呢?"

"废了?"汤满诧异地问。

"是的，都已经建好了，皇帝突然改变主意，废了。"

"那为什么?"

"不为什么，说变就变。皇帝的心思谁又知道呢?"

父子俩在窑洞的膛口前说着话。

过了一会儿，刘顺一带着刘德华、刘芷娘来到窑洞。汤丙与刘顺一见面的那一刻，彼此都不相信自己的眼睛，二人都变得认不出来了。

刘顺一激动得手都在发抖："汤丙啊，你……你终于回来了。"

汤丙也很激动："回来了，回来了，你都好吧?"

"我每天都在说你呢。当年，我总算跑回家了，我看见你们被巡逻兵抓住，真想冲上去，但想起你的话，能跑一个是一个，就咬咬牙，一直等到巡逻兵走了之后，才跑了出来。后来，我一直懊悔，怎么不冲出去，救你们。"

"那么多兵，你怎么能救得了? 你出来就是送死。我也担心你能不能跑得出去呢。"

"我一路走了几个月才到家。对了，阿四和李黑呢？"

"唉，阿四……他……"汤丙眼睛有些红了。

"他怎么了？"看到汤丙的表情，刘顺一猜出了几分。

"他出事了，已经过世了。"汤丙把黄牛四的情况简单说了一下，刘顺一唏嘘不已。

上午，月亮湾的老老少少陆续来到汤家看望汤丙。晚上，汤丙家屋子里坐满了乡亲，众人问东问西，都想知道汤丙、李黑这五六年是怎么过的。

"这几年，我们可是吃够苦头了，刚去的那会儿，我们吃住都还好，后来越来越差，凤阳那地方，到了冬天非常冷，雪下得早，下得大，我们南方去的人，真受不了。到了夏天，又热死了……"汤丙又说起了他在临濠的经历。

"皇帝的家乡是一个鬼不生蛋的地方啊。"刘德江道。

"比我们宜春差远了。地里的庄稼都长不高。"何四接话道。

"我们刚到的时候，一眼望去，四处都是荒地，几年下来大变样了，亭台楼阁，一座挨着一座，何四，你们走得早，没有看见后来的官殿。"汤丙道。

众人又问起小七子、黄牛四是怎么死的，汤丙就把当时的情况说了，众人叹息不已，都说小七子、黄牛四缺了福气。

第二天一早，汤丙和刘顺一两家人来到古樟岩看望袁兴祖妻子。汤丙把袁兴祖去世的消息告诉了袁兴祖家人。袁兴祖的妻子好姐本来身体就不好，听到这个噩耗，昏死过去。玉莲和七巧一直在一旁劝慰。袁兴祖的儿子袁小河和汤满差不多大，现在也在做木匠，听说父亲死了，也哭了起来。汤满和刘德华在一旁陪着。

袁兴祖八十多岁的老父亲袁德一听到消息，一直不说话，只叹气。

好姐哭道："我们天天盼，月月盼，结果盼来兴祖死了的消息！他这一走，家里的顶梁柱就倒了，往后的日子怎么过呢？"

众人又是一番安慰。

汤丙对袁兴祖的父亲说："以后你就把我当成儿子吧，家里有什么需要我们做的，千万不要客气，让小河与我们说一声。"

袁满正听说袁兴祖离世了，便来到袁兴祖家慰问。见了众人，袁满正问汤丙："兴祖的尸骸现在在哪里？我要把他安葬在袁家的祖坟。"

汤丙道："我们都不知道在何处。临濠工地上，每天都有人死，死了芦席一卷就随便埋在城西的一个山洼里，没有坟，都不知道埋在哪里。"

袁满正对袁兴祖的父亲道："既然尸骸在临濠，我们就在袁家祖坟地给兴祖立一个衣冠冢，为兴祖招魂吧，我出十两银子。"

袁兴祖的父亲连连作揖表示感谢。

夜晚降临，老槐树下，又像往常一样坐了很多人。月亮湾人在一起天南海北，无所不谈。

"汤丙啊，你后来见过皇帝吗？"铁柱问。

"皇帝哪能见到？我的朋友陆良师傅见过。"汤丙道。

"长什么样？"何四问。

"大眼睛，磨刀石脸，个子很高。"汤丙道。

"那么好的宫殿建好了，为什么要废掉呢？"易伏问。

"是啊，我们都觉得奇怪。整整建了六年，花的银子堆起来，像山一样高，几百万匠人参加营建，费了多少心血。皇帝的一句话，就给废了，实在是可惜啊。当初在临濠建都时，听说只有皇帝老家的大臣们赞同，其他人都反对。"汤丙道。

"朝中做官的难道都是皇帝的老乡？"有人问。

"数数天上多少星，点点凤阳多少将。你说说皇帝老家出了多少大臣吧。"

"当年如果彭和尚起兵成功了，那朝中袁州府的大臣不也一样多吗？"李黑道。

"是不是风水先生说皇帝老家建都不合适？"有人问。

"后来留在凤阳的匠人们使了'厌胜法'，下了咒语，皇帝害怕了，才废了都城。"李黑道。

"我在临濠听了一个说法，朝廷请军师刘伯温到临濠看风水，他一开始就不同意在凤阳建都城。有一天，刘伯温故意对朱元璋说，方丘湖芦苇冲天，藏兵百万看不见，马鞍山上架大炮，一炮打到你奉天殿。这个方丘湖在临濠城的北边，靠近淮河。刘伯温建议都城往南再移一箭之地，朱元璋听了刘伯温的话，拉弓向南射出一箭，一箭射到城南四十里的殷家涧，箭刚要落下，就被太白金星化作老鹰衔住了，老鹰根本没有停下来的意思，直接飞到了应天城，朱元璋想想这是天意，只好废了中都，在应天立都。"汤丙道。

"这个皇帝太随意了，简直就是一个小孩子。"有人说。

"汤丙，听说你认识了一个苏州的活鲁班?"有人问。

"是啊，苏州的这个师傅叫陆良，真是厉害，三斧子砍下去，要什么，有什么。斧子敲一敲，立马就知道哪里有差错。所以有人喊他'三斧子'。"汤丙向月亮湾人夸赞陆良的手艺。

"我亲眼看见这个陆师傅双手画龙，左右开弓，一眨眼工夫就画好，那两条龙活灵活现，在场的人都看呆了。"李黑绘声绘色道。

"你们说巧不巧，陆良的村子也叫月亮湾。这天底下叫月亮湾的还真不少。"汤丙道。

"苏州在哪里?"

"苏州在江南，听说离应天不远，是好地方，你没有听说过'上有天堂，下有苏杭'?"汤丙道。

"苏是苏州，杭是哪里?"有人问。

"杭就是杭州。当年，我们参加红巾军，还在杭州西湖边驻扎过呢。那西湖真的好看，四周都是山。"李黑道。

"汤丙啊，当年你们跑的那天夜里，有没有月亮?"张正四问。

"那晚月亮上来比较迟。"汤丙说。

"哎哟，应该选一个没有月亮的晚上跑啊。"李胜轻道。

"没有月亮，漆黑一片，往哪里跑呢?"李黑道。

"小黑子，临濠工地上有没有女的在做活?"有人问李黑。

"挖城壕的工地上还真的有。我看见过，可能是当地的工夫。"李黑道。

"京城有女窑匠吗?"有人问。

"没有见到过。"李黑道。

"看来只有我们江西有女窑匠。"有人道。

日子过得如流水一般快。

在汤丙走的这四年里,月亮湾走掉了六七位老人,诞生了十几个孩子,用长老易和仲的话说,袁河后浪推前浪,一代新人换旧人。

这天,易和仲领着汤丙、李黑,到后山坡上拜祭这几年去世的村民。

易和仲说:"现在的日子好多了,你父亲、刘全二他们没有福气。"

汤丙问:"现在家家够吃吗?"

易和仲道:"大部分够吃。你们走的这几年,朝廷派人疏浚了袁河,加宽了河堤,挖了不少沟渠池塘,年头都还不错,风调雨顺。想想过去,年年涝,年年灾,老百姓哪有好日子过啊!"

汤丙道:"天无绝人之路。"

易和仲道:"为朝廷做点事情,也是应该的。朝廷也在为百姓做事呢。"

汤丙想,朝廷待匠人太苛刻了,没有去过临濠的人,不会知道其中的苦处。我能够活着回来,算是我命大,以后我再也不去做工了。

汤丙回家后,一家人过起了平静的日子。这日子,对于现在的汤丙来说实在是太幸福了。只是他还经常做梦,梦见自己在临濠的工地上做活,回不了家。一次,他梦见从工地跑了出来,跑呀跑,跑了很远,再一看,古樟岩到了,心想,月亮湾也快到了,就在这时,官府的人追了上来,抓住他,要把他剥皮抽筋,他长吼一声,被玉莲推醒了。

从临濠回来后,汤丙明显感到身体大不如从前,现在做一点事情,时常感觉到累,看来真的是老了。不过,他感到欣慰的是,儿子汤满已经长大,不仅能做农活,还会烧窑。

这天,汤满、谢妹正在做砖坯,汤丙来到窑口看看。只见二人做起砖坯来,有板有眼。每人面前都有一枚砖章,砖坯做好后,麻利地盖上自己的砖章。

"这个砖章在哪里刻的?"汤丙问。

"在袁州城里刻的。你的砖章已经刻好了。"汤满找出了爷爷为汤丙刻好的砖章,上面刻着"窑匠汤丙造砖人夫汤满"。

"我现在也有砖章了,你来看看。"谢妹说。

汤丙看到砖上刻有"窑匠谢妹造砖人夫汤满"的字样,道:"你们都会烧窑,我最开心。"

"烧窑其实也简单。"汤满一边擦汗,一边道。

"简单?汤满,不能这么说,学艺要精。艺好学,窍难摸。爷爷的窍门,你都学到了?"汤丙道。

"爷爷是窑神,我哪能和爷爷比?"汤满笑道。

"爷爷看窑烟,就能知道一窑砖瓦好坏。"

"不过,我现在也能看出些门道来。"

"井要打深,艺要学精。"

"我不知道自己精不精。"

"爷爷烧的砖,像石头一样坚硬。"

"我烧的也不孬。"

汤丙拿起旁边几块汤满烧的砖,看了看,敲了敲,露出满意的表情。

"我在临濠烧窑时,见到扬州府的窑师傅,用湖底的泥巴烧窑,烧出的砖瓦,叫绿豆青,听说非常好看。"汤丙道。

"袁河河底的泥肯定不行。水太急,好泥巴也会被水冲走了。"汤满道。

汤丙一愣,心想,这孩子有悟性。

"我在临濠遇到的苏州陆师傅,真是天下奇人,木匠活、瓦匠活、石匠活、漆匠活,样样都会。"

"爷爷说,不求百样全,只求一样精。"

"陆师傅可是样样都精啊。"

"我以后想学木匠。"

"先把窑匠学精了再说。"

"怎么才叫精?"

"细工出巧匠。就是你爷爷说的，做到'三到'，手到眼到心到。我的理解是手细、眼细、心细。"

"爷爷有'三到'，你有'三细'。对了，以后我还要和顺一伯伯学石匠。这样，我学三个匠，就知足了。"

"'三到'与'三细'都是一个意思。爬不完的山，学不完的艺。有心学，是好事，艺多不压身。不要煮夹生饭就好，否则学了再多的手艺，也是竹篮打水。我在临濠认识苏州匠人陆良，他们祖传家训中有一条是：终一生，爱一事。祖上规定，必须学好一门手艺，才能学第二样。"

三人正说着，刘德华和刘芷娘来了，每人拿了五块砖，请汤丙评评，哪个烧得好。汤丙仔细看了看砖，又拿起来掂量掂量，又用小铁锤敲了敲，然后，把好砖放在一旁。最后一数，刘芷娘烧的好砖有五块，刘德华的好砖有四块。刘芷娘开心得跳了起来："我赢了! 我赢了!"

在一旁的刘德华有些不好意思，道："好男不和女斗。这回我是故意让你赢的，还看不出来?"

"不害臊?"刘芷娘指着刘德华笑道。

吃过晚饭后，玉莲在屋里织夏布，汤丙坐在旁边给她理线。两人聊着家常。

汤丙道："刘芷娘这孩子很懂事，给我们家做儿媳妇不错。"

玉莲道："我早就有这种想法了。"

"你和汤满提过?"

"汤满这孩子很怪，我和他提了几次，他就是不说话。"

"是怕羞?"

"也不像。我看，刘德华与我们家谢妹还不错。"

"汤满平时与刘德华、刘芷娘处得好吗?"

"处得很好啊，以前爷爷在的时候，还教他们四个人烧窑。四个人经常在一起玩，打打闹闹。刘全二在世的时候，有一次还开玩笑说，我们家芷娘给你们家做儿媳妇，你们家谢妹给我们家做儿媳妇。对了，袁兴祖家也想我们家的谢妹呢。"

"一家养女百家求，这也正常。"

"男大当婚，女大当嫁。改天你和汤满直接说说。"

第四章　筑京师

一

中都停建以后，朝中没有人再敢议论都城的事情。

作为一国之君，朱元璋不能不想。建国已经八年了，现在只有云南、四川以及东北一带尚存元朝部分残余势力，元太尉纳哈出盘踞辽东，但势单力薄，不敢轻举妄动。中央政权已经稳如泰山。开国之初实行两京制，北京汴梁也只是名义上的京城。朱元璋想，国都乃一国之中枢，不能一直模糊下去。既然罢建中都，就应该对都城的事情有一个交代。朱元璋这些天一直在琢磨都城的事。

刚刚罢建中都，不可能另起炉灶，那只有一种选择，继续在应天建都。但马上宣布应天为京师，天下也会有议论。这样又拖了几个月，到了洪武八年的九月，朱元璋觉得应该表态了。

洪武八年九月初二，早朝后，朱元璋向大臣们提起都城的事情："诸位爱卿，京城是大明的象征，朕先前决定在临濠建都，也是你们的意见，但朕考虑到劳民伤财，终止了中都的役作。但是国家不能无都城啊，都城问题还是要尽快明确下来。如此拖下去，总不是个办法。朕想听听你们的意见。"

大臣们都没有想到朱元璋今天又提起都城的事。

李善长道："国不可无都，微臣以为此时明确都城，正是时候，应天已具天时地利人和，布告天下，名正言顺。"

当初朱元璋决定在临濠建都时，以李善长为首的一帮淮右大臣纷纷赞同，后来李善长负责中都营建，亲眼看着宫殿、城楼一天天起来，家乡凤阳变成了一个大都城，谁料到，皇帝的一句话就给废了，当时李善长心里实在是难受，但皇帝的主意，谁又能改变？跟随朱元璋这么多年，太了解这个人的脾气了。开心的时候，需要你的时候，他百般地说你好；不开心的时候，他恨不得立马把你给吃了。他早上这么说，到了晚上，也许会那么说，一日三变啊，而且似乎变得都有理由。但他对我李善长还是很尊重的。凤阳的匠人搞"厌胜法"，虽然我也遭到了训斥，但皇帝并没有责罚我，算是开恩。今天皇帝提出建都的事情，看样子，在应天建都的决心已定。

朱元璋微微点头。

工部尚书薛祥道："陛下，凤阳役作停下不久，天下匠人才喘一口气，此时如果议京城的事，恐为天下所议论，臣以为不妨再等一等。"

朱元璋直视前方没有答话。

校书翰林钱宰道："微臣以为，应该尽快确定金陵为京师。钟山龙蟠，石城虎踞，秦淮之水，玄武之湖，委蛇盘旋。大江入其怀抱，形胜集于一地，诚天地间之伟观。"

朱元璋点点头，微笑道："对了，钱老先生，听说你最近作了一首诗？"

钱宰心一惊，我作了一首诗，皇上怎么知道了？连忙道："是的，是的，一时兴起，随口胡诌了一首。"

"念给朕听听。"

钱宰想，这只是自己一时牢骚，发点感慨而已，但皇帝让念，还能不念？他只好念道——

四鼓咚咚起着衣，午门朝见尚嫌迟。

何时得遂田园乐，睡到人间饭熟时。

朱元璋道："朕什么时候'嫌迟'啦？朕给你改一字如何？将'迟'改为'忧'吧。"

钱宰连声叫"好"。

"朕也曾作了一首诗，也念给你听听。"朱元璋念道——

百僚未起朕先起，百僚已睡朕未睡。

不如江南富足翁，日高丈五犹拥被。

大臣们都齐声称好。

朱元璋道："朕起早摸黑，为的是什么，不就是为了我大明江山嘛？你们是大明的臣子，心中要装着社稷百姓，切不可贪图享受啊。好了，好了，朕今天放你回去，你去好好睡你的觉吧。"

朱元璋又问右丞相胡惟庸，有什么想法。

胡惟庸道："臣以为，应天城已具规模，稍作整修，就可以定为京师。"

胡惟庸是朱元璋同乡，与李善长的关系颇好，李善长一直在皇帝面前举荐他，此时深得皇帝信任。他想，既然皇帝废了中都，那肯定要在应天定都了。

御使大夫汪广洋道："臣亦以为就在金陵定都为宜。"

户部尚书赵好德道："应天城自古以来，在此建都的朝代皆偏于江左，王朝不兴，都是短命，而北方大片王土，难以控制，臣以为尽快建都汴京。"

大臣们有三派意见：一派认为应该尽快明确应天为京师，一派认为把汴梁作为京师，还有一派意见认为，中都刚刚废弃，此时不宜提定都的事情，应该再往后拖拖。朱元璋想好的事情，哪能听进别人的意见？他巡视了一下左右，道："朕出身布衣，焉能不知道民间的疾苦？但是百姓生来就是做活的，闲着是等死。再说，缴纳税粮，服徭役，是每一个子民应尽的义务。凤阳之乱，只是少数刁民蛊惑人心之所为。朕决定就在应天定都，把宫殿与城池再修筑完善一下。"

工部尚书薛祥道："陛下，微臣以为定都之事，不能操之过急。"

朱元璋有些不高兴："朕修筑城池还不是为了保护百姓？"

薛祥道："臣曾听说过艾子的故事。有一天，齐王对大臣们说，我想征天下的壮丁，筑一条四千里的长城，百姓虽然苦一点，但没有了边患，可以一劳永逸。艾子说，今天大雪，我在来朝的路上，见到路边一个冻僵的人正在哀歌，我问他为何如此伤心，他说，瑞雪兆丰年，下这么大雪好是好，可是我马上就要冻死了。微臣以为，艾子之谏，不无道理，中都建了六年，天下匠人齐聚中都，年年役作，死亡无数，可谓疲惫至极，如今再筑都城，大兴役作，必定会怨声载道啊。"

朱元璋大声呵斥道："薛祥放肆，凤阳之乱，朕没有罢了你的官，算是对你开恩。如今朕要定都，你又在大放厥词，混淆视听。你胆敢把朕比作齐王。你怎么知道朕就要大兴役作？朕看你已经不能再做工部尚书了。"

由于薛祥谏言，朱元璋当天就没有再往下说，过了几天，早朝后，朱元璋再次召集大臣，道："刚到金陵那会儿，朕在元御台住了十年，那里低矮狭小，建国之初，刘伯温卜新宫，只用了一年不到的时间就建成了，虽然遵守古制，但过于仓促，与都城的规制不符。朕的意思是，明确应天城为京师后，对宫室稍作改筑，就可以了，不必大动干戈，劳民伤财。"

礼部尚书章善道："陛下，先前凤阳役作，死了不少匠人、工夫，这次在改筑营造之前，宜设坛祭拜，告慰先灵，一者让那些死去的人得到安息，二者也能抚慰天下匠人、工夫。"

朱元璋点头道："嗯，你们尽快设坛，朕要亲自去祭拜。"

第二天，礼部在北安门龙光山前设立祭坛，朱元璋带领大臣过了北安门，径直来到祭坛前。他手捧一炷香，朝祭坛拜了三拜。侍从太监高声念起朱元璋前一天晚上亲自撰写的祝文——

　　昔君天下者，务在安民。然有不得已而劳民者，营造之类是也。比者营建宫殿，工匠有因疾而死者，有被伤而死者，有冒险而死者，已敕官为槥椟送之于家，今复坛遣官以牲醴赐祭，尔等有知，咸谕朕意。

祝文说，一个好的君主应该想到要安民。营造役作劳民，是一件不得已的事情，营建凤阳宫殿时，有工匠因为生病而死，有受伤而死，我已经命令官府给每家送一口棺材，今天我特地设坛以牲礼祭祀亡灵，想必你们能领会我的一片心意吧。

又过了几天，朱元璋再次召集大臣，询问宫室修筑的事情。

工部尚书李敏道："陛下，按照古制，历代都城，左祖右社，前朝后市。目前应天城尚不完善。午门没有左右掖门，奉天殿显得简陋，臣建议重建。另外，在奉天殿左右，增建文华殿、武英殿。"

朱元璋道："左祖右社，不能马虎。祖庙与社稷坛，要重新整修。还有，朕以为圜丘在南，方丘在北，天地犹如父母，父母异处，人情有所未安，所以，将天地坛合二为一，改建圜丘。"

李敏道："遵旨。"

朱元璋道："你们尽快勘察画图，筹备营建，能少的则少，能省的则省，役重伤人。过去，商纣崇饰宫室，不恤人民，天下怨之，身死国亡。汉文帝欲作露台，问匠人费用如何，匠人说要一百两金子，文帝断然罢建。奢侈与勤俭，判若云泥。自古王者之兴，无不由于勤俭。其败亡，未有不由于奢侈。唐虞之时，宫室朴素，后世穷极奢丽，习尚华美，毫无古风。上能崇节俭，则下无奢靡。你们一定知道这个道理。这次宫殿的增筑，只要朴素坚壮就好，不事华丽，凡雕饰奇巧，一概不用。"

李敏道："陛下，工部正在制作《都城宫室增筑图》，等制作完毕，尽快报陛下明鉴。"

朱元璋道："朕在凤阳宫殿看到的那些白石，都是从全国各地运去，耗费大量人力物力。这次宫殿改建，一律就地取材，金陵四周都是山，用金陵附近山上普通的白石和青石就可以了，不必用很多文饰。"

李敏道："臣遵旨！"

朱元璋又对兵部尚书单安仁道："这次就不征召民夫了，兵部派驻京的军士去役作。"

洪武十年（1377年）十月，宫殿增筑改建工程基本完工。这次改建只用了不到一年的时间。

由于奉天殿重新营建，前面几个月每天的早朝移到了奉先殿前举行。现在奉天殿刚刚落成，早朝仪式又回到奉天殿前举办。

这天，众大臣来到奉天殿前，发现奉天殿前的地面还没有铺金砖，只是临时铺着芦席，大殿旁边的脚手架还没有拆去，只有丹陛上那把金光闪闪的龙椅显示出皇帝尊贵的身份。朱元璋对这种简陋的设施并不在意，他开始每天早朝的训话："这次大内增筑工程用了不到一年时间就完工，素朴、简洁，朕很满意。节俭足以养性，崇尚侈靡必至丧德。眼下应天还有一些匠人，有司要善待他们，如果有因病死去的，官府要给他一口棺材，再给一点安葬费，免了他家三年徭役。以后来京城筑城的匠人，也要按照这个办法处置。"

正说着，一只小花猫不知何时从奉天殿里蹿出，跳上朱元璋的椅子，朝着朱元璋"喵"了一声，朱元璋低头摸了摸小花猫的头，道："这猫今天与朕争皇位来了。"说得众人哄然大笑。旁边的太监连忙上去，把猫抱走了。

到了洪武十一年（1378年）正月，朱元璋把定都应天的想法和马皇后说了。马皇后说，我早就说过，不要再三心二意了，就在应天定都吧，这里离凤阳也不远，再合适不过了。

洪武十一年正月初八，朝廷布告天下，废北京汴梁，立应天为大明京师。

二

洪武十一年。

阳春三月，应天城春光醉人。

这天，朱元璋带领大臣巡视应天城池状况。

朱元璋一行登上朝阳门，北望钟山，山色已经透出一片绿意。城墙边的城壕碧波荡漾，岸边杨柳依依。向西望，宫阙的琉璃瓦在朝阳下泛着金光。向东望去，一轮红日，喷薄而出。城门内外，人流涌动。向南望，城墙逶迤南去。

朱元璋对大臣说："朕初取金陵时，新宫既定，对城墙也进行了初步改建，将南门到正阳门、朝阳门连接起来，让应天城延亘五十里，尽据山川之胜。城墙修是修了，但今天看来，这个城墙太窄了。朝阳门也太单薄。"

随后，朱元璋一行骑马来到正阳门，正阳门正对着宽阔的御道，当朝的五府六部分列御道两旁，整饬有序。御道两旁种了齐整的槐树，此时都已长出嫩叶，绿意盎然。看了一圈后，朱元璋对工部尚书李敏说："当年建得急，正阳门也没有建瓮城，你们好好规划一下，尽快把瓮城建起来。"

朱元璋一行又沿着城墙向西南方向走去，走到南门停下。朱元璋对身边大臣说："南门自古以来就是要冲，现在的城门只有一个券门，城门规制简陋，进出拥挤不堪，工部需重新勘察，他日重建。"

从南门一路往西，城墙参差不齐，有的地段城墙只有一丈多高，有的地段城墙已经坍塌，露出大豁口，有人从豁口进出。朱元璋看了，道："看来筑城是时不我待的事情。"

站在三山门上，朱元璋往西看去，天高云淡，杨柳堆烟，江水如带，他忽然想起了离这里不远的江边龙湾城。

"诸位，朕想起了朱老先生的话——'高筑墙，广积粮，缓称王'，朕一直都是这么做的。朕记得刚刚打下金陵时，孙炎写过一首《龙湾城》，宋老先生可记得？"朱元璋问宋濂。

孙炎，应天府句容人，当年曾和朱元璋一起作战，并将"浙东四先生"引荐给了朱元璋。孙炎后来任处州总制，遇上苗军作乱，被擒不屈而死。

宋濂念道——

　　龙湾城，
　　壮如铁。

城下是长江，

城头有明月。

月色照人心不移，

江水长流无尽时。

朱元璋道："孙炎是一位有才之人，为朕聚拢了不少人才。只可惜四十岁就死了。这首诗写得好啊，写出了气魄。'壮如铁'，这正是朕的意思。朕的想法是要建一座'壮如铁'、摧不垮的大明都城。"

在龙江码头江边，朱元璋对着滚滚东去的江水发呆，忽然想起了当年渡江来金陵的往事，便对李善长说："当年渡江的船楫还在?"

李善长道："陛下，船楫保存完好，就在不远处的江边。"

"走，我们去看看。"朱元璋道。

众人来到江边，只见一条木船放置在岸边，旁边竖起一根一丈多长的船楫，有司在船旁围起了栅栏。

朱元璋对着舟楫凝神看了一会儿，道："当年幸亏有了俞通海，如果没有他的水军，朕也到不了金陵。记得当年我和徐达乘船时，船老大一边掌舵，一边喊着'圣天子六龙护驾，大将军八面威风'，徐达当时还在船上手舞足蹈呢。"

说罢，朱元璋唰地跪了下来，群臣看到皇帝跪下，也都纷纷跪下，朝着船楫拜了三拜。

朱元璋吩咐礼部，将"圣天子六龙护驾，大将军八面威风"写成对联，贴在船楫上，今后年年来此祭拜。

一天走下来，应天城墙的状况让朱元璋大吃一惊，建康旧城城墙损坏严重，尤其是城西一代，城门低矮、狭窄，有的地段城墙已经坍塌。从玄武湖旁往北去，直至大江边，尚没有城墙连接。城墙外侧的城壕宽窄不一，有的地方淤塞严重，根本起不到防御作用。

朱元璋下定了决心，筑城。

这天早朝后，朱元璋召集群臣商讨筑城的事情。

朱元璋道："朕生淮右，立业江左，先前有人认为朕一心建都家乡，其实，大丈夫四海为家，何固执于父母之邦？以前，你们都认为建都中原，道里适均，其实未必，以金陵观之，西南有疆土七千余里，东北亦然，西北有疆土五千里之上，南亦如之，岂不道里之均？所以，朕想想，建都金陵，不失为一个好办法。"

大臣们想，先前你决定建中都时，说临濠道里适均，现在你想在金陵定都，又说金陵道里适均，还不在于你一句话？

"陛下所言甚是。昔日皆以长江为天堑，六朝之时，就是局限于一隅，今则南北一家，视长江为安流。"大学士宋濂一直认为，应该在应天建都。

朱元璋道："朕近日一直在想城墙的事情。朱升老先生说过，高筑墙，朕一直觉得有道理。建康旧城只有二十五里，格局太小，刘伯温帮朕建新城，将应天城拓长到五十里。但还不够，朕所要建造的大明城垣不仅要有御敌卫民的作用，而且要让天下人都能感受我大明朝的气魄。"

礼部尚书章善道："古人云，'匠人营国，方九里'。依照古制，都城一般是方方正正的。可是应天城很不规则，微臣以为此时扩建，不妨考虑裁曲截弯，建一个方方正正的大明都城。"

宋濂接话道："臣以为不必要。管子曰：'凡立国都，非于大山之下，必于广川之上。高毋近旱而水用足，下毋近水而沟防省。因天材，就地利，故城郭不必中规矩，道路不必中准绳。'金陵多山多水，只要应山川之气，因地制宜就好。"

朱元璋哈哈大笑："章善啊，迂腐，实在是迂腐，为什么凡事都必须循规蹈矩？遵循古制，但不可泥古不化。金陵四周都是山，高高低低，方方正正能做到吗？"

翰林编修詹同道："陛下气魄盖世，大明军队纵横捭阖，横扫九州，无往而不胜，从不畏手畏脚。臣亦以为不必循规蹈矩。"

宋濂道："纵观金陵形势，汉以后的郡城，都在淮水之南，六朝都城都在淮水之北，临近覆舟山。楚秦隋唐之城，皆在淮水西北，而据石头城。杨吴之后的城池，皆据淮水之南北，而临近聚宝山。如今大明的都城，皆超越旧制，因山据淮，近乎四极，真是气象恢宏啊！"

朱元璋点头："嗯，说得好！六朝都城和南唐都城都在高山之下，离长江较远，舍弃天险，乃防卫之大忌。朕的意思是大明都城要依山傍水而建，得山川之利，据岗垄之脊，控江湖之势，环绕百里，建一个前无古人、后无来者的大都城。因此，朕建的金陵已经不是六朝的金陵，而是一个全新的大金陵。"

大臣们齐声称善。

自从停建中都以来，李善长对于都城问题一直不敢发表意见，但作为丞相他不能不说，所以也只能附和道："陛下，臣以为，尽快将京城城墙合围起来，对于狭窄的城墙，重新加固，将城墙边的城壕拓宽。"

左丞相胡惟庸道："筑城乃卫国卫民之大事，臣亦以为，建一高墙，将前朝旧城和国朝新城统统纳入其中。"

朱元璋问："工部有何打算？"

此时，赵翥担任工部尚书。他道："禀告陛下，工部经过勘察，已经画出《金陵城垣图》，并初步拟定好建设方案。"说着，便把图摊在皇帝面前，一边指着图一边说，"建康旧城城墙损坏严重，城门已经失去防卫价值，眼下只有南门、大西、水西三个城门仍在，下一步尽快将这三个城门重建，并将中断的城墙连接起来，矮城增高，窄墙加宽。"

朱元璋问赵翥："古代都城一般周长多少？"

赵翥道："一般都在四五十里。建康旧城只有二十五里。"

朱元璋道："凤阳城周长五十里，算是大的，朕的想法是：西边有大江保护，东边以新城为边缘，南边依南唐旧城，西南及西边以秦淮河为护城河，北边沿着覆舟山、鸡笼山一直到西边石头山，用玄武湖作为自然屏障，遇山劈山瓮砖成城，遇水打桩垒石成城。不必拘泥古制，该圈山就圈山，据岗垄之脊筑城，将城的范围扩展到江边，建成一个坚固无比的百里大明城。"

众臣听罢，无不心头一惊，这一圈建下来，是一个多大的工程！

朱元璋又问礼部尚书李焕文："按照古制，城门有什么说法？"

李焕文道："《考工记》云：'匠人营国，方九里，旁三门。'唐代长安南边开三门，西开三门，东开三门，但北开六门。洛阳东、南、北各开三门，但西边有洛水，只开一门。东晋建康城开有六门，刘宋元嘉之后，开十二门。臣以为，金陵地形曲折，难得方正，不必拘泥，一切以实用便利为主。"

朱元璋点头，问："现在旧城门还有几个可用？"

"南门、大西、水西三门依然在使用，只是太逼仄，需考虑重建。"

朱元璋问宋濂："宋老先生，朕不想再用旧名，趁这次改建，你给起一个好名字。"

宋濂道："遵旨。"

朱元璋又问："京城城墙是否要建马面？"

兵部尚书李焕文道："臣以为，金陵城墙曲折，多拐弯，而且，大部分地段有宽阔的城壕阻隔，弯曲处本身就能达到射击来敌的作用。城上置窝铺，派军士昼夜分段，故不必设马面。"

"也好，这样可以节省一些银子。金陵濒临大江，水系复杂，工部要仔细勘察。朕先前看了一下，有的地段城壕淤塞，有的地段城壕狭窄，要尽快疏浚。"

第二天早朝后，朱元璋又召集大臣讨论城门的事。工部已经做好了京城形势沙盘，置于朱元璋面前。工部尚书赵翥首先汇报城壕规划情况："东边城壕，可以引钟山水源，直达秦淮河。北边的玄武湖、西边大江皆为绝佳的自然城壕，南边秦淮河亦是最佳的城壕。城壕一律拓宽到二十五丈。只是有一处，难以取舍，请皇上定夺。就是太平门外，此处是金陵龙脖子地段，金陵山系相连，恐怕不宜挖掘城壕。好在可以在紫金山上派重兵把守，弥补无城池的遗憾。"

朱元璋道："那此处就不要挖了。"

宋濂启奏道："陛下，城门的名称已经拟好，请陛下明鉴，南门面对聚宝山，不如叫聚宝。东边跨越秦淮河上的门，不如叫通济门，取同舟共济、通达四海之意。大西门临近石头城，不如叫石城门。水西门面对三山，就叫三山门。"

朱元璋道："好，就依宋老先生的，叫聚宝门、通济门、石城门、三山门。"

工部尚书赵翥走到沙盘前，指着沙盘道："工部经过勘察，最终确定了十三道城门：东有正阳门、朝阳门、通济门，南有聚宝门，西有三山门、石城门、清凉门、定淮门、仪凤门，北有钟阜门、金川门、神策门、太平门。"

朱元璋道："城门如何建造？"

尚书赵翥道："禀告陛下，苏州匠人陆良对于城门营造，颇有见解，能否允许他进殿汇报？"

朱元璋道："嗯，听听也无妨。他现在在哪里？派人把他喊来。"

赵翥道："遵命。微臣让他在午门外等候。"

陆良很快被带到了奉天殿里。

陆良五拜三叩头，道："小民陆良叩见陛下！"

朱元璋看了一眼陆良，觉得面熟，对，在中都工地上曾见过这位苏州木匠，便问道："陆良，朕问你，京师的城门如何营建？"

陆良道："城墙是一个人的筋骨，城门就是一个人的脸面，如果脸面模糊不清，没有威严、庄重的感觉，别人也就瞧不起你。因此，小民以为，京师城门要根据所处地形情况，逐一谋之。"

朱元璋点头道："那你说说，该如何谋之？"

陆良道："臣以为，城门都应营造瓮城，一则彰显大明气象，一则敌人一旦入侵，据瓮城以对，让城墙真正成为铜墙铁壁。"

朱元璋略有所思道："朕以为不必要，每个城门都建瓮城，工程量太大，劳民伤财。况且，有的城门旁边就是山坡，有的濒临城壕，设置瓮城有何作用？"

陆良道："小的以为，重要关口城门，如正阳门、南门、东门、西门、北门都应设置瓮城。"

朱元璋点头。

陆良继续道："至于瓮城形制，古人惯于在城门外置瓮城，或圆或方。臣以为，如今火炮方兴，如在城门外筑瓮城，目标暴露，易为敌人察觉。假若将瓮城建在城门内侧，敌人来犯，奔冲进来，不知城门内详情，城上守兵乘机以炮石、弓箭伏击，可将敌人全歼于瓮城内，此正可谓瓮中捉鳖之意。故小的认为，金陵宜建内瓮城。"

"朕问你，你打过仗没有？"

"小的没有。"

朱元璋笑了起来："哈哈哈，没有打过仗的人，在这里纸上谈兵，还头头是道。"

兵部尚书沈立本道："陛下，这位师傅谈得有道理。臣亦以为，瓮城宜建在墙内。"

一位大臣站了出来，道："陛下，万万不可，城门外建瓮城，已是定例。以外观之，瓮城之上旗帜飘扬，士兵林立，敌人见了这等阵势，也吓退几分。这位匠人从来没有打过仗，只知营造，不知兵阵，望陛下三思。"

又一位大臣道："臣亦以为，古例不可破。瓮城宜建在城门外。"

大臣中有的主张瓮城建在城门外，有的主张建在城门内。

朱元璋道："朕采纳陆良的意见，至于在哪个城门建造瓮城，工部斟酌后再定。升陆良为工部员外郎，督建城门。"

筑城方案定了，朝廷下令，从直隶、湖广、江西布政司所属州县征召匠人、工夫，赴京城筑城。在京六部、卫所以及天下寺庵院观都要承担筑城任务。

一场声势浩大的筑城大戏拉开了帷幕。

三

洪武十一年（1378年）七月，袁州府接到朝廷摊派的徭役任务，调拨一千名匠人、工夫到京城应天役作。

又要出役夫的消息传到了袁州府宜春县月亮湾，村民们议论开来——

"朝廷又要建都城了。"

"皇帝耍百姓啊!"

"这个朱皇帝真是一个'猪皇帝'。"

"元朝烂透了,明朝也一个样!"

"还让不让老百姓过日子?"

……

议论归议论,徭役还是要出的。官府来人说,有一技之长的匠人都要赴京城服劳役。如果不是匠人,每家出一个工夫,服满一年就可以回家。

汤满现在已经是十六七岁的少年了,听说官府要征集匠人去建都城,还有几分兴奋呢。他鼓动刘德华说,这次我们俩一起去京城当役夫吧。刘德华也愿意去。晚上,汤满兴致勃勃地对汤丙说:"这次就让我去吧。我和刘德华一起去,再说,也让我们到外面见识见识。"

汤丙两次被征召去了凤阳,做了五六年的活,吃够了苦头,真是九死一生,怎么舍得让儿子去送死呢?

"不行,你们俩太嫩了,好好在家烧窑,把手艺提高了,将来走遍天下都不怕。"汤丙不想让汤满去。

这一次,月亮湾去京城服徭役的人有二十多人,汤丙、刘顺一、李黑、铁柱、张正四、易伏、李大都在列。何四与刘德江年纪大了,就分别让儿子何兴、刘六去。何四和刘德江叮嘱汤丙,多关照两个孩子。汤丙说,放心吧,我会把他们当自己的孩子看待。

晚上,汤丙一家人都在,汤满知道自己不能去,有些不开心。汤丙道:"汤满,我走了,家里的事情你要多做一些。"

玉莲赶忙道:"汤满很勤快。"

汤丙道:"汤满,你也不小了,也该成个家。你觉得芷娘怎么样啊?"

汤满低着头,不说话。

玉莲在一旁道:"这姑娘不错,手勤快,心眼好。"

谢妹在一旁道:"哥哥,芷娘可好了,什么事都做,会烧窑,会织布,她织的夏布和妈妈织的一样好看。"

汤满还是低头不吱声。

玉莲说："他们一家人，我们最熟悉，知根知底，这么多年来，一直对我们家很好，能结亲家，亲上加亲。"

汤满说："过两年再说吧。"

汤丙和玉莲也就没有再说什么。

南国七月，正值盛夏。清晨，太阳还没有出来，外面就像蒸笼一般闷热。

古樟岩码头人头攒动，月亮湾的匠人、工夫们和亲人一一作别。

从袁州府秀水驿到应天府龙江驿，全程两千六百二十里，要走二十一个驿站，顺水行船要六七天。

汤丙坐在船边，朝外望去，岸上稻田里已经露出片片金黄色，有人正在田里割稻，牛在田埂上吃着草，这个景象看了，让人心生欢喜。明朝建立这十年，百姓的日子的确好过多了，只是徭役仍然繁重，作为平民百姓除了随波逐流，还能有什么办法呢？

船上都是宜春人，少部分人曾去过临濠都城工地，但像汤丙、李黑、铁柱去过两次临濠的并不多。年轻人第一次出远门，还有几分兴奋，在船上问东问西，去过临濠的人就会绘声绘色地讲述他们的见闻。

手艺人之间，三句不离本行。李黑在一个劲地说"香山帮"帮主陆良师傅手艺如何好。刘六问，怎么好法？李黑说，不管什么木料，他看一眼，就知道是什么树。楼歪了，他看一眼，就知道哪里出了问题。亭台楼阁，什么图都可以随手画出来。年轻一辈听了，觉得这陆师傅太神了。

"那不就是活鲁班吗？"刘六道。

"小六子，我问你，锯子是怎么来的？"古樟岩的木匠袁荣德问刘六。

"锯子嘛……那我问你，砖是怎么来的？"刘六是窑师傅，他从没有听说过锯子是怎么来的。

"砖是太上老君最早烧造的啊。我给你们说说这个锯子的来历吧。"袁荣德开始讲述锯子来历的故事——

一天，鲁班到山上去找木料，突然脚下一滑，他急忙伸手抓住路旁的一丛茅草。手被茅草划破了，渗出血来。他心想，这茅草的边缘怎么这么快，竟然把我的手给划破了。他扯起一把茅草细细打量，发现小草叶子边缘长着许多小齿。他用这些密密的小齿在手背上轻轻一划，居然又划开一道口子，血往外冒。他想：要是用带有许多小锯齿的铁片来锯树木，不就可以把木头锯开吗？于是，鲁班请铁匠师傅打了一根带齿的铁条，试着锯木头，很快把一根木头锯断了。他高兴得跳了起来，便给铁条起了一个名字，叫锯子。

"被茅草划破手的人多呢，为什么只有鲁班能发明锯子？"刘六问。

"人家是有心人。这就是心到。"汤丙道。

"李黑，你知道磨子怎么来的吗？"石匠刘顺一接着问。

"那肯定也是鲁班最早凿出来的。"李黑道。

"快说来听听。"刘六道。

"鲁班的故事多呢，我给你们讲一个鲁班发明石磨子的故事。"刘顺一开始讲鲁班的故事。

鲁班一年到头，都在外面做活。这一天，他忙了一上午，坐下来歇口气，突然看见有人用很重的石杵在石臼里捣黄豆，累得满头大汗，才捣碎一点点。鲁班想，有没有一个巧办法呢？又过了一天，鲁班在另一个地方干活，恰巧看到一个老太太也在捣豆子，老太太年岁大了，举不起石杵，就扶着石杵，在石臼里转啊转，鲁班走过去一看，石臼里的黄豆有不少已经磨成了粉。鲁班忽然想到，如果把两块石头放在一起，不就可以磨碎黄豆了？于是，他找来两块石料，凿成两个大圆盘，又在每个圆盘上凿出一道道槽，在其中一个圆盘上安上了木把。他把两个圆盘擦在一起，凿槽的两面相合，在圆盘中间放上黄豆，然后转动上面的石盘，黄豆很快就磨成了粉。从此，人们把这两个圆盘叫作石磨。

"这个是鲁班发明，那个也是鲁班发明，鲁班到底发明了多少工具？"何兴问。

"多着呢，曲尺、墨斗、云梯、凿子、刨子……"刘顺一道。

"鲁班是哪一个朝代人？"刘六问。

"反正是很久以前的事，我也说不上，听说是鲁国人。"刘顺一道。

众人都在说鲁班，汤丙说，小时候也听说一个鲁班的故事——

一天，鲁班在一个地方造桥，早晨，路过村子时，看见一个女子在哭，鲁班心善，就问，姑娘你哭什么呢？女子说，我快要出嫁了，家里没有一贯钱，买不起嫁衣。鲁班想起自己的女儿，心生同情，就说，姑娘，我凿一块石头送给你，你把它卖了，就有钱买嫁妆了。女子心想，这不是骗人的吗？路边的石头多着呢。鲁班几凿子下去，就把石头凿好了，对女子说，石头就在这里。女子谢过鲁班后，也没有当回事。此时，附近正在建造的大石桥，桥身不能合龙，正需要一块石头，于是官府派人到附近四处寻找，女子得知后，说她家有一块石头。来人一看，正是他们要寻找的尺寸。他们给了女子五两银子，把石头带到桥上，还真是严丝合缝，桥造成了，女子也有了嫁妆。鲁班师傅真是匠人匠心啊！

"鲁班祖师爷心善，我们没有钱用，他也不给我们一点。"李黑道。

"小黑子，你下辈子投胎做一个女人，鲁班就会给你钱的。"铁柱道。

"我要是女人就好了，用不着到京城来烧窑吃苦了。"李黑道。

"投胎做了女人，你这么黑，也没有人敢娶你。"

众人说说笑笑，船早已驶到了宽阔的江面上。

船老大说，长江到了。

众人都朝外望去，远处，两岸青山相对，眼前，江水浑浊，波浪汹涌。太阳火辣辣的，坐在船上不动，浑身都是汗，江面上升腾起一层薄薄的雾气。

船正在行进时，突然，刘六大声叫道："有蛇！有蛇！快看！"

众人都朝着刘六手指的方向望去，果然一条青色小蛇出现在船的右侧，在水中忽上忽下地游走。

船老大听见有人在喊"有蛇"，就快步走到船尾，问："你们在说什么？"

"快看，一条青色的小蛇。"有人指着江水道。

船老大脸色立马变了，连忙问："在哪里？"

刘六指着尾部道："一条小青蛇，追着我们的船游了一会儿，忽然间就不见了。"

船老大忽地跪下，双手合十，连连作揖，嘴中念念有词："彭蠡小龙，彭蠡小龙，我船老大有眼不识泰山，怠慢怠慢，万望小龙护佑我等，风平浪静，一路平安！"

众人被船老大的这一举动惊呆了，都不知道是怎么回事。

船老大说："各位官人，我们遇到彭蠡小龙了，赶快一起跪下，磕三个头。"

众人傻了，都以为船老大中邪了，没有一个人听他的。

船老大哭了，道："各位官人，我求求你们了，都跪下吧，给彭蠡小龙拜三拜。彭蠡小龙，你千万不要生气，他们都是无知的人，饶了我们吧。"

"船老大，你这是在说什么？"李黑一脸蒙相。

"刚才我们分明看到的是一条小青蛇。"刘六道。

"官人，你们不知，这彭蠡小龙是大江水府中掌管风浪的神灵，赶快跪下吧，求求你们了！"船老大哀求道。

还是没有人磕头。

"你们不知，这江上有上元、中元、下元水府，上元水府居江州司当山，中元水府居太平府采石，下元水府居润州金山。各管一段江水，我们这是在彭蠡小龙管辖的江面上行驶。若对小龙不敬，后面定会有灾有难，都快跪下吧！"

刚刚看见的分明是一条小青蛇，怎么会是彭蠡小龙呢？面对船老大的哀求，汤丙等几个人跪下了，朝着船尾方向拜了三拜。

"彭蠡小龙，今天船老大没有供奉牲口，到了应天，我一定会补上，你千万不要生气，保佑我们平平安安！"船老大又接连作了好几个揖。

船上的人望着江水，没有说话，都被刚才的一幕镇住了。

船继续在江上行驶。经历了刚才的一幕，船上的气氛顿时变得沉闷起来。

这天上午还是大晴天，到了中午，天忽然变了。只见乌云翻滚，如同黑夜。江面上，风越刮越大，船随浪颠簸。众人有些害怕，船老大说，七月天遇到风暴，是常有的事。船老大拽住风帆，船虽然很颠簸，但照常行驶得很快。

风，越刮越大，江上的浪一浪高过一浪，船颠簸得越来越厉害。船老大喊："船行最怕顶头风。你们快出来，拽住绳子。"

七八个人都上来帮忙，船老大让众人抓住绳子，他自己赶忙跪下，朝着江水的方向道："彭蠡小龙，我们先前怠慢你了，我们千不该万不该啊，我船老大对不起你！"

船老大朝着船上的乘客大声喊道："不好啦，彭蠡小龙显灵了，我前面让你们跪下，你们就是不跪，造孽啊！"

风浪比刚才更大了，船剧烈地颠簸着，随时都有翻船的危险。

"抓住绳子，不能松手！"

船老大在声嘶力竭地喊着，众人死死地拽着绳子。

"往左拽——"

"往右拽——"

船老大高声喊叫着。

大风随时都能将人吹进江里。

船上的人都在想，完了，这船肯定要翻了。

汤丙道："我们赶快拜拜窑神、拜拜太上老君吧。"

众人一起跪下，拜了三拜。

汤丙道："太上老君，你保佑我们吧，我们都是袁州府的良民，日出而作，日落而息，没有做过坏事，祈求太上老君保佑我们一路平安！"

狂风继续席卷而来，船抖了抖，一个大浪打来，船里进了很多水，差一点翻了。

船老大从船头掏出一个布包，从里面拿出石头雕刻的猪头、牛头、羊头，又倒了一碗酒，跪下，嘴中念念有词。说完，他将石猪、石牛、石羊，扔进了江水里，又将一碗酒，洒到水里。

又一个巨浪打来，船里又进了不少水。

"抓住缆绳，不能松！"船老大高声喊道。

船又经过一阵剧烈的颠簸，众人都以为这一次船要沉了。

船老大哭了，又摸出一样东西，然后，快步走到船舱中，一边哭着，一边喊道："都给我跪下！都给我跪下！"

船老大是声嘶力竭地吼叫。

船上所有人都面朝江水跪下。

船老大将双手高高举起，喊道："彭蠡小龙，水府神灵，这块玉是我家的祖传之宝，已经传了六代，今天，我献给水府神灵，万望息怒，管好风浪，给我们一个活命……"

众人随着船老大拜了三拜，船老大将手中的祖传宝玉扔进了波浪中。

船，继续在大风大浪中颠簸。

你说奇怪不奇怪，过了一会儿，风渐渐小了，浪也小了。再过了一会儿，竟然风平浪静，乌云退去，太阳也出来了。

汤丙后来才听说，这次风暴中，江面上翻了五条船，同行的袁州府一条船翻了，船上十一个人被风浪卷走，不知所终。

满船的人对船老大充满感激，都在想，如果不是船老大感动了水府的神灵，今天一定会葬身大江。先前船老大让大家跪拜，大家不以为然，现在懊悔不已。

船在平静的江面上继续行驶。

汤丙想到了小七子，当年在江心，他亲手将小七子的尸体推入江水中。他从布袋里掏出事先准备好的扎粉，撒进江中，月亮湾人都对着江水跪下，给小七子磕了三个头。汤丙口中念念有词："小七子，这次我们又出来去京城做工，路过你这里，兄弟们分手已经有六七年，你在那边还好吗？……我们从京城回来，还要路过这里，再来看你……"

两只白色的江鸥围着船桅杆绕了几圈，长鸣几声而去。

李黑说，真是奇怪，江鸟不早也不晚，就在我们跪下的时候来到我们船头，肯定是小七子和黄牛四的魂来看我们了。众人听了，唏嘘不已。

十八天后，袁州府的役夫们终于到达京城龙江驿码头。

船老大说，船到岸，不要乱。都不要急着下去，我答应给水府神灵祭拜的，要言而有信。众人先前不相信有什么彭蠡小龙，但经过一场风暴后，也都信了。船老大说祭拜，没有人说半个"不"字。

众人出钱给了船老大，船老大下船买了香、猪头、瓜果，在船上设案点香，众人在船老大引导下全都跪下，朝着江水，拜了三拜。船老大道："水府诸位神灵，袁州府匠人见识浅，不会烧香得罪神，好在他们现在已经醒悟，我船老大率匠人在京城设案祭拜，感谢神灵平息风浪，让我等平安到达京城，神灵宽宏仁慈，我等万谢救命之恩！"

　　说罢，船老大起身，将猪头、瓜果扔进了滔滔江水里。

　　祭罢，汤丙朝外看，码头上停靠着很多船，有运粮的，有运砖的，有运木材的，岸上人头攒动，人声鼎沸，汤丙从未见过如此热闹的景象。

　　"凤阳也有这么热闹？"有人问汤丙。

　　"凤阳哪有这里热闹！"汤丙道。

　　"这里还不是城里呢，这里离城里还有几十里路，那里才热闹呢。"船老大道。

　　众人在码头上东看看西看看，过了一两个时辰，又坐上直达城里的船。

　　到了傍晚，袁州府的匠人、工夫们才被安排到工棚里住下。

　　过了两天，月亮湾人被分配活计。汤丙、李黑、铁柱带着何兴、刘六到郊区去烧窑。刘顺一、李大等石匠到南京城东郊外三十里的汤山石场凿石头。张正四、易伏等人在城西挖城壕。

四

　　筑城需要大量城墙砖，京城附近的税砖一时难以供应上来，官府计划在应天城郊建几个大型官窑场。

　　工部营缮司让各府推荐有经验的窑师傅，帮助勘察窑址。袁州府官员都知道月亮湾窑师傅汤丙曾在临濠帮助官府选定了官窑地址，就推荐了汤丙。营缮司官员特地找到汤丙，想听听他的建议。汤丙说，建官窑应该具备三个条件：一是地方要开阔，泥土以黏而不散、粉而不沙为上；二是不能离筑城工地太远；三是在河道旁，便于运输。营缮司官员认为汤丙说得有道理，便要求窑师傅们按照汤丙的这三条标准去勘察、选址。在接下来的日子里，来自各州府二十位有经验的窑师傅分散到京城郊区去勘察。

汤丙说，初来乍到，摸不到锅灶。我对京城郊区的地形不熟悉。工部就特地派了三位江宁县窑师傅做向导，五天跑下来，汤丙看中了两处：一处在城南聚宝山前的窑岗村，一处在城北栖霞山旁边的小红山。工部经过一番勘验后，采纳了汤丙的建议。同时又采纳了另外两位窑师傅的建议，在城北的幕府山、城东的麒麟村各建一个官窑场，这样，四个官窑场同时开工。

汤丙被分配在聚宝山的窑岗村烧窑。

窑岗村位于聚宝山西边的芙蓉山山坡上，这里原先就有一个窑场，二十多口窑专门烧制官廷用的琉璃瓦。汤丙发现，琉璃窑场东边的山坡上，黄泥土很黏，没有沙子，适合烧城砖。工部决定在这里建一百口窑。

袁州府的窑师傅们忙了起来。汤丙带着刘六，李黑带着何兴，铁柱带着汤栓子，开始挖窑、掘泥、做坯。

八月的南京，天气闷热得像蒸笼，山坡上的树叶都被火辣辣的太阳烤蔫了。人们动不动就是一身汗。窑师傅们打着赤膊刨土，汗珠一串串地滚落到地上。刘六说："这鬼地方比我们月亮湾热多了。"何兴说："闷死了，一丝风也没有。"汤丙道："老天不热，五谷不结。"

这里的督工叫王必富，应天府江宁人，曾经也是一位窑师傅。他听说汤丙烧窑手艺好，就经常来找汤丙聊天，聊着聊着，两人很投缘，王必富也因此对袁州府的窑师傅们很客气，每天上午、下午都会安排人送来井水、茶水，窑师傅们大碗大碗喝着，都说很解渴。汤丙是有比较的，曾在凤阳都城工地上做了四五年的活，刚去那会儿，吃的、住的都不错，可是后来越来越差。现在到了京城，不仅能吃饱，而且每天都能吃上一两个荤菜，不是肉就是鱼，督工、作头的态度都比临濠的好得多。

到了夜晚，月亮升起来，像是一个火盆，挂在空中。天空没有一丝风，蚊子乱飞，窑师傅们几乎都是赤裸着，手拿蒲葵扇，坐在工棚外的石头、板凳上，说着天南海北。

刘六说："本来想出来见见世面的，没有想到筑城这么苦。"

李黑笑了起来："你以为是出来玩的？"

汤丙道："现在比临濠好多了，那会儿才叫苦呢。"

何兴道："吃不饱，怎么干活？"

铁柱道："还没有让你去筑长城呢。筑长城不知道死了多少人！"

刘六道："死了多少人？"

铁柱道："你没有听过孟姜女哭倒万里长城的故事？"

刘六、何兴道："没有，你说给我们听听。"

铁柱就讲起了孟姜女哭长城的故事——

秦朝时，秦始皇征劳役修长城，一家出一人，万杞良有个年纪大的老母亲，他实在不想离开母亲去服工役，一天，官府来抓人，万杞良就跑了，跑到附近一个大地主孟家，躲进了孟家花园，恰巧，孟家的女儿孟姜女正在后园水池边洗澡，被万杞良看见。孟家知道后，就让万杞良娶孟姜女为妻。万杞良说，我是一个逃徭役的人，如果娶了你们家女儿，不是害了她吗？孟家看中了他，非要将女儿嫁给他不可。万杞良想想，这女子也不错，而且家境也好，就答应了。万杞良与孟姜女成亲后，过得很幸福。有一天，万杞良还是被官府的人发现抓走了，被送去北方筑长城，可怜这万杞良一累就累死了，筑长城死的人太多，死了之后就埋在长城里。孟姜女在家等啊等，一年又一年，就是等不来丈夫。天冷了，她就想到给丈夫送寒衣。她走啊走，不知走了几天几夜，终于到了长城脚下，一打听，丈夫早已去世，就埋在长城里。孟姜女号啕大哭，这一哭哭了九天九夜，长城里面的神灵也被感动了，突然轰的一声崩塌了，露出很多尸骨。孟姜女咬破了手指，将指血滴在尸骨上，说：如果是杞良的尸骨，血液就流进去吧！结果，血滴进了几根骨头里，孟姜女就把万杞良的尸骨带回家安葬了……

"这万杞良是哪里人？"何兴道。

"我也不知道哪里人，反正不是月亮湾人。"铁柱道。

"这万杞良有福气呢，撞见了一个好看的女子。"刘六道。

"那是缘分。刘六啊，以后官府抓劳役，你就往富人家跑，说不定也能在后花园里遇到一个洗澡的大家闺秀呢。"何兴道。

"富人家的狗可不是吃素的。"李黑道。

"这个万杞良真傻，后来官府追来，不能跑吗？"刘六道。

"跑？往哪里跑？这天底下都是秦始皇的眼睛，哪里也跑不了。"李黑道。

李黑、汤丙听了刘六的话，都想起当年在临濠逃跑时的情景，心里掠过一阵悲伤。

"长城在哪里？"何兴问。

"说是在北方，很远很远。"铁柱道。

"我们什么时候去看看长城？"何兴道。

"长城都被孟姜女哭倒了。"刘六道。

"倒了，不能再建吗？皇帝一声令下，不就建起来了？"铁柱道。

夏夜，月亮湾人热得无法入睡，就在屋外一直聊着。

现在，四座官窑场同时开工，工部发现工夫严重不足，朱元璋下令，驻守京城的卫所军士充当工夫。

明初军队实行卫所制，京城驻扎四十二个卫所，拥有二十万军士。朱元璋想，养兵千日，用兵一时。京城的卫所现在除了卫戍任务，别无他事，可以让这些军士去烧窑。他让工部、兵部给每个卫所都下达烧砖任务，每个百户所要烧城砖五百块。这些军士虽然出身农家，但离家有年，平时在部队里也不做苦力活，更没有烧过窑，现在给他们摊派烧砖任务，做坯烧窑，自然十分不情愿，但上面有命令，不做也不行。工部聘请了一些有经验的烧窑师傅来指导他们烧砖。

汤丙现在的任务就是指导水军右卫左所的军士烧窑。这些军士打起仗来很勇敢，但都怕做苦力活，偏偏又碰到了汤丙这样一个做事认真的人，他们就更来气，便把火发在窑师傅身上。汤丙耐心地讲解、演示烧砖的每一个步骤，军士们哪里听得进去，不时冷嘲热讽。汤丙努力克制自己，耐心地讲解。刨土时，这些军士干一会儿，就停下来说累，嘴里骂骂咧咧，汤丙根本喊不动他们。遇到督工来检查，他们马上又装模作样地干活，督工一走，又偷起懒来。

汤丙教军士们怎么选土、筛泥、和泥。由于耕牛不足，汤丙将军士们分成十人一组，轮流赤脚踩泥。这些军士踩了一会儿，就说踩不动。汤丙说，泥巴不熟，做不了砖。又过了一会儿，军士叫道，泥巴踩好了。汤丙摸了一把泥，说，早着呢。士兵们又骂骂咧咧，只好继续踩。踩了一会儿，又有人说好了，汤丙摸了一把泥巴，还是不熟。士兵们开始叫嚷：

"这么热的天，让我们干活，热死人了。"

"这个窑花子算什么，我们为什么要听他的？"

"我们就不踩，他又能怎么样。"

"汤窑头，还要踩到什么时候？差不多就行啦。不要和我们作难好不好？"

"我们踩不动了。"

"男子汉要比就在战场上比一比，烧个破窑算什么屌本事！"

……

汤丙耐着性子，道："诸位兄弟，我是被征徭役来京城做工的。无论是打仗，还是做工，都是在为朝廷出力。朝廷筑城墙，可是百年千年大计啊。俗话说，针尖大的窟窿，斗大的风。如果用烂砖烂瓦砌墙砌屋，几年下来，风吹雨淋，就会倒塌。朝廷追究起来，必定会严加惩罚。到头来，害的还是我们自己。俗话说，隔行如隔山，你们平时也没有烧过窑，不过没关系，这烧窑嘛说难也难，说容易也容易，只要用心，就学得快。"

正说着，督工王必富来了，道："刚才听到吵吵嚷嚷，你们在说什么？"

汤丙本着息事宁人的态度，道："没事没事，大家都在闲聊。"

王必富对军士们厉声喝道："你们听好了，如果有人无理取闹，看看我的鞭子是不是吃素的。筑城是朝廷的大事，如果谁敢懒惰怠工，烧出孬砖，朝廷一定会杖责严惩。"

军士们被督工训斥一顿，心里窝着火，就把气撒在窑师傅们身上。这天，军士们趁着汤丙不在，就去找何兴的碴，把何兴打得鼻青脸肿，汤丙回来一看，很心疼，道："何兴，出门人，三分小。你和他们争什么呢，他们就是要故意找碴儿，你不理会就是。"何兴道："我只用了一下他们的铁锹，他们就说我没有和他们打招呼，就来打我。"

军士们以为汤丙回来会告状，但汤丙还是像过去一样，耐心地指导军士做砖坯。汤丙一边示范甩泥砸模，一边讲解揉泥要领。出手见高低。军士们看到汤丙每次抓泥，刚刚好一模子，不多不少，十分佩服。

"汤师傅，你怎么这么准？"有军士问。

"手熟了，就准了。"汤丙说。

"你家祖祖辈辈都是烧窑的？"

"嗯，六七代了。"

"做什么不好，非要做窑花子？"

"你不烧窑我不烧窑，哪里来的砖瓦？你们家用什么造房子？"

"我们家是土墙，盖的是茅草，哪里用得起砖瓦？你没有听说'木匠家里无板凳，卖油娘子水梳头'吗？汤师傅，你家肯定住高楼大厦吧？"

"我没有听说烧窑成了富人。也就是这几年日子稍微好过一点儿。"

"我家上无片瓦，下无寸土，才到军队当兵的。"

"早些年，我们月亮湾也饿死了好多人。"

"汤师傅，什么样的砖才是好砖？"

"敲之有声，断之无孔。"汤丙道。

"汤师傅，这烧砖到底有什么诀窍？"

"细工出巧匠。就六个字：手细眼细心细。"

"原来与打仗一个道理，手细眼不细，头就会丢掉。"

渐渐地，军士们和汤丙混熟了，也都知道汤丙的烧窑手艺不一般，为人很厚道，值得打交道，从此对汤丙也就多了几分尊重。

五

一天，督工王必富来到窑口对汤丙说，工部官员要来窑岗村选砖，你烧的城砖不一般，我们推荐了你烧的城砖，你们把窑口收拾收拾。汤丙说，我们窑口每天都收拾得整整齐齐。

临近中午，一群人来到了汤丙的窑口，汤丙和督工王必富在路边迎接，等一群人走近，汤丙定睛一看，啊，这不是苏州的陆良师傅？几乎同时，陆良也看到了汤丙，也很惊讶："汤师傅，你……你在这里?"陆良三步并作两步走到汤丙的跟前。

"陆师傅——"汤丙赶忙行礼。

众人看到汤丙和陆良很熟悉，都觉得奇怪，他们怎么会相识呢?

"已经分别三年多，没有想到又见面了。真是人生何处不相逢啊!"陆良道。

"春水如小贼，一去不再回。日子过得太快了。"汤丙道。

"你是什么时候来京城的?"

"七月来的。"

在一旁的督工王必富也看傻了，连忙讨好道："汤师傅，陆师傅现在是工部员外郎。"

"恭喜! 恭喜!"汤丙道。

汤丙领着陆良察看了自己做的砖坯。

"汤师傅烧的砖，还有话说?"陆良说，"今天公务在身，改天再找你一叙。"

说罢，陆良一行人就去巡察下一个窑口了。

在旁的军士，看到工部陆员外郎与汤丙如此熟悉，从此对汤丙更是刮目相看，言听计从。

过了四五天，陆良专门来到聚宝山窑岗村，请汤丙到附近小酒馆喝酒，汤丙把李黑带上。陆良身边跟着一个十七八岁的英俊少年，陆良介绍说："这是我儿子陆子祥，现在也在京城做工。"

汤丙打量了一下陆子祥，身材修长，面容和善，英气逼人，和汤满的年纪差不多。

陆良又将身边的赵阿寿、赵春一介绍给汤丙："两位赵师傅就在你们隔壁的琉璃窑烧造琉璃砖瓦，他们可是当今烧造琉璃窑的高手。"

汤丙连忙道："幸会幸会!"

陆良将汤丙介绍给赵阿寿、赵春一："汤师傅不仅是烧窑高手，还是技艺高超的瓦匠。"

汤丙被夸得不好意思，连声道："岂敢岂敢! 在陆师傅面前不能说是高手，况且还有两位烧琉璃窑的赵师傅在。"

汤丙问陆良何时到了京城，陆良说，一年多了，朝廷整修宫殿，就把文华殿、武英殿重建任务交给了我们兄弟俩，我负责武英殿，我弟弟陆善负责文华殿。

"汤师傅，谢谢你的救命之恩，如果不是你的主意，那'香山帮'的木匠师傅就遇到大麻烦了。"陆良道。

"陆师傅，你也是我们的救命恩人啊!"汤丙道。

"你回去后一直在烧窑?"陆良问。

"是的，现在老百姓的日子好过多了，我们月亮湾的窑场也都烧起来了。"

"是啊，'香山帮'的匠人们也比以前忙多了，在京城做工的就有五六百人呢。"

"京城役作，怎么少得了'香山帮'?"

在一旁的赵阿寿问汤丙："汤师傅可曾烧过琉璃窑?"

汤丙道："家父曾经烧过，袁州府慈化寺大殿的琉璃瓦就是家父烧的。"

赵阿寿眼睛一亮，道："难得啊，我们曾经到处拜访烧琉璃窑的高手，不承想，你父亲就是高手。只可惜那时，我们不曾认识。那他现在还烧吗?"

"我父亲已经百老归山了。"

"对不起，失敬！那你也一定会烧。"

"还是在我很小的时候，他教过我。"

陆良对陆子祥道："子祥，今天各位都是技艺高超的匠人，你能与他们相识，是你的造化。你要好好向他们请教才是。"

陆子祥连连称是。

赵阿寿道："陆师傅太谦虚，其实你家公子年纪轻轻，家教好，加上天资聪慧，学什么成什么，木工手艺已经很厉害了。"

陆良道："哪里哪里，他还早着呢。来，我们好好喝一杯。"

众人举杯畅饮。

受父亲影响，汤丙自小就对各类烧造之作特别感兴趣，认识赵阿寿、赵春一之后，他一直想着去琉璃窑看看。这天刚好有空，就走进了隔壁的琉璃窑场。只见院子里堆放着很多琉璃砖瓦，黄色、黑色、红色，色泽鲜艳夺目。他从来没有见过这么多琉璃砖瓦。在他眼里，这琉璃砖瓦简直就是人间珍宝。看了一会儿，他往里走，看见赵阿寿、赵春一正在指导师傅们给砖坯上釉。看见汤丙，两位赵师傅赶忙走上前去打招呼。

汤丙道："我们虽然是邻居，但走进琉璃窑场，像是两个天下。你们这里简直像天堂一般。"

赵阿寿道："我们都是一个行当，只不过多了一些色彩而已。"

"虽然都是烧窑，但琉璃瓦不是一般窑师傅能烧得出来的。"汤丙道。

"其实，烧琉璃窑比烧一般的窑要辛苦百倍。普通砖瓦，你烧一次就可以了，琉璃瓦可要烧两次。尽管小心翼翼地烧，废品还是很多。"

"你上釉时用涂釉，还是浸釉？"

"小物件用浸釉，大物件先浇后涂。"

"我父亲用的是浇釉。我小时候看他将釉拌好，看准了，往坯子上猛地浇下去，浇得很匀称。"

"那你父亲手艺好。如果浇不好，就会出现花斑。"赵阿寿道。

"烧琉璃瓦要掌握火候，火一大，坯子就会开裂，釉也会变色。"赵春一道。

"两位赵师傅平时有分工？"

赵阿寿道："我负责砖坯、上釉，赵春一负责烧造。"

赵阿寿停下了手中的活，领着汤丙到仓库里看琉璃砖瓦。汤丙看到地上堆满了各种各样的琉璃砖瓦，赤、橙、白、绿、青，五色俱全，真是流光溢彩。赵阿寿说："这些都是给宫中烧制的预备砖瓦，哪里坏了，就用这砖瓦补上去。"

汤丙哪里见过如此多的琉璃砖瓦，看得眼睛放光。

"二位赵师傅手艺了得！"汤丙道。

"过奖，过奖！"赵阿寿道。

"你的烧造手艺是祖传的？"汤丙问。

"是的，早在宋代时，我的曾祖父就是烧琉璃窑的大师傅。杭州宫中的砖瓦都是他烧造的。当时，为了能烧出最好的琉璃砖瓦，他将江南一带会烧琉璃瓦的师傅都召集到了杭州，供他们吃住，四五十位窑师傅每天在一起切磋技艺，终于烧出了最好的琉璃瓦。不过，我父亲对烧造工艺做了改进，我也尝试做了改变。一代有一代的技艺，不能一成不变。匠人匠心。匠人要用心去做，才能成为一个真正的匠人。"赵阿寿道。

听了这话，汤丙非常激动，道："我父亲也常说，继承老祖宗，既要心诚，又要善变。"

"你父亲说得好。诚者，天之道。"

"我父亲还说，心不诚的人，没有耐心的人，不要去烧琉璃窑。"

"你父亲说得太对了。我父亲曾经烧了九窑废品，最后才烧出一窑七彩琉璃。"

"琉璃窑场现在有多少窑师傅？"

"四十多人，十六座窑。"

"同一个山坡上的土，偏偏只有这里的土能烧琉璃瓦？"

"这也是奇怪了，只有这一片地有白泥土，光靠这边的泥土是不够的。太平府当涂县姑孰乡广济圩姑溪河河边有一座白云山，山上产白土，官府组织人在那边采土，再运过来。从姑溪河运到这里，水路大约七十里，够麻烦的。"

"为什么不在那边烧好之后运过来？"

"那边也有窑，来不及烧啊。去年宫殿里换新瓦，我们没日没夜地烧，都还来不及。"

"你们现在烧的琉璃砖瓦，做什么用？"

"天坛扩大了许多，圜丘四周围栏都用五彩琉璃砖。"

"赵师傅，我很想烧琉璃瓦，过过瘾，以后，我再来向你取经。"

"好啊，汤师傅这样的窑师傅，还有烧不会的？不过，烧了琉璃瓦，也没有地方可用。"

"烧窑人有时候就想烧各种砖瓦，至于有什么用，并不去管他，只要有自己的一份乐趣就行了。"

"汤师傅这么说，倒说到了我心里。你有一份匠心，我很佩服。"赵阿寿笑道。

窑师傅们在一起，有聊不完的话题。

六

九月十八是万寿节，皇帝生日，全国放假三天。

这天，汤丙领着李黑、铁柱、刘六、何兴、张正四、易伏等一行人去京城东郊汤山看望刘顺一、李大等宜春县石匠。到南京已经两个多月了，至今还没有见过面。汤丙等人在城东的运粮河码头坐上船，行驶五十里，便来到汤山脚下的窦村。

这窦村又名石头村，住着来自天南海北的石匠。汤丙问了好几个人，才在村东头找到了刘顺一。

看见月亮湾人，刘顺一和李大欣喜若狂。刘顺一道："今早喜鹊叫喳喳，我就知道有好事，果然你们就来了。"

汤丙问："京城的石匠都在这里？"

刘顺一道："是的，都在汤山、青龙山一带。"

汤丙道："其实我们隔得也不远，但见一面很不容易。"

刘顺一道："我们这里忙得很，每人每天要缴三斗石子，才算完成任务。天天累得腰酸背痛，根本没有闲的时候。走，我带你们看看采石场。"

刘顺一、李大领着汤丙等人在村中穿行，石匠们今天都在门口闲聊，几个女人坐在门口缝衣服。

张正四问："这里难道还有女石匠？"

刘顺一道："这些女人都是石匠的老婆，不过，这里还真的有一位女石匠呢，她叫石小花，专门负责刻花，什么花都会，刻什么像什么。对了，待会儿，我领你们去看看她刻的花。"

众人听了连连称奇。

汤丙看到，这窦村完全是一座石头寨子，房子不用一砖一瓦，全都由石头砌成，路面全部由石板铺就，每户门口都摆着各种形状的门当石刻，"狮子滚绣球""福临门""鲤鱼跳龙门""麒麟送子"……不一而足。

刘顺一说："匠人们平时闲下来，就喜欢弄弄凿子，刻刻这，刻刻那。俗话说，石匠石匠，边凿边像。凿出来的，就堆放在门口了。"

汤丙说："木匠的斧子，石匠的凿子。能工巧匠真不少！"

李大说："凿子是我们石匠人吃饭的家伙，每个人都很爱惜。"

铁柱说："最不能碰的，木匠的斧子瓦匠的刀，单身汉的行李大姑娘的腰。再加一个，石匠的凿子。"

刘顺一说："不会念经，别当和尚。不会凿子，别当石匠。凿子，对我们来说，就是手啊！"

汤丙说："要打仗，拜大将，要打磨，请石匠。造房子，离不开石匠。"

刘顺一说："江南最好的石匠都在这里了。"

一听说最好的石匠都在这里，汤丙的眼睛一亮，对刘顺一说，带我们去看看采石场。他对手艺好的人特别崇拜。

刘顺一、李大领着汤丙等人来到自己每天劳作的采石场，指东指西，说，东边就是汤山，南边是青龙山，山都不太高，山上都是青石。汤山这里就有三十多个塘口，每天都有好几百个石匠在采石、凿石。

汤丙等人看到，塘口里露出巨大的石头，地面上堆放着很多条石，以及还没有雕成的石狮、石马、石象、石人，地上堆满了碎石子。刘顺一说，这些都是我们每天用凿子砸出来的条石，都被运去砌城墙的脚基。这些石人石马是为坟墓做的，摆在大臣的坟墓前神道两旁。

铁柱说："这些大臣死后的待遇不差啊。有这些石马、石人陪着，不寂寞。"

李大说："那可不是，雕一匹石马比养一匹真马还费劲。"

刘顺一领着众人来到一个石屋前，只见地上摆放了几十块平整的石板，每块石板上所刻的花都不一样，西番莲、牡丹、桃花……不一而足。汤丙看呆了。只见角落一位五十多岁的女人，正坐在一个小矮凳上，手拿錾子专心致志地在錾着石头。

"石婆婆，今天也不歇一歇？在刻什么呢？"刘顺一问道。

听见有人说话，正在刻石的女人抬起头来，朝月亮湾人这边看来，道："俺在刻牡丹花。俺就喜欢刻石头，一刻石头就开心，歇不歇，无所谓啦。"

汤丙以为石小花是一位年轻的女子，没有想到是位婆婆。刘顺一介绍说，这位石小花来自中原河南，她和丈夫都是石匠，不知道她是否姓石，反正这里的人都叫她石小花，她真是一位奇女子，雕刻手艺真是无人能比，一天到晚，都在这里雕刻，也不知道累。

众人仔细欣赏了石婆婆雕刻的各色石花，个个啧啧称赞。

随后，刘顺一领着众人来到村口的场基上，场基上堆了很多稻草，只见一群人正在围观什么，汤丙走近一看，有人在玩石锁。

只见一个身材高大的壮汉，光着上身，手中拿着一个几十斤重的石锁，抛向空中，然后一把接住，道："这八十斤的石锁，要抛起来，翻一个圈，再伸手接住，算不算本事？"

"算！"围观的人发出一阵喝彩声。

旁边另一个矮胖的壮汉道："我要让石锁在空中翻两个圈，信不信？"

"信！"围观的人一阵鼓掌。

矮胖壮汉拽下自己的衣服，扔到旁边的草堆上，径直走到石锁旁，将石锁轻轻一拎，掂了掂，然后迅速抛向空中，石锁似乎很听话，在空中翻了两圈后，稳稳地落到壮汉的手中。

"好!"众人又是一片欢呼声。

铁柱在月亮湾玩过石锁，现在看到有人在玩，眼睛睁得老大。汤丙怂恿说："铁柱，去耍耍看。"

铁柱先前还有些胆怯，听汤丙这么一说，就走到一个中号石锁边，想试一试。只听得他大喝一声，抓起一个八十斤重的石锁，抛到空中，石锁在空中转了三圈，稳稳落在了他的右肩上。

众人齐声说"好"。

刚才那位高大的壮汉见此情景，走过来道："这位师傅好样的! 我们再来玩一把大的，怎么样? 那个最大的石锁，一百三十斤，看看谁能单臂举起，这叫霸王举鼎。如果谁举起，我赏谁两贯钱。如果我举起，也请各位赏一点。"

旁边围观的人中有人走上前去，抓了抓石锁，石锁丝毫不动。

那位矮胖汉子走到石锁边，摆开架势，大吼一声，将石锁抓起，众人都说"好"，可是顷刻间石锁掉到地上。

铁柱也想试试，刘顺一、李大等人喊道："铁柱，上啊!"

只见铁柱走到大石锁旁，长吼一声，弯腰一把抓着锁柄，忽地举起来，石锁在空中晃了一晃，掉下来了。铁柱的脸唰地红了，他有些不好意思。

一连五六个人上去抓石锁，都没有成功。

只见先前那位身材高大的壮汉走到石锁前，大吼一声，一把抓起石锁，翻至肩头，又大吼一声，单手将石锁举起，石锁在空中稳稳地静立，众人一片喝彩声。

汤丙问刘顺一："这人好大的力气，哪里来的师傅?"

刘顺一说："这石匠是太平府采石矶的，平时我们都喊他'托塔天王'。这里的石匠师傅每天都在这里玩，力气大的人多着呢。走，我带你们去看大石狮子。"

刘顺一领着众人走了一会儿，来到不远处的麒麟铺，只见面前出现了两个一人多高的石狮子。

众人走上前去，纷纷摸着已经很光滑的石狮子的肚子和腿。

铁柱惊叹道："这么大的石头狮子是怎么雕出来的呢？"

汤丙用手摸了摸石狮子，朝四周看了看，道："你们看，这石狮子还有两个翅膀呢。"

众人一看，还真有一对翅膀。

刘顺一道："我开始也以为是石狮子，一个江宁的老石匠告诉我，这不叫狮子，叫麒麟。"

李黑问："麒麟是什么？"

刘顺一说："麒麟是一种神兽，有一对翅膀，会飞，一般人是见不到的，有福气的人才能见到。"

汤丙问："刻这个麒麟的石匠手艺不是一般的好。为什么要刻一对麒麟放在这里呢？"

刘顺一说："跟我来。"刘顺一又将众人带到了石麒麟的前方，指着一个高大的石碑说："你们看看这个。"

刘六道："这不是一只大乌龟吗？"

何兴道："这乌龟还背着一个石碑呢。"

刘顺一道："其实这不是乌龟，它叫赑屃。传说龙生九子，赑屃是老大，它特别能负重。它驮着三山五岳在江河湖海里兴风作浪。后来大禹治水时收服了它，它便服从大禹的指挥，推山挖沟，疏通河道。大禹担心它到处撒野，便搬来一块大石碑让它顶着，上面刻上它治水的功劳，它也就开心了。我听江宁的石匠说，这里是古人皇帝的墓，墓前有神道，神道两边通常放石头麒麟、辟邪、石人。"

李黑问："那这是哪朝皇帝呢？"

刘顺一道："这个就不知道了。听说离现在已经有一千年了。"

"一千年？"众人一阵惊叹，再前后看看，哪里还有坟墓？只是一片田野。

李黑道："这皇帝也呆，搞这么大石刻放在墓前，分明是告诉盗贼，这里就是我的墓，你们来盗吧！"

刘顺一道："所以说从古到今，十墓九空。"

汤丙道:"千年的大道走成了河,只有石头刻的东西还在。"

众人在四周看了一会儿,又回到窦村。

刘顺一、李大招待乡人喝了米酒,到了傍晚时分,汤丙等人才告辞回城去了。

七

一天,陆良来到聚宝山窑岗村,和汤丙说起了这样一件事:他的家乡苏州周庄有一个大户人家,主人叫沈富,人称沈万三,做生意发家,富甲一方,几年前被朝廷迁来京城居住。听说皇帝要建城墙,想帮皇帝筑一段城墙,眼下正在为城砖的事发愁,让我找几个匠人一起帮他出出主意。

汤丙问:"这个沈万三是做什么生意的?"

陆良道:"说来话长,沈万三家从他祖父开始就做海上生意,赚了无数银子,如今,在我们苏州一带真是无人不晓。他家周庄的庄园,我曾去过,那真是富丽堂皇,奢侈至极。周庄街上的店铺一大半是他沈家的。"

"迁到应天后,那他周庄老家的房子、店铺怎么办?"

"只能让他弟弟沈贵打理了。"

陆良与汤丙约定了去拜访沈万三的日子。

洪武初年,朱元璋为了填实京师,将苏浙一带四万五千余户富有人家,迁到应天城里居住。这些富户人家怎么舍得离开自己生活的家乡呢?可是朱元璋是一个说一不二的人,谁敢不从?有几户人家逃到外地,朱元璋派军士硬是把主人抓回来凌迟弃市。沈万三就是那时被迁到京城的。与很多富户不一样,沈万三头脑精明,做人灵活,他知道皇帝是什么人,让谁死谁还敢不死?因此,他二话不说就搬到了应天城居住,还给朱元璋捐了很多金子银子。朱元璋很开心,对户部大臣说,这个沈万三就是不一样,你们要特别善待他。于是,官府在玄武湖中的太平洲上划了一块地供沈万三建房居住。

这天,陆良和弟弟陆善、汤丙约好在太平门边集合。

太平门是应天城的正北门，出了门左边不远处就是烟波浩渺的玄武湖，右边是巍然耸峙的钟山。

三人朝玄武湖边走去，忽然看见一个牌坊，上面写着"贯城"二字。

汤丙问："为什么要叫贯城？"

陆良道："天上的贯索星主人间的词讼，朝廷将刑部、都察院和大理寺的天牢都设在这里，这里叫贯城坊。"

正说着，隐隐约约传来一阵哀号声。

"这是什么声音？"陆善问。

"我先前在这里也听见过，一问才知道不远处的天牢里关押着很多犯人，这声音是犯人的哀号声。百姓把旁边这条通往贯城的路叫孤栖埂。"陆良道。

"如今很多人都在说，今日朝中官，明日天牢客。谁又能知道明日的事呢？"陆善道。

说话间，三人不知不觉到了玄武湖边。位于南京城北部的玄武湖周长四十里，早在六朝时期就很有名，当时叫北湖或后湖。湖的北边有幕府山，南有覆舟山，西有鸡笼山，东有钟山，六朝时的华林园、乐游苑、上林苑环绕湖畔。宋朝时王安石曾填湖为田，到了元代，玄武湖仅剩下一汪窄水。明朝建国后，朝廷重新疏浚，用淤泥加固了湖中五洲。哪五洲？长洲、新洲、旧洲、太平洲、中洲。自古以来，玄武湖就是金陵盛景。经过明初这么一整修，玄武湖的美景又重新回归。如今，春堤杨柳婆娑，秋水兼葭苍苍，夏则菡萏香清，冬则雪月一色，四时美景，难以尽述。朱元璋将几个给朝廷捐银子的江南大户人家，迁到了太平洲岛上，一来以示皇恩，你看，我朱元璋把风景最好的地方都给你们居住了，你们还有什么好说的？二来，把这些呼风唤雨的大户人家搬到岛上居住，也便于监控他们。

汤丙说："没有想到湖中还有人家居住。"

陆良说："沈万三这个沈园，我带了几十个苏州匠人来帮忙，只用四五个月时间就建成了。"

三人沿着湖堤，一边看着风景，一边说着。

228

陆良说："金陵好山好水啊。诸葛亮当年曾说金陵为'龙蟠虎踞'之地。"

汤丙问："为什么叫'龙蟠虎踞'?"

陆良说："这紫金山一直向西绵延到大江，像一条巨龙。孙权曾在江边建石头城，如今石头城的城墙还在，像是一只老虎，守在江边。金陵城南有秦淮河镇守，北有玄武湖，恰好应了青龙、白虎、朱雀、玄武风水四兽之说，所以，古人一直说金陵有王者之气。"

汤丙似懂非懂。

陆良说："一代有一代运数，运数没有了，再好的风水也是枉然。"

说着说着，就到了太平洲。陆良指着前面的粉墙黛瓦说，沈园到了。

汤丙看到，太平洲是湖中一个不大的小岛，湖边岸上栽着一排杨柳，靠近水边，生长着很多芦苇，此时已是白花花一片。岛上有好几座庄园，陆良介绍说，这些都是皇帝赏赐给江南大户居住的别墅。

三人径直来到一座江南庭院前。汤丙望去，粉墙上留有梅花形状的漏窗，透过漏窗，可以看见围墙内的一丛竹林、几幢华屋。

看见有人来访，门童飞快跑进屋里，过了片刻，只见一位身体略胖、五十岁左右、个子不高的人从门里迎了出来，笑嘻嘻地道："陆良、陆善二位贤弟，有失远迎。"

陆良介绍道："这位是本乡贤人、江南首富沈万三先生。"

陆良又将汤丙介绍给了沈万三。沈万三连连行礼："幸会! 幸会!"

汤丙打量眼前这位沈万三：穿着考究，眼睛闪闪发光，说话利落，言谈举止间给人以十分精明但又有几分狡猾的印象。

沈万三连忙招呼客人进院子。走进院子里，只见假山高耸，亭台兀立，花木扶疏，井然有序，汤丙从来没有见过这等气派、豪华的房子。

沈万三领着客人走进客厅。客厅里家具陈设古色古香，令人赏心悦目。

坐定之后，沈万三笑呵呵地道："认识三位师傅，实在是我沈某人的荣幸啊。"接着，又做了自我介绍，"在下姓沈，名富，字仲荣，因为排行老三，人称沈万三。"

汤丙道："我听陆良师傅介绍过沈先生，沈先生是当今了不起的人杰啊！"

沈万三笑容满面，道："岂敢岂敢！我只是做些买卖，不成大器，还望多多指点。"

陆良道："今人言富者，必曰沈万三。天下能有几个沈万三？"

沈万三道："兄弟过奖了，你们陆家兄弟俩才是苏州的俊杰，当今无与伦比的匠人啊！"

说话间，佣人已经沏上茶水，沈万三招呼客人用茶："这茶是栖霞寺住持采摘的明前茶，这泡茶的水是紫金山脚下的八功德水。"

陆良问："何谓八功德水？"

沈万三道："哪八德，我说不全。相传梁武帝时，一位高僧在紫金山上云游时发现一处山泉水，不仅清澈照人，而且喝了甜到心里。这山泉水真是奇了，不管放多少日也不会坏，喝了，从不生病。"

陆良道："真是有来历的泉水！沈先生现在也是金陵通了。"

沈万三笑呵呵地道："既来之，则安之。苏州有苏州的好，金陵有金陵的好。来了金陵，我结识了不少金陵文人，从他们那里听得很多掌故，在这里卖弄卖弄。"

陆善道："沈先生最近正在忙什么事？"

沈万三道："三位贤弟，我沈万三能有今天，全仰仗着大明皇帝的恩泽啊。当今皇帝营造京城城墙，我沈万三不能充耳不闻，我向皇帝承诺，帮着建一段城墙，也表表我沈万三的一片心意，皇帝现在也恩准了，就把从正阳门到三山门一段的城墙交给我来建。我虽然有银子，但哪里去弄到那么多城砖呢？所以，今天特意向三位贤弟请教。"

陆良道："当今朝廷给直隶、湖广、江西行省都下达了烧砖任务，匠人都在为朝廷烧砖，你现在再去组织人去烧砖，不是与朝廷抢风头吗？汤师傅，你是烧窑高手，你看看有什么好办法？"

汤丙道："的确如此，如今江南一带好的窑匠都到了京城，很难再找到窑匠。"

沈万三道："那我出银子，能否买到砖？"

陆良道："各地还有税砖任务，你花钱买，一样的道理，也是与朝廷抢啊，皇帝会高兴吗？"

沈万三道："那我雇人到京城来烧窑呢？除了江南一带，其他地方的窑匠难道不可以召来？"

陆良道："其他地方的窑匠，路途太远，再说，谁帮你去召集窑匠？只有官府才能召集啊。等官窑场为官府烧好了城砖，再来为你烧。"

"官府的城墙都造好了，就差我沈万三负责营建的那一段没有建好，一个大豁口留在那里，那我沈万三还有什么脸面？陆师傅，你能否说服工部，再给各地多摊派一些任务？我出银子。"

陆良道："京城附近的很多窑师傅不会烧大城砖，只会烧小砖。"

陆善道："我倒有一个办法，只是代价太高。"

沈万三道："但说无妨。"

陆善道："用条石代替城砖，只是……只是所需石头的量太大，花费肯定比用砖要高很多。"

沈万三道："陆师傅，不必担心银子，我沈万三这点银子还是有的，能找到这么多石头吗？"

陆良道："全部用石头砌墙，当然好，哪里能弄到这么多石头？"

汤丙道："石头倒是有的，我去京城东郊的汤山看过，那一带的山上都是青石，用船运到城里来也方便。只是附近的石匠都被征召到了京城，从哪里找到那么多石匠呢？"

沈万三道："汤师傅，我有银子，难道还找不到石匠？"

汤丙心想，这可不是一点儿银子。

沈万三道："不过，我倒有一点担心，如果城墙用石头砌，皇帝看了会不会不高兴？"

陆善道："石头砌墙坚固耐久，皇帝看了，喜欢还来不及，怎么会不高兴？"

陆良眉头一皱，道："沈先生这种担忧不是没有道理，你如果砌的城墙比官府的好，也不见得是一件好事情。改天，我们一起去勘察勘察。"

接下来，沈万三领着客人参观沈园。在走廊处，汤丙看到花架上摆着一个水仙盆，盆里放着五彩的石子，这石子晶莹剔透，颜色格外好看，便问："这么漂亮的石头从哪里来的？"

沈万三道："这石头叫雨花石，来自金陵南门外聚宝山上，你们看，每一块石头的形状都不一样，这一块上面是牡丹花盛开，叫'荣华富贵'。这一块上面有很多小人，叫'子孙满堂'。这一块，是紫色的，后面是山，叫'紫气东来'。这一块上面有一个'安'字，叫'一生平安'……"

沈万三一一介绍。三人看了连连称奇。

"这石子太好看了。"汤丙叹道。

沈万三道："听说，在南朝梁武帝时，一位高僧在金陵南郊石子岗上设坛讲经，一连讲了七七四十九天，感动了上苍，天上忽然飘起五颜六色的花瓣，落在石子上，便成了七彩雨花石。"

汤丙再往屋里看，花架上摆着牡丹、芍药、茉莉、白兰花等各色鲜花，沈万三指着花道："这些花都是城南花神庙种的，那里是皇家的苗圃，专门给宫中养花。苗圃里一年四季，鲜花不断。我沈万三也非常喜欢花，送了一笔银子去买花，他们隔三岔五就会送鲜花来。"

站在花格窗口，汤丙看见沈园里亭台楼阁，错落有致。他低头间，忽然发现屋里屋外的地面平整如镜，就问陆良，这地上的砖是哪里烧造的。

陆良道："噢，这叫金砖，是我们苏州陆墓那一带烧造的，专门用于铺设地面。"

"金砖？"汤丙感到新奇。

"这种砖很结实，比金子还金贵，所以叫金砖。"陆良道。

汤丙蹲下去，用手抚摸着砖面，便问："陆师傅，这金砖真的像镜子一般光滑，是怎么烧造的呢？"

陆良看汤丙十分有兴趣，便娓娓道来："烧金砖，可麻烦了。首先要选好泥，苏州只有陆墓一带才有这种泥，这种泥黏而不粉。经过掘、运、晒、推、舂、磨、筛七道工序后，才能泼水和泥。在烧的时候，先用糠草熏烧一个月，慢慢将砖坯的水分烧去，然后换片柴烧一个月，最后换松枝柴烧四十天，这样下来，一窑要烧一百天，出窑后，还要对砖进行打磨，用桐油浸泡，使得砖面油亮发光。这样，一块金砖从掘泥、制作到出窑，需要大半年。这种砖细腻坚硬，用小锤敲击会发出金玉一般的声音，一块大金砖有二百斤重。"

汤丙听着听着，呆住了，月亮湾人从来没有听说过什么金砖，也从来没有见过二百斤重的大砖！

"这砖太好了！太好了！"汤丙连声赞道。

"金砖好是好，除了皇上和富人，有谁能用得起呢？这种砖不闻人间烟火啊！"陆良道。

众人又走到一座假山面前，仔细端详，这大石头活像一只跳起来的狮子，汤丙问："这石头天生就长这样?"

陆良道："这些石头来自太湖底，所以叫太湖石。这太湖石天然生成皱、漏、瘦、透，苏州大户人家的园子里，都喜欢用这种石头叠山造景，别有趣味。"

沈万三道："金陵好是好，但是我还是想念苏州。湖广熟，天下足。特别是苏州人的园子，看了舒服。"

陆良道："是啊，俗话说，金窝银窝，不如自己的草窝。何况沈先生家都是金窝窝。"

沈万三道："那倒不是，我就是喜欢苏州的水。这应天城尽管也有水，大江、玄武湖、秦淮河，但都与人不亲，我们周庄的水与人是亲的，所以，我在周庄建了二十座桥，看到那些桥和桥边的园子，我的心里就熨帖。"

转了一圈后，沈万三领着众人到了餐厅，道："今天我准备了京城名酒金陵春，这种酒唐朝就有了，大诗人李白曾经喝过的酒。"

汤丙再看看桌上的酒壶、筷子、酒盏，不是金子，就是银子做的，好不奢侈。汤丙是乡下窑匠，哪里见过这等阵势？坐在那里很不自在。单说端菜的佣人就有十几个，只见他们来回穿梭送上一道道菜，沈万三一个劲地劝人喝酒。

"这是南乡的猪肉，这是六合的猪肉脯，这是上江的鸭子，这是徐家豆腐，这是玄武湖里的鲫鱼，这是板桥的萝卜，应天人说，板桥的萝卜善桥的葱。这葱倒没有什么特别之处，这萝卜就是好吃，来来，尝尝看……"沈万三不停地介绍着。

陆良也察觉到了汤丙有些拘谨，道："汤师傅不要见外，多吃一点。"

沈万三频频举杯，道："来，来，来，你们不必客气。这是湖熟的板鸭。金陵馔甲天下。这金陵城的鸭子就是多，除了板鸭，还有烤鸭、粉蒸鸭、荷叶裹鸭。认识三位高人，我沈万三真是三生有幸啊，来，喝酒。"说罢，一饮而尽。

这桌上二十多道菜哪里能吃得过来，每道菜只动一两筷子，就没有人再吃了。

四个人喝得有些晕乎乎，佣人端了一大盆红枣子来，沈万三道："这是姚坊门的枣子，各位来尝一尝。"

汤丙从没有见过两寸长的大枣子，而且面皮血红，咬了一口，松脆香甜。

沈万三笑道："这枣子出在姚坊门吕家山枣树园，说来也奇怪，只有那里的十亩山地才能结出这种大枣子来，如果在其他地方种，定没有这个甜味。"

汤丙见到了很多新奇之物，吃了很多他从没有吃过的菜，心想，这沈万三可真不是一般的有钱。俗话说，富家一席酒，穷人一年粮。今天一顿饭，何止一年粮？

又过了些日子，陆良、陆善召集十多位石匠、瓦匠、木匠，帮沈万三勘察城墙工地，汤丙把刘顺一也喊来了。

工部的丁督工带来京城城垣图，向匠人们展示城墙的走势："从正阳门到南门一带，只能沿着城壕筑墙。南门外就是古代的长干里所在地，地下淤泥甚多，地上是松软之土。在城壕边筑城墙，务必要小心。"

有人说，如果全部用石头砌墙，石头太重，容易坍塌。有人说，最好用石头打墙基，上面再用城砖砌。

陆良问刘顺一的意见。刘顺一说："把墙脚挖深，用条石砌墙，会很坚固。不过，每块条石要大一些，灰浆要好。三合土里再加一些桐油或糯米粥搅拌，可以确保坚固。砌石没有巧，只要缝对好。"

有人问："汤山能凿出这么多石头？"

刘顺一说："石头多得是，只要肯出银子，通过运粮河，运到城东来，倒也方便。"

沈万三说："陆师傅，我出银子买，你帮我找石匠。"

陆良没有答话，陆善说："这银子可是要车载斗量啊！"

沈万三笑着说："这你就放心吧，银子不用担心。"

陆良问刘顺一："条石多大尺寸为好？"

刘顺一想了想，道："长要三尺三，宽一尺二，厚一尺。"

陆良点头。

当天晚上，刘顺一没有回汤山，就在窑岗村窑匠工棚里住下，月亮湾人难得在一起聊天。

刘顺一问汤丙："这个沈万三到底有多少钱？敢建这么长的城墙？而且全部用石头砌，难道他家的银子堆成山？"

汤丙道："我去过他家，真是富得流油，不过，我最感兴趣的是他家地上的金砖，简直就像镜子一般光滑。我以后一定要去苏州陆墓看看是怎么烧造的。"

李黑道："你烧了金砖，给谁用呢？就像你父亲会烧琉璃瓦，还不是埋在土中了。"

汤丙笑道："烧得快活、过瘾，管他有用没用呢！"

刘顺一道："像汤丙这样的烧窑手艺，什么金砖银砖烧不出来？"

汤丙道："那不一定，我不会的东西还多呢，再说，说不定我们月亮湾的泥土烧不出金砖来。"

刘顺一问："汤丙，你觉得沈万三这个人怎么样？"

汤丙道："有钱人，就是傲气。不过，看在陆员外郎的面上，对我们还算客气。"

刘顺一道："我看沈万三这个人出语狂傲，看他相貌，似乎有不祥之兆。"

汤丙笑道："你还能看相？"

刘顺一道："嗯，太有钱了，也未必是好事。"

八

汤丙担任了聚宝山窑岗村官窑场的验收作头。

汤丙想，这肯定是陆良员外郎帮的忙。现在，他比以前更忙了。他让两位验收师傅每人抱一块砖，相隔两尺距离，以砖相击，不断裂，不脱皮，声音脆，方为合例砖。除此之外，汤丙还认真地目验、抽检。他凭着自己的烧砖经验，只要看一眼，或者用锤子敲两下，就能立刻判断出砖的好坏。一次，汤丙发现已经通过验收的砖有问题，那位验收师傅不服气，说，如果这块砖有瑕疵，我就把它吃下去。汤丙笑了笑，道，这么硬的砖，吃了恐怕牙齿就没有了，还是免了吧。说罢，拿起铁锤敲了敲，再次果断地说，肯定不是好砖。那位验收师傅说，我们打个赌吧，如果这块砖是好砖，你赔我两贯钱。如果是坏砖，我赔你两贯钱。汤丙又笑笑，道，这个赌你就不用打了。站在一旁的验收官拿起铁锤敲断了砖，果然，砖里露出黄瓤，在场的窑师傅们惊讶不已。有人说，打赌输了，快拿两贯钱来。那位验收师傅尴尬地笑了笑。汤丙道，算了算了，下次请我喝酒吧。从此，验收师傅们对汤丙刮目相看。

这天，两名师傅在验收时发现飞熊卫左所负责烧制的一窑砖质量有问题，左所的督工李千户一口咬定砖是好的，验收师傅喊来汤丙，汤丙看了看，又用锤子敲了敲，一连看了十几块，肯定地说，这一窑砖火候不到位，不能算是合例砖。李千户脸色立马变了，厉声道："你算老几？你说不合例就不合例？"

众军士将汤丙团团围住。有人说，烧一窑砖不容易，你就行行好吧，放过我们。有人说，我们给你几贯钱吧。也有人威胁说，给别人过不去，也是给自己过不去。都是出来混，何必那么认真呢？

汤丙严肃地说："我是吃了秤砣——铁了心。筑城是千秋万代的大事，马虎不得。如果用这种粉砖砌墙，用不了几年，城砖就会粉了，城墙就会倒塌。到时候追究起来，那就是天大的事情啊！"

第二天，飞熊卫左所一下子来了一百多个军士，将汤丙团团围住。

"你这个窑花子，胆敢和我们过不去。你是什么东西？"说罢，一个军士朝着汤丙就是一拳，汤丙脸上顿时鲜血直流。

"狗杂种，放不放？如果不放，今天就让你去死。"

"你就是一个窑花子，烧破窑的，何必那么认真呢？"

"你是大水冲倒龙王庙——自家不认自家人。"

军士们一个个凶相毕露。汤丙一边用袖子擦着脸上的血，一边大声道："你们以为这样做就很威风，就可以让我屈服？我告诉你们，办不到。这种孬砖怎么能筑城呢？你就是把我打死，我今天也是不会放行的。"

一个军士说："朝廷待我们刻薄，吃不好，穿不暖，哪还有精力烧窑？烧成这样，已经不错了。"

李千户大声喊道："来，都给我上，把这个'一根筋'打一顿，好好教训教训他。只要不打死，就没事。"

十几个军士走上前去对着汤丙你一拳，我一脚。一位验收师傅看到汤丙被打，高声喊叫："不好了，打人啦！军士打死人啦！"

听到有人喊打人，督工们很快就赶到了，军士们四处逃散，汤丙已经倒在地上，动弹不得，满脸是血。督工问明情况后，就去报告官府。军队的督工来了，将李千户和二十多个军士全都捆了起来。

铁柱、何兴将汤丙抬回工棚，督工叫来郎中，给汤丙敷了药。

铁柱十分心疼："汤丙啊，又不是你家建围墙，何必那么认真？差不多就行了。你这是自讨苦吃啊！"

刘六道："这气死人！我们找一帮人去和他们打架去。"

何兴道："是啊，汤师傅，你太认真了，差不多就行了。"

汤丙说："一国之墙，不能差不多。差一点，也不行。"

隔壁琉璃窑场赵阿寿听说汤丙被军士们打了，来看望。赵阿寿道："汤师傅，你去找陆员外郎吧，让他给你做主。你做得太对了，匠人匠心，能随便改了吗？手艺人不能马虎啊！"

汤丙说："算了，我们是一条藤上的蚂蚱，这些军士也是苦孩子出身，想当年，我们也是走投无路才去当红巾军，大家都不容易。"

赵阿寿告诉汤丙，他明天就要到太平府当涂县去做琉璃窑场的督工，希望汤丙以后有机会到当涂琉璃窑场做客。汤丙露出遗憾的神色，道："我还打算和你学烧琉璃瓦呢。这里琉璃窑不烧了？"赵阿寿道："这里已经没有白泥了。再说，现在官殿已经修好，不需要那么多琉璃砖瓦了。"汤丙道："我一定找机会去当涂的琉璃窑看看。"

九

腊月到了。朝廷下令，在京城做工夫的可以回乡过年，匠人要到明年的春天才能回去。袁州府一百多个工夫都回去了。汤丙等人要留在窑场继续服役。留就留吧，反正过年后就可以回家，汤丙想。

在京师劳作的匠人放假五天，每人发一斗米、五条鱼、两斤猪肉。

留下来的月亮湾人都到了聚宝山窑场村，大家在一起过年。

腊月二十九，督工找到汤丙说，朝廷今年下令，无论官府还是民居，只要有门，都要贴春联。宜春人从来没有见过春联是什么样子，督工就派了一位年老的读书先生到窑场来写春联。老先生将红纸裁成两个长条，一条上写着"灿灿烘炉雄玉宇"，另一条上写着"熊熊烈火炼金砖"，横条上写"火借风威"。

窑师傅们似懂非懂，老先生讲解一番，众人称好。

李黑也要读书先生给他的窑写一副。老先生又写了一副，一条上写"如琢如磨成碧玉"，另一条上写"一砖一瓦垒高楼"，横条上写"窑窑都好"。

众人又齐声称好。

老先生让窑师傅贴在窑门口。老先生又写了好几条"宜春""纳福"的红纸条，吩咐窑师傅们贴在工棚边。

汤丙问："你怎么知道我们都是宜春人？"

老先生惊讶道："你们是宜春人？"

众人也蒙了，他分明写了好几个"宜春"，怎么还这么问？

老先生道："那真是缘分啊。过年时，人们喜欢写这两个字，意思是说春天降临人间，应该好好享受春光。你们老家宜春的名字起得好啊！"

众人这才明白，这是巧合，都笑了起来。

"你们是宜春人，我念一首春的诗给你们听听。"老先生便念道——

> 春日春光春水流，春原春野放春牛。
> 春花开在春山上，春鸟落在春枝头。

众人都叫好。

李黑道："这诗里面好多'春'字啊！"

老先生道："十个'春'字，送给你们宜春人，再贴切不过的了。这叫十全十美。"

众人都笑了。

汤丙贴好春联后，想到吃年夜饭之前祭窑神，便在窑门前放置一个小桌子，上面摆上蜡烛、瓜果，并点起一支香。有人放了一挂爆竹，汤丙带着月亮湾的匠人们一起在案几前跪下，拜了三拜。

陆良派人送来两坛酒，除夕夜，月亮湾人坐在一起，边喝酒边聊天。

何兴和刘六都是第一次出远门，自然想起往年过年时和家人一起吃年夜饭的情景。两人走出工棚，在窑洞前堆了一个瓦塔，捡了木柴，烧了起来，火越烧越旺。工棚里的人喝了一会儿酒，也都走出来看瓦塔，火光将众人的脸映得通红。刘六、何兴一边烧，一边唱起了儿歌。

除夕夜，宜春人有"坐岁"的习俗，一家人吃过年夜饭之后，就围坐一起，说说笑笑，一直到天明。汤丙道："今夜我们就把这里当家，大家坐在一起说说话吧，也算是坐岁了。"

铁柱说："日他娘的，秦始皇还让民夫回家过年，大明朝皇帝怎么不让我们回家过年呢？"

刘顺一说："铁柱啊，你不能乱骂官府，被人告了，会被砍头的。"

铁柱说："这里也没有官府的人，怕什么！"

汤丙说："过年了，说说吉利的话吧。窑神爷会听见的，我们每个人说说自己的想头。"

刘六说："窑神爷离这里十万八千里，他能听见吗？"

刘顺一说："怎么听不见？他是神啊，一眨眼工夫就到眼前。"

铁柱说："我想请窑神帮忙，回去能讨到一个老婆。"

何兴说："我就想把汤师傅的烧窑手艺学到家。"

刘六说："我就想早点回家。"

李大说："我想学窑匠，会烧砖瓦。做石匠太累。"

汤丙说："干一行，怨一行，行行有短长。"

刘顺一说："我就想，快快回家，'汤袁刘'月月有活做。"

汤丙说："我就想烧大金砖、琉璃砖。"

……

众人聊着聊着，也不知聊到何时。

刘六说："外面已经有人放爆竹了。"

李黑说："天快亮了，我们开门迎财吧。"

刘顺一点燃了一挂爆竹，众人朝着南方一起跪下，敬天敬地敬窑神，祈求窑神保平安。

吃过早饭后，铁柱说："我们来了好几个月，还没有到城里看过热闹呢。过年了，我们去看看吧。"

众人都说好。说走就走，众人往三山街方向走去。走着走着，只见路边人家的门口都张贴着红纸条。

刘顺一说："今年时兴贴红纸条。"

汤丙说："你又忘了，这叫春联。"

李黑说："不知道我们月亮湾贴不贴春联。"

汤丙说："听说官府现在要求天下所有人家都要贴。"

刘六说："那谁来写呢？月亮湾没有秀才。"

铁柱说："你以后学着写字吧，这样，过年有人写春联了。"

刘六说："我以后让我儿子读书写字，为全村人写春联。"

走了一会儿，南门到了。这南门是出入金陵城的要道，每天人来人往，十分热闹。过了南门，就是最繁华的南门大街。众人沿着南门大街走走看看，只见街两旁都是各色店铺，人山人海，热闹非凡。

　　众人路过一家挂着"张楼"的幌子。刘六问："这张楼是卖什么的呢？"正说着，门口站着的店小二高声喊着："鸭血粉丝汤、牛肉汤、小笼包子……"

　　原来是卖吃的。众人又继续往前走。只见街两边的幌子越来越多——"西北两口皮货发客""东西两洋货物俱全""川广杂货""名茶发兑""勇安布庄""南北果品""锦绣老店""药材发兑""粮食豆谷老行""铜锅老店""卜卦命馆""丝绸发客""京式靴鞋老店""梳篦老铺"……突然，何兴喊起来："你们快看，这是我们袁州府的。"众人抬头一看，幌子上写着"江西袁州夏布老店"。

　　李黑说："真奇怪，我们江西的货都卖到这里了。"刘顺一说："汤丙，这店里的袁州夏布，说不定是玉莲她们织的呢，我们进去看看吧。"众人走进了店里，店主看见有人进来，就上去招呼，一听是江西口音，众人都感到十分亲切。店主忙问："怎么过年了还在京城？"刘顺一说："我们在京城做工。"李黑问："江西的货物也能到这里来卖？"店主道："江西的东西多呢，江西的木材，上新河码头上多得是。江西篾匠店就有好几家。就在旁边不远处的街上，我还看见一家卖江西扎粉的店。"汤丙连忙问："在哪里，我们去吃一碗。"店主道："好像在乌衣巷附近。"

　　众人从店里走出来，又在街上闲逛。旁边一家门店的幌子上写着"南乡猪肉"。汤丙说："这猪肉我吃过，京城南乡的猪，肉非常香。"铁柱问："在哪里吃过？"汤丙说："在江南首富沈万三家吃的。"铁柱说："你一个人吃，也不带我们去解解馋。"

　　正说着，走到一条街上，都是卖酒的，众人抬头一看，幌子上写着各种酒——"金陵春""蔷薇露""荷花""菊英""卫酒""露华清""露白酒""进贤李家渡""绍兴豆酒""高邮五加皮酒""扬州雪酒"……铁柱道："天下的好酒都在这里了，只是没有我们江西的酒。"

　　"这你又不懂了，怎么没有江西的？李家渡不是？"铁柱道。

"李家渡是我们江西的?"刘六问。

"是的,进贤的李家渡,是我们江西有名的酒,那年我去李家渡做石匠活,还喝过这酒呢。"刘顺一说。

"李家渡在哪里?"何贵问。

"在南昌府进贤县,是一个很古的镇子。"刘顺一道。

正说着,刘六看见路边有个"金陵寒具"的招牌,走近一看,卖的都是吃的,门口案板上摆放着一串串细细的盘曲状东西,旁边一个大人领着两个孩子,手里拿着在吃。铁柱说,这是什么,从来没有见过。店主说,这叫寒具,又叫馓子,是用麦面揉拉成细条,再放在油锅里炸,成了这个形状,吃起来脆脆的。

刘顺一给每人买了一个,都说好吃。

众人再往前走,人越来越多,吹笛子的、拉胡琴的、打鼓的、舞龙的、吹喇叭的、舞狮子的、舞杂技的、玩飞叉的、玩鱼灯的……好不热闹!

众人看看走走,不知何时来到街角,这里稍微空旷一些,街角有一个戏台,戏台旁边都是人,有人在敲锣打鼓,有人在旁边候着,有人在卖东西。

汤丙发现,戏台下面站的都是男人,女人和小孩都在戏台对面的二层楼上。

一阵锣鼓声之后,演出开始了。只见一个浓眉长髯的演员走到舞台中央,手里拿着卷轴条幅,在舞台上转了几圈后,再次走到舞台中央,面对看客,说了几句"新年好""恭喜大家发财之类"的吉利话,然后开始展示手中的条幅,并高声念道:"天官赐福""加官进禄""风调雨顺""恭喜发财""五谷丰登"……

"好!"每念一幅,下面都有人跟着喝彩。

铁柱问旁边一位看戏的,这演的是什么戏,旁边的人说,这叫"跳加官",月亮湾人从来没有听说过什么跳加官。

男演员下场后,只见一个头戴凤冠、身着红色官衣的女演员上场了,她一手执朝笏,一手拿着一把条幅,朝台下观众祝贺新年,随后,也像男演员一样,一边展示条幅,一边念道:"早生贵子""儿孙满堂"

"福禄双全""荣华富贵"……

女演员下台后，有人穿着戏服，开始唱戏。由于唱的是吴音昆山腔，月亮湾人根本听不懂唱的是什么，便离开了。

再往前走，汤丙等人看见五六个踩着高跷的一路走来，高跷上站着的人打扮成刘备、关公、张飞模样，边走边演绎着桃园三结义的故事。

刘六说："这么细的棍子，一丈多高，人站在上面，怎么不会摔倒呢？"

汤丙说："这可是硬功夫！古话说，只要功夫深，铁杵磨成针。"

何兴说："刘六，回月亮湾后，你用两根棍子试试看。"

刘六说："门牙不磕掉才怪呢。"

一群孩子围着踩高跷的人你追我赶凑热闹。

临近中午，走饿了，有人说，找一家小吃店吃点什么吧。汤丙记得前面那个店主说，乌衣巷有家扎粉店，便开始向路人打听乌衣巷在何处。众人按照路人指点的方向往前走去，经过一个深宅大院，门口有卫兵持刀把守。汤丙抬头一看，上面有"徐府"两个字。大门旁有一个高大的牌坊，上面写有"大功坊"三个大字，心想这徐府，肯定有人在朝中做大官。旁边有人说，这就是丞相徐达的华府。众人赶忙从旁边走过。

再往前走一会儿，就到了乌衣巷。到处找，就是没有找到江西扎粉店。刘顺一看到路边有人在烤山芋，便买了几个，一人一个，拿在手里吃了起来。

不知不觉，众人来到一条河边，河边上站着很多人在看着什么，汤丙伸头一看，只见河中有不少颜色鲜艳的船，来来往往。汤丙问旁边的人，这叫什么河，旁边人说，这就是天下闻名的秦淮河。

刘六说："这船身子还画了颜色，真好看。"

何兴说："有点像我们老家的龙舟。"

旁边的人说："这叫画舫。"

一条条画舫从游人眼前悠然驶过，画舫里面还有人吹着笛子，隐约能看见女子的身影。

铁柱道："汤丙，你看着秦淮河两边的房子，一半建在水里，也不会倒。"

汤丙道："我听说这叫河房，水里这几根木柱吃得住劲，所以才不会倒塌。"

众人看了一会儿，就往左边走，忽然看见一个巨大的石头牌坊立在面前，上面写了三个字，月亮湾人只认得"星门"两个字，前面那个字不认识。汤丙问了几个人才知道，这叫"棂星门"。路人说，这里叫夫子庙，再往前走是江南贡院，是考举子的地方。

铁柱说，如果考窑科，那汤丙肯定能中头名状元。李黑说，他不是已经中过状元了吗？窑状元。铁柱说，对对对，我怎么就忘了呢，该打该打。说得众人都笑了。

众人继续往前走，拐进一个巷子，街两边都是卖米的。再往旁边一看，有鸡市、鸭市、牛市。众人说，这京城什么都有卖的。刘顺一说，我们回秦淮河边吧，听说晚上更热闹，河上玩龙灯，我们看过龙灯再回去。

入夜，秦淮河两边临河的房子都亮起了红灯笼，河边站满看热闹的人，都在等待龙灯的出现。众人等了好久，看见一条大画舫终于出现了，只见画舫上面挂着各式的灯，船艏龙的嘴中还喷出火焰，画舫上的鼓手，将鼓打得震天响。左右两侧都站着身穿彩服的仕女，画舫徐徐驶过，岸上看热闹的人大呼小叫，一时人声鼎沸。

看了一会儿画舫后，月亮湾人又拐到旁边的河边巷子里，只见巷子很幽深，路上没有几个人，有几家店铺的门口挂着红灯笼，走近一看，上面写着"梨花院""花满枝""怡春院"的招牌。门口坐着涂脂抹粉的女子，看到有人路过，便投来媚笑。

刘六问："这是什么店？"

刘顺一说："这是妓院。"

刘六听成"鸡院"了，就问："这里是卖鸡的？怎么没有一只鸡？"

铁柱说："傻子，就是女人陪男人睡觉的地方。没有银子，是进去不得的。"

何兴说："这里面的女人怎么个个都好看，像仙女似的？"

刘六道："你带一个回老家吧。"

众人匆匆走过。

汤丙忽然想到了临濠的梅香院，想起了阿香……

当天深夜，月亮湾的匠人们才回到窑岗村住处。

十

过了新年，窑岗村的窑师傅们就又开始忙碌起来。

天气晴好，有的人刨土，有的人装窑，有的去运柴草，都在为开春后的烧窑做准备。

正月十四中午，汤丙和窑师傅们刚刚吃过饭，坐在窑洞口晒太阳，突然看见在汤山采石场做工的李大来了，见到汤丙，李大唰地跪下，哭了起来。

汤丙问发生什么了，李大说，刘顺一被一块大石头砸中了。

汤丙、铁柱都呆住了，连忙问，现在怎么样了？

李大说："刘顺一在撬石头时，旁边一块大石头突然松动，滚落下来，压在了刘顺一身上。"

汤丙说："那赶紧救人啊。"

李大哭着说："石头太大，根本挪不动。我们找了督工，督工说人已经死了，早一点迟一点一个样。我求他们也没有用。"

汤丙愣住了，眼睛一下子发黑，人快站不住了，众人连忙把他扶住。汤丙定了定神，说："我们快点去吧。"

汤丙和李黑、铁柱、刘六、何兴一起随着李大很快到了运粮河码头，坐上船，往汤山赶去。

到了汤山，李大将众人带到事故发生的塘口。汤丙看到，滚下来的石头有一丈多高，根本看不见刘顺一在哪里。李大说："当时刘顺一和一位江宁石匠正在撬石头，不料这块大石头突然滑落下来。两位师傅都被压在石头下面。"

汤丙说："这石头太大了，必须要几十人才能撬动，要喊周边的石匠来帮忙。"

李大说："石匠们都在附近干活，前面喊过，没有喊动。"

汤丙走进隔壁一个塘口，只见这里几十位石匠正在采石。汤丙站到高处，大声喊道："师傅们，我的同乡刘师傅不幸被石头砸中了，大家能不能帮个忙，行行好，先把人弄出来。"

石匠们只是抬头看看，没有人出来应答，照旧干着自己的活。

汤丙又大声喊道："各位师傅，能否行行好？"

一位石匠应道："这么大石头，谁能搬得动？"

又一位石匠说："这事应该去找官府的人去办。"

汤丙看到众石匠没有什么反应，就说："我们去找督工吧。"

汤丙一行找到采石场的杨监工，杨监工说："哎哟，这个石头太大了，一时难以挪动。再说，石匠们都到各个塘口干活去了，哪里找到人呢？"

汤丙大声吼叫道："石头再大，也要把人弄出来啊，人命关天啊！"

杨监工说："反正人已经死了，早一点迟一点还不是一个样？"

汤丙的脸气得铁青："你们还有没有一点良心？人死了，也要弄出来啊！"

刘六、何兴看到杨监工漫不经心的样子，就走上前去，一把抓住监工的衣领，大声说道："你们这些监工良心真的给狗吃了，人死了，难道你们就不管？真是狼心狗肺啊！老子和你们拼了。"

汤丙连忙上去拉住刘六、何兴。这时，旁边不少人来围观。有的说，官府的人心太狠，根本不把我们当人。有的说，死的人太多，官府已经麻木了。杨监工看到围观的人情绪都很激动，连忙说，我这就去找人。

过了一会儿，还是不见有人来，汤丙心如刀绞，又来到塘口，大声喊道："各位师傅，行行好，我每人给两贯，大家一起帮帮忙，把这块大石头挪走吧。"

汤丙哪里有钱？他看到这种情况，迫于无奈，只好这么说。

石匠们看到有人愿意出钱，纷纷走上来，一会儿工夫，来了四五十位石匠。有人用粗麻绳将石头捆起来，然后，众人一起拉拽。好不容易才把大石头移开。刘顺一和那个江宁石匠早已断气，身子都被压扁了。宜春的匠人们将刘顺一和江宁石匠的尸体抬到旁边平地上，汤丙脱下自己的衣服，给刘顺一垫在下面。月亮湾人纷纷跪下，采石场一片哭声。

汤丙一边流泪一边问："周围有没有坟场？"

李大说："这里的石匠死了，都埋在坟头村旁边一个大坑里。"

汤丙说："我要出钱给刘顺一建一个墓。"

宜春人先是将刘顺一抬到窦村。窦村的石匠们说，人死了，不能抬进村。汤丙说，我们要陪他一夜才让他入土。窦村人说什么也不让进。汤丙只好就在村口的一棵枫香树下搭起小棚子，将刘顺一放在棚子里，月亮湾人为刘顺一守灵。

当天晚上，汤丙又去附近买了一口棺材。第二天一早，月亮湾人将刘顺一安葬了。

汤丙说："李大，你凿一个石碑吧，刻上：'袁州府宜春县石匠刘顺一之墓'，树在刘顺一的坟前，日后也好辨认。"

汤丙从二月开始，又烧了两窑砖。三月，官府下令，对于长期在京城劳作的匠人实行轮班制。汤丙等人终于可以回家乡了，消息传来，月亮湾人还是很开心。汤丙想到刘顺一已经死了，回不了家，心情一下子难过起来。

汤丙在走之前，特地来到南门工地，和陆良道别。陆良说，汤师傅，你留在京城吧，我给你在京城工地上安排一个活。汤丙想到临濠的苦难日子，想到了刘顺一的惨死，便婉言谢绝了。

陆良道："最近，我和陆善都很忙，我负责督建聚宝门，他负责督建通济门，任务都很重，有点焦头烂额。"

汤丙道："等京城城墙筑好，你们就可以回去了。"

陆良道："那还要两三年呢。"

"陆师傅多保重！"

"最近我很烦，遇到一件很不顺的事，这聚宝门工地打地基，总是塌方，已经塌了三次，唉——"陆良叹了一口气。

"是地基太软？"汤丙问。

"这里原先就是古代的长干里，地下淤泥堆积，后来成了陆地，挖下去，地基松软，难以承重。"

"那就用条石做地基。"

"条石砌了七八尺高，突然就坍塌了，也真是奇怪！"

"那只好再挖深一点。"

"已经挖了很深，但还是不能承重。现在，工地上流传各种说法，有人说：'没有聚宝盆，哪有聚宝门？'还有人说地下有蛇精，必须镇得住，才能建城门。有说地下有吃土的怪兽。我找了一个老先生看了风水，老先生说，必须用一个聚宝盆，才能镇得住。哪里能搞到聚宝盆呢？"

汤丙想了想，道："陆师傅，这个容易。"

陆良露出惊讶的神色："愿听汤师傅高见。"

"你的同乡沈万三有万贯家财，难道没有聚宝盆？"

"他有聚宝盆，怎么会给我？"

"你试试看，就说借用一下，对外说，聚宝盆找到了，这样，一来可以堵众口，二来可以稳匠心，三来也是敬天意。等到地基打好了，再还给他。"

陆良忽然有所醒悟，道："汤师傅，太感谢你了，帮我出了一个绝妙的主意！"

十一

汤丙一行人回到古樟岩码头时，正值六月。

袁河上空的太阳已经是火辣辣的了，下了船，汤丙就嗅到了家乡味道。李黑说，还是家乡的窑烟好闻。汤丙上岸后很快找到了那棵棠梨树。他走到树下，像见到老朋友似的，摸摸树干，发现已经长粗了不少。再抬头看看，枝叶繁茂，浓荫似盖。众人便坐在树下。再看看旁边，一棵合欢树正在开花，毛茸茸的紫色花，一簇一簇的，煞是好看。从这里朝远处望去，月亮湾、古樟岩两个村子隐约可见。近处的田野里，随处可见正在做农活的乡人身影。袁河旁的窑场上空，升起一柱柱窑烟。何兴说，我看见月亮湾的老槐树了。汤丙说，这么远，你能看见？众人朝月亮湾方向看去，果真若隐若现。汤丙笑着说，看来，我们是太想家了。走吧，我们回家去。

走在通往月亮湾的路上，每个人的脚步都是轻松的，心情也特别愉快。快要到村子时，汤丙说，我去看看我家的窑，好像有人在烧窑。

汤丙径直向袁河边的窑场走去，刚到窑场就看见汤满和刘德华正在做砖坯。看见汤丙回来，汤满和刘德华十分惊讶。

汤丙打量着汤满和刘德华，一年不见，两人都长高了不少，现在活脱脱一个大人了。

刘德华迫不及待地问："我父亲也回来了吧?"

汤丙不想把刘顺一的事情马上告诉儿女们，就说，他们要迟几天才能到家。

汤丙问："汤满，现在的烧窑手艺大有长进了?"

刘德华马上接话："汤满现在烧得可好了，我们都比不上他。"

汤满有些不好意思："一般吧。这几天正在做坯子。"

汤丙走到坯子旁看了看，连连点头。

汤丙在窑洞里说了一会儿话，就回家了。

当汤丙进家门的时候，玉莲吃了一惊："汤丙，你……你回来了?"

汤丙道："嗯，刚刚到，我先去了窑场，见到汤满和刘德华了。"

玉莲打量了汤丙，道："又瘦了不少。"

汤丙道："还好，这次没有吃什么苦。"

一年不见，他觉得玉莲老了不少，道："你们在家辛苦了。"

玉莲道："家里都好，谢妹去刘德华家帮忙了。我马上给你炒扎粉去。"

汤丙说："好久没有吃扎粉了。"

听说汤丙回来，村上的人陆陆续续来汤家看望。

到了晚上，汤丙才把刘顺一不幸去世的消息告诉了玉莲，玉莲哇的一声哭了起来。两人又商量着怎么把消息告诉七巧。

第二天中午，玉莲把七巧、刘德华、刘芷娘喊到家吃饭，饭后，汤丙才把刘顺一去世的消息说了，七巧当场就晕倒了，玉莲和谢妹在一旁给她掐人中，刘德华和刘芷娘都哭了起来。邻居们听说了，都来安慰。众人哭成一团。

晚上，古樟岩袁兴祖妻子好姐和儿子袁小河也来到刘家慰问。

夏夜，微风习习，月色朦胧，近处的稻田里、草丛中，萤火虫忽闪忽闪。月亮湾的孩子们成群结队地去捉萤火虫玩，大人们则聚集在老槐树下，有聊不完的话题：田间见闻，鬼怪狐仙，家长里短，想说就说，想骂就骂。没有去过京城的村民，不停地问这问那。

"应天城比临濠大吧？"有人问。

"应天城大多了，方圆五六十里，临濠原先只是一片荒地，硬是在上面筑一座宫殿。应天城本来就是古都，前面的六朝都城就在这里。"汤丙道。

"六朝的宫殿还在吗？"有人问。

"几百年过去了，宫殿早就没有了。"李黑道。

"当初在临濠建了都城，为什么又要跑到应天去呢？"又有人提起临濠建都的事。

"我在京城听过几个工夫在议论，说朱元璋本打算把临濠作为都城，一天，他在应天城里听到有人在唱歌：'不怕水中鱼，就怕岸上猪。猪过水，见糠止。'朱元璋找到高人，问这人唱的是什么意思。高人说，猪要吃糠，姓朱的到了建康城，就该把建康城作为都城。朱元璋听了之后，改变了在临濠建都的想法，就把临濠给废了。"汤丙道。

"这应天城一会儿叫建康，一会儿叫应天，还叫金陵，名字真多。"有人说。

"元代还叫集庆呢。"铁柱道。

“应天城就在江边?”有人问。

“应天城就在长江边,城里有好几条河,直通大江,从江边的码头坐船就可以直接到城里。”刘六道。

“应天城里的路宽不宽?”有人问。

“怎么不宽?应天城到处都是人。过年的时候,我们去城中心的三山街逛了逛,那真是人山人海,热闹非凡。只要是天下有的东西,在那里都会有卖的。”李黑道。

“难道也有女人卖?”有人问。

“还真的有女人卖呢,只要你有银子。我看见什么梨花院、怡春院、花满楼,名字都很好听,里面的女人很好看。”刘六道。

“你进去看了?”有人问。

“女人都坐在门口呢。”刘六道。

“小六子开始听错了,人家说‘妓院’,他听成‘鸡院’了,以为是一家卖鸡的店。”何贵道。

“小六子啊,你怎么不买一个女人带回来?”有人对刘六道。

“你给我银子?”刘六道。

说得众人笑起来。

铁柱道:“这京城啊,进了南门,两边都是店铺,各色水果,细点名糕,应有尽有。鱼有鱼行,猪有猪行,还有米行、牛行、羊行、鸡鸭行、驴行。那天,我们在三山街走,居然看到了有袁州府的夏布卖,还有我们江西李家渡的酒,听说还有卖我们宜春扎粉的小吃店呢,可惜我们没有找到。”

“京城人喜欢吃什么?”有人问。

“京城人就喜欢吃鸭子,什么烤鸭、板鸭之类,多得很。”铁柱道。

“汤丙,你这次见过皇帝吗?”有人问。

“皇帝能随便见的吗?”汤丙道。

“不知道皇帝住的宫殿是什么样?”有人问。

“这宫殿都有围墙围起来,在外面是看不见里面的。有一天,我去宫中送砖,看了一眼,哎呀,那真是气派啊!听说,宫殿不是原先的六朝宫殿，而是另选了一个新地方。这地方谁选的呢，朱元璋的军师刘伯温，这个人可真是神人，天晴天阴，刮风下雨，都能算出来。刚打进应天城时，朱元璋让刘伯温选一个新地方造官殿，结果在紫金山前面选中了一块地，这里刚好有一个燕雀湖，怎么办？皇帝就调集几十万民工填湖，从不远处的三山取土来填燕雀湖，这燕雀湖真的是怪了，怎么也填不满，于是有人就说，江宁县有一位老汉叫田德满，只要把他填入湖中，肯定能填得满，你们猜猜朱元璋怎么办，他真的派人把那个田德满找到了，对他说，你就安心去死吧，我保你全家过上有酒有肉的好日子，于是，把田德满活生生地填进了湖里，说起来真奇怪，燕雀湖很快就被填了起来。不久后，官殿也就建了起来。"汤丙道。

"哎哟，把一个大活人埋了，这个朱元璋太残忍！"有人道。

"皇帝不残忍，怎么能当上皇帝啊，不然，早就被人杀了。"李黑道。

"皇帝的心是秤砣做的。"

"不知皇帝长得什么样？"

"我在京城还听说了皇帝画像的故事，很好玩。"铁柱道。

众人都道，说来听听。铁柱就说了下去——

有一天，朱元璋想画一张像，就指令大臣找天下最好的画师，大臣找了很多画师，他都不满意，杀了一个又一个。这天，朝廷又找来三个天下最好的画师。第一个画师想，朱元璋是当今的皇帝啊，我一定要把他画得高大、威武，像仙人一般。画师画啊画，等画好了，朱元璋一看，这哪是自己啊，杀！就把这个画师给杀了。第二个画师听说后，胆战心惊，心想，这次我一定要小心了。这天，他被带到朱元璋面前，他战战兢兢地端详着朱元璋的脸，数了数，脸上有三十六颗麻子，于是精工细描，画了半天，画成一个活脱脱的朱元璋，马脸猪嘴，麻子脸。朱元璋一看，我难道长这么丑？又把这个画师给杀了。第三个画师听说后，心想，看来我也难逃被杀的结果了。头天夜里，正在郁闷的时候，一个白胡子道士来到他家，告诉他说，皇帝平生最佩服唐太宗李世民、宋太祖赵匡胤，你今晚就把他俩的画像默记在心，明天照他俩的样子去画。画师第二天来到官殿，就照着道士的话去做了。他画的朱元璋既有他本人一点影子，又有唐太宗、宋太祖的神采，朱元璋一看，十分开心，连声道："画得好！画得好！"便赏给了他八匹绫罗绸缎和文房四宝，还赐给了他一个七品官。

"看来这个朱皇帝长得很丑。"刘六道。

"粗柳簸箕细柳斗，世上哪见男儿丑？"汤丙道。

"我也听到一个画像的故事。一位主人请了画师给他画像，画好之后，请邻居来看看，问：'哪一处最像？'邻居看了后道：'方巾最像。'主人又找了一位邻居，问：'哪一处最像？'邻居道：'衣服最像。'主人又找了一个邻居，道：'方巾、衣服都有人说过最像，你就不说了，只问问你，形体怎么样？'这位邻居盯着像看了半天，道：'就胡须最像'。"

众人听了，哈哈大笑。

铁柱道："这个画师如果给皇帝画像，肯定早就被砍头了。"

"那倒不一定，只要皇帝开心，说不定还会给他官做呢。"刘德江道。

月上中天，老槐树下的人聊到很晚才渐渐散去。

夜已经很深了，月光如水，虫声唧唧。

玉莲和谢妹在家织布，汤满在一旁帮着理麻线，院子里流淌着安静与幸福的气氛。一家人在一起聊家常。

玉莲说："刘德江的女儿要嫁人了。"

汤丙问："嫁到哪里了？"

"嫁到古樟岩的邱宏义家。邱家做漆匠，听说他儿子的手艺也不错。"

"那就好。"

"何四的老二也要结婚了。"

"儿媳妇是哪里的？"

"山脚李村的，你说奇不奇，这个小女子不简单，居然是个女石匠。别看她二十岁不到，在石头上刻花可有一套。什么花都会雕。砖雕，那就更不用说了。"

汤丙听了，放下了手中的活，露出吃惊的神色，道："这真是巧了，我在京城汤山的采石场，也曾遇见一个女石匠，那个女石匠叫石小花，也是什么花都会刻，附近的石匠都叫她石婆婆。"

玉莲道："还有这等巧的事情？"

谢妹道："我以后也要做石婆婆这样的匠人。"

汤满道："你烧了几天窑，就想当汤婆婆了？"

玉莲道："谢妹烧窑手艺不差，在周围女窑匠中也是数一数二的。"

张家长，李家短，一家人在一起，说说笑笑。

汤丙道："汤满啊，你也不小了，该娶媳妇了。"

汤满不吱声。

玉莲道："男大当婚，女大当嫁。谢妹也该嫁人了。"

谢妹道："妈，我不嫁人了，就陪你到老。"

玉莲道："傻姑娘。我可养不起。"

谢妹调皮地道："哥，人家芷娘说你好呢。"

汤满道："你就是胡说。"

谢妹道："就是啊，人家背后不知道说你多少好话呢。"

汤丙趁机道："芷娘真的不错。"

玉莲道："谁娶了是谁福气。"

谢妹娇嗔地问："哥，我和芷娘，哪个好？"

汤满道："都好，天下就你们俩最好，行了吧。"

谢妹道："哥，你好傻啊。"意思是，这么好的芷娘，你不要。

夜里，汤丙与玉莲说悄悄话。玉莲说，鸡肚不知鸭肚事。汤满这孩子不知怎么搞的，一提到芷娘，他就不吱声。我还在想呢，等你回来了，我们找他直接说。汤丙说，谢妹也大了。玉莲说，我看她和刘德华好着呢。汤丙说，刘德华这孩子不错。玉莲说，我一直在等你回来，说说汤满。汤丙说，改天，我要与他好好谈谈。

汤丙现在过起了正常的生活。农忙时，一家人狠忙一阵子。忙完之后，就去烧窑。汤满、谢妹都能独立烧窑了。月亮湾人说，汤家真厉害，女人都会烧窑，"和七窑"兴旺得很。现在，"和七窑"砖瓦依旧不愁卖。汤丙在做坯子时，砖瓦就被人家订走了。

岁月无声。日子一天天随着袁河水，静静地流走了……

月亮湾人，日出而作，日落而息。有人离世，有人出生。易和仲、刘全二、刘德江、何四……陆续走了，他们生于斯，长于斯，最后，他们的躯体回归到熟悉的泥土里。来也悄悄，走也悄悄，除了月亮湾人，没有更多的人知道他们曾经到过这个世界上。他们生前烧造了砖瓦，依旧存于墙上屋顶上，也许还会留存若干年。但又有谁记得这砖瓦是谁烧制的呢？他们的躯体虽然消失得无影无踪，但作为匠人，他们把自己的手艺传给了子孙，一代又一代的接力、传承，才使得袁河边炊烟袅袅、生生不息……

朝廷下令在全国实行里甲制，每一百一十户编为一里，里长称为总甲。古樟岩和月亮湾两个村庄加在一起刚好有一百一十户人家，担任粮长的袁满正，此时有了一个新的称呼——总甲。

袁满正想，既然当了两个村子的头，就要为村民们做点事情。端午节快到了，他想到多年前，每年端午节，月亮湾和古樟岩都会举办龙舟赛，赛后两个村摆上几十桌，老老小小在一起吃饭喝酒，好不热闹。后来在元朝统治下，日子不好过，龙舟赛也就中断了。

袁满正找到易如山，把自己的想法说了："远村不如近邻。我们两个村子自古以来就是一家人，现在日子好起来，我们把龙舟赛拾起来吧。"

易如山道："这个想法好，两个村手艺人多，在一起切磋切磋，是一件大好事。"

晚上，易如山在老槐树下把袁满正的想法和村民们说了，月亮湾人有的赞成，有的反对。

李黑说："这个袁满正心狠着呢，当年我们差点饿死，他也没有发一点点善心。现在改朝换代，当了总甲，就要来管我们，我们不能上当啊。"

铁柱说："这是黄鼠狼给鸡拜年——不安好心啊。月亮湾人不能买他的账。"

刘六说："我们比赛吧，古樟岩的姑娘长得好，说不定，还能抓一个呢。"

说得众人笑起来。

汤丙说："冤家宜解不宜结。月亮湾与古樟岩过去无冤无仇，两个村这么近，抬头不见低头见，还是继续办龙舟赛吧。"

赞成举办龙舟赛的占多数。

月亮湾人把多年不用的龙舟从祠堂里抬了出来，村上几个木匠忙了好几天才修好，又按原先的黄色漆了三遍。古樟岩的袁满正买了一条崭新的龙舟，大红色，十分耀眼。两个村子的村民，闲下来就会到旁边的袁河里排练。

月亮湾挑选了二十位村民参加排练，其中一半是年轻人。汤满、刘德华、何兴、刘六、李大都在其中。

最近一些日子，人们经常发现袁河上有两条龙舟，一黄一红，来来往往，像两支箭一般在河面上穿梭不息。

端午节到了，早晨，天空下起了小雨，外面冷飕飕的，正应了那句俗话，吃了端午粽，才把棉衣送。但小雨没能阻挡人们观看龙舟赛的热情，从古樟岩到月亮湾的袁河边，挤满了男女老少。

黄舟和红舟都停靠在古樟岩的码头边。每队有二十三人出场，舵手、锣手、鼓手各一人，划手各二十。汤满被推为月亮湾的舵手。袁小河被推为古樟岩的舵手。依照旧例，月亮湾的赛手身着黄衣，古樟岩的赛手身着红衣。

比赛还没有开始，岸上的吆喝声就一浪高过一浪。

"月亮湾——"

"古樟岩——"

龙舟上的鼓手，有节奏地打着鼓，岸上的观众打着锣子，有人点燃爆竹，袁河两岸真是锣鼓喧天，热闹非凡。

两边的人分别拜了河神，向河神敬了酒，又把粽子撒到江里，祈求河神保平安。

随着裁判一声令下，黄舟和红舟像箭一般飞了出去。

此时，喝彩声、号子声、锣鼓声响彻云霄。

月亮湾人在喊：

"汤满——，汤满——"

"月亮湾——，月亮湾——"

古樟岩人在喊：

"小河——，小河——"

"古樟岩——，古樟岩——"

岸上的人们看到，一会儿红色龙舟在前，一会儿黄色龙舟在前，你追我赶，难分上下。

龙舟上的选手在密集的鼓点声中，齐声喊着号子："哎吆嗨——，哎吆嗨——"为自己队鼓劲。

岸上的人翘首以盼。

最后，黄色龙舟最先到达终点。月亮湾龙舟队赢了！

月亮湾人欢呼雀跃。

岸边响起了长长的爆竹声……

十二

龙舟赛过后，月亮湾和古樟岩之间的走动多了起来。两个村的匠人们经常坐在一起拉拉家常，喝喝酒，聊聊手艺。这样的状况，正是袁满正乐意看到的。他现在是古樟岩的长老，也是两个村的总甲。他的话，古樟岩没有人不听。他也希望月亮湾人听他的。月亮湾人自然不会把袁满正的话当回事，尽管他有钱有势。月亮湾人对他敬而远之。最近，袁满正经常听到外面人议论，古樟岩这几年窑师傅烧的砖瓦不如月亮湾的好，他心里有些不舒服。他想，古樟岩自古以来就有很多手艺人，不比月亮湾差。月亮湾不就是有"和七窑"吗？其他窑师傅的手艺也都差不多。他把古樟岩的窑匠们召集起来，说："树要皮，人要脸。古樟岩要重振威风，你们要去汤家学学'和七窑'，取长补短，青出于蓝而胜于蓝，将来超过他们，我就给你们奖赏。"

古樟岩窑师傅说："总甲啊，汤家有《烧造真经》，只要把他家的真经偷出来，保证我们烧出好砖。"

说得众人都笑了。

袁满正说："我才不相信有什么真经呢。"

古樟岩窑师傅说："真有啊，汤和七在世的时候，有人还看见过呢。不然的话，为什么一样的泥巴，烧出的砖瓦就是不一样？"

袁满正说："无论做什么匠人，都要动脑子。否则，学一辈子手艺，也学不出什么名堂来。"

这天，袁满正就请月亮湾的汤丙、易如山等人到家里做客，拿出好酒好菜招待，酒过三巡，袁满正说："汤师傅，听说你家里有一部《烧造真经》？"

"谁说的？"汤丙喝了几杯酒，脸开始红了。

"大家都这么说。不然的话，为什么泥巴差不多，你们家的'和七窑'烧出的砖瓦就是不一样？"袁满正说。

"一样的泥巴还种出百样花呢。"汤丙说。

"汤师傅，如果有，就借给我们看看嘛，天下匠人是一家，何况古樟岩和月亮湾更是一家亲。汤师傅和我们袁家也是有缘，你与袁兴祖家的关系就不同一般。"

"是的，天下手艺人都是一家人。哪里有什么真经？如果有，那只有六个字？"

"六个字？"

"是的，手到眼到心到。"

"嗯，这'三到'，说得好。不过，说起来容易，做起来难。我们古樟岩窑师傅以后去你那里取经，你要不吝赐教哦。"

"'和七窑'从来都是敞开的，欢迎欢迎。"

仅仅过了两天，古樟岩窑师傅邱宏义就带着五六个师傅来到汤丙的窑场取经，邱宏义与汤丙其实早就认识，只是交往不多。

"不经一师，不长一艺。今天就来向汤师傅取经。"邱宏义笑嘻嘻地道。

"邱师傅不仅烧窑手艺好，砖雕手艺也是无人能比。"汤丙道。

"同样的泥巴，'和七窑'烧出的砖瓦就是不一样啊！"

"五根指头还有长短，怎么会一模一样？"

"汤师傅，你就给我们说说烧窑的窍门吧。"

"我父亲一直说烧好窑，就六个字。"

"六个字？"

"手到眼到心到。只要做到'三到'，还怕烧不好砖瓦？"

"怎么才能做到手到眼到心到？比如说，这做砖坯的泥巴怎么知道它熟了？"

"手会告诉你。"

"什么时候火要大，什么时候火要小？"

"烟大火苗低。冷火不到满窑渣，熬火不到满窑花。眼睛会告诉你。"

古樟岩师傅们问这问那，汤丙耐心地解答。他们听听汤丙的话，再看看"和七窑"的砖瓦，打心眼里佩服，他们现在都觉得"和七窑"真不是吹出来的。

古樟岩窑师傅到汤丙窑口取经的事当天晚上就在月亮湾传开了。老槐树下，月亮湾人又在议论这件事。

铁柱说："俗话说，教会徒弟，饿死师傅。汤丙啊，你不要这么傻，把吃饭的本领教给人家。"

刘六说："同行是冤家，有他没你。你把窍门告诉了他们，有一天，他们的尾巴就会翘上天。"

易伏说："袁满正这个大地主要面子，处处想占上风，我们怎么能跟着他的屁股后面跑？"

易如山说："不要那么小气嘛。'和七窑'就在本村上，你们都把'和七窑'的本领学到家了吗？"

汤丙说："鲁班发明凿子、锯子、斧子，如果闷在他自己的心里，还能造福百姓吗？单人不成阵，独木不成林。手艺就是一代传一代，一代胜一代。我希望月亮湾、古樟岩的窑师傅都能烧出好砖瓦来。"

现在，袁河边的窑场越开越多，白天，窑烟袅袅，到了夜晚，站在山坡上朝河边望去，窑火点点，人影绰绰。这一派祥和、安静的景象，汤丙好久没有见过了。

中秋节快到了。

月亮湾人对月亮一直有着特别的感情，据老一辈说，很久以前，每个月十五，都会拜月，元朝统治时，日子难过，这个习俗也就渐渐淡了。这几年，每年的正月十五或者八月十五，月亮湾人总要拜一次月。易如山找汤丙商量，过去，你们都不在家，拜月也就简单了，今年村上人都在家，中秋节办一次拜月会吧。汤丙说，我们想到一起了。村上人都赞同。木匠们制作了新的傩舞面具，漆好的面具挂在老槐树的枝丫上，红的、绿的、黑的、白的，鲜艳夺目。孩子们在面具下，指指戳戳，十分开心。

中秋节这天傍晚，西边的太阳还没有落山，圆圆的月亮就已经露出了笑脸，月亮湾老槐树下已聚集了很多人。

一切准备停当。主祭人易如山高喊一声"肃静"，全场立马安静下来。

"呈案——"

刘六、何兴抬上了香案。

"上灯——"

七八个孩子，提着荷花灯、柚子灯，走到了香案边。

"上果——"

汤满、刘德华端上了瓜果、月饼，摆在案头。

"上香——"

汤丙、李黑、铁柱、易伏、李大等人每人手里捧着一炷香，点燃后，次第插在香案上。

接下来就是拜月。民间有"男不拜月、女不祭灶"的说法，可是月亮湾人不信这个，月亮湾的男男女女都特别喜欢月亮，每年的中秋节，家家户户都要在自家门口设案拜月。

"拜月——"

老槐树下所有人都面朝月亮跪下。

易如山用唱腔高声喊道："古人不见今时月，今月曾经照古人。月神年年来护佑，袁河水流无古今。一拜，祈愿风调雨顺年年丰；二拜，祈愿月圆人圆事事圆；三拜，祈愿手艺人走遍天下有饭吃。"

接着，村上的几位年长者向村民分发祭品。他们将月饼切成一块块，分给馋得流口水的孩子们。

接下来，就是表演傩舞。汤丙、李黑、铁柱等二十多位村民都戴上了面具。

"咚咚锵——"锣鼓响了起来，有人放起了爆竹。

跳傩的人开始跳起来，马步、弓步、摆拳、跳跃，一招一式，逗得人前仰后合，喝彩声不断。

傩舞结束后，孩子们烧起了瓦塔。

孩子们堆了四个瓦塔，火点起来，不一会儿工夫，瓦塔烧得通红。孩子们围着瓦塔打打闹闹。大人们在一起说笑，也不知到了何时，众人才陆续散去。汤丙回家的时候，看了一眼袁河，只见一轮圆月挂在中天，袁河似一条白练，静静地落在那里。

第二天晚上，古樟岩邱宏义领了几个匠人来到月亮湾走访，众人坐在老槐树下聊天。邱宏义说，古樟岩人向月亮湾人学到了不少东西，感谢月亮湾人。易如山、汤丙也说，邻居之家，多走动走动，是好事。技无止境，匠人们在一起切磋切磋，对大家都好。邱宏义说，很久以前，两个村办过匠人比赛，打打擂台，袁满正提议，今年秋天我们再搞一次比赛吧。易如山说，这个主意不错。汤丙、铁柱都赞成。邱宏义说，袁总甲说，他出银子，奖励获胜的匠人。易如山说，那是好事情。有人说，现在烧大砖，比赛就不能像以前那样比烧小砖小瓦了。易如山说，比赛的规则，改天两个村子再议。

古樟岩人走了之后，月亮湾人坐在老槐树下议论比赛的事情。有人说，这又是袁满正耍的花招，我们不理他那一套。但绝大多数人还是赞同比赛。村上老人说，过去两个村比赛，各有输赢，月亮湾赢得多一些，古樟岩几个老师傅烧窑手艺很好，也不可轻视。铁柱说，月亮湾有汤丙在，怎么会输？输了我们还有什么面子？汤丙说，那不一定，世上哪有常胜将军？匠人的事情，一点儿也不能马虎。

袁满正把古樟岩的窑匠们召集起来，道，这次大家一定要为古樟岩争荣誉啊，你们看看月亮湾的"和七窑"，名气越来越大，这样下去，古樟岩就会一直被压住，古樟岩的窑师傅们还有什么脸面？如果你们认输，我袁满正也没有什么好说的。如果你们不认输，我全力支持你们。烧砖比赛是赛几轮，他汤丙也只能出来一次，即便是输给了汤丙，不能再输给其他人。你们要让周围人看看古樟岩窑师傅们还是不错的。如果赢了这次比赛，我奖励每人五两银子。

过了几天，两个村的长老、窑师傅代表在一起议定了比赛规则，并定于十月初一比赛。两个村的窑师傅们都为比赛做着准备。

十月初一这天，天空湛蓝，凉风习习，秋阳照在袁河上，泛着粼粼波光。

擂台设在古樟岩靠近袁河边的场基上，擂台附近，插满了彩色的旗子，人们打起锣鼓，造起气氛。听说两个村子要打擂台，方圆几十里的人都来看热闹，月亮湾和古樟岩两个村子的老老少少，更是全部出动来观战。

按照规则，两个村的比赛按照三个步骤进行。第一场是做砖坯比试。双方各出三人，看哪一方窑师傅做的砖坯既快又好，附合规定的重量。第二场是比砖的结实。双方各出十块砖，让大力士将砖从两丈高的台子上用力抛下，看看谁家的砖最结实。第三场是比窑匠的眼力，好砖、孬砖混在一起，看看双方谁认得准。

一阵急促的锣鼓声之后，比赛开始了。

第一场做砖坯比赛。按照规则，每一方出三个窑师傅，在规定时间内，看谁做的砖坯多。砖坯的重量必须达到四十斤，超一两或少一两，都不算。这项比赛对窑师傅的做坯手艺要求很高，下手抓泥、揉泥、砸模必须做到熟、快、准。因此，双方都派出有经验的老师傅上场。

月亮湾第一个上场的是汤丙，古樟岩第一个上场的是邱宏义。两人走到事先准备好的模子前，裁判一声令下，两人迅速开始抓泥、揉泥、砸模，一气呵成，旁边的人看花了眼。两人都是老师傅，难分上下。

月亮湾第二个上场的是老师傅易丙一，古樟岩第二上场的是李胜。两人也不相上下。

月亮湾第三个上场的是铁柱，古樟岩上场的是鲍三。铁柱动作明显比鲍三要快。

规定的时间到了，裁判称重量，数合格的砖坯数，最后宣布：月亮湾窑师傅制作的合规砖坯三十一块，古樟岩的合规砖坯二十九块。

第一轮，月亮湾人赢了。月亮湾人都开心地跳起来。古樟岩的人自然有些失落。坐在一旁的袁满正脸色有些尴尬。他想，这只是第一轮，输赢现在还很难说呢。

过了一会儿，第二轮比赛开始。

这轮比赛，古樟岩和月亮湾各出十五块砖，双方各派三位大力士上台，每人将对方的五块砖，从两丈高的台子上抛下。最后看哪一方的砖碎得少，便为胜方。双方都会派出力气大的年轻选手出场，让对方的砖多碎一点。

两村的砖都已经选好，堆放在台上。裁判一声令下，双方选手，依次上台。

月亮湾上台的选手是何兴、李大、李胜轻，古樟岩上台的选手是袁小河、袁兴、刘小。

双方选手都使出平生力气，将对方的砖抛下。

不一会儿，各方的十五块大砖都被对方抛到地面，裁判逐块检视，随后宣布："月亮湾断砖两块，古樟岩断砖两块。"

裁判话音刚落，人群中一片呼叫声。这意味着双方在这一轮比赛中又打成平手。

这时有人出来说话："月亮湾有一块砖上脱了点皮，这也应该算是坏砖。"

几位裁判又去检视一番，合议后宣布："古樟岩赢！"

古樟岩人一阵狂呼。

袁满正一下子跳了起来。高台前，有人放了爆竹，现场沸腾了。

前两轮，双方打成平手，接着是关键性的第三轮。双方各出一个选手，从十块砖中辨认粉心砖。所谓粉心砖，就是火候不足，砖的外表尚可，内瓤多沙子，没有凝结，这种砖很不结实。如果不是很有经验的师傅，单从外表很难判断出来。

古樟岩上场的是老窑匠袁黑子。

月亮湾上场的是汤满，月亮湾有人担心，汤满毕竟是新手，又年轻，他能取胜吗？

根据抓阄结果，首先是袁黑子辨认。他走到十块样品砖前，先是仔细看，接着用手掂量，逐一辨认，从中挑出了四块粉心砖。

轮到汤满上场，汤满朝着擂台下看了一眼，然后定神凝视，逐一用手掂量，很快挑出了六块粉心砖。

裁判用铁锤敲断古樟岩袁黑子辨认的十块砖，共五块粉心砖，也就是说，还有一块粉心砖没有被辨认出来。

裁判又敲断了月亮湾汤满辨认的十块砖，共六块粉心砖，汤满完全正确。

裁判最后宣布，月亮湾赢了今天的比赛。

月亮湾人欢天喜地，打起锣鼓，放起爆竹庆贺。

袁满正有些不自在，但还装成开心的样子，走到易如山面前，表示祝贺，然后登上一个台子，强作欢颜，道："我们两个村的烧砖比赛传统中断好多年，现在日子好过了，这个好传统不能断。通过比赛，我们两个村的窑师傅们多切磋切磋技艺，这是大好事。俗话说，有艺走遍天下，无艺寸步难行。大家都要把艺学好。今后，烧砖比赛每两年办一次，轮流做东道。我袁满正出银子，奖励获胜方。月亮湾、古樟岩是邻居，邻居好，赛金宝。两个村，其实就是一个村。从今以后，我们应该像走亲戚一样常来常往。"

按照旧例，由赢方选派一位有威望的师傅担任鲁班会会长。月亮湾人推选汤丙担任鲁班会会长。

袁满正让汤丙上台说几句，汤丙道："没有到外面走一走，就觉得袁河最宽最长，到了赣江才知道，还有更宽的河。到了长江，又知道还有更宽更长的大江大河。我到了京城，认识了苏州的木作大师傅陆良、陆善，才知道外面的山有多高。'和七窑'就是最好了？不是。外面手艺好的人多呢。古樟岩人、月亮湾人，要把眼睛向外看，看多了，就知道怎么做一个有匠心的匠人。"

汤丙的一番话，博得一阵喝彩声。

汤丙的儿子汤满在这次两村烧砖比赛中表现很突出，在关键时候赢了比赛，现在一下子出名了。人们都说，这不奇怪，汤和七的孙子，汤丙的儿子，将门出虎子，名师出高徒，"和七窑"有了传人。汤丙也觉得儿子烧窑很用心，只要是烧窑上的事情，汤满总会想方设法搞明白。这一点与自己很像。村上的窑师傅说，汤满这孩子脑子灵，心眼活，将来超过他爷爷、父亲也未可知。村上人不知谁给汤满起了一个外号"窑痴"，一传十，十传百，很快就传开了。

古樟岩的袁满正本来想通过比赛，扬扬古樟岩的威风，但比赛结果让他有些失望，但他对办成这场比赛还是蛮自豪的。以前，他认为月亮湾的手艺人没有什么，汤家的烧窑技艺不过如此，"和七窑"之所以远近闻名，是吹出去的。现在，他不这样看，他觉得月亮湾人不错，勤劳，诚实，手艺好。所以，他要古樟岩的窑师傅向"和七窑"学习。他觉得汤家祖孙三代人，个个都是烧窑能手。他对汤丙有了好印象，汤丙为人忠厚实在，眼界开阔。那天在比赛现场，他认识了"和七窑"第三代汤满，这个后生虽然年纪轻轻，眼力好，心又细，日后定会是一个好窑匠。古樟岩的窑师傅也说，一缸不出两样酒，一树不开两样花。汤家人的手艺，的确顶呱呱。

十三

冬去春来。又一个春天降临月亮湾。

布谷鸟在袁河上空叫个不停。月亮湾人都在忙着翻地整田，种豆插秧。

一天早晨，汤丙正在地里干活，铁柱跑来了，说李黑不行了。汤丙一下子蒙了。两人迅速跑到李黑家，李黑已经断气了。月亮湾人都来了，人们都悲伤不已。汤丙想起不久前，李黑曾说过最近胸口闷，当时自己还劝他去看郎中吃点药，后来也不知道他去了没有，怎么突然就没有了。他后悔没有再过问这事。李黑与汤丙从小就在一起长大，现在突然走了，汤丙哭得很伤心。月亮湾人把李黑葬在后山坡上，汤丙说，让他每天都看着我们烧窑。

一天，宜春县衙役来到月亮湾，传达朝廷诏令：袁州府烧造的城砖成色好，朝廷再次给袁州府增加烧砖任务，并按数付给窑匠工夫工钱。

月亮湾人说，怎么没完没了，眼下这么忙，哪里有时间去烧大城砖？也有人说，烧得好就加码，这太不公平了。那我们以后把城砖烧得差一些，朝廷就不会再给我们摊派任务了。

衙役说，朝廷给袁州府多摊派任务，这是瞧得起我们袁州府啊。一边干活，一边烧吧。

晚上，烧税砖的事自然成为月亮湾人在老槐树下议论的话题。

有人说："汤丙啊，你是鲁班会会长，你去找县里说说，不能这样欺负我们。朝廷不管我们死活，难道我们该伸着脖子给人家砍吗？"

铁柱说："实在不行，也只好糊弄糊弄，应付差事吧。"

汤丙说："普天之下，能烧砖的师傅多呢，朝廷能看上袁州府，看上宜春，看上月亮湾，我们脸上有光，这不是坏事，再说，烧砖还给工钱。千万不能拿砖撒气。我在京城做工，京城的匠人都说，袁州府的砖，顶呱呱。我听了，脸上也有光。我们不能砸了袁州府的牌子，更不能砸了月亮湾的牌子，不能丢老祖宗的脸。"

铁柱道："汤丙啊，你现在怎么有点愚？你我都是九死一生，还说官府的好，你难道把过去的事情都忘了？"

汤丙道："不是说官府怎么好，眼下实情就是这样，谁还能抵抗不交？既然要做，就不能糊弄。"

接下来的日子里，月亮湾家家户户都忙开了，既要耘田、插秧，又要忙刨土、和泥，为烧窑做准备。

汤满要去袁州城里刻章，刘德华说，也帮我和妹妹各刻一个。汤满写好了名字，交给刻字的。过了几天，汤满把砖章拿回来，刘芷娘一看，道："这个刻字的人怎么把我的章刻错了，把'劉'刻成了'刘'？"

汤满道："这不是错字，笔画少一点，现在很多人都这么写。"

白天，春阳普照，田里、窑口都是忙碌的人影。夜晚，袁河岸边，蛙声一片，窑火点点。烧窑师傅光着背膀，挥动着铁叉，在熊熊燃烧的膛口前，不停地喂柴喂草。

到了袁河边楝树花盛开的时候，税砖烧好了。袁州府选派有经验的窑师傅负责将税砖押送到京城。汤丙被宜春县推荐为押运窑师傅。

晚上回家，玉莲听说汤丙又要去京城，很不高兴，说："怎么老让你去？"汤丙说："这一次去只是负责押运，把税砖交给官府，通过验收后就回来，估计也就个把月吧。"

汤丙和袁州府的五位押运窑师傅一起，坐上了赴京城的运砖船，驶向京城。

七天之后，袁州府运砖船到达京城上新河。上新河地处江心洲的夹江东边，明初在这里开凿了一条河道，直通城里，由于很多南来北往的船在这里歇脚，便在靠近河口边形成了一个巨大的码头。从上江来的大批水运木排、竹筏一般都停靠在码头附近水面上，京城人又把这里称为"皇木场"。

码头上，各地运粮、运砖的船太多了，袁州府的运砖船只能停靠在码头边等待，工部在这里设立了验收官，验收各地上缴的官砖。

官船需要排队，汤丙和袁州府监工们都下了船，在附近逛逛。这上新河镇商铺林立，南北货物，应有皆有，人头攒动，十分热闹。汤丙想，应天城里的三山街，也不过如此繁华。抬头看幌子，什么"徽州毛豆腐""镇江水晶肴肉""苏州青团""湖熟板鸭""金陵小笼包"之类，琳琅满目。走着走着，他看到了卖"江西扎粉"的幌子，便和几个宜春人一起走进小店，每人要了一碗炒扎粉，味道还算地道。一问，店主是宜春东乡人。店主说，江西老表，在京城相识是缘分，今天我免费送给家乡人吃。

排了四天队，终于轮到袁州府。工部的验收官问汤丙是哪里来的，汤丙说是袁州府宜春县的。得知是袁州府的砖，验收官满面笑容，竖起大拇指，连声道，袁州府宜春县的砖，免检。另一位验收官说，对其他地方的砖，我们验收可仔细了，袁州府的砖是例外，抽查几块，如果没有问题，就给你们发砖票。

验收官在一堆砖中随便抽取了五块砖，看看，敲敲，觉得都是好砖，就没有说什么。又在另一堆砖中抽取了五块，看看，敲敲。验收官对其中的一块砖左看看，右看看，然后用锤子锤断，砖中露出黄色粉瓤。验收官脸色顿时变了，问："这是怎么回事？"

袁州府官员和押运师傅都围了上来。

汤丙走上前去，用手抠了抠，黄沙簌簌往下掉，再看看，里面还塞了不少稻草。

验收官又抽取了几块，敲断一看，里瓤也塞有稻草。验收官喊来工部官员，官员十分紧张，连忙道："幸亏抽查了几块，不然就会出大事。"

工部官员问袁州府的押运官员，押运官员也蒙了，嗫嚅道："这怎么会呢？怎么会是宜春的砖？"

众人又看了看砖上的铭文——

总甲袁满正甲首邱宏义小甲易如山窑匠铁柱造砖人夫刘六

"汤丙，这是你们宜春月亮湾烧的？"袁州府的押运官问道。

汤丙也看到了，砖上面清楚写着"窑匠铁柱"。

汤丙傻了，心想，铁柱啊铁柱，这难道是你烧的砖吗？他立马联想到不久前朝廷下达任务的时候，铁柱说过牢骚话。可是铁柱是老窑匠，也不会这么糊涂啊，再看砖上的铭文，千真万确。

面对铁的事实，汤丙一句话也说不出来。

验收官叹了口气，道："没有想到你们宜春月亮湾居然烧出这样的孬砖来！"

听了这话，汤丙顿时如五雷轰顶，身子似乎被什么魔法定住了，动弹不得。过了很久，他才恢复意识。

工部督查官员很快都来到验收现场，查明情况后，严厉地训斥了袁州府押运官员、押运师傅，让他们等待朝廷的处罚。

有人说，汤丙啊，你在京城做过活，帮朝廷选了官窑址，为朝廷做过事的，能否去朝中找找做官的，帮说说情？汤丙想，我的确认识工部员外郎陆良，我若找他，他也许会帮忙，但我是一个堂堂的窑师傅，平时最看重的就是烧窑手艺了，父亲一直教导我要守护住匠人的声誉，我也一直认为，月亮湾窑师傅是最好的匠人，可是现在，居然烧出了劣质的砖，我还有什么脸面去找陆良求情呢？

第三天，朝廷将袁州府的押运官员、窑师傅召集到一起，工部员外郎开始训诫："袁州府窑匠一干人，你们听好了，皇帝念你们袁州府烧造有功，对袁州府格外开恩，工部对你们的税砖网开一面，只是抽查，可是你们有人肆意妄为，匠心尽失，以次充好，偷工减料，毁我大明城墙，罪责难逃。朝廷决定，袁州府本次所送城砖全部作废，再给袁州府增加任务。袁州府本次押运官员、押运师傅每人打十棍。窑匠、烧砖人夫以及各级有关人员，每人罚烧五百块城砖。"

起初，汤丙以为打十棍屁股算不了什么，让他没有想到的是打棍人用了一根长木板，使出平生力气，一边打一边喊："打死这帮江西佬，烧的什么烂砖来糊弄朝廷。"十棍打完，汤丙已经疼得昏死过去，待他醒来，看看裤子，已经碎了，腿上鲜血直流。他试着站起来，可两条腿根本不听使唤，又倒在了地上。莫大的羞辱感已经让他不知道疼痛。他想，月亮湾人怎么会烧成这样的粉心砖？这真是奇耻大辱啊！如果旁边是江水，他就跳下去。

"宜春烧出了孬砖""月亮湾窑匠不怎么样""烧成这样的砖，还不如去死"……各种闲言闲语迅速在上新河码头传开。有的说，朝廷杀一儆百，要把宜春的窑匠都给杀了；有的说，宜春的官员投河自尽了；有的说，朝廷又给宜春人增加了五成烧砖任务，以此惩罚他们。

汤丙彻底蒙了。他整个人已经不属于他自己。他感觉到自己就是一具行尸走肉。他不知道向谁发火，也听不到任何人说话。他感觉到所有人都在嘲笑月亮湾，嘲笑他。他不想回去了。但他又一想，如果他不回去，月亮湾人怎么知道这个耻辱呢？不，我要回去，我要亲自告诉月亮湾人，这是人世间最大的耻辱！我要当面质问铁柱，这砖是你烧的？你真的还有脸活下去？

两个月后，汤丙忍着疼痛回到了月亮湾。他没有直接回家，径直走到袁河边铁柱的窑口。

看见汤丙走来，铁柱老远就打招呼："喂，汤丙，你今天走路怎么一瘸一拐的？"

气势汹汹的汤丙不说话，走到铁柱面前，一把抓住铁柱的衣领，就是一拳。这一拳打得很重，铁柱一个趔趄，差点摔倒。铁柱被打蒙了。

"汤丙，你……你……今天怎么了？"铁柱一脸的委屈。

汤丙蹲下身子，抱头哭了起来。

周围的人闻声赶到。

汤丙大声斥责道："铁柱，你……你真是一个下三烂！"

铁柱和众人都是一头雾水，只是看着汤丙。

汤丙说："我问你，送京城的城砖是你烧的？"

铁柱蒙了，道："是我烧的啊，怎么了？"

汤丙咆哮道："你还好意思说，烧出这种烂砖。我问你，你还是月亮湾人吗？"

铁柱这才意识到汤丙说的可能是指送到京城的城砖。

"竟然烧出粉心砖！"汤丙咬牙切齿道。

"粉心砖？这怎么可能是我烧的？绝对不会啊！"铁柱大声道。

"砖上的名字清清楚楚，还能抵赖得了吗？"

"……"铁柱像一根木头一般傻傻地立在那里。

易如山道："汤丙啊，你好好说，这砖是不是我们月亮湾的啊？是不是搞错了。月亮湾人不可能烧出粉心砖来的。"

汤丙说："怎么会搞错？我在场啊！"

汤丙从袋子里掏出两块碎砖块，说："你们看看，这是谁的？"

众人凑上前，捡起碎砖一看，果然有铁柱的名字。

铁柱也看了看，自言自语："这怎么可能？这怎么可能？"

汤丙说:"你还抵赖?"

铁柱在气头上,破罐子破摔,大声叫道:"汤丙,你这是吊死鬼抹粉——死要面子。就算我烧的又怎么样?要杀要砍,来啊!皇帝不管我们死活,还要我们烧好砖,一批又一批徭役,压得我们喘不过气,这和元朝有什么两样?"

也有几个村民出来附和铁柱。

"是啊,就算我们月亮湾烧的,又能怎么样?难道把我们月亮湾人拉出去砍头?"

"汤丙,不要理他们。"

"天高皇帝远,他朱元璋有本事来月亮湾抓我们啊。"

……

汤丙青筋暴起,道:"诸位乡亲,自古以来,月亮湾祖祖辈辈以烧窑为生,即便是饿死人的时候,月亮湾还有人在烧窑,祖先一再告诫我们,月亮湾要烧天下最好的砖。这次送砖到京城,起初听说是袁州府的砖,验收官们都说免检。可是看到粉心砖时,他们骂袁州府人,骂宜春人,骂我们月亮湾人,你们知道吗?工部验收官说,这就是你们宜春人烧的孬砖?你们知道后果是什么吗?我被打了十棍不说,让全袁州府的烧砖任务增加了好几成,月亮湾人真丢脸啊!匠人匠心,匠人心都没了,还算什么匠人?我们对得起月亮湾的祖宗们吗?这真是奇耻大辱!"

刚才在议论的人也不说话了,人们都要看看汤丙带回来的那块粉心砖是什么样子。

过了一会儿,人们才反应过来安慰汤丙,可是汤丙不见了。

就在人们寻找汤丙时,何兴跑来说:"不好了,不好了,有人跳窑了。"

何兴说:"大窑才熄火,刚才看见一个人影在窑顶上闪了一下,就不见了,不知道是不是掉进去了。"

这是汤满正在烧的一口大窑。汤满回家办事,留着何兴在守窑。

听说有人掉进了窑里,月亮湾人顿时乱成了一锅粥。众人马上联想到汤丙,是不是汤丙掉进去了?

闻讯而来的汤满在大窑顶上看见了一只父亲的鞋子，才确信，掉进窑里的正是他父亲。

"汤丙跳窑啦！汤丙跳窑啦！"有人在大声呼喊着。

有人说，赶快把窑拆了吧。有人说，赶快浇水冷却。有人说，赶紧去找铁钩子，看能否把人钩出来。

第二天，人们从窑中找到了汤丙的遗骸。

月亮湾陷入了巨大的悲伤中，仿佛一切都凝固了。

玉莲和汤满、谢妹哭成了泪人。刘德华、刘芷娘兄妹俩一直在汤家陪着。

汤丙的死，在月亮湾引起极大的震动。

易如山含泪说："汤丙把砖瓦看得比命还重。"

铁柱说："都怪我啊，是我害死了汤丙。早知道这样，我去死算了。"

袁满正听说汤丙死了，立即赶到月亮湾慰问。袁满正说，这太悲惨了，怎么会发生这种事情呢？月亮湾的砖瓦向来都是好的，怎么会烧出粉心砖来？匠人易得，匠心难求。像汤丙师傅这样刚烈的匠人能有几个呢？既然人不可复活，就要好好送汤丙一程，把丧事办得漂漂亮亮，我出二十两银子。

有人说，袁满正这会儿在看月亮湾人的笑话。

有人说，人皆有恻隐之心，人家是同情嘛。

出殡那天，月亮湾、古樟岩以及周边的窑匠们都来为汤丙送行，队伍绵延了十几里。

当天本来天晴，到出殡的时候，天空忽然阴云密布，下葬时，雨哗啦啦地下了起来。人们说，汤丙宁愿靠墙死，不愿倒架子。老天也在为他流泪。

日后月亮湾人说，这天真的奇怪，出殡路上，喜鹊、乌鸦成百上千，立在路边的树上，一直叫个不停，像是为汤丙送行。

还有人说，袁河里无数条大鱼突然跳出水面，旁边的人都看呆了，莫不是水府里的神灵在显灵？还有人说，前一天夜里，窑神庙里传来哭泣的声音……

就在汤丙辞世的三天后，古樟岩传来消息，鲍三投袁河自杀了。临死前，他把心中的秘密告诉了袁黑子。袁黑子觉得心里有愧，就把事情说出来了。原来，那次烧窑比赛，铁柱赢了，鲍三心里一直不舒服。一天，鲍三偷偷来到铁柱的窑里，将铁柱的刻字印章偷走了，盖在自己做的砖坯上，然后故意烧成孬砖，想借此惩罚一下月亮湾人。听说汤丙跳窑，鲍三十分愧疚，投河自尽了。这件事情激怒了月亮湾人，刘六、何兴等一批年轻人摩拳擦掌，要去古樟岩为汤丙报仇，易和仲等老一辈好不容易按住了。

在月亮湾，人们都觉得汤丙没有死，他就在袁河边，每天挥舞着铁叉，在膛口前喂着柴草。人们看到"和七窑"，就会想起汤丙和他的父亲汤和七。悲伤与痛惜的泪水不会白流，它如袁河水一般，不仅滋养了月亮湾的土地，也濡润着月亮湾匠人们的心田。

十四

谢妹和刘德华结婚了。这是玉莲和七巧的意思，也是谢妹和刘德华两人的意愿，他们俩好成一个人。

玉莲一直有一个心思，就是巴望着汤满和刘芷娘能成亲。可是，玉莲说服不了汤满，汤丙在世时，提过好几次，汤满总是沉默不语，也不知道他愿意还是不愿意。刘芷娘母亲七巧说，汤满肯定是看不上芷娘。最近，袁兴祖的妻子好姐来到七巧家提亲，袁兴祖的儿子袁小河木工手艺做得不错，人也很本分，七巧就答应了。问刘芷娘，刘芷娘没有说话。后来，七巧从谢妹那里知道，刘芷娘看上的还是汤满。可是汤满并没有那个意思。刘芷娘为此哭过很多次。

父亲去世之后，汤满像换了一个人似的，变得沉默了。以前，很多时候，刘德华来找他，两人说说笑笑，聊聊心思，现在刘德华成家了，事情多了起来，两人见面也就少了。妹妹谢妹出嫁后，家里一下子变得冷清。不过，对于家里的事情，汤满总是想在前，主动帮妈妈分忧。

最近，袁满正刚好要翻建房子，他想到"和七窑"。汤丙死了，他十分震惊、惋惜。他对汤家是敬佩的，汤家烧窑手艺无人能比。汤丙烧窑，从不马虎，这一点，他十分看重。他拿出二十两银子给玉莲，玉莲表示感谢，但她没有收。现在造房子需要砖，袁满正想，就买"和七窑"的货，一来成色好，二来也是照顾汤家的生意。于是，袁满正找到了月亮湾的易如山，请他做主，说服玉莲。听说买砖瓦，玉莲立马答应了。

玉莲晚上和汤满说了袁满正买砖瓦的事。汤满说，他们古樟岩也烧砖瓦，买我们家的，那边的窑匠们会高兴？玉莲说，这也是总甲的一片心意，不要管那么多了。再说，这次你父亲去世，他还送来二十两银子，尽管我们没有收，但情分在那里。

第二天上午，汤满推了一车砖，就往古樟岩袁满正家赶。路上，遇见好几个村上的人，问汤满给谁送砖，汤满说，给总甲袁满正家送。村上人说，总甲这会儿对我们月亮湾人还蛮好的，买我们月亮湾的砖。快到古樟岩，遇到了古樟岩窑匠袁小六，袁小六问，你给谁送砖呢？汤满说，给总甲家送。袁小六笑了笑说，还是野花香啊。汤满说，小六啊，不能这么说，大路通天，各走一边。东家不买，西家买。袁小六说，总甲大人现在胳膊肘往外拐呢，我是随便说着玩的，你不要在意。汤满没有觉得袁小六是说着玩的，他分明有点吃醋。

汤满推着车，不一会儿就到了古樟岩。汤满从外面打量着袁家大院。院子的前面有一方池塘，水清照人，塘边一棵大樟树，几个人才能合抱过来，再往后就是险峻的石岩。院子里有好几幢房子。再看看门楼，两边飞檐翘起，门楼上镶嵌着各种造型的砖雕。白墙灰瓦，看起来清爽、雅致。朱红的大门左右各蹲着一个大石狮子，惟妙惟肖，再细看，狮子身上爬着五个形态各异的小狮子。大门旁边就是高高的围墙，院子里的大树枝丫伸到了墙外。

汤满正在四处张望着，突然，从里面蹿出一条黄狗来，"汪汪"地狂叫。

汤满正要躲开，从里面走出一个大腹便便的人。

"来旺——"来人喝了一声，狗不叫了，他笑嘻嘻地迎了上来。

"小汤师傅啊，这么早，辛苦了。我是袁满正。"来人说。

古樟岩、月亮湾两个村的总甲，汤满当然认识。

汤满行了礼，道："袁总甲，我是汤满，给你家送砖来了。"

袁满正满脸堆笑，道："小汤师傅，你的手艺不错，这年头，有一门手艺就好，俗话说，身怀一艺技，顶种两亩地。你把'和七窑'传承下来，就不愁吃不愁穿。我家这几间房子已经有一百多年了，年久失修，这次要重新翻修一下，需要一些砖瓦，有劳你了。"

汤满道："袁总甲客气了，你有什么需要我做的，尽管吩咐。"

大门有很高的石门槛，汤满拉砖的车子过不去，袁满正就打开了旁边的小门，汤满很顺利地把车子推到院子里。

袁满正道："我马上要出去催粮，你把砖卸下，堆在围墙边就可以了。"

汤满一边卸砖，一边用眼睛余光打量着院子。

院子很大，前后有三幢房子，最前面的房子是楼房，看起来很气派。院子里有两棵大树，浓荫似盖，很有些年头了。院子里种了很多花草，看起来很整洁。

汤满麻利地卸下车上的砖，推着车子，出门上了大路，飞快地跑回月亮湾窑场。过了一会儿，汤满又推来一车。

这一次，汤满将车直接推进边门，刚进到院子里，突然，大黄狗又蹿出来，朝汤满狂叫。汤满本能地举起一块砖，狗吓着往后退，比先前叫得更凶了。

"来旺，不许乱叫！"传来一个女子的声音。

黄狗立马停止叫声。

汤满定睛一看，从屋里走出来一个女子，大约十七八岁，身着艳丽的裙子，面若桃花，简直像仙女一般。女子满面笑容地问："哪位客人呢？"

见到女子，汤满羞涩地将视线移开："我……我是来送砖的。"

女子莞尔一笑："我认识你，你是月亮湾的汤满。"

汤满脸红了："你……你怎么知道我的名字？"

女子甜甜地道："龙舟比赛时，你是舵手。还有烧砖比赛，你最后上场，赢了。我们古樟岩人都认识你。再说，你们汤家的'和七窑'谁不知道？"

汤满有些不好意思："谢谢！"

女子很大方地道："我父亲有事走了，他对我吩咐过，你把砖堆在院子围墙边就可以了。"

汤满低头道："嗯。"

女子进屋了。

汤满快速地卸着砖。

再送一车来的时候，女子正在门口，黄狗伏在她脚边，见到汤满，女子面带笑容，道："放心吧，我看着来旺，它不会再叫了。"

汤满朝黄狗望了一眼，就低头卸砖。

汤满卸得很快，女子走近汤满，道："汤满，你真有力气，一手能拿好几块砖。"

汤满笑了笑，没有说话。

汤满跑到第四趟的时候，女子从里屋走出来，手里端着一个大碗，递给汤满，道："汤满，累了吧，喝碗茶吧。"

汤满擦着头上的汗珠，有点不好意思："不累。谢谢！"

汤满伸手接过女子递来的大碗，咕咚咕咚地喝干了，羞涩地道："谢谢！"

女子笑道："你真能喝！"

汤满憨厚一笑。女子朝汤满看了一眼，就进屋了。

后来，汤满又送来两趟，每次进到院子里，总能看见女子在院子里，似乎在等他推车进院。

第二天一早，汤满来到袁家大院门口，门还没有开，他就在门口池塘边坐下，过了好一会儿，门才开。见到汤满，袁满正很客气："小汤师傅，这么早！你辛苦了。你真勤快啊！"

汤满有点不好意思，道："我……习惯起早。"

袁满正说："小汤师傅，你们汤家，我还是很了解的。你爷爷汤和七，真是了不起，烧得一手好窑。你父亲汤丙也非常出色。现在轮到你接班了，日子会过得芝麻开花节节高啊！"

汤满不知道说什么，只是点头，手足无措地站在车旁，用汗巾擦着汗。

这时，女子从屋里走出来，朝着汤满看了一眼，道："我认识他，他是月亮湾的汤满，那天比赛，他赢了。"

袁满正看到女儿走了出来，问："早晨读了书？"

女子道："孙先生这两天都有事，没有来，他指定的书，我都读过了。"

袁满正点头。

"砖瓦有什么难烧的，不就是把泥巴在手里捏一捏，揉一揉，然后，放到火里烧吗？"女子道。

袁满正被女儿的话给逗乐了："是的，是的，明天让你去做窑师傅，怎么样？"

"你说话算数哦，就这么定了。汤师傅，有女的烧窑吗？"女子笑着朝汤满看了一眼。

"有，我妈妈、妹妹都会烧窑。"汤满道。

"太好了，那我以后和你妹妹学烧窑吧。"女子道。

"这苦活你能做得动？还是绣你的花去吧。"袁满正道。

女子进屋前朝汤满看了一眼，此时汤满也正好看女子，四目相对，停留了片刻。汤满的心一阵狂跳。他将车推到院子里，快速地卸着砖。离开袁家时，两条腿像是在云端里，轻飘飘的，不听使唤。上了古樟岩通往月亮湾的大路，他抬头看了看天，天空蓝莹莹的，像是被水洗过一般。再看看袁河，河水闪着亮亮的波光。这世界怎么一下子变了？变得像是在梦中一般美好。这袁家的女儿简直就是一位仙女。他汤满长这么大，哪里见过仙女？

他很快又拉了一车，走进院子，希望再能看见那个仙女。等他卸完砖，始终没有看见女子出来。等到下一趟，他刚到袁家的院子门口，女子站在门口池塘边，靠在樟树上，朝着他笑。

"汤满，你不累啊?"女子问。

"不累。"汤满脸红了。

"你慢慢送，又不是急着用。累了，就歇一歇。"

"嗯。"

汤满将车推进院子里，低头卸砖。女子也走进院子，站在旁边看着汤满卸砖。等到快要卸完，女子转身进屋，端来一碗茶，递给了汤满，微笑道："喝吧。"

汤满接过碗，一口干了，用袖子擦了一下嘴，道："谢谢。"

汤满问："你……你叫什么名字?"

女子道："我的名字嘛，有时落在山腰，有时挂在树梢，有时像面圆镜，有时像把镰刀。你说我的名字叫什么?"

汤满想了一会儿，道："那是……月亮。"

女子笑道："是啊，我就是天上那一个圆圆的大月亮。"

汤满羞涩地点头。

"告诉你吧，我叫袁明月。你叫汤满，我们两个人的名字放在一起，就是满月。"

汤满不知道说什么好，离开袁家的时候，一路上脑子里都是袁明月的笑容。已经是傍晚时分，抬头看看，今天是十六，圆圆的月亮正挂在天上，汤满盯着月亮看，他觉得今晚的月亮就是明月的脸，一直朝着自己笑呢……

又是一天。

汤满还是像往常一样，起得很早，把砖装上车，天才蒙蒙亮，心想，这会儿送去，太早了，他就把车推到袁河边，在一棵乌桕树旁坐下，望着河面发呆。河面上飘着一层白雾，早起的鸟儿飞来飞去，叽叽喳喳。他好像看见一位女子从水中飘然升起，朝他微笑，很快又飘然而去……他揉揉眼睛，一只翠鸟在河面蘸了一下水后，倏地飞走，河面上留下了一圈圈涟漪。

太阳升起来了，袁河水睡醒了，汤满推起车子，朝着袁家大院走去。大门是关的，再看看旁边的门，也是关的，他就把车停在门口，在池塘边的樟树旁坐下。

过了好一会儿，袁家的黄狗叫了起来。

"来旺——"从院子里传出一个男人的声音，随后，边门打开了，袁满正走出来，看见汤满道："小汤师傅，这么早啊，我才起来呢。"

汤满问了早安后，把车推进了院里，快速地卸着砖。他一边卸，一边用眼睛余光扫了一下周围，院子里静悄悄的。

送了三趟，院子里还是没有人，送到第五趟时，他不由自主地抬眼望了望面前的楼上，忽然看见明月正伏在二楼的栏杆上，朝着他笑呢。

汤满装作没有看见，低头搬砖。

眼睛余光告诉他，楼上的明月一直在看着他卸砖。

汤满送第七趟的时候，明月倚靠在院子里的门边上。等到汤满卸得差不多了，明月手捧大碗茶，递了上来，汤满很自然地接过，一口喝干了。

"你们月亮湾我小时候去过。"明月说。

"你到过我们月亮湾？"汤满很诧异。

"村中有一棵大树，家家门口都是石头台阶。"

"嗯，你去月亮湾做什么？"

"那还是很小的时候，我和我们家的长工一起去的。"

汤满听爷爷说过，月亮湾人曾有好几家人在袁满正家打过长工。

"你去过我们村哪一家？"

"刘德江家。"

"哦，他家就在我家旁边。"

"你家的窑就在村边？"

"窑在河边，离村子还有一段路。站在我家门口，可以看见窑，也能看见袁河。"

"我想去看看你烧窑。"

"烧窑有什么好看的？"

正说着，从屋内走出一个女人，喊道："明月，你在和谁说话呢？"

明月道："妈，月亮湾的汤满正在给我们家送砖呢。"

明月妈妈朝着汤满看了一眼，道："哎哟，这是汤家的小师傅嘛，我怎么不认识？你叫……"

"汤满。"女儿在一旁提醒。

"对、对，汤满，那年打擂台，你赢了。我和你父亲说，'和七窑'的砖瓦就是比我们古樟岩的要好，成色好，又结实，你父亲开始还不情愿买，怕村上窑师傅说话。这怕什么，谁家的货好，就用谁家的。他们如果烧成'和七窑'这样的砖瓦，我们自然会买，用不着他们说。明月，快回屋，把那枝牡丹绣好。"

明月应了一声，就走进屋里。

下午，汤满来送砖时，没有见到袁明月。

又过了一天，汤满给袁家大院送砖，送了几趟后，才发现明月正趴在楼上的栏杆处，对他挥舞着手。汤满挥了挥手，就弯腰继续卸砖。等卸完砖，汤满朝楼上望了一眼，明月正朝着他笑。

突然，汤满发现面前掉下一个物品，抬头一看，明月朝他点头。他这才意识到，面前的这个物品是明月扔下来的。他低头捡起来一看，是一个绣花小香囊。他拿在手里，不知所措。抬头望了望明月，明月点了点头，意思是"给你的"，汤满快速地将香囊放到裤子口袋里。

屋里有人在喊明月，明月转身进屋了。

汤满推着车子，走出袁家大院，在古樟岩通往月亮湾的路上飞快地跑着，手推车仿佛要飞起来似的。到了袁河边，他把车靠在一棵乌桕树旁，然后，掏出明月送给他的香囊，仔细端详。香囊由五色丝线织成，上面绣有桃花、鸳鸯。汤满闻了闻，一股清香扑鼻。汤满看了又看，然后攥在手心里，贴在自己的胸口。现在，汤满脑子里都是明月的笑。明月喜欢我吗？如果不喜欢，为什么要给我香囊呢？她怎么会喜欢我呢？她是地主家的大小姐，我只是一个窑匠。地主家的大小姐会嫁给一个窑匠吗？……汤满想不通这些疑问，只好看着袁河水发呆。

第二天上午，汤满送来一车砖，刚走到院子边门口，就看见了袁明月，正朝着自己笑。汤满的心怦怦乱跳。

袁明月看着汤满把车推进院子里，汤满在卸砖，袁明月就在旁边一块石头上坐下。

"汤满，我昨晚念了一首诗，今天念给你听听。"

"……"汤满心想，我哪里能听懂诗。

"你肯定能听懂。诗是这样写的：'陶尽门前土，屋上无片瓦。十指不沾泥，鳞鳞居大厦。'汤满，我问你，这首诗写的可是事实？你门前的土都掏完了吗？"

"袁河边的泥巴多着呢。"

"那你家的屋顶上盖的是草，还是瓦？"

"我们月亮湾家家都盖瓦。"

"十指不沾泥，鳞鳞居大厦。看来，后两句写的是事实了。我的手没有沾过泥，你看看，我住的高楼大厦。"

说得汤丙笑了起来。

正在这时，袁明月的妈妈走了出来，高声道："明月，你一大早不读书，在这里干什么？还不快回去。"

袁明月的妈妈朝汤满瞪了一眼。

上午，汤满后来又送几趟砖，都没有见到明月。

下午，汤满送来第一车，袁满正就走了出来，汤满向袁满正问好，袁满正脸色阴沉地说："汤满，这一车卸完后，后面不要再送了，砖已经够了，瓦也不要送了。"

汤满点了点头，心想，还有十几车没有送呢，怎么就不要了？汤满将车推进院子，一边卸砖，一边用眼睛余光扫了院子和楼上，静悄悄的。袁满正一直站在旁边，冷冷的不说话。等卸完，袁满正道："我改天给你妈妈送银子去，辛苦你了。"

汤满在回月亮湾的路上，一直在想，究竟发生了什么呢？难道明月送给自己的香囊，被她父母知道了？这不可能。如果不送砖瓦，今后怎么能见到明月呢？也许今后再也见不到她了。怎么突然之间，就见不到了呢？……想着想着，他的眼睛模糊了……

汤满又回到了自家的窑场。他现在做什么事都没有劲头。脑子里都是明月的影子。他躺在窑场里，想着这多天来，见到明月的点点滴滴。他把明月送给他的香囊放在身边，时不时拿起来端详，看到香囊仿佛就看到了明月。一天，他竟然跑到了古樟岩的村边，在离袁家大院不远处的田埂上坐下，朝着袁家大院望去，希望能看见明月，事实上，他什么也看不见。他想象着明月就在大门口，朝着自己笑。夜晚，他望着天上的明月，痴痴地想，他把天上的月亮当成了袁家大小姐。夜里，他已经很多次梦见了明月。

不见了明月，生活还要继续。汤满又烧起了窑。

大约过了一个多月，一天，汤满正在烧窑，突然，从窑口传来一个女子细细的声音："汤满——"

汤满听见有人在喊自己，走出来一看，啊，是明月！旁边还站着一位女子。他怎么也不敢相信，袁明月来了。

"是你！"汤满有些手足无措。

袁明月道："这是我表妹。"

汤满赤裸着黝黑的上身，脸上都是烟灰，健硕的身体上，滚着一串串汗珠。他一手拿着铁叉，一手拿着汗巾在擦汗。

"我不请自到。"明月笑着道，"窑里好暖和啊。"

汤满愣住了，不知道说什么好。

"我和我表妹特意来看你烧窑的。"明月笑着说。

汤满熟练地拿起铁叉叉起一把芦苇，送进窑炉里，炉里响起了"噼啪"的响声，瞬间升腾起一股新的火焰。

袁明月和表妹就站在窑洞里的火膛前，看着汤满在添柴。窑火将两个少女的脸，映得红扑扑的。

汤满忽然想到，应该让客人坐坐，于是，他把一条板凳上的东西挪下，道："你们……坐吧。"

"一窑砖要烧多少天？"袁明月问。

"根据砖的大小、多少而定，小砖一窑要烧三四天，大砖一窑要烧六七天。"汤满道。

"那夜里怎么办?"

"夜里也要烧啊。"

"你爷爷就是在这窑里烧出'和七窑'的?"

"是的。"

"我想起来了,我以前来过月亮湾两次,有一次是小时候过年,月亮湾办跳傩会,我妈妈带我来过。还有一次,去过你们村的刘德江家。"

"你今天怎么找来的?"

"谁不知道'和七窑'啊?你家在村子的边上还是中间?"

"在村子的东边。"

正说话,谢妹和刘芷娘来了,看见窑里站着两个年轻女子,大吃一惊,站在一旁不知所措。

汤满脸"唰"地红了,支支吾吾地介绍道:"这……这是古樟岩的袁明月……这是我妹妹谢妹。"

几个人之间互相打量一下,也没有说什么。袁明月和表妹就告辞了。

谢妹神秘兮兮地问:"汤满,这女子哪里来的?"

汤满说:"袁总甲的女儿。"

谢妹道:"哦,大家闺秀啊。"

刘芷娘在一旁没有说话,脸色很难看。

汤满头上直冒汗。

谢妹和刘芷娘找个理由走了。汤满的心还在怦怦乱跳。刚才的一幕,简直就像在梦中一般,袁明月怎么会到窑场来呢?难道她是特地来看我的?

过了几天,刘德华来到汤满的窑口,帮忙窨水,问:"汤满,听说地主家大小姐明月来窑口看你了?"

汤满脸唰地红了,笑了笑,没有说话。

刘德华说:"没有不透风的墙啊。汤满,你有福气,遇见下凡的仙女了。"

汤满道:"这是哪里对哪里啊,她……她只是路过这里,顺便来看看窑场。"

刘德华诡秘地一笑："恐怕不是吧，一定是人家喜欢上你了。"

汤满不好意思道："胡说！"

袁满正知道袁明月去了月亮湾汤满窑口后，十分生气。他让古樟岩的袁荣德找到月亮湾的易如山，说汤满引诱他女儿，看在汤和七的面子上，没有找汤满的麻烦。让这个孩子赶紧断了这个念头，改邪归正，否则，袁家人就不客气了。

易如山找到玉莲，把袁满正的话说了，道："高地芝麻洼地豆。这是哪里对哪里啊，我想汤满这孩子也不会这么想吧，不管怎么样，你劝劝汤满吧。"

玉莲很生气，道："这难道是真的？唉，汤满这孩子，就是不省心，送砖送出这等事情来，他是癞蛤蟆想吃天鹅肉啊！"

这天，谢妹回家，见到妈妈就说："妈，你知道吗，古樟岩地主家的大小姐爱上我家汤满了。"

玉莲本来就在气头上，谢妹这么一说，更加生气了："你胡说什么？人家是什么人？会找我们家？唉，汤满这孩子太不省心了。"

"我说的是实话啊，村上不少人看见了，我和刘芷娘刚好去找汤满，看见袁家大小姐穿着绫罗绸缎，正好在汤满的窑口，听人说已经来过好多次了呢。"谢妹诡秘一笑。

"龙配龙，凤配凤。人家是大户人家，我们是什么？惹不起啊。"玉莲道。

晚上，汤满从窑场回家，玉莲问汤满是怎么回事，汤满没有吱声。玉莲说："汤满啊，人家是大户人家，芝麻是芝麻，萝卜是萝卜，天生长得不一样高啊。什么不讲门当户对？你也不想想，我们是什么人家。"

汤满低着头，不说话。

玉莲大声说："汤满，我今天把话都说在这里，以后不准再有糊涂心思了。"

汤满还是沉默。

正月十五到了。

月亮湾按照惯例要在这天举办跳傩会，搜傩送年。现在日子好过多了，今年月亮湾人办了三十多桌酒席。考虑到近来与古樟岩的关系不错，易如山特地找到古樟岩的袁荣德、邱宏义，邀请他们参加傩会。袁荣德、邱宏义带着一帮古樟岩人高高兴兴地来了。

太阳落山了，月亮已经挂在东边。拜过月后，酒席开始了。月亮湾人拿出自家酿造的米酒，招待客人。人们纷纷举杯祝贺新年。

"汤满——"汤满回头一看，竟然是明月的表妹。

"你……你也来了?"汤满感到很突然。

"是啊，明月也来了，你瞧——"

汤满朝着明月表妹手指的方向看去，明月也看见了他。四目相对，汤满顿时脸红了。

"明月父亲这几天不在古樟岩，明月一定要来，妈妈没办法，又不放心，又喊了一位表姐，让我们两个人来陪她。"明月的表妹道。

汤满紧张得不知说什么好，心一阵乱跳。汤满随表妹来到明月身边，与明月打了招呼。

两个村子彼此熟悉的人很多，傩会上相遇，自然是十分开心，频频举杯。

天色渐渐晚了，月色笼罩下的月亮湾，一片欢声笑语。

"咚咚锵——"一阵急促的锣鼓声响起来，长老一声令下，傩舞跳了起来。

锣鼓声、吆喝声、喊叫声，让老槐树下变得热闹非凡。突然，人群中传来哭喊声。众人循着哭喊声一问，才知道，古樟岩的袁明月不见了，陪她来的两位女子眼睛都哭红了。易如山在旁边安慰着："今晚人多，放心吧，人不会丢掉的。"

傩会草草结束了，老槐树下陆续走掉一些人。大家还是没有找到明月。古樟岩的人都觉得很蹊跷，大活人怎么会不见了?

有人说，是不是回古樟岩了?

明月的表妹说："从月亮湾到古樟岩还有一段路，夜里，她一个人怎么敢回去呢？"

月亮湾有人想到，汤满也不见了，明月莫不是到汤满家去了？于是，有人到汤满家去找，也没有。

古樟岩有人大声说，难道是汤满把她拐走了？有的说，总甲的女儿丢了，总甲不会让我们古樟岩人有好果子吃的。

本来参加傩会是一件开心事，突然之间，气氛变得紧张起来。袁荣德发火了，道："人家邀请我们来参加傩会，是好心好意，我们不能像乌眼鸡似的，像什么话？辜负了月亮湾人一片盛情啊。大家不要闹，再四处寻找。"

刘德华想，难道汤满与明月去了窑场？他赶忙带着几个人跑到了汤满的窑场，刚走到汤满的窑口，就听见说话声，再听听，是一男一女的声音——

"我就喜欢你，哥哥。"女子道。

"我也喜欢你，明月。可是，我是一个窑匠。"男子道。

"窑匠怎么啦？我就喜欢你。"

"你父亲不会同意我们在一起的。"

"那你带我走。我们远走高飞。"

"能远走到哪里呢？"

……

明月找到了！在汤满的窑里找到的。明月是什么时候离开的？汤满和明月在窑洞里又做了些什么？没有人知道。这日后成了古樟岩、月亮湾两个村年轻人茶余饭后的话题。

那晚的事，后来传到了袁满正的耳朵里，他气得几天没有吃饭。他找到易如山说："汤和七、汤丙父子都是我尊敬的窑师傅，没有想到汤家的这个小毛孩不知天高地厚，勾搭我家女儿，你对汤家警告警告，让这孩子收了这份心，否则，我袁满正不会饶过他的。"

现在，月亮湾人都知道汤满爱上了古樟岩袁满正的千金。对此，月亮湾人有不同的看法。有的认为，汤满把袁满正的千金带到窑洞里亲热，这是伤风败俗的事，窑神会生气的。有的说，汤满只是癞蛤蟆想吃天鹅肉。有的说，过去，宰相的女儿王宝钏爱上了穷人薛平贵，在寒窑里苦守十八载，一直等到薛平贵归来，终成眷属。汤满怎么就不能和袁家大小姐好呢？

易如山找到汤满，把袁满正的话说了一遍，要他守本分，好好烧窑，不要有非分之想。

汤满没有说话。

易如山说："找一个门当户对的女子，好好过日子吧。"

在后来的日子里，汤满除了回家看母亲，一天中绝大多数时候都待在窑里，刨土、筛泥、做砖坯、烧窑……村上的窑师傅来找汤满说话，汤满有一搭没一搭的。只有刘德华来了，两人才说上几句话。月亮湾人发现，汤满变了，变得沉默寡言，变得不大理人。他时常一个人坐在窑顶上，面对夕阳发呆，像一尊沉默的石雕。有人还发现他一个人在窑场哭泣。在很多人眼里，汤满不仅仅是一个"窑痴"，而且还是一个"花痴"。

第五章 汤满在京城

一

又一个春天来临。

朝廷又给袁州府下达徭役任务，袁州府要派三百个匠人役夫去京城劳作。袁满正总甲趁机将汤满、刘德华的名字报了上去。

汤满得知自己和刘德华被征召去京城做役夫，还有几分兴奋，长这么大，他还没有出过远门，他早就想到外面去看看，这次终于可以成行了，只是他再也看不到明月了，想到这里，他有些失落，可是转而一想，即便是在月亮湾，也见不到明月啊。

玉莲知道汤满要去京城做工，很伤心，心想，怎么这么命苦啊？汤满父亲去了四五次，命都送掉了，儿子现在又要去服徭役，老天爷真的是不长眼啊！想着想着，就哭了起来。

这天早晨，天空飘起细细的春雨，汤满、刘德华、何兴、刘六早早来到古樟岩码头。汤满、刘德华事先和家人说好，不要送行。可是，当他们登船的时候发现，玉莲、谢妹、七巧、刘芷娘都来了，站在岸边，不停地挥手。汤满眼泪顿时滚落下来。

汤满、刘德华他们这次去京城先要到袁州城大码头集合。

船很快就到了袁州城北大码头，汤满朝码头看去，码头的河面上停靠了很多船。汤满等人在船上等了两个时辰没有动静，便找人问，同行的人也不知道怎么回事。到了下午，官府通知说，袁州府去京城的提调官突然生病，今天就不发船了，已经上船的匠人、工夫先下船在附近歇息，晚上再到船上过夜，明天一早出发。

众人下了船，何兴、刘六说就在码头附近转转。汤满和刘德华说，我以前听我爷爷说过，袁州城里有个宜春台，汉朝的时候建的，那里桃花特别多，我们一起去看看吧。

二人很快来到了宜春台，只见一大片桃林正在开花，游人如织。

二人登上台口，只见路的左右两边各有一株高大的树，叶子还没有发出，但枝头上已满是花苞。左边的树上枝头是白色的，右边的树上枝头是紫色的。刘德华说，这是什么花，花苞这么大，真好看，月亮湾从来没有见过。汤满问旁边的游人，游人说，这叫玉兰花。

两人再往路边看，一串串黄色的花，开得正旺。汤满道，这花袁河边有，爷爷告诉我叫迎春花。说话间，抬头一看，左右各有一个亭子。两人看看亭子上的字，都不认识。

正在这时，亭子里一位白发老人手捧着书，正在读着诗——

> 淮南悲木落，而我亦伤秋。
> 况与故人别，那堪羁宦愁。
> 荣华今异路，风雨昔同忧。
> 莫以宜春远，江山多胜游。

"老人家，这诗写的是宜春?"刘德华听到了诗中有"宜春"，便和老人打招呼。

"是啊，是唐朝大诗人韩愈写的宜春诗。"老人道。

"韩愈是我们宜春人?"

"不是宜春人，他本是朝廷一位大官人，遭人嫉妒，被朝廷贬到了我们宜春来，担任袁州府刺史，他做的好事可多啦! 修袁河，办学堂，解女奴，是一位好官啊，老百姓很喜欢他。单就解女奴来说，韩大人救了五百多个女子，并且下令禁止卖身为奴。现在县衙里还有'仰韩堂'呢!"

"老先生，我们袁州城有多少年了?"汤满问。

"东汉就有啦，汉高祖六年，宜春就开始建城，到现在已经有一千多年了。"

"那为什么叫袁州呢？"

"这说来话长。听说很久很久以前，袁河叫黑龙河，在黑龙河的源头有一条黑龙，这龙生性残暴，经常出来作恶，一不高兴，就把黑龙河的水吸干，袁河两岸经常遭受旱灾。这龙一高兴，就把肚子里的水吐出来，淹没两岸的田地、村庄。有一年，宜春县出了个汉子叫袁水清，他到明月山里修道，得到了仙人的指点，学到了屠龙之技。一天，他来到黑龙河，等待着黑龙出现，一天两天，整整等了四十九天，黑龙终于现身了，袁水清与黑龙搏斗，最后同归于尽，袁州人为了纪念袁水清，就把黑龙河改为袁河。"

"老先生懂得真多。"汤满道。

"这两个亭子上写的什么字？" 刘德华问。

"哦，一个上面写着'凭虚'，一个写着'积翠'。这'凭虚'就是登高望远的意思，'积翠'就是把周边的绿色收拢来，积攒在一起的意思。"老先生道。

二人听了点点头。

"老先生，这附近有庙可以拜一拜吗？"刘德华道。

"有啊，再往后走，就是嫦娥祠，里面供奉的就是月亮神——嫦娥。"

"嫦娥？"

"是啊，嫦娥原先是月宫中的女子，美貌无比，她看上了袁州府的一个穷书生，被王母娘娘惩罚到人间，现在就住在明月山。"

"明月山？"

"嫦娥就是月亮神，你们去拜一拜吧，嫦娥会保佑你们平平安安。"

两人告别老先生，来到嫦娥祠。祠堂不大，只有一幢三间屋，里面供奉着一尊女子的塑像。汤满和刘德华猜想这就是嫦娥了，便朝塑像拜了三拜，祈求嫦娥保平安。

刘德华说，这嫦娥的故事怎么与你的事很相像？你今天拜了嫦娥，说不定她会帮助你的。

不知不觉，太阳快要落山了，汤满和刘德华站在宜春台上，看了一会儿落日，便回到码头，找了一家扎粉店，吃了扎粉和糍粑，就上船歇息。

　　第二天，天蒙蒙亮，袁州府官船出发了。

　　汤满抬头望望外面，袁河上笼罩着一层浓雾，看不清岸边，一阵阵冷风从窗口吹进，让人不禁打起寒战。船行了一会儿，就到了古樟岩码头。汤满想起父亲曾经在这里几次乘船去临濠、京城的情景，码头还在，可是父亲不知道去了哪里，现在自己又在重复着父亲走过的路。

　　"月亮湾到了。"汤满让刘德华看看外面。

　　月亮湾似乎刚刚醒来，山、水、田地都笼罩在一片朦胧中。汤满努力朝着古樟岩方向看，希望看看明月的家，可是，有雾根本看不清远方。

　　汤满倚靠在船舱边，看着外面的河水、山坡、田野，想起月亮湾的人和事，恍惚中听到有人在喊"汤满"，他抬头一看，啊，是明月！她正站在船边向自己微笑呢。

　　"明月，你怎么也在船上？"汤满吃惊地问。

　　"你要去哪里？"明月问。

　　"我去京城做工，去烧窑啊。"

　　"我也去烧窑。"

　　"你是女人家，怎么去烧窑？"

　　"宜春的女窑匠多呢，你妈妈、妹妹不都是女窑匠吗？"

　　"你在哪里烧窑？"

　　"你家烧的是'和七窑'，我家烧的是'月光窑'，我们俩比一比，看谁烧得好。"明月道。

　　"'月光窑'，名字很好听！"

　　"我们家烧的瓷器，像月光一样白。"

　　"那你教教我怎么烧吧。"

　　"好啊，我教你烧瓷，你教我烧砖。"

　　"就这么说定了。"

"走，我现在就去教你。"

"现在就教？现在不是在船上吗？"

"是啊，我家的窑就在前面的袁河边，我们一起下船吧。"

"这里不是码头，怎么下船？"

"你跟我来——"说罢，明月跳下船，在水里走。

汤满跟着明月跳下船，发现袁河水很浅，蹚过水，来到河边的草地上，放眼望去，到处都是奇花异草，再往前走，看见一口窑正冒着烟，明月说："这就是我家的'月光窑'。"

汤满说："这地方真好看！难怪能出'月光窑'。"

汤满跟随明月攀上窑顶，明月指着窑里正在烧的瓷器说："汤满，你看看，里面的碗、瓶、壶、杯，样样都是月光白。"

汤满看呆了："这些瓷器太漂亮了！"

明月说："跟我来，还有更好看的呢。"

正在这时，汤满看见明月的脚旁有一个硕大的洞，立刻大声喊道："小心，脚下有洞。"

话音刚落，明月掉进了洞里，汤满大声喊道："明月……明月……"

"明月不在船上，汤满。"刘德华摇醒了汤满。

汤满睁开眼，定了定神，才意识到刚才做了一个梦。

众人先前就听说袁家大小姐袁明月到过汤满的窑场，现在，汤满竟然在梦里高声喊叫"明月"，可见汤满真的是犯痴了。

刘德华说："汤满，你做梦都在想明月呢。明月在家要打十个喷嚏了。"

汤满尴尬地笑了笑。

船行了两天，在天黑的时候，停靠在鄱阳湖边的湖口驿码头。

湖口驿码头坐落在鄱阳湖入长江口，扼江控湖，素有"江湖锁钥、水陆通津"之称。来往长江的船只一般都要在湖口驿码头停一停，做些补给的事情。船靠码头后，役夫们下船吃了饭，在码头上望了一会儿呆，就到船上睡了。

春夜，和风徐徐，天上挂着一轮圆月，湖面上罩着一层白白的纱雾，看不清是水面还是陆地。

汤满立在船头，望着圆月，想起明月。明月，现在你在哪里呢？你也在楼上看圆月吗？你知道我在去京城的路上吗？你我一定是有缘的，不然，我们为何遇见，又彼此心生喜欢？不知道我这一生还能不能再见到你了……

不知待了多久，他才回到船上睡觉。

"起来！起来！"汤满被一阵吵闹声惊醒，定睛一看，船上站着四五个蒙面汉，一个高个子恶狠狠地说："你们快留下买路钱，不然，我们就将船弄翻，让你们都去喂鄱阳湖里的鱼。"

汤满想，不好，遇到打劫的了。船上的人陆续醒了。有人说话："这位兄弟，我们坐的是官船，去京城做役夫，身上哪有钱？你就放过我们吧！"

高个子劫匪大声叫嚷："少啰唆，把你们身上的盘缠都拿出来，否则，你们一个也活不了。"

有人说："这位兄弟啊，我们都穷得叮当响，真的没有钱。"

又有人说："你们这样抢劫，被官府抓住，会被砍头的。"

高个子劫匪道："官府算个屁。皇帝什么时候把我们老百姓当人？不是交税粮，就是交税砖，把我们逼得无路可走。快点把钱交出来，不然的话，死路一条。"

刘六说："我这里只有两贯，我给你们，你们就走吧。"

高个子劫匪道："两贯就能打发我们？少废话，快点全部拿出来，不然的话，我们就要动手了。"

话音刚落，何兴唰地冲到一个劫匪前，一把夺下刀，这个矮个子劫匪立即反抗，两个人扭打起来，旁边的劫匪看见何兴反抗，都冲上去，将何兴按住，何兴挣扎着，并高声喊叫："有劫匪啦！快来抓劫匪！"两个拿刀的劫匪朝何兴一顿乱砍。

汤满冲上前去，奋力将一个劫匪顶到船边。他知道，再往前走，就会将劫匪顶进湖里。劫匪死死拽住汤满，汤满使出平生力气，用力一顶，劫匪"扑通"一声掉到湖里。

看到劫匪行凶，船上的人纷纷和劫匪扭打起来，有人高喊："抓强盗啦——"

忽然间，岸上响起一阵急促的敲锣声。原来官府巡逻的皂吏听到有人喊劫匪，立刻敲锣，劫匪听到锣声，纷纷上岸逃跑。

借着月色，汤满等人朝着黑影追赶，刚才被汤满顶进湖中的落水劫匪，很快被逮住，过了一会儿，众人又抓住了三个劫匪。

汤满回到船上时，听见有人在呻吟，走近一看，何兴身上都是血。众人赶紧找官府巡逻皂吏救人。皂吏说，深夜里哪里能找到郎中？只能等天亮。再过了一会儿，何兴就不能动弹，很快就断气了。昨晚还是好好的，突然之间人就没有了，一船的人怎么也接受不了，纷纷哭了起来。

役夫们把何兴安葬在湖口驿旁边的山坡上。站在这里，面前就是波光粼粼的鄱阳湖。汤满流着泪说，何兴在这里每天可以看见船来来往往，以后，我们回江西路过这里，他一定会看得见我们。

宜春人坐在何兴的坟边，久久不愿离开。官府的人说，二十个劫匪全部被抓到，送到九江府府衙了。汤满说，恶有恶报，这也算是对何兴的告慰。

船继续往京城驶去，驶入长江的时候，太阳正要落山。天空的彩霞，将一江春水染得通红。远处山峦起伏，白帆点点；近处，浪翻白花，江鸥飞翔，这景致汤满从来没有见过。

"德华，你看这长江，比袁河宽多了，真好看！"汤满说。

"好看！"刘德华说。

"何兴命苦。"刘六说。

"听我父亲说，小七子就是在长江上病死的，就葬在江里。"汤满说。

"不知道在什么地方。"刘德江说。

"我们给小七子磕个头吧。"汤满说。

月亮湾人齐刷刷地朝江水跪下，磕了三个头。

"上一次，我们在长江上遇到大风暴，差一点儿船就翻了。船老大最后把一块祖传五六代的玉拿出来送给了水府神灵，风暴才平息了。"
刘六说。

"水府在哪里?"刘德华问。

"船老大说，就在江底下。"刘六说。

"那小七子说不定就在水府里烧砖呢。"刘德华说。

到了第八天早晨，有人高声喊叫："京城到了——"

汤满睁开眼，朝外望去，天空特别蓝，江面不是很宽，江边的柳树枝头已经泛绿，一群白色的水鸟正在水面上盘旋，江面上停靠着装着木材、木炭、稻米之类的船只，有人说，这里就是京城西郊上新河。

匠人们都下了船，上了码头。岸上到处都是人，沿街的店铺都挂着五颜六色的灯笼，像是过年一般。汤满一打听，上新河正在举办都天会。

提起都天会，有这样一个说法。唐朝安史之乱时，大将张巡死守睢阳城，寡不敌众，孤军奋战，最后以身殉国，唐肃宗追封他为都天王爷，下令各地立庙祭祀。从此，都天会成了江南一带的祭祀庙会。每年三月末四月初，在京城做木材生意的徽州商人都会在上新河举办都天会灯会。

汤满等人今天来，正好赶上灯会。只见上新河街上挂满各种造型的灯，插着五颜六色的旗子，街上人头攒动，十分热闹。

袁州府的提调官说，赶上灯会，也算是运气，今晚就在船上过一夜，明天一早乘船进城里。众人都很开心。

入夜，花灯一起点亮，绚烂多姿，街上的人比白天更多了，红男绿女，笑语喧腾，上新河一条大街挤得水泄不通。

汤满和刘德华哪里见过这等热闹景象，这里看看，那里看看，直到后半夜才找到自己的船，上船睡觉了。

第二天一早，役夫们乘坐小船，经南河往城里去了。

二

汤满、刘德华、刘六被分配到栖霞山附近的官窑山烧窑。

汤满听父亲说过，父亲当年在京城选官窑址的时候，跑遍金陵城，最后选中了在城南聚宝山的窑岗村、城北的小红山，父亲留在了窑岗村烧窑。

汤满说："官府为什么不把我们分到城南窑岗村烧窑呢?"

刘德华安慰说："到了京城，不管你在哪里，你父亲在天之灵一定会看见的。他会在天上保佑你烧出好窑。"

汤满说："你父亲葬在东郊汤山，等到清明，我们去扫墓。"

官窑山原先叫小红山，说是山，其实是好几个连在一起的山坡，最高的也就五六丈高，往北看，一两里外就是大江，山脚下有一条栖霞河，一头直通大江，一头弯弯曲曲直达城里。栖霞河西边不远处就是栖霞山。当年，汤丙在京城考察时发现，城北小红山的土黏而不沙，适合烧城砖，运输又方便，建议在这里建官窑场。官府采纳了他的建议。如今，官窑山已经建了一百一十口窑。

官府从上元县调来二十多个工夫，由汤满指挥。看到江西来的窑师傅待人和气，说话有板有眼，做事有条有理，上元县的工夫们都听汤满的话，每天起早摸黑，刨土掘泥。

踩泥时，众人一起喊着号子——

　　赤脚赤脚，嗨哟!

　　叉腰叉腰，嗨哟!

　　踩泥踩泥，嗨哟!

　　吧嗒吧嗒，嗨哟!

　　烂熟烂熟，嗨哟!

　　做起砖来，嗨哟!

　　硬如石头，嗨哟!

　　……

徐督工是上元县人，每天手中拿着鞭子，到处巡视，此人早年做过窑师傅，烧得一手好窑，面容看起来严肃，但待人和气，一般不随便打骂匠人、工夫。听到汤满窑口飘来阵阵号子声，他慢悠悠地走过来。

徐督工看到汤满很年轻，便问道："年轻人，你老家哪里？"

汤满道："袁州府宜春县。"

徐督工道："哎哟，宜春？你们宜春窑师傅就是厉害。"

汤满笑笑。

徐督工道："你们那里有没有一个叫月亮湾的地方？"

汤满大吃一惊，连忙道："有啊，我就是月亮湾人。你怎么知道？"

徐督工立马也露出惊愕的神情："难道还有这等巧事？当年这个地方就是宜春县月亮湾汤丙师傅发现的，朝廷采纳了他的建议，在这里建了官窑场。"

汤满道："他是家父。"

徐督工简直不敢相信自己的耳朵，道："是你父亲？真的？"

"嗯。"

"你……你叫什么名字？"

"我叫汤满。"

"哎呀，你父亲真的太了不起！当年，我见过他。我是金陵江宁县人，那时，我们一起选窑址。金陵城都跑遍了，就你父亲有眼光，看得准。我记得当时官府决定在这里建官窑场，我们好几个窑师傅都反对呢，说这里离城里太远，运砖不方便。你父亲坚持说这里好，后来证明你父亲是对的。你看看这土多好，还有一条河直通城里。他真了不起！现在他在家烧窑？"

"他已经不在人世了。"汤满小声道。

徐督工愣住了："哎呀，怎么回事？他年纪不大啊！"

"……"汤满不想把父亲的事情告诉他。

"好人啊，太可惜了！太可惜了！"徐督工叹气道，"你父亲的模样我还记得呢，瘦瘦的，很精干，他也认得我。我还记得他说过的一句话，'先做人，再做匠'。月亮湾这次来了几位窑匠？"

"就我们三人。"汤丙道。

自此以后，徐督工对汤满、刘德华、刘六都格外照顾。

汤满开始做砖坯、烧窑。汤满领头，刘德华、刘六打下手，三人配合得天衣无缝。

汤满的第一窑砖出窑时，徐督工和作头们都来看看江西袁州府的窑师傅烧得怎么样。待工夫们将窑里的大城砖一块块传出来的时候，众人看看、摸摸，都发出赞叹声："嗯，这大砖烧得真好！"

徐督工知道刘德华和刘六都会烧窑，就让汤满、刘德华、刘六三人每人负责一口窑，这样，三人白天都忙着烧窑，只有晚上才在工棚里说说话。

转眼到了清明，江南烟雨霏霏。

汤满和刘德华决定去汤山祭拜刘德华的父亲刘顺一。

这天，汤满和刘德华打听到了去汤山窦村的路线。二人在城东的运粮河码头坐上了船。摇船的船娘，四十来岁，穿着灰色短袄，扎着印花头巾。

"小哥哥，你们去汤山做什么？"船娘问。

"我们去……扫墓。"汤满道。

"听你口音，不是本地人。"

"江西人。"

"好远啊，你亲人的墓怎么在汤山？"

"他先前在这里做工。"

"哦，是石匠吧？坟头村埋了很多石匠。"

"对，我听我父亲说，有一个坟头村。"汤满道。

"可怜，石匠死了，就扔在坑里。那里也没有墓。"

"我听我父亲说，有墓。"

"清明了，他在地下等着你们给他烧点钱用呢，他们也要穿衣做饭。"

"我听我父亲说，有一个叫窦村的地方。"

"窦村很有名，在汤山做工的石匠都住在那个村里。"

"这京城有多少人在做工？"刘德华问。

"听说有五六十万人，也不知道真假。"

"你是京城人?"刘德华问。

"我也不是。我父亲是钱塘人,在老家开铁匠坊,被朝廷征到京城来了,现在住在打钉巷。这京城啊有九厢十八坊,住的都是匠人。"

"哪九厢十八坊?"

"什么染坊、织锦坊、银作坊、木匠坊、铁作坊、白酒坊、铜作坊、鞍辔坊、弓箭坊……我也说不全。"

一路上,都在下着毛毛细雨。运粮河两岸杨柳绽绿,油菜花金灿灿一片。

船娘说,我给你们唱一曲《孟姜女哭长城》吧,坐我船的人都喜欢听。说着,便唱了起来——

> 正月里来是新春,
> 家家户户点红灯。
> 老爷高堂饮美酒,
> 孟姜女堂前放悲声。
>
> 二月里来暖洋洋,
> 双双燕子绕画梁。
> 燕子飞来又飞去,
> 孟姜女过关泪汪汪。
>
> 三月里来是清明,
> 桃红柳绿处处春。
> 家家坟头飘白纸,
> 处处埋的是筑城人。
> ……

船娘唱着唱着,哽咽了。从一月唱到十二月,船上的人,都被唱得眼泪汪汪。刘德华想到自己的父亲就是因为筑城死在他乡,眼泪簌簌地流下。汤满想，这船娘仿佛知道我们的心思，这首歌好凄惨！

　　船行了一个多时辰，到了汤山脚下。下了码头，再打听窦村，很快便到了采石场。站在山坡上望去，到处都是塘口，成百上千石匠正在劳作。汤满向石匠们打听刘顺一的墓地。石匠说，这里死的石匠太多了，随便埋在一个大坑里，哪里有什么坟墓？汤满道，听我父亲说，当年堆了坟墓。石匠说，那就很难说了。你们到坟头村看看吧。

　　二人下了山，走上田埂，此时细雨若有若无，油菜花散发出阵阵清香，两头牛正在田头吃草，旁边站着戴斗笠的农人。二人走上前去，打听坟头村，农人说："这坟头村旁边葬的都是石匠，夜里、下雨天都有鬼哭声，你们去那里做什么？"

　　汤满道："我们是来祭扫的。"

　　"莫不是石匠的后代？"

　　"是的。"刘德华应道。

　　"唉，一片孝心啊。你们往前走，就会看见一个大坑。"

　　"我听父亲说，当时还立了一块碑。"汤满道。

　　"你们翻过这个山坡找找看。"

　　二人翻过山坡，放眼望去，面前是一个山洼，地上野草丛生，山洼里寂静无声，几只乌鸦在凄厉地叫着，给人阴森恐怖的感觉。二人再往前走，看见几座坟头，突然，有哭声传来，二人吓了一大跳，定睛一看，有三四个人在一个坟头边烧纸钱。

　　汤满说："我们分头去找墓碑。"

　　汤满经过一棵高大的棠梨树，抬头望望，树上开满白花。

　　找了一会儿，汤满终于发现了刘顺一的墓碑，赶忙喊来刘德华。

　　见到父亲的墓碑，刘德华"唰"地跪下，一边哭，一边喊道："父亲大人——，儿子来看你来了。"

　　汤满也在旁边流泪。

　　二人点燃了纸钱。刘德华道："父亲大人，来收钱吧，儿子今天来看你了，你在那边还好吧。我和汤满到京城来烧窑，家里一切都好，妈妈妹妹都好，你就放心吧……"

祭拜完，二人不说话，默默地坐在坟墓旁，刘德华仿佛感觉父亲就坐在身边。旁边树上的乌鸦一直叫个不停。

坐了很久，直到雨下大了，二人才依依不舍地离开了刘顺一的墓地。

三

官窑山现在开了一百多口窑，来自直隶、湖广、江西的五六百位窑师傅在这里烧窑，每天从早到晚都是一片忙碌、热闹的景象。

官府以州县为单元划分窑口，窑匠自然形成了一个个地方帮派，什么"袁州帮""舒城帮""荆州帮""常州帮""太平帮""扬州帮""岳阳帮"……亲不亲，家乡人。一个帮里人，大家相互照顾。帮与帮之间，则常常发生一些纠纷。

这天，汤满正在烧窑，突然，刘德华跑来说，不好了，宜春窑师傅与岳阳府窑师傅打起来了。汤满马上赶到刘六的窑口，只见十几个窑师傅正在打架，汤满一边让刘德华去喊督工，一边劝架。混乱中，汤满脸上被人重重地打了两拳，鼻血直流。官府的人赶到，双方这才停了下来。

汤满问刘六怎么回事，刘六说，我和宜春崔师傅路过岳阳府窑口，看见窑牌子上写有"岳阳无双"的字样，崔师傅说，王婆卖瓜，自卖自夸。岳阳的师傅口气好大，怎么能说自己天下无双呢？我们宜春才是天下第一啊。没有想到这话被旁边的岳阳府师傅听到了，走上来就要打架，说我们贬低他们。其实，我们也没有瞧不起他们，只是随口一说。

汤满觉得为这事打架，太不值得了，便找到岳阳府的作头，向他赔不是。对方看到汤满很诚恳，也把岳阳的窑师傅说了一顿。徐督工带人赶来，查明情况后，对刘六说，这是你们宜春窑匠的错，人家挂个"岳阳无双"的牌子，是激励大家烧好砖，也没有什么错，你们也可以挂"宜春第一"啊。徐督工看在汤满的面子上，也就没有再追究了。

晚上，汤满说："刘六啊，俗话说，出门三分小。还逞什么能呢？你也可以做一个牌子，插在窑顶上。"说干就干，刘德华、刘六和宜春窑师傅一起动手，制作了四块大木牌，上面写着"宜春无敌""月亮湾第一""宜春状元"等字样，插在窑顶。

附近窑口看到岳阳、宜春的窑顶上插着牌子，也都纷纷仿效，在窑顶上竖起了"荆州第一""常州魁首""泰山之顶""天下第一""天下之冠"等字样的牌子。一时间，"无双""第一"的牌子满眼都是。官府的人说，你们都说自己的窑是天下第一，那好，我们来比一比，看看谁名副其实。窑师傅们问，怎么比？官府的人说，就比砖好看不好看，结实不结实。

官府的人说，比赛采取打擂台方式，每家出二十块城砖，裁判用十五斤重铁锤击打城砖，看看哪一方的砖碎得少，就是赢方。赢了的，就是擂主。

宜春县窑师傅们一致推选汤满站出来做擂主。汤满说，我们随便拿出二十块砖去参赛。

岳阳的作头说，我们要挑战袁州府的窑师傅。结果，岳阳碎了四块，宜春县汤满参加比赛的砖全部完好，宜春县赢了。

接着，扬州府的窑师傅来挑战，结果，二十块砖碎了三块，宜春县的砖碎了两块，宜春县又赢了。

上元县的窑师傅来挑战，结果，上元县的砖碎了一块，宜春县的砖完好无损。

十多个府县出来挑战，都是宜春县赢了。汤满的名字一下子在官窑场传开了。这天，营缮司组织官窑场一百多位窑师傅来到汤满的窑口学习。窑师傅们仔细察看了汤满的窑口，再看看汤满烧的砖，都打心眼里佩服这位年轻的窑师傅。营缮司官员让汤满介绍经验，汤满道："外面都在传我们汤家有一部真经，其实根本没有，最起码我没有见到，我家祖祖辈辈烧窑，我祖父汤和七烧窑很动脑筋，在我很小的时候，他就教我要心细，不能马虎，他挂在口头上的'三到'，就是'手到眼到心到'，他说这就是烧造真经。我父亲烧窑，特别看重砖瓦的质地。他经常说，如果一窑砖瓦有一块废品，说明我汤丙烧窑的手艺还不到位。他把面子看得比生命还重要。"

窑师傅们都对这位年轻的窑师傅竖起了大拇指。

一天晚上，汤满去找岳阳的姚师傅聊天，走到路上，看见路上有打扮得花枝招展的女人走过，心生奇怪，这官窑山窑场里怎么会有女人呢？看女人的穿着，也不像是烧窑的。

第二天，汤满问徐督工："这窑场里怎么夜里有女人走路？"

徐督工神秘一笑："哦，这里有人做这个生意，窑师傅从四面八方来，长期在外，会想女人的，有人专门送女人过来。怎么样，你要不要找一个？"

汤满明白了，原来这烧窑的地方还有妓女。

一天夜里，汤满没事，去找刘六，走到刘六的窑口时，朝里看，窑膛前的一幕让他惊呆了：一男一女两个人光着身体抱在一起……窑火正烧着，将两个人的身体映得通红。汤满以为自己走错了窑，再看看，没有错，里面的人分明是刘六。原来，刘六也在玩女人！

汤满的心怦怦直跳，愣了片刻，掉头就往回走。汤满长这么大第一次看见男女之间的事，心想，刘六啊，你有多少钱，竟然在窑场玩妓女！

第二天，汤满见到刘六时，想问他，可是话到嘴边又停住了。

"小六子，听说你捡到一块金子了？"汤满半开玩笑道。

"金子，我有这个好运啊？"刘六道。

"小六子捡到一朵桃花，交的是桃花运。"刘德华道。

"哎哟，我的确交了桃花运，你怎么知道？"刘六笑道。

"我看见了。"刘德华道。

"啊，你看见了？你们俩要不要去捡一朵？"刘六笑道。

"算了吧，你还是自己好好留着欣赏吧。"刘德华道。

"小六子，出门在外，要小心点。"汤满还是没有把话挑明。

"我处处小心啊，一不偷，二不抢，每天都在好好烧窑。"刘六道。

刘德华忙把话题岔开了："我们找个时间去城里看看热闹吧。"

一天晚上，汤满正在窑口烧窑，刘德华跑来说，刘六被一帮人打了，汤满赶到时，只见几个壮汉对刘六拳打脚踢。汤满赶忙问是怎么回事？一个壮汉道："想玩女人，还不按例给钱。说好四贯，只给了两贯。"

"本来说好两贯的，后来讹诈说四贯。"刘六道。

"陪了你一夜，还不值四贯？"壮汉道。

"兄弟，有话好好说，这样吧，我来给。"刘德华拿来两贯钱给了这帮人，才平息了纠纷。

汤满和刘德华知道了，原来这几个壮汉都是皮条客，专门负责给窑场送女人。

壮汉走了后，汤满和刘德华把刘六狠狠骂了一顿。

四

朱元璋最近听到一些议论，说在京城劳作的匠人、工夫颇多怨言，决定到筑城工地微服私访，了解民情。

这天，身着便服的朱元璋，只带了工部侍郎韩铎、员外郎陆良骑马出了东华门，很快来到离宫殿最近的朝阳门工地。

朱元璋抬头看到，城门的墙体部分已经建好，城楼也快完工，很多匠人正在脚手架上劳作，城门旁不少工夫正在挑土。只见一位老人挑着两筐土，颤颤巍巍地往城墙上方走去，朱元璋走到老人面前，大声问道："老人家，我看你年纪不小了，怎么还在这里干活？"

老人听见有人在喊自己，看了来人一眼，就把担子从肩上卸下来，一边喘气，一边道："朝廷建城墙，是大事，小民们出出力还不是应该的吗？"

朱元璋听到老人这么说，很开心，又问道："你家里还有年轻的劳力吗？你这么大年纪还来做活？"

老人道："我一家六口，没有能做活的，儿子病了，做不动活，再说家里还有几亩田，我就让他在家做田，我来服工役。"

"你老人家今年高寿？"

"你猜猜。"

"六十五？"

"七十三啦。"

"啊，七十三？朝廷不是有规定嘛，六十岁就不能出来做工夫。"

"唉，规定当规定，这年头还有多少人死守规定啊，我们村上有七八个七十岁的，不都来了吗？"

"你府上哪里人？"

"我是常州府武进县人。"

"现在家里日子好过一些吗？"

"我们都是经历过元朝的人，那时候没有饿死，算是命大。有比较啊，现在什么日子？最起码有吃有穿。"

"你这么大年纪出来干活，官府知道吗？"

"他们不会问那么多，只要你有人出来做工就行了，再说，我们也是自己愿意来的。一人挑土不显眼，众人挑土堆成山。能为大明朝筑城，也是一件荣光的事情，只是我们老了，重活做不动。"

"那你老人家觉得现在的赋役重吗？"

"当然重了，你看着工地上，来了多少人？我们到时间就可以回去，那些匠人可不行啊。我们那里的木匠、瓦匠好几年都不能回去，一直在京城劳作呢。"

朱元璋点点头，心想七十多了，还要到工地上来干活，我朱元璋于心何忍啊？朕马上下令，将工地上七十岁以上的老人全部送回家去，如果家里没有子女，送到济养院去赡养。

随后，朱元璋一行来到城南三山门附近察看。三山门附近的城墙已经建得差不多了，朱元璋登上城墙，巡视左右，突然，看见河边有一个男子打着赤膊，在护城河里摸着什么，便问随从："这么冷的天，这个人在水里做什么？"

随从道："我且去打听一下。"

过了一会儿，随从过来，道："陛下，一个工头把工夫的斧头扔进了河里，工夫在水里摸斧头。"

"嗯？还有这等事？走，去看个究竟。"朱元璋道。

朱元璋走下城墙，来到河边，喊道："这位师傅，你在河里摸什么？"

水里的人只顾摸东西，也不言语。

旁边站着的工夫说："作头不把我们当人，把他的斧头扔到了河里。"

朱元璋一听火冒三丈："去把那个作头给我找来。"

旁边看热闹的人听到这口气，再打量打量眼前这个人，心想，这个人好像不一般，于是作鸟兽散。

过了一会儿，作头来了，连忙作揖道："大人，是小的错了，本是开玩笑的，把他的斧头扔进了河里，并没有什么恶意。"

朱元璋大声道："这么冷的天，还开这个玩笑？你自己下水试试，怎么一点也不体恤工夫？你这个作头真是狼心狗肺啊！"

作头连声道："大人，小的罪过，小的罪过。"

朱元璋道："你现在就给我下河去，把斧头摸上来，如果摸不到，你今天就不要再上来了。"

作头连连磕头，吓得衣服也没有脱，就跳进水中摸斧头。

正在这时，督工来了，看见朱元璋，"唰"地跪下，一直磕头："我皇万岁！万岁！万万岁！"

朱元璋厉声道："你们这些督工、监工、作头对待匠人、工夫没有一点怜悯之心，依朕的脾气，朕今天把你们统统杀了才解气。如果以后再发现你们这些有司对匠人、工夫作威作福，朕定会把你们的头都砍了。"

正说着，下河摸斧头的作头手里拿着一把斧头，走上岸。

朱元璋问工夫："你在这工地上是做什么的？"

"我们在这里夯土筑城，每五尺高就要用纴木一条，我负责在这里砍纴木。"工夫道。

"你是哪里人？"

"小的是山东人。"

"在这里服役多长时间了？"

"小的犯了罪，以罪罚役。"

"孟民贵，你还不赶快给皇帝跪下？"督工对工夫道。

工夫赶紧跪下。

朱元璋一愣："嗯？你姓孟？"

"小的姓孟。"

"你是孟子的后代？"

"小的正是孟子的后代。"

朱元璋道："哦，民为贵，社稷次之，君为轻。这是你老祖宗说的。说得对，也不对。没有好的君主，民众也会一盘散沙。"说罢，看了工夫一眼，对督工道："明日放他回去，他是圣人的后代，发点银子给他。朕听说，孟子的后代，家道不兴，凋敝零落，让人痛惜。今后如发现犯人中有圣人孔子或孟子的后代，就让他们回乡，免了他们的徭役。"

朱元璋一行沿着城墙继续往西边走去。

走着走着，只见离城墙工地不远处，两个人正在争吵着，朱元璋走近一看，两人正在下棋，为一着棋争来争去。朱元璋本来就在气头上，现在看到两人竟然在工地附近下棋，更加生气，便走上前去大声道："你们这两个人大白天不去干活，在这里吵什么？"

两人只专注下棋，听见有人说话，一个抬头道："你这人吃饱没事干，专管闲事啊！"

另一个道："我们吵，与你有什么相干？"

朱元璋气得眼冒金星，对韩铎说："把附近的督工们喊来。"

不一会儿，来了五个督工，朱元璋命令："你们把这两个人给我捆起来。"

下棋的人这才意识到站在面前的是一位大官人，顿时吓蒙了。

督工们喊人把两个下棋的捆了起来。其中一位还在争辩："我们一不偷二不抢，只是下棋玩玩，有什么错？为什么要捆我们？"

朱元璋大声喝道："你们这些游民，好吃懒做，别人都在筑城，你们大白天在此下棋，浪费好时光。看看朕怎么收拾你们。朕要建一个楼，把你们这种人都锁在里面，让你们玩个够！"

朱元璋对韩铎道："明天，你们工部就去勘察，在三山街附近造一幢楼，干脆就叫逍遥楼，把这些游手好闲之徒，全部搜罗来，锁在里面，不给他们吃喝，让他们彻底逍遥去。"

四个月后，逍遥楼就在淮清桥北侧竣工，里面关了二十多个下棋的、乞讨的，这是后话。

朱元璋听说他家乡凤阳府在仪凤门附近承包一段城墙，便和韩铎说，去仪凤门工地看看。当初分配任务时，工部大臣汇报说，考虑到建中都时，凤阳府官民出工出力甚多，打算免去凤阳府的任务，计划报到朱元璋那里，朱元璋道，朕已经蠲免了他们的田租税费，现在京城筑城怎么还能免呢？朕的家乡人恰恰要带好头啊。

工部只好又给凤阳府分配了任务。

朱元璋一行来到凤阳府工地，只见工地上人来人往，朱元璋走近一位正在搬砖的工夫，问："你这位小哥哥，你克饭了？"

克饭，凤阳话就是吃饭的意思。一听凤阳口音，工夫抬头道："没有呢，你也是凤阳来的？"

"嗯，你是凤阳府哪里的？"

"我是寿县的。"工夫道。

"哦，寿县啊，那可是历来兵家必争之地啊。八公山下，草木皆兵。你们寿县县城我去过，建得好。"

"我们寿县城墙是宋代建的。"

"我记得，县城有四道城门，东门宾阳、南门通淝、西门定湖、北门靖淮，都非常坚固。"

工夫吃惊道："官人，你怎么这么熟悉寿县？"

朱元璋笑道："我在那里打过仗。你来自当朝皇帝的家乡，我问你，现在他的家乡人怎么议论皇帝啊？"

工夫道："说起朱皇帝，我们凤阳府人真的是一言难尽，一个讨饭的和尚，能当上皇帝，古今第一人啊，可是，这个朱皇帝也是一个忘恩负义的人，当了皇帝后，就把凤阳人忘得一干二净。先前在凤阳造都城，凤阳人可高兴了，都巴望着成为大明都城，不知这个朱皇帝哪根筋搭错了，城都建好了，一句话又给废了。这不是儿戏吗？这次应天建城墙，本该免了徭役，结果又把凤阳人给拽上了。"

朱元璋听着听着，怒气上来，但一直强忍着，道："自古以来，交税粮、征役夫是天经地义的事，你可知晓？"

"怎么不知晓？干活就干吧，你要让我们吃饱啊，每天干的是苦力活，饭都吃不饱。饱汉不知饿汉饥，富人不知穷人苦。"

"难道官府没有给拨直米？"

"拨是拨了，不够吃啊。工夫们只好到附近地里掐豌豆叶吃，原先京城人不吃豌豆叶，看到我们吃，他们也吃，现在倒好了，地里的豌豆叶也吃光了。"

正说着，督工喊这位工夫去干活。

朱元璋又走到一位正在砌墙的匠人面前，问道："这位师傅，你们克饭能克得饱吗？"

砌墙师傅看到有人来问，头也没有抬，就说："谁能克得饱啊？每天都是烂饭烂菜。"

朱元璋道："朝廷是按人头拨给米菜的。"

"哼，那有什么用，还不是让上面给贪去了。"

"谁贪去了？"

"层层盘剥呗。"

"你这位师傅不能胡说八道，谁盘剥了？"

正说着，督工来了，听见有人在说层层盘剥，便恶狠狠地说："你信口雌黄，谁盘剥你们了？"

看见督工来，这位砌墙师傅立马改口："没什么，没什么。"督工举起鞭子就打，打了一鞭子，正要打第二鞭子的时候，鞭子被朱元璋一把抓住。

"这位师傅，你为什么要打人啊？"朱元璋问。

督工大声叫道："不好好干活，在这里胡说八道。哎，你不要多管闲事，我打人与你何干？"

朱元璋厉声道："你是有司，他是做苦活的工夫，怎么说打就打呢？"

"我就是要打，怎么着？"督工一对眼睛睁得比牛眼还大，朝着眼前的人怒吼。突然，督工觉得面前这个人面熟，但想不起来在哪里见过，一时愣住了。

朱元璋道："好，你打吧。"

朱元璋对侍从耳语一番。过了一会儿，来了十多个人，齐刷刷地朝着朱元璋跪下，齐声道："我皇万岁！万岁！万万岁！"

先前那个打人的督工看到这阵势，才知道刚才和自己说话的人是皇帝，顿时吓得面无人色。

朱元璋呵斥道："你们把这个督工给朕捆起来，先打三十棍。然后遣送回家。"

众人一拥而上，将督工捆了起来。

朱元璋道："这些督工当了几天的芝麻官，就鱼肉人民，草菅人命，实在可恶！"

朱元璋正要离开时，不远处工地上，走过一位白胡子老人，肩上背着一个袋子，手里拿着木棍，行色匆匆，口中念念有词：

> 大千世界浩茫茫，
> 收拾都将一袋藏。
> 毕竟有收还有放，
> 放宽些子又何妨？

朱元璋记得这人好像在哪里见过，对了，在临濠凤凰山上。这人怎么又到京城来了？而且又在大放厥词？难道是在责备朕苛政？朕对百姓已经够宽容的了。他对韩铎说："这妖人在胡说什么，妖言惑众，你带几个人去拿住他，送到官府去。"

侍从马上追上去，但白胡子老人顷刻间消失得无影无踪。

到了金川门，已是中午。朱元璋道，我们今天就找一家小酒店吃饭，体验一下民情。正说着，看见路边有一家小酒店，幌子上写着"迎风醉"，朱元璋说，这个名字起得好，我们进去看看。

店主见到好几个客人进来，十分热情。

朱元璋问："掌柜的，这'迎风醉'名字有什么来头？"

店主道："这'迎风醉'是一种酒，喝了两碗，冷风一吹，肯定醉。"

"这酒哪里酿的？"

"这酒是京城东边卫岗一带酿制的。"

朱元璋饶有兴致，道："那给我来两碗，我今天倒要看看醉不醉？"

店主道："那还要看官人的酒量了，如果官人是海量，那来十碗也不醉。"

朱元璋看到店主热情，便攀谈起来。

"掌柜的，你小店生意怎么样啊？"

"生意还不错，很多筑城的人都喜欢来我店里吃。"店主道。

"现在京城筑城，你听到什么议论？"

"哎哟，官人，筑城是大好事啊，京城就要像一个京城的样子嘛。先前我们听说，朱皇帝要把京城迁往他的家乡凤阳，那是一个鸟不生蛋的地方，真是昏了头啊，听说是刘伯温劝皇帝改变了主意。你看看，应天城多好啊，虎踞龙蟠，六朝古都，早就应该在这里定都，还折腾什么呢？花了无数的银子，建好又废了。"

店主在议论他的中都，朱元璋有些不高兴："你这样妄议朝廷，皇帝听到了，定会砍了你的脑袋。"

"我说的是实话，皇帝在深宫大院，哪里能听到民间的声音？再说，筑城是好事啊，贼都不敢进来，都说建得好。就是苦了那些役夫们。"

"怎么苦了役夫？"

"官人，凤阳建了六年，废了，现在又在京城筑城，不知道死了多少人。这工程建了一年又一年，不知道哪一年才能完工呢。你说苦不苦？那天，几个匠人在我店里吃饭，我听见他们在发牢骚，说人死了，棺材都没有一口，随便拉出去，扔在一个大坑里，你说可怜不可怜？"

朱元璋眉头一皱，道："那不应该啊！"

店主道："不过，哪里不死人？当年秦始皇筑万里长城，不知死了多少人呢。不然，孟姜女怎么会哭倒万里长城呢？"

"你怎么把大明皇帝与秦始皇比？大明皇帝对老百姓还不宽厚？"

"是啊，昨天我还在说呢，以前没吃没穿，老百姓苦啊。就拿这京城来说，现在人多了，也比以前热闹多了。"

聊了一会儿，酒菜都已经上来。朱元璋品尝着"迎风醉"。两碗下肚，有些兴奋，便向店主再要一碗，店主道："官人，千万不能喝醉了，如果醉了，被有司知道，不会饶过我的。"

朱元璋又喝了一碗，有了几分醉意，道："看来，你是一个守规矩的良民。这样，店主，我出一个上联，看你能不能对得上来。如果对得上来，我就付给你二两银子。如果你答不上来，那今天的饭菜酒钱全部免了。"

还没有等店主回答，朱元璋就脱口道："小村店三杯五酹，无有东西。"

店主道："官人啊，我斗大的字认不得几个，哪里能对得出来呢？"

朱元璋道："好好想想。"

过了一会儿，店主从灶台跑到朱元璋的桌边，道："官人，有了，有了，大明国一统万方，不分南北。"

朱元璋连声叫道："好！对得好！朕赏你二两银子。"

店主听客人说自己是"朕"，以为客人喝醉了，瞪大眼睛问："官人，你……你……是做生意的吧？"

朱元璋道："是的，朕是做大生意的，是做普天之下的大生意。"

店主看着朱元璋，吓呆了，结结巴巴道："你……你……你难道是皇帝？"

韩铎在一旁道："还不赶快给皇帝跪下谢恩。"

店主赶忙跪下。

朱元璋大笑道："哈哈哈，朕难道不配？来，把二两银子给店主。"

韩铎让侍从拿了银子放在桌上。

朱元璋问："店主，你姓什么？"

店主站在一旁傻了，结结巴巴道："小的姓……姓……姓诸。"

朱元璋道："你也姓朱？"

店主道："我是言者诸。"

"那我赐你姓朱吧，不要再姓那个诸了。"

店主连忙跪下磕头致谢。

"店主，你愿意到朝廷去做官吗？"

"我一介草民，哪里能做官？谢谢皇上！"

"那也好，经营好你的'迎风醉'，如果有匠人下次来，你就帮朕说说好话，朕体察他们的苦楚，等京城建好了，就会让他们回家去。"

店主连忙磕头："谢皇上！谢皇上！"

朱元璋一行正要离开，忽然，小吃店门口三五个孩子正唱着儿歌玩耍，朱元璋觉得唱得蛮好听，就听了下去——

> 六月雪，白又白。
> 城门开，燕子来。
> 金川河，通大海。
> 外婆外婆你来不来？

朱元璋愣了片刻，若有所思，就离开了。

后来，有好事者对这儿歌又有一番解释：老皇帝死后，皇孙朱允炆即位，远在北方的燕王朱棣岂能心甘？他打着"清君侧"的旗号，率领大军朝着京城一路杀将过来，最后就是从金川门进的京城，时值六月，应了儿歌中的"六月雪"之"六月"之意，而"雪"与"血"同音，"六月雪"即"六月血"，言外之意是，朱棣进城后，血洗金陵城。是否为牵强附会之说，也未可知。

吃过饭，朱元璋来到了官窑山，只见这里热气腾腾，窑烟袅袅，有人做坯，有人烧窑，人来人往，一派热闹景象。朱元璋下马，走到一个靠近路边的窑口，看见一个年轻人正在教工夫做砖坯，就在旁边看着。只见年轻人拿起一把泥，利索地砸向砖模，泥巴正好覆盖砖模，他熟练地拿起铁线弓刮去余泥，再盖上印章。

朱元璋问："这位小师傅，你是哪里来的？"

年轻人瞄了一眼来人，道："江西的。"

"看你年纪不大，手很熟，已经烧了几年窑？"

"烧了六七年。"

"你今年也就十七八岁吧，难道十岁就烧窑？"

"七八岁就开始烧了。"

"你祖上是烧窑的？"

"祖祖辈辈都是烧窑的。"年轻人只管专心做坯子，也不抬头。

"哦，难怪。"朱元璋点点头。

督工刚好巡视到这里，看到有人来，就上来说："哎哟，这个年轻人不简单。这个官窑场就是他父亲当年选中的。"

朱元璋一听，更好奇，问："嗯？官窑场是他父亲选的？"

徐督工道："我说的是实话。这个年轻人的父亲叫汤丙，当年朝廷从州府选了二十个有经验的窑师傅，四处勘察窑址。他父亲和我被选中。后来我们分头去勘察，他父亲选中了这个地方，当时很多窑师傅反对呢，说这里离城里太远。他父亲坚持说，这地方的泥好，运输也便利，后来证明他父亲是对的。"

在一旁的陆良听说年轻人的父亲是汤丙，惊愕不已，连声道："你……你是汤丙的儿子？"

年轻人看看陆良，也愣住了。

陆良道："我是陆良，当年我和你父亲曾在一起……做工。"陆良说这话的时候，突然意识到皇帝就在身边，不宜多说，赶紧把话收住。

汤满连忙行礼，道："我也听家父说起过陆师傅。"

朱元璋道："嗯，小汤师傅，你好好在这里烧窑。等城墙建好了，朕赐你一个官做。"

汤满傻了，难道站在自己面前的就是皇帝？看他这身打扮，倒没有什么特别之处，但听他说话，气势非同一般，再看看长相，果然气象不凡，汤满赶忙跪下，道："谢皇上！"

一天走下来，朱元璋心里堵得慌，有司、督工不仅不体恤匠人工夫，甚至还克扣他们的钱粮，这还了得！第二天早朝时，朱元璋就对工部尚书说："明日早朝后，工部将大小官员以及筑城的有司、督工全部召集到宫中来，朕要训话。"

　　第二天早朝后，工部大小官员以及两百多作头、督工悉数来到奉天殿前广场，朱元璋道："你们听好了，京城是大明之心。高筑墙，是卫国卫民防盗之急需，也是当下朕心头的头等大事。匠人工夫抛家别子，来到京城筑城，有的离家多日，上不能孝敬父母，下不得抚养子女，夫妻之间不能见面，你们这些有司、督工，理当有些善心才对。可是现在有司、督工、监工、作头不但没有善心，而且还克扣匠人、工夫的钱粮，实在是可恨。你们记住了，从今以后，你们对于匠人、工夫要有体恤之心，要让他们吃饱穿暖。如果有人胆敢肆意妄为，克扣钱粮，御史台定会严惩不贷。朕前几日在查看时看到工地上有七十多岁老人还在做活，朕于心不忍啊。礼寿尊贤，报功崇德，恤孤赈寡，是自古以来崇奉的美德。从今以后，决不允许有七十岁的老人到京城来役作。凡是七十岁的老人，允许一位男丁在家侍养，免去差役。年过八十、九十的老人，有司要按时去拜望，官府每月要发给他们米、肉、酒，岁给所用，让他们颐养天年。往年万寿节，朕的生日，朝廷要休工庆祝，今年就免了，抓紧营建，争取早日完工。"

五

　　过了十多天，陆良派人来官窑场接汤满。汤满问，去哪里？来人说，陆员外郎让我们来接你去玄武湖。汤满想，那天匆忙相见，皇帝在场，也不便多说，难道陆良家住在玄武湖？

　　马车将汤满送到了玄武湖中的长洲岛上，在一座粉墙黛瓦的院落旁停下。汤满陡然想起以前听父亲说过，曾到玄武湖中的沈万三家做客，见到了金砖。难道陆良也住在这里？汤满抬头看见陆良已经在门口等着，旁边还站着两人。

汤满走上前去，连忙行礼。陆良将身边的人介绍给汤满："这位是沈万三先生，这位是我儿子陆子祥。"

"欢迎汤师傅光临敝舍！"沈万三满脸堆笑道，"陆家公子、汤家公子都是少年英俊啊！"

汤满与沈万三、陆子祥一一行礼。

"这里就是沈万三先生的沈园，当今江南名园。"陆良道。

汤满边走边打量院子。沈园很大，花草树木，石山池水，精巧雅致。以前，他去过袁家大院，当时他觉得袁家大院够气派的了，谁承想沈园比袁家大院要好看得多。

进屋坐定后，陆良问："汤满，你父亲还好吧？"

汤满就把汤丙殉尽的事情说了，陆良惊愕万分，唏嘘不已，连声道："唉，怎么会这样？怎么就想不开呢！"

汤满道："怪家父做事一向太认真。"

"令尊大人我见过，真是一个好人啊！"沈万三惋惜道。

陆良露出悲伤的表情："哎哟，这算什么呢？你父亲是一个太认真的人！再说，当时他应该找我啊！"

"他肯定不好意思找陆师傅。"汤满道。

"唉，现在说什么都迟了。"陆良道，"汤满，我看了你烧的砖，颜色正，质地硬，真是好笋出好竹啊！"

汤满道："师伯过奖了。"

"我和令尊大人在凤阳就相识了。当年在凤阳时，你父亲还救过我们'香山帮'匠人，我们对他心存感激。"

"听家父说，'香山帮'的匠人，当朝天下无人可比。师伯木匠活、石匠活、瓦匠活，样样精通，实在是当今奇人。"

"你父亲的手艺高超，我是领略过的。他不仅烧窑手艺好，砌墙的手艺也是无人能比。"

"今后我要向师伯多求教。"汤满道。

想起父亲说过沈万三正在帮朝廷修筑城墙，汤满问沈万三："听家父说，沈伯伯正在筑城，不知现在建得怎样了？"

沈万三道："还正在营建中呢。当初没有想到这城墙太费石料，将一座小山的石头搬来，也只能砌一小段。近日，听说朝廷建皇陵，征用大批石匠，我们的事情也就让着点了。陆员外郎，听说皇陵就修在钟山下，你去看过吗？"

"这事断不可对外人说。那日，工部组织去勘察，我去看过。就在钟山南边的独龙阜，那边现在也有几万工夫在营建。工部从各州府又征集了有一万多匠人。总督李新也是凤阳人，皇帝的老乡，早年跟随皇帝一起打仗。"陆良道。

"那要建好几年？"沈万三问。

"估计至少也要四五年。你要让着点，千万不要与朝廷争匠人。"陆良道。

"陆员外郎放心，我沈万三心里是有数的。对了，你的聚宝门建得怎么样了？"

"聚宝门、通济门建得都很顺利。"

"当初你和我借聚宝盆，我没有借给你，你肯定不高兴，你也要理解，这聚宝盆可是我的镇家之宝啊。后来，皇帝向我借，我能有什么办法？借给他了，说好还我，到现在也不还。皇帝的嘴大啊！陆员外郎，不知你是否知晓这聚宝盆现在放在何处？"

"这个嘛……"陆良想，聚宝盆早就埋在聚宝门城墙地下了，只是我不能告诉你。

沈万三道："我沈万三赚了钱，对朝廷不薄啊！我已经捐给朝廷白金两千锭，黄金三百斤，在京城建廊房一千六百五十四楹，酒楼四座。不过，我最看重的还是正在筑的城墙，将来有一天，我人不在了，人们指着城墙说，瞧，这就是苏州沈万三筑的石头城，比朝廷筑的还要结实。我在地府里也会开心的。"

"朝廷应该记得你的功德。"陆子祥道。

"陆员外郎，你听说了没有？不久前，我们与工部同时在京城的西边建两座桥，我们建的桥比工部建的还要早好几天落成，我们就给桥起了一个名字——'赛工桥'。"沈万三颇为得意地道。

陆良听了心里不舒服，你沈万三再有钱，和工部比什么呢？难道不怕得罪人吗？

佣人端上茶水，沈万三道："这茶盏是宋朝的货，你们江西吉州窑烧的黑釉瓷。陆员外郎的茶盏是汝窑货。那把茶壶是景德镇的货。汤师傅，你们江西的陶瓷真是天下无双啊！"

汤满以前只听说过景德镇陶瓷，从来没有听说过江西还有吉州窑，他仔细看了看身旁的茶盏，果然釉光可鉴。

说了一会儿话，沈万三请众人吃饭。

汤满看到，桌上的酒具金光闪闪，一问，都是金子制的。碗碟都是景德镇烧造的。桌上摆满山珍海味，汤满从来没有见过一顿饭要吃二十多道菜。在月亮湾，只有过年才多烧四五个菜，平时一顿只有一两个菜。这么多菜，人的肚子怎么能装得下呢？

沈万三一个劲地招呼大家喝酒、吃菜："喝吧，今天我准备了济南的秋露白与扬州的雪酒。"

众人频频举杯。

陆良道："沈先生，不知道我该不该说，最近朝廷颁布了新规，六品以上的官职才能用金器，六品以下只能用银器、瓷器。"

沈万三笑道："哈哈哈，你放心，没有人知道我沈万三用了金器。今天都是自己人，有什么好担心的？"

沈万三这么说，陆良也就不好再说什么。

沈万三道："这是应天湖熟板鸭，这是京城烤鸭。我到了应天才知道，应天人就喜欢吃鸭子。"

"应天人为什么喜欢吃鸭子？"汤满问。

"我听说六朝时，齐军渡江，兵至玄武湖西北，梁军在台城与齐军对峙，梁文帝派人送来三千石米、一千只鸭子，这些鸭子都是用盐腌过的，前线的士兵用水煮一煮，就可以吃了。后来，人们便用这种方法制作鸭子，就叫板鸭。"陆良道。

沈万三一个劲地劝大家喝酒。汤满过去在家喝的是米酒，今天喝的酒酒劲很大，沈万三不时举杯劝酒，他多喝了几杯，不一会儿，头就开始发飘，话也比先前多起来。

陆子祥道："我早就听我父亲说，你们宜春窑匠很厉害，你们汤家烧的'和七窑'非常有名。"

汤满道："'和七窑'也只是在宜春一带有名，你们'香山帮'可是天下闻名啊！"

陆良道："你父亲真是一位高手。一眨眼工夫就能算出一面墙砌了多少块砖。"

汤满道："我也听我父亲说，师伯把快要倒塌的鼓楼扶正了。"

陆良"哈哈哈"笑了起来，道："是有其事。那是'庐州帮'师傅粗心大意造成的。做匠人有两件宝不可丢。"

"哪两件宝？"汤满问。

"匠艺与匠心。"陆良道。

汤满想，陆良与爷爷的看法是一致的，小时候，爷爷就说过，先做人，再做匠。一个道理。

"我虽然出身匠人之家，但总觉得自己的艺还不够精，请教师伯，如何做到艺高一筹？"汤满问。

陆良道："汤满、陆子祥，我给你们俩说一个故事。北宋年间，有一位陈状元擅长射箭，当时没有第二个人比他强，他常常就自吹自擂。有一次，陈状元在自家院子里射箭，有个卖油老翁放下担子站在院子门口，斜着眼看他射箭。老翁见状元射出十支箭，能射中八九支，微微点头。陈状元道：'你懂得射箭吗？难道我的射箭技艺不是很高超吗？'老翁说：'无他，只是手熟而已。'陈状元道：'你怎么敢轻视我射箭的本领！'老翁拿出一个葫芦放在地上，又将一枚铜钱盖在葫芦口，然后用勺子舀起油滴入葫芦，油从铜钱的方孔注入，而铜钱没有被沾湿，老翁说：'我也没有别的本事，只是手熟而已。'陈状元想想，老翁说得对。你们听懂这个故事了吧，手艺人，只有做到手熟，才能谈得上精。"

汤满道："我爷爷生前一直说，要做到'三到'，手到眼到心到。"

陆良道："子祥，你听到了吧，这'三到'说得好。想要惊人艺，需下苦功夫。艺越学，脑越灵。做到'三到'，你就得道了。"

陆子祥道："真正得道的匠人能有几个呢？"

陆良道："匠人易得，匠心难求。正是这个意思。"

汤满问陆良："师伯，这京城什么时候能筑好？"

"估计还有四五年。宫城、皇城、京城三道城墙，都要围起来。单就京城城墙围一圈，就有一百里，还要筑十三个城门，城门下筑瓮城，上面建城楼，工程量实在太大。陆子祥现在聚宝门主持筑城，我弟弟陆善在通济门主持筑城，改天带你去看看。"陆良道。

众人又喝了一会儿。汤满道："听我父亲说，他在沈伯伯家见过苏州的金砖，能让我见识见识吗？"

陆良说："就在你脚下啊！"

汤满喝了一点酒，头发晕，低头看了看，脚下在晃动。他干脆就坐到地上，用手摸着地砖。啊，金砖如此光滑，月亮湾从来没有烧过这么细的砖啊！他再定睛看看，一块金砖三尺见方，两块砖之间的缝隙都难以察觉，汤满连呼"神奇"。

当晚，汤满喝得晕晕乎乎，回到官窑山工棚时，已经站不稳了。

六

一天，汤满、刘德华来到聚宝门工地找陆子祥，想看看在建的聚宝门。二人走进工地一看，大吃一惊，这工地上到处都是脚手架，有人在砌墙，有人在运砖，有人在挑土，有人在打夯，一派忙碌的景象。

刘德华说："汤满，你看看这二十多人打的大夯，太有力道了，我还从来没有见过。"

只见二十个工夫抬起一个巨大的石夯，一人领着吆喝，众人齐声应和，随后轰的一声瞬间砸到土里。

汤满向匠人们打听陆师傅在何处，一个匠人道："哪个陆师傅，我们这里有大陆师傅、小陆师傅。"

汤满道："就是苏州的小陆师傅。"

"他们都忙得很，哪有时间见你们呢。你们是哪里来的？"

"我们与大陆师傅、小陆师傅的关系非常好。"刘德华道。

"你们跟我来。"匠人领着二人去找。匠人问了多处，才打听到陆子祥正在城墙上检查工程。看见汤满来找，陆子祥很开心。汤满把刘德华介绍给了陆子祥。

陆子祥说："今天家父有事去了工部，我领你们转转。"

陆子祥领着二人登上一段已经建好的外城楼，道："站在这里，可以看到大江、小江。"

汤满问："什么叫小江？"陆子祥说："小江就是秦淮河。"

陆子祥指着外面的城壕道："这聚宝门外就是秦淮河。这聚宝门太难建了，这里原先是古代的长干里，地下多是软土和泥浆，打地基时，打一次塌一次。后来风水先生说，没有聚宝盆，哪有聚宝门？家父就向沈万三借，虽然说是同乡，他怎么也不借，家父找了皇帝，皇帝向沈万三借，沈万三能说不借？皇帝说，借几天就还给他，沈万三只好答应了。"

汤满问："那聚宝盆现在在哪里？"

陆子祥朝城楼下面指了指，露出神秘的表情，道："就埋在那边城墙下面。"

"自从埋下聚宝盆，就顺利了？"汤满问。

"还真的神奇呢，埋下聚宝盆之后，就再也没有发生过坍塌。"陆子祥道。

城墙上，有好几个瓦匠正在砌女儿墙。陆子祥对瓦匠说："女儿墙要注意留好出水口。"

瓦匠说："已经留好了。"

刘德华第一次听说女儿墙，便问："什么叫女儿墙？"

陆子祥道："这女儿墙啊，就是城墙顶上靠里面的一道矮墙。"

刘德华问:"那为什么叫女儿墙呢?"

"听说,古时候有一个瓦匠正在砌墙,年幼的女儿在他旁边玩,由于他砌墙太专注,女儿从屋顶上坠下去,摔死了,瓦匠十分伤心,从此以后造房子就想到在屋顶上再砌一道矮墙,并给这道矮墙起名女儿墙,以纪念他的女儿。女儿墙从此就叫开了。"

正说着,有人急匆匆地来报告陆子祥,东南角墙面出现一尺多的缝隙。

陆子祥果断地道:"填土一百二十担。再加三排纤木,夯实后,加砌三层大砖。"

汤满和刘德华互相看了一眼,心想,这个陆子祥可真是太厉害了。正说着,又有人来报告,木料已经准备好,请他定夺用松木,还是用榉木?陆子祥说:"今天要定料吗?那我们一起去看看吧。"

汤满和刘德华就跟着陆子祥一起来到木料作场,这里几十个木匠正在忙碌着,有的在锯木,有的在刨木,有的打榫。木匠作头看见陆子祥来了,迎了上来,道:"陆师傅,请你来看看木料。"

只见陆子祥拿斧头在木料两头各敲了几下,道:"这种木料怎么能上锯?这头干,那头湿。难道没有听说过'干千年,湿千年,干干湿湿两三年'?横挑千斤竖顶万,这是立柱,马虎不得啊。"

有人让陆子祥看看另外几根木头,陆子祥用斧头敲敲,果断地道:"这是松木。砍!"

又有人让陆子祥看另一根木头,陆子祥又敲了敲,道:"这是榆木,刨!"

汤满心想,这陆子祥说话果断、稳重、笃定,好像工地上的所有事情都装在他胸中似的,真是一位手艺高人啊!

看到陆子祥太忙,汤满和刘德华就告辞了。刘德华说:"古话说,名师出高徒,果不其然。这小陆师傅也太厉害了!"汤满道:"嗯,大木匠的斧子,小木匠的锯。小陆师傅的斧子不一般啊!"

这天是休工日,汤满和刘德华、刘六商议,一起到城里看热闹。汤满说，我们先去聚宝山窑岗村看看，当年我父亲在那里烧窑。刘德华说，那边的窑场会让我们进去吗？汤满说，我们先找一下徐督工，看看他认不认得那边的督工。汤满找到了徐督工，徐督工满口答应，说认识窑岗村的马督工，我写一个条子，你们去找他。

汤满三人来到聚宝山窑岗村，站在高处一看，规模比官窑山还要大，只见山坡上布满了窑口，窑匠、工夫都在干活。今天，风不大，一柱柱窑烟缓缓升起，像是巨大的白纱飘浮在空中。空气中弥漫着窑烟味。往北看，就是应天城。只见千门万户，瓦屋参差。往西看，长江如带，飘然北去。汤满说，听我父亲说，这里原先是琉璃窑场，后来，我父亲看上了山坡上的土，选定了这里建官窑。

汤满很快找到了马督工。得知汤满是汤丙的儿子，马督工露出惊讶的表情："哎哟，汤丙师傅的儿子都这么大了，没有想到啊。你到京城来做什么？"

汤满道："我也是来烧窑的。当年我父亲在哪口窑烧窑，我们想去看看。"

刘六道："我父亲肯定也在这里烧窑。"

马督工问刘六："你父亲叫什么名字？"

"刘德江。"

"哦，记得记得。他还好吧？"

"他已经不在人世了。"刘六道。

"可惜啊！好人。"马督工道。

马督工领着三人去看当年汤丙烧的窑，一边走一边介绍窑岗村的情况。

"汤丙师傅真厉害，烧出的砖，颜色好，又结实，烧窑手艺那真是无人能比，天下无双啊！"马督工对汤丙赞不绝口，"他现在还在你们老家烧窑？"

"他已经过世了。"汤满低声道。

马督工停下了脚步，睁大了眼睛："哎呀，怎么回事啊？两位窑师傅都不在了！"

汤满不知道该怎么说。

马督工道："唉，人啊，真的没有意思，人有旦夕祸福。真没有想到他们都不在了。"

说着说着，到了山坡上，马督工指着面前的窑说，这口窑就是汤师傅当年烧的窑。

汤满站在那里仔细打量着这口窑，想象着父亲当年在窑里窑外忙碌的情景……他走到窑口，看见有人正在烧窑，就没有惊动烧窑人，站在窑口默默地打量着。他仿佛看见父亲正挥舞着铁叉，给膛口喂柴草……突然，两行泪滚出，落到了地上。

在一堆碎砖里，三人试着找月亮湾人的名字，结果发现印有"窑匠刘德江""小甲易如山"等字样的碎砖，就是没有"窑匠汤丙"的字样，汤满说，父亲就是求完美，不许自己烧一块废品。见砖如见人，三人坐在碎砖旁边，仿佛亲人就在不远处。

刘德华道："你父亲的这口窑肯定是月亮湾人的中心，大家会经常到他的窑口来坐坐。"

汤满看着前方，没有说话。

三人从聚宝山窑岗村出来，找了一家小酒店，每人吃了一碗扬州炒饭。汤满道："听我父亲说，城南朝廷养了老虎、大象，我们去看看吧。"刘六兴奋得叫了起来："太好了！大象是什么样，我从来没有见过呢，我们这就去吧。"刘德华也说去看。于是，三人打听到养老虎的地方叫养虎仓，养大象的地方叫象房村。三人出了南门，先找到了养虎仓。只见一个高墙大院，大门紧锁。汤满问一位正在遛鸟的老人，哪里可以看到老虎？老人指着大门道，就在这里面。刘六问，这里面养了多少只老虎？老人说养了二十多只老虎。刘德华问，今天能看到吗？老人说，平时都能看到，不知今天为何关门了，或许让老虎歇息一下也未可知。说话间，几声长长的吼叫声从院中传出。老人说，听见了吗？这就是老虎的叫声。三人都听见了。

三人随后又来到正阳门外的象房村。只见一排屋子里关着十几头大象。透过木栅栏，可以清楚地看见这些庞然大物正在吃草。栅栏外，站着很多人在看大象。

刘六道："大象这么大，一顿能吃多少东西呢？"

汤满道："你看它鼻子真长。"

刘德华道："这大象如果能犁田就好了，肯定比牛有力气啊，就怕大象不听话。"

刘六道："大象不知道是从哪里来的？"

汤满道："我上次听说，是很远的地方进贡来的，反正是南方来的。"

三人看了一会儿，就来到三山街。汤满放眼望去，店铺一家接着一家，店幡飘扬。卖水果的、卖布匹的、卖杂货的、卖海鲜的……应有尽有。汤满想起当年父亲多次说三山街怎么怎么热闹，今天到了这里一看，果不其然。路过一家叫"金陵小吃"的店，刘德华说："我进去看看价钱。"汤满说："我身上带了几十文钱，买几样小东西吃还是够的。"

三人走进小店，每人喝了一碗馄饨，要了一小碟五香蚕豆。店小二说："这个豆子叫状元豆，俗话说，'吃了状元豆，好中状元郎'。"

刘六说："我这辈子没希望了，只有我儿子以后中状元了。"

刘德华说："你们看外面这些招牌，京城的鸭子真是多，什么'金陵烤鸭''金陵板鸭''金陵风鸭''荷叶裹鸭''米粉蒸鸭'。"

汤满说："一地有一地的习惯，京城人喜欢吃鸭子，我们袁州喜欢慈化鸡。"

三人继续向前逛。走到一块空阔地，只见舞台上正在演金陵百戏，三人站着看了一会儿。

傍晚时分，三人又走进一家小吃店，叫了牛肉锅贴、鸭油烧饼、糍粑。汤满说："这京城的糍粑和我们宜春的不一样，宜春的糍粑是圆的，这里是方的。"

夜色降临，三人又到秦淮河边看了画舫，到了很晚才坐船回官窑山去了。

七

汤满被调往三山门工地，担任筑城作头。汤满当然知道这是陆良员外郎在背后使的劲。他现在每天要负责监督五十多个工夫的出工，防止工夫干活偷懒。

听说来了一个年轻的作头，工夫们在议论——

"一个小伢子，还能管我们?"

"不要听他的，皇帝我们都不怕，难道还怕他?"

"吃得差，住得差，还看得严，简直把我们当牲口看待。"

……

听到这些议论，汤满感觉当然不舒服，心想，工夫们怨气不少，自己也只是一个作头，上面还有督工，我做些什么才能平息工夫们的怨气呢?

一天，一位工夫问汤满："你在家是做什么的?"

"烧窑的。"汤满道。

"你烧了几天窑，就敢说是烧窑的? 哼，你能烧大城砖?"在旁边的工夫说。

"我就是烧大城砖的，我在官窑山已经烧了好几个月了。"

"嗯?"工夫们有些诧异。

"我在家已经烧了十年窑。"

旁边的工夫笑了起来："你真会骗人，这么年轻怎么会烧了十年窑?"

汤满没有再吱声。

另一个工夫道："年轻人，管好你自己，不要再管我们，否则，你会自讨苦吃的。"

工夫说这话的时候，宋督工刚好路过这里，听了工夫刚才的话，径直走到工夫面前，拿起鞭子就是一顿打。汤满连忙上去拉。宋督工恶狠狠地说："再不好好干活，瞎说胡闹，看我打死你们。"

等宋督工走了，汤满说："伙计们，大家都不容易，天天做工，的确很辛苦。做得动的话，就做。累了，就歇一歇。"

正在挑土、夯筑的工夫们，听到作头说这话，像没有听见一样，哼，狗嘴里能吐出象牙来，假惺惺！在他们眼里，督工、监工、作头都是待人刻薄的坏人。

夯土时，需要多人抬起石夯，才能砸实土层。可是，这些工夫们没有人领头喊夯，石夯时常抬不起来。汤满实在看不下去，就说，我来喊。工夫们看到作头也来干活，才过意不去，把夯打了起来。

汤满有些失望，觉得这里不如在官窑山那边烧窑自在。在窑场那边，上元县的工夫们也没有这么大脾气，对自己很尊重。这里的督工、监工与工夫之间说话都是硬邦邦的。督工、作头开口就骂，举手就打。工夫们把谁都看成了仇人。他有些后悔来这里做作头。但一想，是陆良把自己调过来的，现在提出回官窑山，也是对陆良的不敬，再忍一忍吧。

一天，工夫王大脚生病，不能上工，汤满得知后，来到工棚看望，刚走进工棚，就有一股腥臊味道飘来，再进去一看，工棚四面透风，床上的被子都是些破棉絮。看到作头来了，王大脚以为是抓他去出工，一个劲地说，腰直不起来，疼得厉害，今天实在出不了工。汤满说，我不是来催你出工的，是来看望你的。听说来看望自己，王大脚眼泪哗哗地流下来，什么时候作头来看过役夫啊，便连忙作揖道："汤作头，你真是太好了！"

汤满问王大脚吃了没有，王大脚说，这饭真的难吃，加上生病，根本吃不下去。

汤满看了看碗里的饭，已经发黑。

汤满问，天天就吃这个米？

王大脚说，天天如此，每天吃腌菜。

汤满坐了一会儿，安慰几句，就告辞了。

这一天，汤满正在工地上检查夯土层，突然附近工地传来尖叫声，先是一两声，后来叫声越来越大。汤满抬头一看，那边围了很多人，好像在吵架。汤满本着息事宁人的想法去劝说，等走近一看，地上躺着一个工夫，满身是血，不能动弹。围在一起的工夫们正在和督工、作头争吵，声音很大。吵着吵着，互相拉扯起来。看到有人打架，旁边的工夫都来看热闹。工夫们纷纷质问督工为什么打人。有工夫大声喊叫："兄弟们，督工打死人了——"

这一喊，在附近干活的工夫们纷纷丢下手中的活，过来看热闹。

汤满本想去拉架，一看这阵势，人太多，根本拉不开。

有工夫说："兄弟们，还不动手？打！"

工夫们一拥而上，几个督工、作头哪里是工夫们的对手，纷纷都被打晕在地。

一个工夫爬上城墙的高处，高声喊道："工友们，你们都看见了，官府的督工、监工、作头心狠手辣，竟然打死了我们兄弟。我们辛辛苦苦到京城来干活，不是挨骂，就是挨打。不被打死，就是饿死病死，反正是死，不如起来，打死几个赚几个。"

"杀！杀！杀！"工夫们齐声应道。

工地的工夫越集越多。

一会儿工夫，在场的四五个督工、作头都被工夫们打死了。

汤满赶紧躲到一个僻静处，回头一看，工地上已经是乌泱泱的人头。

"杀——"众人喊声震天。

"把城墙先毁了！把屋子烧了！"又有人在高喊。

有人拆砖，有人扔锄头铁锹，有人点火烧房子。

只一会儿工夫，三山门聚集了好几万人。人们拿起锄头、铁锹、石头，见人就打砸，见东西就抢，喊声震天，像潮水一般向三山街方向涌去。

汤满后来才得知，很快有人报告了朝廷，朝廷紧急调集三万军士，抓了一千多个工夫，射杀了一百多人，才平息这场暴动。在这场暴乱中，二十多位督工、作头被打死，三十多间屋子被烧，还有三四十位路人在街头被无辜打死烧死。

三山门暴动后，朝廷下令，所有超期服役的匠人、工夫全部放回家，从此以后，京城工地实行轮班制。汤满等宜春人都在被放回之列。消息传来，宜春人奔走相告。

这天，汤满和刘德华说，我们去聚宝门工地与陆良师傅道个别吧。我听说，天界寺的琉璃瓦非常漂亮，我们顺便去看看。刘德华说，那我们先去天界寺拜一拜，菩萨保我们回乡一路平安。

二人问了路，往天界寺走去。

这天界寺位于聚宝门外，建于元朝，原名龙翔寺，明初改名天界寺，现在是金陵第一寺。二人走着走着，只见一幢幢金黄色殿宇，掩映在苍松翠柏间，十分壮观。待走近一看，屋顶上的黄色琉璃瓦在太阳光照射下，金碧辉煌，美轮美奂。汤满和他父亲一样，对砖瓦有一种特别的爱好。看见这金灿灿的琉璃瓦，眼睛都直了，脚步也挪不动了。

"汤满，这琉璃瓦真好看，烧出这琉璃瓦的窑匠，真不简单！"

"你看这琉璃瓦的颜色，是怎么烧出来的呢？"

"你爷爷会烧琉璃瓦，可惜你爷爷不在了。"

"以后我一定要烧琉璃瓦。"

"好看是好看，可是你烧了有什么用呢？也没有人家敢用琉璃瓦啊！"

"凡事不能都说有用没用，柳树的枝条、夜晚的月光，你说它们有用吗？可是人们喜欢啊！"

二人看了好一会儿，就来到大雄宝殿，拜了佛，许了愿，往聚宝门工地走去。到了工地，一打听，果然陆良在朝中处理公务，陆子祥正在指挥木匠师傅锯木料。看到汤满，陆子祥停下过来打招呼。汤满对陆子祥道："朝廷实行轮班制，我们在京城做工到期了，今天特来向陆员外郎和你道别，请转告令尊大人，感谢对我们的关照。"

陆子祥道："能回自己的家乡，是人生的乐事。我就没有这个福分，京城役作可能还需要三五年。好在京城离我家乡苏州不远，皇帝每年特批我和家父回一次家乡。"

汤满道："陆师傅以后有机会，欢迎到我们宜春月亮湾做客。"

陆子祥道："后会有期，一路保重！"

看到陆子祥很忙，汤满和刘德华就告辞了。

第六章　白玉砖

一

回袁州的日子到了。汤满、刘德华、刘六在上新河坐上去江西的船，溯江而上，几天后，船到了湖口驿，船要在码头过一夜。三人下船后，直奔何兴坟墓前，只见坟头周围长满了野草，蒲公英正开着耀眼的黄花。汤满摆上了一把扎粉，刘德华斟了三杯酒，刘六哭成了泪人。汤满道："兄弟，我们来看你了，你现在还好吧……"喊了两声，已经泣不成声。

在湖口驿歇了一夜后，第二天船又出发了。船到达宜春县古樟岩码头时，已经过去了十三天。

时值五月，绿暗红稀，一年多不见了，家乡的山山水水，一草一木，看起来是那么亲切。

汤满对刘六说："你先回去，我和刘德华先去明月家看看。"

刘德华说："汤满啊，你还是死心了吧，人家是什么人？门不当，户不对啊！"

汤满没有说话。刘德华知道汤满的犟脾气，想好的事情，肯定会去做的。

汤满、刘德华沿着通往古樟岩的石板路走着。刘德华说，有钱就是不一样，你看看，袁满正把这条通往古樟岩的路都铺了青石。

二人很快就来到袁家大院门口的池塘边，老樟树浓荫遮天，池塘里的水清澈照人，岸边的石榴树正在开着红灿灿的花，苦楝树上满树紫色小花，飘出阵阵清香。走过池塘，汤满往袁家大院望去，门是关着的。汤满知道旁边还有一个栅栏门。他伸头往里望，院里面没有动静。他再抬头朝二楼望，二楼也是空空的。那年，明月就是站在二楼朝他笑，还送给自己一个香囊。

刘德华说："可能一家人都出门了。"

汤满没有吱声。

正说着，大黄狗"汪汪"地叫了起来。两人赶紧拣了一条小路跑走了。

二人走在通往月亮湾的路上。路两边郁郁青青，田里有很多农人在干活，空气中弥漫着初夏的味道。

看见老槐树，月亮湾快到了。

到了村口，易如山迎面走来，看见二人，道："汤满，德华，你们终于回来了！"

看到易如山走路有些跛，汤满问："你的脚怎么了？"

"前几天摔了一跤，年纪大了，不中用了。"

汤满和刘德华先到汤满家。玉莲正在织夏布，看见汤满、刘德华回来了，惊喜不已。汤满打量母亲，只见母亲十分消瘦，头发已经全白，腰也弯了，没有多少时日，母亲怎么老成这样？他的心一揪，眼泪止不住掉下来。他抓住妈妈的手，道："妈，你……怎么累成这样？"

玉莲也在流泪，手在发抖，道："孩子，你们终于回来了，一年多了，妈好想你们啊！"说着，哭了起来。

汤满安慰母亲不要哭，问谢妹去哪里了，玉莲说："她和刘芷娘在窑场烧窑呢。她俩现在烧得可好了。"

玉莲一边炒扎粉，一边问刘六、何兴可好，汤满叹了一口气，道："何兴在去应天的路上就出事了。"

"出什么事了？"玉莲露出惊愕的表情。

"都已经不在人世了。"汤满把去的途中遇到劫匪的事情说了，玉莲流泪道："这孩子太可怜了！"

"找到你父亲的坟了吗？"玉莲问刘德华。

"找到了，我们是去年清明节去的。"刘德华道。

玉莲道："唉，可怜，这么远，我们也不能去看看。"

汤满把话岔开，道："妈妈，我这次见到皇帝了。"

"皇帝长什么样子？"

"皇帝嘛，个子高高的，很魁梧，脸很大，额头宽宽的，下巴长，脸上好多麻子，说起话来，声音很响亮……"

"听你父亲说过，以前是一个讨饭的。"

"还当过和尚呢，这个人眼睛看起来很凶，说话一直盯着你看。看起来是一个聪明人。"

刘德华道："笨人能当皇帝？"

玉莲问："你父亲说，京城很大。你们俩这次看够了？"

汤满道："京城实在太大，我们也只是看了一小块，哪能看全？父亲说的那个三山街，我们倒是去了，真是热闹啊，什么东西都有卖的，连我们袁州的扎粉都有卖。"

"你们吃了？味道怎么样？"

"吃了，哪有妈妈做的好吃。"

"京城人就喜欢吃鸭子。"刘德华道。

正说着话，刘德华母亲七巧进门了。她说："我在菜园里种菜，听人说刘德华、汤满回来了，我就赶过来了。让我看看两个人瘦了没有？"

七巧朝着二人瞅了一番，道："瘦倒没有怎么瘦，就是晒黑了。"

"不是说没有吃的吗？"玉莲问。

"汤满后来当了作头，吃得好呢。我在窑场，也能吃饱。"刘德华道。

"全亏了那位陆良师傅，现在在工部做员外郎，他儿子和我差不多大，也在京城做工。"汤满道。

"他儿子也是木匠？"玉莲问。

"是的，和我差不多大，可是人家比我厉害多了，小小年纪，就在一个大工地上做了督工。木匠、瓦匠、漆匠都听他指挥。"汤满道。

"汤满也不错，工部还组织官窑场的窑师傅向他取经呢！"刘德华道。

众人说了一会儿话，刘德华和七巧回家了。

晚上，玉莲在油灯下理麻线，和汤满聊着家常。

"你父亲肯定也知道你回来了，我前几天一直做梦，梦里面，你父亲就告诉我，儿子快回来了，这不就回来了！"玉莲说。

"有一天，我在京城时，也做梦，梦里他问我怎么到了京城，我说来京城做工，他说，我已经在这里做工了，你赶快回去吧，这里不是你待的地方。"汤满说。

"那是你父亲怕你吃苦头。他在临濠吃了多少苦头啊，差一点就死掉了。"

"我这次还特地去窑岗村看了，父亲当年烧的那口窑还在。"

"这建都城害了天下多少人啊！你父亲就认那个理，什么'朝廷筑城，人人有份'。去一次总可以了吧，他去了三四次，官府说话不算数，说好三个月，一拖就是好几年。后来还不是死在烧砖上？唉——"

"妈，我刚去一趟老槐树，没有几个人在。"

"唉，又走了几个，刘德江走了，何四走了，易伏都走了。"

汤满没有吱声，眼前浮现出黄牛四、小七子、刘德江、何四、易伏的影子。

"明天，你去他们坟上看看，告诉一声，你回来了，他们在世的时候，都对我很关心，经常念叨着你。"

汤满鼻子一酸，眼泪在眼眶里打转。

玉莲说："汤满，袁家大小姐也嫁人了。"

汤满脑子"嗡"的一声，连忙问："啊？你是说明月？"

玉莲说："是啊，嫁给了七里桥的一个大户人家，八抬大轿抬去的，方圆几十里的人都去看热闹，可气派了。袁总甲把我们月亮湾人都请去喝喜酒了。"

汤满木然地望着地上，没有说话。

"汤满啊，你也不小了，芷娘这孩子真不错，时常来陪我做事，和我说说话，可是……"

汤满还是沉默。

玉莲说："听谢妹说，芷娘也喜欢你，可是你对人家一点也不用心。上次，刘芷娘说在你窑场看见明月了，那天她回去哭了一夜。人家的心伤了啊。她不能一直等你，她妈妈和古樟岩的袁兴祖家说好了，她和袁小河定亲了。"

汤满低着头。

"我也老了，汤满，和你一般大的，人家都有了孩子。你总得成个家啊，你死去的父亲在天上也就放心了，好在你手艺不错，说亲的也不少，有适合的，你看中了，就答应吧……"玉莲哽咽着，说不下去。

汤满的眼前浮现出一幕幕：明月端着一碗茶，笑嘻嘻地朝他走来；明月站在楼上朝他微笑；明月扔给了一个香囊；明月走进了窑场……

汤满走进了自己的屋内，拿出了明月送给他的香囊，眼泪簌簌地落下来……

月亮升起来了，这几年，村上的老人走了不少，老槐树下顿时变得冷清了。有人说，把汤满喊来吧。刘德华就把汤满喊来，可是汤满很少说话。村里人觉得汤满回来以后，像变了一个人似的，对人也是冷冰冰的。

汤满现在喜欢一个人独处，只有刘德华来，两人才说上几句。做完农活后，他总是一个人待在窑场，人们也不知道他在忙什么。

刘芷娘和袁兴祖的儿子袁小河结婚了。大家都去喝喜酒，汤满是不会去的，他一个人待在窑场忙着。

汤满烧窑时，也不喊村民来帮忙，只是一个人闷闷地干活。

古樟岩的袁满正又找到月亮湾的易如山，说今年两个村继续办比赛。易如山同意了。

月亮湾人在确定参加比赛的选手时，自然把"和七窑"的传人汤满列入其中，可是汤满说什么也不愿意参加。

易如山发火了，道："汤满，你给我听着，你现在翅膀硬了，就飞上天了吗？你以为在京城做了几天活，就可以看不起月亮湾了？你爷爷、父亲是不会同意你这样做的。没有热心肠，心里想不到月亮湾，你还算不算月亮湾人啊？你真让月亮湾人失望！你以为没有你，月亮湾人就烧不了窑？"

没有汤满参加的比赛继续进行。结果，月亮湾输了。

月亮湾的窑师傅们都哭了。

玉莲听说后也哭了，说："汤满这孩子去了一趟京城，怎么变得这么古怪，简直不像汤家的人。"村里有人对玉莲说："汤满可能中邪了，现在真的有点痴了，你去窑神庙烧烧香吧。"

玉莲真的去窑神庙烧香了，求神灵保佑，让汤满做回一个听话的孩子。

玉莲到窑场，想和汤满说说话，汤满也是不大搭理。

刘德华来窑场，说："汤满，明月是天上的人，你能摘到吗？你不要整天做白日梦了，这是自讨苦吃。好好过你自己的日子吧。"

汤满还是不说话。

"和七窑"的砖瓦一如既往地好卖，来订货的络绎不绝。汤满说，你们还是去买别家的吧，我要歇一阵子。刘德华知道了，就来问汤满，听说你不想烧窑了？汤满说，我怎么不烧窑？我只是暂且不烧小砖瓦。我想……做一点自己喜欢做的事情。刘德华问，你不是最喜欢烧窑吗？怎么现在又变了？汤满没有说话。

一天，刘德华又来看汤满，只见汤满正忙着和泥，就问："汤满，你是在做砖坯吗？"

"我要烧停泥砖。"

刘德华想起了在京城官窑山曾经见过停泥砖。

"以前我们月亮湾人根本没有听说过砂滚砖、停泥砖、澄浆砖，为什么不去试试呢？"汤满说。

"可是现在'和七窑'供不应求啊，你烧停泥砖、澄浆砖有谁买呢？"刘德华大声说。

"我就想试试。难道你没有听说，吃鱼的，不如打鱼的乐?"汤满固执地说。

汤满继续烧他的停泥砖。

这停泥砖烧起来十分烦琐，掘泥后，先要筛土，然后和泥浆，再把泥浆放到太阳下暴晒，再和泥、制坯。烧起来，讲究细火慢烧。

玉莲来到窑场，说:"'和七窑'那么好卖，你不烧，整天动歪心思，在做什么停泥砖，谁买你这个砖?"

"妈，我尝试一下，烧烧停泥砖、澄浆砖。"汤满说。

"你就是整天想糊涂心思。"玉莲很不高兴。

汤满没有说话。

"这天下的砖瓦还能烧得尽吗? 你爷爷以前非要烧琉璃砖，烧了那么多，又怎么样? 根本没有人买，到现在还埋在土里。你这不是傻吗? 俗话说，不要千样会，只在一样精。你是这山望着那山高。"玉莲说。

"人家陆师傅什么都会。"汤满道。

"门门通，门门松。"玉莲道。

"妈，人家可不是门门松，木工、窑工、瓦工哪样不会? 哪样不精?"

"人比人，气死人。还是好好烧你的砖吧。"

"艺多不压身。不到外面走一走，还真不知道烧造很讲究，屋内有屋内地面的砖，砌墙有砌墙的砖，雕花有雕花的砖，铺路有铺路的砖……鲁班不去试，哪里来锯子?"汤满说。

玉莲叹口气，道:"成家犹如针挑土，败家犹如浪打沙。"

谢妹也说汤满傻。村上人都说汤满这孩子犟牛脾气，不听劝，真是一个"窑痴"。

汤满试烧了两窑后，第三窑终于成功了。

这天，刘德华来到窑场，看到地上放着几十块砖，就拿起来仔细端详，啊，停泥砖! 只见砖面细密光滑，色如绿豆，轻轻一敲，发出清脆的响声。

"汤满，你烧成了!"刘德华大声叫道。

汤满没有说话。

"你真有几下子!"

汤满还是面无表情。

"下一步准备烧什么?"

"澄浆砖。"

"我来帮你。"刘德华也被汤满的"痴"劲感动了。

这澄浆砖烧起来比停泥砖更麻烦，泥土刨出来后，要用细筛子筛，放水和泥后，将泥浆放在池内静置，使沙砾沉淀，澄出上部的细泥浆，再放在太阳下晾晒，等到泥浆稍干后，再制坯。这种砖更加细密、结实。汤满一连烧了三窑，都没有烧出好的澄浆砖来。

月亮湾人继续在议论：汤满和刘德华两个人不知道整天在捣鼓什么，好好的"和七窑"不烧，有钱不赚，真是一个"痴"啊!

一天，汤满忽然想起那天母亲说爷爷以前烧了很多琉璃瓦，堆放在那里也没有用，那到底堆放在哪里呢?

汤满起身就往家跑，刘德华在一旁看愣了。

汤满问母亲，琉璃瓦堆放在哪里?

玉莲说，这琉璃砖瓦一般人用不上，朝廷有规定，不能乱用。我只是听你父亲说，你爷爷把它埋在了窑场附近。至于在哪里，我也没有见过。

汤满回到窑场，对刘德华说，你要帮我，我们一起找琉璃瓦，我要看看爷爷烧的琉璃瓦是什么样。

"那你的澄浆砖不烧了?"刘德华问。

"先找到琉璃瓦。"汤满说。

两人在窑场附近转来转去，这里挖挖，那里戳戳，哪里有琉璃瓦的影子?

"你家以前有没有废窑?"刘德华这一问，提醒了汤满，也许爷爷过去不在这里烧窑呢。汤满回到村子，向老人们打听他爷爷过去的窑址。有的说记不清楚了，有的看到汤满最近待人冷漠，也不愿搭理。汤正二说，你爷爷原先在羊角凹烧过窑，那里的土不好，后来搬到了现在这个地方。

汤满和刘德华来到羊角凹，一看，这里是村边的一个荒山冈，荆棘丛生。刘德华说，这哪里能找到？汤满说，我们慢慢找吧。

二人拿起铁镐，这里刨刨，那里翻翻。找了一天，也没有收获。太阳快落山时，刘德华的铁镐碰到了什么坚硬的东西，他以为是石头，扒开土一看，是黄色的瓦。

"找到了！找到了！"刘德华兴奋地叫了起来。

汤满赶忙过来，扒开一看，琉璃瓦露了出来，黄的，青的，蓝的，色泽很鲜艳。

汤满用手抚摸着，瓦面如同丝绸一般光滑、细腻。

"终于找到了，太好看了！我一定要烧琉璃瓦。"汤满兴奋地说。

"这是你爷爷特地留给你的财富。"刘德华说。

"等澄浆砖烧成了，我们就烧琉璃瓦。"汤满说。

汤满、刘德华一起烧了三个多月，终于烧出了澄浆砖。接着，他们又钻研起琉璃瓦烧制的方法。

二

一天，汤满正在窑场调琉璃釉色，刘德华跑来，急匆匆地说："汤满，不好了，不好了，你妈妈摔倒了。"

汤满愣住了，刘德华说："赶快回去。"

二人飞快地跑回家，此时谢妹正伏在妈妈身上，号啕大哭。

玉莲躺在床上，一动不动。

汤满摇着妈妈的身体，大声喊着："妈妈——，妈妈——"

玉莲的眼睛是闭着的，已经断气了。

汤满哭得很伤心，说对不起妈妈……

谢妹哭着说，今天我回家来看妈妈，看到她歪倒在堂屋的墙脚，还能和我说几句话，我把她扶上床，不一会儿她就开始喘气，再过了一会儿就不行了。

月亮湾人很快都来了。

村上人帮忙将玉莲葬在汤丙的坟墓旁。送葬的人都走了，汤满执意一个人留下来，多陪妈妈一会儿。刘德华说，我陪你。汤满说，你先回去吧，我就想一个人待待。

汤满坐在妈妈的坟边，和妈妈说着话："妈妈，儿子没有听你的话，也没有照顾好你，儿子不孝啊，你已经走了，儿子无以报答你的恩情了……"

汤满哭累了，躺在松树旁，睡着了。

不知什么时候，父亲走来。

"汤满，你怎么在这里?"汤丙问。

"我是来找你们的。"汤满道。

"儿子，你干得好，好好烧窑，'和七窑'的脉不能断。"

"父亲大人，你放心吧，这个脉不会断的。"

"要烧就烧世上最好的砖瓦。"

"什么样的砖瓦才算世上最好的呢?"

"按照《烧造真经》上说的去做。"

"我家真的有《烧造真经》?"

"当然有，祖上传下来的。'糯不糯，黏不黏，就看山泥白不白。'"

"这是什么意思?"

"你明白了这句话，你就能烧出最好的砖。"

"'糯不糯，黏不黏，就看山泥白不白。'"汤满一遍遍地重复着。

"父亲大人，我要烧琉璃瓦。"

父亲转眼不见了。

"父亲大人，你去哪里了?"

汤满醒了，山雀在枝头叽叽喳喳地叫着。

原来刚才是在做梦? 这梦怎么像真的一样? 刚才父亲说了什么? "糯不糯，黏不黏，就看山泥……白不白。"这是什么意思呢?

爷爷在世的时候，汤满曾听爷爷说过，糯米土是一种最好的土，可是他在月亮湾没有找到。在接下来的日子里，汤满到处寻找糯米土，就是没有发现糯米土。这一天，他找累了，便来到离妈妈坟地不远处的一个山坡上躺下了。他又做了一个梦，梦中，妈妈一直在哭。妈妈说，儿子，我最不放心就是你了，你该成个家啊。汤满看到妈妈这么伤心，也哭了起来……汤满被旁边松树上一阵喜鹊声给叫醒了，他顺手抓起头下枕着的泥土。刚才的泪水已经将头边的泥土濡湿了。他无意识地用手指头抠着泥土，又用手揉搓着。这泥土怎么黏黏的？他唰地坐了起来，又伸手挖一把泥，用双手搓了搓，再看看，白色的，黏黏的，妈妈以前做扎粉时，新磨的米粉就是这样，好细腻！

"好土！好土！"汤满自言自语。这不就是爷爷、父亲曾经寻找过的糯米土吗？他忽然想起梦中父亲的话，"糯不糯，黏不黏，就看山泥白不白。"白色的糯米土今天竟然被我撞见了，这难道是天意？

汤满飞奔下山，拿了铁锹和麻袋，到旁边的山坡上，挖了一麻袋土，背到窑场，用这泥土做了十几块砖坯，试着烧烧看。等到出窑的那天，被眼前的砖震住了。只见砖体白色，砖面细腻光滑，如同白玉一般，轻轻敲击，声音清脆悦耳。他又试着用瓦刀用力敲打，砖体丝毫不见损坏。他又试着将砖从空中抛下，砖落在地上，完好无损。他找来大铁锤，使劲敲断了一块，里瓤与外表的颜色一样。爷爷汤和七说过，砖石是一家。今天，他烧出的这几块白色砖就是坚硬的石头。他太激动了！他带上两块砖，摆在先人的坟墓前，倒了三杯酒，洒向坟头，跪着告慰亲人——

在天上的亲人们，你们看见这白色砖了吗？这砖不仅颜色新鲜，还像石头一般结实。父亲托梦给我，让我找到了糯米土，才烧出这样好看、结实的砖。你们放心，"和七窑"的脉不会断的，我汤满要烧天底下最好的砖……

第二天，汤满本想让刘德华和妹妹谢妹来看看他烧的白色砖，可转而一想，不急，等下一窑再告诉他们，免得又被他们说"窑痴"。

三

京城需要大量城砖，京城郊区的官窑场供不应求，朝廷再次向直隶、江西、湖广三个布政司下达烧砖任务。

"我这次要烧出不一样的城砖给他们看看。"汤满道。

"不一样？不要玩花头精啊。否则，被朝廷发现了，吃不了兜着走。"刘德华道。

"到时候你就知道了。"

汤满用他发现的糯米土烧了一窑砖，出窑那天，他特地把刘德华喊来看看。刘德华看见这批砖通体白色，砖面光滑如镜，十分诧异，连忙问："汤满，这……砖是好砖，还是孬砖？"

"你再好好看看，是不是孬砖。"汤满道。

"是窨水过早，还是过迟？"

"我告诉你，是特意烧造的。"

"那怎么会是白色的？"

汤满笑了笑，没有回答。

刘德华又左看看，右看看，仔细地端详一番后，道："嗯，没见过。过去都是青砖灰瓦，从没见过白色的砖。"

"没见过的就一定不好？"汤满道。

"快说，这砖是怎么烧造的？"

汤满还是没有回答。

"卖关子啊。十师九留。拜你为师，你还留一手？"

"你觉得这砖可以送官府吗？"

"嗯，这么好的砖，官府不会不要的。你是怎么烧出来的？"

"没有多少窍门，就是用泥不同。"

汤满烧出了一种白色砖，在月亮湾一下子传开了，窑师傅们争相来看砖。

汤正四说："白色砖？不吉利啊。"

刘六说："肯定是烧过头了吧。"

易如山说："白色砖？看起来还不错，就怕官府不要，那真是白烧了。"

……

汤满不愿意多说什么。

一天晚上，月亮湾老槐树下聚集了不少村民，汤满也在。窑师傅们围绕汤满的白色砖议论开了。有人说，砖瓦自古以来都是青色灰色，这是老祖宗传下来的定例，定例是不能破的，否则会遭到报应和惩罚。有人反对这种说法，老祖宗的东西也不是不能改变，这么好看的白色砖，又结实，怎么就不可以？还有人说，汤满家创立了"和七窑"，牌子响当当的，砖瓦供不应求，汤满应该好好继承下去，不要搞这些歪门邪道。

众人议论，汤满只是听着，没有说话。他想，老祖宗定例当然要遵守，但不是说就不能去革新。如果鲁班不去革新，他怎么能制造出那么多工具来？这城砖为什么就不能是白色的呢？

宜春县衙派人到月亮湾验收税砖。

当看到汤满的砖是白色的时候，验收官大吃一惊，左看右看，看了半天，其中一位验收官说："这种白色砖，我们不能收。"

汤满问："为什么？"

验收官说："你们月亮湾、古樟岩过去烧过这种砖？'和七窑'烧过白色砖？"

汤满道："过去没有烧过，不等于现在就不能烧。古时候人在树上住，难道后人就要一直在树上住下去吗？"

另一位验收官说："且慢，我来用铁锤敲敲，看看它结实不结实。"

这位验收官找来大铁锤朝一块白色砖狠狠砸去，三锤下去，白色砖纹丝不动。

验收官尴尬地笑道："嗯，结实倒蛮结实。"

前面那位验收官道："即便再结实，我们也不能收。"

在一旁的刘德华说："这么好的砖，你们不收，这是不识货啊！"

两位验收官嗫嚅道："这个……这个嘛……我们也做不了主，这样吧，我们回去向宜春县提调官反映反映。"

汤满很不高兴，道："既然你们不要，那就算了，我再烧一窑吧。"

第二天，汤满和刘德华正在窑场刨土，突然两匹马飞奔而来。衙役从马上下来，让汤满立即带上两块白色砖，去宜春县县衙接受验收，知县要见汤满。

汤满说："既然不收我的砖，还要我去做什么？不去。"

衙役好言相劝。

刘德华劝道："前面来验收的人，只是一个办事的，说话也不能算数。现在官府的人让你把砖带去，正好让他们认识认识这砖啊，为什么不去？"

汤满拗不过，让刘德华陪他一起去。

两人带了两块砖，随衙役骑马直奔宜春县衙，不一会儿就到了。

刘知县、高亨主簿、陈廷玉司吏都已经在正堂等着了。

刘知县坐在堂上，问道："你叫汤满？"

汤满施礼道："小民便是。"

"汤满，我听说你说烧了一种白色的砖。"

汤满、刘德华拿出两块砖，摆在一个案板上。知县与县官一帮人赶忙走近察看。

主簿陈廷玉将砖翻来覆去，看了又看，道："这的确是一块好砖，可惜是一块白色砖，如果是青灰色就好了。"

其他人只是看，没有说话。

众人又坐定，刘知县问："汤满，我问你，你是有意为之，还是意外得之？"

汤满道："大人，小民是有意为之。"

"那你为什么要把砖烧成白色的？"

"自古以来从来没有人规定砖必须是青色的。土有红、黄、白、黑，砖也应该有多色啊。"

陈廷玉道："汤满，你知道不知道，白色是用在什么时候吗？从古到今，白色为素色，民间把丧事叫白事。"

一位司吏在旁边插嘴道："知县，这种砖是万万不能送到京城的。如果送到京城，被朝廷查了，我们都会被充军、杀头的。"

另一位司吏也说："不可，万万不可，不吉利。"

汤满道："白色就一定是不好的吗？日头是白色的，稻子豆子能离得了日头吗？冬天的雪是白色的，俗话说，瑞雪兆丰年，白雪有什么不好？米是什么颜色？白色的，没有米，我们会被饿死的。还有玉，也是白色的，白玉富贵。谁说白色就一定不好？"

汤满这么一说，倒是没有人再说了。知县又走到案几旁，弯腰细细地察看一番，问道："提调官，你怎么看？"

提调官高亨说："我也拿不准，砖嘛倒是好砖，不过，如果送到朝廷，有人说坏话，就有可能被人家抓住把柄。"

司吏陈廷玉说："我看这砖很结实，成色也好，要不先送几十块去试试看？"

衙门里的官吏都在等刘知县表态。

刘知县想了想，面带笑容，道："汤满啊，我知道你们家祖传的'和七窑'很有名，你也在京城烧过窑，有见识，好学习，肯钻研，手艺很不错，但是，凡事不能违背老祖宗的定例，青砖灰瓦，这是祖宗定下来的，还是要遵守。你回去继续好好烧窑，烧出好砖来，县里会奖赏你的。"

刘知县的意思，众人都听明白了，砖是好砖，但不能送京城。

汤满和刘德华都很失望，怏怏不乐地回到月亮湾。

这几年，朝廷给袁州府下达的税砖任务一直很重。袁州这地方烧窑有传统，尤其是袁河两岸，泥土黏而不粉，很适合烧砖瓦。每次朝廷任务下来，官府催得紧，窑师傅们完成得又快又好，朝廷就不断给袁州府加码，增加任务，这激起了袁州府窑师傅们的反感。时间一长，有的窑师傅故意把砖烧得差一点，最近两年袁州府就连续发生了五六起事故。袁州府送京城的城砖不合例，朱元璋知道后十分生气，对袁州府官员大加惩罚，撤掉了提调官、主簿、司吏，特意将自己欣赏的隋赟调到袁州府，担任通判提调官，负责督办税砖的烧造。

隋赟，山东即墨人，早年跟随朱元璋平陈友谅余党有功，被提拔担任六安州英山县主簿，后来又任英山县知县。此人为人谦和，做事认真，井然有序，没有官架子，到任的第三天，就奔赴袁州府下辖的宜春、分宜、万载、萍乡去检查窑场，督办烧砖。

这天，隋赟轻车简从，只带了一个衙役，来到古樟岩、月亮湾调查民情，查看烧砖情况。来之前，他就听说，月亮湾、古樟岩两个村子自古以来就出匠人，尤其是窑师傅多，隋赟想听听这两个村窑师傅们的意见。

隋赟走进窑场，找窑匠们聊天，听窑匠的意见。窑匠们普遍反映，烧砖任务太重，官府给的钱又少，为了烧砖，还误了农事。

在月亮湾，隋赟听说"和七窑"很有名，便提出来要到窑场去看看。村上的刘六领着隋赟往汤满窑场走去。路上，刘六把"和七窑"狠狠地夸了一通，道："汤家祖祖辈辈都是窑师傅，汤和七烧砖的'和七窑'那真是无人能比，月亮湾方圆几十里都来买'和七窑'砖瓦，汤家不仅会烧窑，瓦工活也好。汤和七的儿子汤丙，到京城烧窑，皇帝还见过他。第三代汤满也是烧窑好手，前几年我们一起到京城去烧窑，烧造的城砖也是数一数二。"

"汤家是烧砖世家?"

"汤家祖祖辈辈都烧窑，汤和七不仅会烧城砖，还会烧琉璃瓦。汤满最近烧出了一种白瓷砖，那真是漂亮啊！拿到县里，县里不认，真是不识货。"刘六道。

"白瓷砖?"

"是啊，像白瓷器一般光滑，还很结实呢！"

说着说着，来到了汤满窑场。汤满和刘德华正在做砖坯。听说有州府的官人来，二人赶忙停下手中活，洗手施礼。

隋赟满脸和气道："汤满师傅，我听说汤家'和七窑'很有名啊，好竹出好笋。我今天特地上门来拜访。"

汤满道："隋大人，这折煞我们了。"

隋赟道："听说你烧出了一种白瓷砖？"

白色砖自从上次被县署拒收，汤满就把白色砖堆在旁边，用稻草盖了起来。现在，隋赟又提起白色砖，汤满只好带他去看看。

刘德华将一块白色砖放到一块木板上，隋赟弯腰用手摩挲着，左看看，右看看，上看看，下看看，这边看了，又看看另一边，抱起来掂了掂分量。他要来一把锤子敲了敲，白色砖发出了悦耳的声音。他又要一把大铁锤，朝着地上的一块白色砖砸去，白色砖完好无损。隋赟面带微笑，点点头，但没有说话。

隋赟仔细查看了汤和七、汤丙、汤满平时烧的砖瓦，又到汤满窑口周边仔细看了看，详细询问了月亮湾窑场的情况。临走时，他对汤满说："汤满，你们汤家了不起，能工巧匠之家。"

过了几天，袁州府又来了两位衙役，让汤满带着四块白色砖到袁州府州署。汤满有些不耐烦，说，每次搬来搬去，耍人啊。刘德华说，官府的人意见不一致，很正常啊，新东西让人接受，肯定有一个过程嘛。我们还是带几块去，说不定这位隋大人能看上呢。

汤满和刘德华带了四块砖，随衙役来到袁州府州署门前。经过一幢古色古香的阁楼时，衙役说，这就是谯楼，已经有四百岁了。

汤满以前在宜春台上远远望见过这楼，知道袁州城每天报时的鼓声就是从谯楼上传出的。今天，从谯楼旁边走，忍不住停下脚步仔细打量，只见谯楼雕梁画栋，飞檐高耸，十分气派。

汤满走进衙门大堂时，发现宜春县的县官也都在这里，大堂里坐满了人，气氛肃静、紧张。

汤满、刘德华朝在座的官员施了礼。

隋赟道："汤满，本府今天请你来，是想详细了解一下你烧造白色砖的经过。你为什么要烧制这种白色砖？"

汤满道："隋大人，我们平时吃菜，有萝卜青菜茄子豆角，单就茄子来说，有白的，有紫的。砖有灰砖、青砖、黄色琉璃砖，多了一种白色砖，也没有什么稀奇的。"

"你有意为之？"隋赟问。

"是的。"

"那怎么烧成了白色？"

"用的是一种白色土。"

"月亮湾窑师傅以前为什么不用这种土烧砖瓦？"

"我爷爷、父亲都说，糯米土是好土，他们都曾经在月亮湾到处寻找，可是没有找到。我很幸运，我找到了，不，我碰到了。"

"碰到了？难道这土也在找你不成。"隋赟笑了起来，大堂里的气氛顿时轻松起来。

"是的，碰到了，如果无缘的话，百年、千年都碰不到。也许我们有缘吧。"汤满道。

"你们有心，才有缘。不然，为什么不让我碰到呢。"

"我爷爷也这么说，匠人易得，匠心难求。"汤满憨厚一笑。

"有缘碰见了，还要有烧造的手艺才行，才能烧得出好砖来。你是怎么烧出了这结实的白色砖？"

"是的，再好的土，还要人烧。而且要用心烧。我祖父一直说，烧窑要做到'三到'。"

"哪'三到'？"

"手到眼到心到。"

"说得好！"隋赟点头，"高亨主簿，你们觉得这种砖怎么样？"

"这个砖嘛，看起来外表还不错，光滑，细腻，也很坚硬，就是……就是颜色……白色，在民间是很忌讳的颜色，是丧色。"高亨道。

"陈廷玉，你看呢？"隋赟问。

"我的意见是，先送少量的砖到京城去看看，探探路子。"司吏陈廷玉道。

隋赟又问："刘知县，你怎么看？"

刘知县道："我也认为这砖很不错，但我想了又想，还是不能送到京城去。一旦朝廷追究起来，我们都会被杀头的。"

隋赟问："诸位还有什么看法？"

袁州府司吏任俊道："砖能烧成像瓷碗一般光滑，实在是难得啊！我认为可以送到京城去。"

官员们的意见不一致，有说可以送，有说不可送。

隋赟道："古时，天子在不同的季节身着不同颜色的服饰，春青、夏朱、季夏黄、秋白、冬黑，称为'五时衣'。白色是秋之色。白菊、白雪、白玉、白面、白水、白云，世间白色的东西不可尽数，不能说白色就是不好。我考察后以为，汤满烧的这种白色砖无论是品相还是品质都属上乘。有人说是白瓷砖，我说是白玉砖，像玉一般光滑。所以，我决定将白色砖送到京城去。如果受到朝廷追责，本人愿意承担所有后果。"

袁州府和宜春县的官员们都知道，隋赟是皇帝派下来专门督查造砖的提调官，他这么一说，也就不敢再议论什么。

隋赟又面带笑容道："汤满，你烧出这等好砖，我先奖赏你十两银子。你回去后，继续烧白玉砖。待我奏明朝廷之后，再奖赏你。"

汤满行礼道："谢隋大人！"

汤满烧出白玉砖的消息在袁州府迅速传开了。有的说，袁州府官员说了也不算数，这白色砖，皇帝会喜欢吗？皇帝说好那才是真的好呢。不少人对这种白色砖持观望态度。

四

袁州府提调官隋赟将汤满烧的白玉砖运到了京城，报告给了工部营缮司，工部此时正在组织天下窑匠烧砖，有人烧出非同一般的好砖，自然十分重视。工部尚书趁着早朝的机会，向朱元璋禀告了此事，朱元璋眼睛一亮，立即诏令在奉天殿召见袁州府提调官隋赟。

这天早朝后，隋赟在奉天殿觐见皇帝。

隋赟行礼道："我皇万岁！万岁！万万岁，袁州府提调官隋赟觐见陛下。"

"隋赟，朕念你平陈友谅余党有功，为人老实，做事勤勉，让你到袁州府任通判提调官，最近可顺利？"

"谢陛下！袁州府各县都重视烧造事宜，一切都顺利，保证能按时完成朝廷的任务。"

"朕听说你们袁州府烧出了一种白玉砖？"

"是的，袁州府宜春县窑师傅汤满烧出了一种像玉一般光洁的城砖，十分坚固。"

朱元璋点头道："青砖灰瓦，已成定例。白色的砖，像玉一般光滑，朕倒是没有见过，朕想看看是什么样子。"

隋赟说："我带来了两块，请皇上明鉴。"

侍卫早已准备好案几，将隋赟带来的两块白色大砖放置上面，朱元璋起身走到案几前，仔细查看，又用手摸摸砖的表面。

朱元璋问："这块砖多重？"

隋赟道："完全符合城墙大砖的定例，重四十斤。"

朱元璋微笑点头，道："嗯，果真是块好砖。"

隋赟听皇帝说是"好砖"，心里顿时有一股暖流涌过。

朱元璋回到龙椅上，继续问道："隋赟，朕问你，这种砖是怎么烧出来的？"

隋赟道："陛下，这是本府宜春县窑匠汤满烧制的，微臣不敢居功。"

朱元璋道："朕想知道，为什么其他州府烧不出这种砖来？偏偏袁州府能烧制出来？朕听说，你到了袁州府之后，经常走村串户，察看窑场，倾听民情，督查烧砖，做事细密。"

隋赟道："在宜春，有人认为这白色砖不吉利，难登大雅之堂。小的认为，这都是无稽之谈。"

朱元璋道："那些冬烘先生事事泥古而又不化，事情还没有做，就说古人是怎么说的，书上怎么说的，这些人还能做成事？朕欣赏你的魄力。隋赟，你回去继续组织烧白玉砖，多多益善。用这种坚硬的城砖砌墙，可保大明城垣千秋万代。"

隋赟道："臣遵旨！"

朱元璋道："朕赏你五十两银子。"

隋赟道："谢陛下隆恩！"

朱元璋道："你下次来京城时，把那个烧出这种白玉砖的窑匠一起带来，朕要见见这个窑匠。"

隋赟道："遵旨！"

隋赟回到袁州府的第二天，就来到月亮湾汤满的窑口。他要让汤满知道，皇帝认可了他烧的白玉砖。

隋赟来到窑场的时候，汤满和刘德华正在烧窑，隋赟满面笑容道："汤满，恭喜恭喜！皇帝认可你烧的白玉砖。"

得到皇帝的认可，汤满自然高兴。刘德华激动得跳了起来，大声叫道："认了，认了！"

隋赟道："汤师傅，我奖励你十两银子。"

汤满道："谢隋大人。"

隋赟道："汤师傅，你烧出像玉一般的好砖，应该得到奖赏。"

汤满有点不好意思，道："烧砖是我们窑师傅的本分。"

隋赟道："你和我详细说说，是怎么烧出了白玉砖？"

汤满道："我爷爷说，他曾在月亮湾到处寻找这种糯米土，可是没有找到。这种土其实就在他安息的那个山坡上，这简直就是天意。"

刘德华朝汤满使了一个眼色，汤满，这可是秘密啊，不能对外透露。

隋赟道："你说的这种糯米土，只有你们月亮湾才有？"

汤满道："那不一定，月亮湾有，附近也会有。"

隋赟点头，道："汤师傅，你继续烧你的白玉砖。"

隋赟走了之后，刘德华说："汤满啊，俗话说，百艺好学，一窍难通。手艺人讲究个窍门，有窍门才能赚到银子。你看看，现在皇帝认可了白玉砖，只有你汤满才能烧得出来，这是发大财的好机会啊。这样的诀窍，是不能随便对外说的。"

汤满道："德华，匠心不能窄。我既然发现了这种糯米土，就不该隐瞒。烧出好砖，目的是造福众人。"

刘德华道："现在朝廷看上了，可以和朝廷要一个价，拿一百两银子来。"

汤满道："鲁班发明了锯子、斧子、线斗，他和谁去要银子呢？"

刘德华尴尬地笑了笑，道："汤满，你到现在还没有带我去见识见识糯米土呢。"

汤满道："走，我这就带你去。"

汤满领着刘德华来到月亮湾后山坡，先在汤满爷爷、父亲、母亲的墓前跪下拜了拜。汤满低声道："亲人们，我烧的白玉砖终于得到了朝廷的认可。一定是你们的护佑，让我碰到了糯米土。爷爷和父亲生前一直在找糯米土，现在头枕着糯米土安息，这是天意吧……"

刘德华道："汤满，他们在天上会为你高兴的。"

汤满领着刘德华来到离墓地不远处的山坡上，指着松树旁的一个小土塘说："你看，就在这里。"

刘德华蹲下去，用手扒了扒泥土，抓起了一把，用力搓了搓，道："嗯，这的确是好泥！为什么只有这里才有这种白色泥呢？"

汤满道："别的地方肯定也有，只是无缘碰到。这世间万物，碰到的，都是有缘。"

不久后的一天，隋赟带着袁州府官员又来到月亮湾。他和村民们坐在老槐树下的石头上聊天。月亮湾人说，隋大人待人谦和，体察民情，一点官架子也没有。

"隋大人，你这么看重我们月亮湾，我们开心啊。我们月亮湾自古以来就烧窑，好不容易出了一个'和七窑'。"

"隋大人，我们月亮湾人烧出了这么好的白玉砖，官府应该多给些银子啊。"

"给我们减免一些税租吧。"

"隋大人，你向朝廷建议，给汤满封一个官吧。"

……

众人七嘴八舌，隋赟道："诸位窑师傅，我把白玉砖给皇帝看了，皇帝说，这砖很好，你们回去多烧。我今天特地来到月亮湾，就是要与诸位商量，大家多烧一些白玉砖。你们放心，只要我隋某人在袁州一日，就会为窑师傅们着想的。孤寡老人、重病在身、家无劳力，一律免除税砖任务。只要你们烧出好砖，官府增加工钱，一定不会让大家吃亏的。"

"隋大人，拿一百两银子来，我们保证给你烧出白玉砖，要多少给多少。"有人说。

"隋大人，你知道汤满为什么能烧出白玉砖吗？汤家有《烧造真经》。"有人神秘地说。

"官府多给汤满一点钱，我们都去汤满家帮工，让他多开几口窑，不就成了？"

汤满淡淡一笑说："其实没有什么神秘的，白玉砖就是用我们月亮湾后山坡上的土烧成的，我们月亮湾的窑师傅都会烧出白玉砖。"

汤满这么一说，让月亮湾人惊讶无比。月亮湾人祖祖辈辈都把窑建在袁河边，从来没有人想到后山坡上还有更好的土。先前，月亮湾人都认为汤满不务正业，简直是一个"窑痴"，现在明白了，原来他在琢磨烧白玉砖的事。

汤满道："我带你们去看看糯米土。"

汤满领着众人来到后山坡，指着面前的坟墓说："这里是我的爷爷、父亲、母亲的墓地。"又指着不远处小山坡说，"就是那边的土。"

众人又来到山坡上，隋赟蹲下身子，抓了一把土，在手中搓了搓，感觉很细腻。

有村民说："难怪，糯米土离汤家祖坟很近，汤家祖坟葬得好啊，祖上在保佑汤满。"

隋赟道："汤满，你再在周围继续找找糯米土，他日官府会重赏你。"

汤满道："隋大人，我也不要什么奖赏，只希望官府给月亮湾人减轻一些负担。"

在接下来的日子里，隋赟对袁州府窑师傅进行重新登记，对于家庭确有困难的，一律免除税砖任务。这一措施受到全州窑师傅的称颂。

五

月亮湾比以前更出名了。

袁州府流传着各种关于白玉砖的传说。有人说，汤满根据《烧造真经》烧出了白玉砖。有人说，汤满家的祖坟发力，汤和七托梦给了孙子——"和七窑"的传人汤满。有人说，皇帝给了汤满家一万两银子，汤满不仅发了大财，马上就要到京城做大官了。有人说，朝廷给了月亮湾人每人一百两银子。现在，袁州府的乞丐都在往月亮湾跑，有的找到汤满家，发现汤满家的门是锁着的，又纷纷往汤满的窑场赶。一连好多天，月亮湾像过节一样，挤满了来来往往的人。有来看热闹的，有来乞讨的，有来取经的。汤满哭笑不得，说，我哪里有一万两银子。乞丐们不走，汤满只好自己掏钱，每人发几文打发走。还有穷人来找汤满借钱，汤满说，谁看到皇帝给我赏了一万两银子？

古樟岩的袁满正也来月亮湾祝贺汤满。袁满正说，汤满师傅，你为我们古樟岩、月亮湾争了光，我赏给你十两银子。汤满说什么也不要。

很快，隋赟组织袁州府所属宜春、分宜、萍乡、万载四县的两百多位窑匠、作头到月亮湾考察。隋赟让汤满介绍经验，汤满把众人领到月亮湾的后山坡去看糯米土。隋赟让汤满把他烧过的停泥砖、澄浆砖、滚沙砖一一摆出来，供众人参观。众人不看便罢，看了啧啧称赞，说："'和七窑'还真的不是吹出来的。"

隋赟说："世上千门活，只要人肯学。识得了门楼，进得了屋。今天进了门楼，进屋也就快了。只要努力，大家也会烧出白玉砖来。"

不久后，袁州府布告全州：月亮湾窑匠汤满用白糯米土烧造城墙大砖，不仅颜色好看，而且坚硬结实，州府鼓励全州窑匠寻找白色糯米土制作城墙大砖。对于找到白色糯米土的窑匠，州府给予重奖。

仅仅过了一个月，袁州府又有十多个窑匠找到了糯米土，州府兑现承诺，每人奖赏了十两银子。

现在，袁州府烧制的白色城墙大砖源源不断地输向京城。京城匠人们都知道这种白玉砖来自袁州府。全国各地的提调官都在督促窑匠们寻找糯米土。

秋天的一天，隋赟又来到月亮湾，他对汤满说："近日准备一下，我要带你去京城拜见皇上。"

汤满说："隋大人一个人去就行了，我一个烧窑的匠人，也不是见皇帝的人。再说皇帝我已经见过了。"

隋赟吃了一惊："你什么时候见过皇帝？"

"好几年前，我在京城官窑山烧窑的时候，皇帝来官窑山察看，碰巧到了我的窑口，我还与皇帝说过话呢。"汤满道。

"也许皇帝还记得你呢！"

"皇帝怎么会记得我这个烧窑的？"

"你准备一下吧，我们七天后启程。"

"我不去。"汤满很坚决。

"汤师傅，皇上要当面褒奖你，你没有不去领皇恩的道理啊。"隋赟道。

汤满就是一个犟脾气，刘德华、谢妹都来劝他。

"汤满啊，我问你，你烧停泥砖、澄浆砖、琉璃砖，究竟为了什么，不是为了造福更多的人？你烧白玉砖为了什么？难道是为了玩一玩？既然烧出了坚硬的城砖，就要想到快快用在筑城上。皇帝要见你，还不是看重你烧的白玉砖？你还有什么理由不去见皇帝？"刘德华一番话说得汤满哑口无言。汤满想，刘德华说得有道理，我烧出白玉砖还不是为了让朝廷承认吗？只有被承认了，才能让砖发挥作用。去就去吧。他向隋赟提出带上刘德华一起去，隋赟答应了。

这天一早，隋赟、汤满、刘德华带上白玉砖，登上官船往京城驶去。八天后，汤满一行抵达了京城。

六

隋赟把汤满、刘德华带到了袁州府筑城工地住下，等待皇帝召见。

汤满和袁州府匠人、工夫们聊了起来。汤满问，现在伙食怎么样？匠人说，三山门暴动后，工地上的伙食改善很多，最起码不会再给我们吃发霉的米饭，现在能吃得饱。作头、督工们的态度也比以前好多了。

匠人们议论说，袁州府烧出白玉砖，在京城引起轰动。听说皇帝要召见那个烧砖人汤满，袁州府的税砖以后全部免检。刘德华在一旁听了笑道："这不就来了吗？"

匠人们听了一愣，这是什么意思？

刘德华故意对着汤满说："汤满，你以后做了大官，别忘了我们啊！"

听说汤满在身边，众匠人左瞅瞅右看看，其中一位窑师傅道："你就是汤满吧，我是宜春来的，我认得你。"

匠人们炸开了锅，拥了上来。

"哎哟，今天撞到福星了！"

"汤师傅，你是袁州府的窑状元啊！"

"汤师傅，你给我们袁州人争了光。现在我们在京城干活，都觉得脸上有光。"

……

汤满笑笑，向众人打听筑城的进度。

匠人们说，估计还有四五年，单就城门来说，听说只修好一半，城墙还没有合围。

进宫觐见皇上的时间到了。

这天，四更的鼓声响过之后，隋赟就带着汤满、刘德华来到午门外等候，此时，外面漆黑一片，满天的星斗在闪烁。

汤满打量着午门，午门左右各有一个巨大的石狮子，威武雄壮。城楼上挂满了灯笼，在夜色中衬托出城楼的巍峨壮观。午门戒备森严，手持大刀长矛的卫兵列队把守，从四面八方陆续赶来的大臣都在午门等候。隋赟说这些官员马上都要进奉天殿里觐见皇帝，参加早朝。刘德华问："皇帝每天也起这么早？"

隋赟道："是啊，皇帝很辛苦。不过，百官起得更早，有的住在城外，离这里远，半夜就要起来。"

汤满道："看来，大臣们和窑匠一样辛苦，每天睡不了什么觉。"

突然，汤满看见两个熟悉的身影走到门口，定睛一看，这不是陆良吗？汤满脱口而出："陆员外郎！"

陆良回头一看，"哎呀，这不是袁州府的汤满吗？我听说你烧出了白玉砖，为你高兴啊！"陆良是工部员外郎，对袁州府烧出白玉砖的事情自然是知道的。

站在他旁边的陆善、沈万三都和汤满打招呼，表示祝贺。

沈万三道："小汤师傅，山不转水转，我们又见面了。"

汤满道："沈伯伯的城墙筑了几成？"

"已经有七八成了。"

"沈伯伯真是大手笔啊！"

沈万三得意地笑了笑。

正说着，有人高声喊"入朝"，随后，官员们排好队从左右两边掖门次第进入，走过金水桥，缓步来到奉天殿前，站好队，等候皇帝的出现。

隋赟和汤满等人站在队列的最后面。刘德华说："汤满，你看，皇帝住的地方真大啊！今天借你的光，不仅可以看见皇帝，还可以看见宝殿。"

汤满连忙轻声制止："隋大人说了，在宫中不能随便说话。"

众人站定，再等了一会儿，有人鸣鞭，礼乐奏起，朱元璋在侍卫的导引下，坐上龙椅。

众人一齐磕头，齐声高呼："吾皇万岁！万岁！万万岁！"

朱元璋道："平身。"

朱元璋环视左右，开始每天的训话："诸位，听好了，自从朕决定在应天城筑城以来，一直议论不断，有的还谏言，筑城劳民伤财，有的刁民胆敢糊弄朕，朕现在已经命令御史台在调查，待查出一个结果来，定会严惩不贷。朕筑城，不仅卫国卫君，更在卫民。来，把刘伯温的《筑城词》念给大家听听。"

一位太监在旁念道——

君不见杭州无城贼直入，

台州有城贼不入？

重门击柝自古来，

而况四邻多警急。

愚民莫可与虑始，

见说筑城俱不喜。

一朝城成不可逾，

挈家却向城中居。

寄语筑城人，

城高固自好，

更须足食仍足兵，

不然剑阁潼关且难保。

独不念，至元元佑，天下无城亦无盗。

朱元璋道："这诗是刘伯温在世时写的，老先生知道朕为何要筑城。工部尚书，你们把刘伯温的诗印出来，发给各地的督工、作头，在街头张贴，让老百姓也能看到。"

训话结束后，汤满、刘德华跟随隋赟走进了奉天殿。汤满抬眼打量殿里，大殿很开阔，中间的立柱很粗壮，皇帝坐的龙椅高大威严，所有参加觐见皇上的人都垂手而立，大殿里静得连一根针掉下来都听得见。突然，朱元璋开始说话："大明城垣已经建好大半，朕今天召见各位，一来慰问诸位匠人，你们抛妻别子，长年在京役作，实在是辛苦。二来朕要嘉奖几位为筑城立了大功的人。"

"汤满——"朱元璋高声喊道。

"小的在。"汤满施礼应道。

"你是江西袁州府宜春人？"

"小的正是。"

"彭莹玉就是你们袁州人。"

"小的听说过。"

"南泉山的慈化寺如今可完好？"

"小的没有去过，但听我爷爷说，他去过，慈化寺大殿顶上的金瓦是我祖先烧的呢。"

"嗯，慈化寺的'天下第一禅林'就是朕题的字。"

"小的回袁州一定会去慈化寺瞻仰。"

"你是宜春什么地方人？"

"月亮湾。"

"月亮湾？好地方啊。我的家乡也有一个月亮湾，小时候，我们几个小伙伴还在月亮湾看月亮呢，看来，天下叫月亮湾的还真不少！"朱元璋面带微笑，"汤满，朕知道你烧制出一种白玉砖，你给朕说说，这种砖是怎么烧出来的？"

"陛下，其实没有多少窍门，只是泥土不同而已。我碰到了一种白色糯米土，这种土很细很软很黏，烧出的砖很结实。"

"天下窑匠多如牛毛，为什么只有你汤满才能烧出来？"

"陛下，这种白糯米土，我祖父、我父亲找过，可是没有找到。月亮湾的土地爷觉得该让我们汤家找到，就开了恩，让我碰到了。"

朱元璋被汤满的这番话逗得哈哈大笑。大臣们很难得见到皇帝这么开心。

朱元璋道："你说是土地爷帮的忙，也有几分道理。不过，朕今天告诉你，是你们祖孙几代人积攒的德，种下了因，到了你这里，收获了果。所以，汤满，你要懂得感恩，不能数典忘祖啊！"

汤满道："谢皇上。"

"隋赟——"朱元璋喊道。

"陛下，臣在。"隋赟道。

"你们袁州府出了一个汤满，不简单，你要善待像汤满这样用心烧砖的匠人。"

"臣遵旨。"

"朕让你发动袁州府的窑匠寻找白土，现在的情况怎么样？"

"禀告陛下，袁州府现在已经发现二十多处白糯米土，窑匠们正在用糯米土制作大城砖，烧造好的城砖正陆续运到京城工地，被砌入城墙。"

朱元璋连连点头，道："好啊好啊，朕将你调到袁州府担任提调官，看来是做对了。"

"谢陛下隆恩！"

"朕给袁州府增加了不少任务，老百姓和匠户们有什么反应？"

"袁州窑匠，没有怨言。陛下能得天下，在于一兵一卒。而大明城墙由一块块城砖垒起来的。作为大明朝的子民，贡献一块块城砖，是应尽的责任和义务。窑匠们都在认真烧砖。只有每一块城砖都结实，才能保证我大明城墙坚固永久，屹立万年！"

朱元璋听了隋赟的这番话，十分高兴，连连点头，道："说得好！说得好！"

汤满听了隋赟的这番话心里不是滋味，当官的总是在说好听的，其实窑匠们的怨言多着呢，皇帝高高在上，听到的都是好话。

朱元璋又问："汤满，朕问你，现在奸民众多，有的在逃避任务，拿粗制滥造的砖来糊弄朝廷，而你还能烧出这么结实的城砖来，你是如何想的？"

汤满道："奸民历朝历代都有，良民更多，小的祖祖辈辈烧窑，凭良心做事。我爷爷经常说，匠人易得，匠心难求。我爷爷还说，不怕无人请，就怕艺不精。窑匠就要把窑烧好，烧砖就烧出最好的砖。"

"匠人易得，匠心难求。"朱元璋点头重复道，"说得好！如何才能烧出最好的砖？"

"我爷爷一直说，要做到'三到'，手到眼到心到。"

朱元璋点头："你爷爷说得好，要'三到'，朕要告诫天下所有匠人，都要记住你爷爷的'三到'：手到眼到心到。匠人要做到'三到'，治理国家，何尝不是如此？朕要告诫官员做到'三到'。汤满，朕留你在京城做督工，待城墙完工之日，朕还要给你封官奖赏。"

汤满连忙行礼，道："谢皇上隆恩，小的斗大的字认不得几个，没有能力做官。"

朱元璋对吏部尚书说："一代之兴，必生一代妙才。一代之才，必有一时之绝艺。从今以后，你们要广求天下人才，凡是有一技之长的，有精通一艺的，有惊世绝技的，都要记录在案，报告朕，朕给他们官做。"

朱元璋又喊道："陆良、陆善——"

陆良、陆善行一拜三叩头礼，齐声应道："陛下，臣在。"

朱元璋道："你们营建聚宝门、通济门有功，朕要奖赏你们兄弟俩。每人奖赏一百亩良田。陆良，朕升你为工部营缮司右侍郎，赏陆善一百两银子。"

陆良、陆善齐声道："谢皇上隆恩！"

"朕知道，你们'香山帮'在京役作时间最长，城门完工之日，朕就让陆善回家。"

"谢皇上。"陆善道。

"不过，当下筑城尚未完工，你们还须勤勉努力。"

"遵旨。"陆良、陆善道。

朱元璋又喊道："沈万三——"

沈万三行礼，道："陛下，小的在。"

朱元璋道："沈万三，你虽然富甲天下，但毫不吝啬，对朝廷的大事念念不忘，先前给朝廷捐了很多金子银子，又帮朕做了一件大好事，将京城东南部的城墙全部用条石砌成，朕念你筑城有功，奖赏你，封你做工部员外郎。"

沈万三道："谢皇上隆恩！小的只是出出银子，也亏了军士帮助筑墙。"

"古有白衣天子，号曰素封，朕认为这很适合你啊。"

沈万三没有听懂朱元璋话里的意思，就连忙道："皇上，小的不敢当。"

朱元璋道："银子都是你出的，这很了不起！京师筑城，卫所军士发挥了大作用，朕还要对军士进行嘉奖。"

"皇上嘉奖卫所军士，小的愿意出银子。"

朱元璋愣了一下："嗯?"

沈万三道："大明建国不久，国库还不够充盈，皇上如果犒军，小的愿意帮皇上出这笔银子。"

朱元璋"哈哈"笑了起来，道："沈万三，你真体谅朕啊，不愧为白衣天子。"

沈万三没有吱声。

朱元璋想了想，道："沈万三，朕的军队有百万之众，你能出得起这么多银子?"

沈万三道："小的愿意给每位军士犒金一两。"

朱元璋一惊，眉头一皱，心想，好一个沈万三啊，你居然在万岁大殿里耍威风摆阔气，我堂堂一个大明皇帝还依靠你来犒劳军士，这岂不是笑话? 你究竟有多少钱? 有钱了就可以这么恣意妄为?

朱元璋把脸一沉，道："沈万三，朕知道了你的好意，可是堂堂大明，皇皇天子，这个银子还是有的，朕就不需要了。"

沈万三连连叩头道："谢皇上！"

七

工部将汤满、刘德华留在了京城。

汤满在京城做督工，负责验收各地送来的税砖。刘德华做起验收工。每天，来自江南各地的运砖船都停靠在上新河或者龙江码头，工部派了一位严姓郎中主管验收，汤满作为严郎中的助手，督导验收税砖。

各府税砖烧好之后，有的采用专用船运送，有的让民船捎带，有的则让运粮船搭载一些。负责押运的有府衙或县衙官员，有窑匠作头，有临时差役。船到了上新河或者龙江码头后，他们将砖运到岸上指定地点，通过官府的验收后，领到砖票，才算办结。官府在两个码头都设立了验收工。汤满每天在两个码头之间奔波。

刘德华在上新河码头担任验收工。上新河码头每天有二十艘运砖船停靠，等待验收。和刘德华在一组的验收官钱大多来自京城江宁县，此人以前是窑匠出身，后来巴结上一位工部所丞，当起了作头，平时根本不把人放在眼里，说起话来十分嚣张。但他也是一个看脸色的人，听说汤满受到皇帝的召见，对汤满客气多了，可是对刘德华动不动就训斥一番。

每当见到汤满，钱大多总是自吹自擂一番，说自己什么砖都烧过，什么瓦都烧过。汤满问，你烧过澄浆砖？钱大多说，什么"沉江"砖？什么砖都会沉到江底啊。汤满笑笑。汤满再问，你烧过停泥砖？钱大多说，什么厅里砖厅外砖，都烧过。汤满再问，你烧过金砖？钱大多说，我哪里见过用金子烧砖的呢？汤满和刘德华都笑了起来。

钱大多在验砖时，常常会看走眼。一次，在验收一批城砖时，将重量明显不足的砖说成好砖，汤满刚好就站在旁边，用锤子敲断了砖，结果砖里露出黄瓤，是一块粉心砖。

"汤师傅，你的眼力不错啊。"钱大多有些不好意思，连忙竖起大拇指。

"这城砖一看颜色就不对。"汤满说。

"汤师傅烧了几年窑？"

"十几年了。"

"哎哟，不简单，这么年轻，都烧了十几年窑，怪不得眼力好。"

一天，钱大多意外得知汤满烧出了白玉砖，并且受到了皇帝的嘉奖，惊呆了，从此对汤满毕恭毕敬。他知道刘德华和汤满是同乡，对刘德华也客气多了。

一天，湖广布政司黄州府黄冈县一批税砖抵达上新河码头，刘德华在验收时发现砖的重量不足，每块少一斤到八两不等，砖的品相也不好，有的砖面不平，有的还缺角少边，就拒绝发砖票。随同押运的黄冈县主簿李能急了，连忙找到刘德华说："这位老弟，现在下面烧砖很不容易，窑匠们既要干农活，又要烧砖，都不愿意烧，求爹爹拜奶奶好不容易烧了这么多砖，有的砖差个几两，也不影响砌墙，你就通融通融吧。"

刘德华说："如果放行了，我会被追责的。"

正说着，钱大多来了，问了一下情况后斥责道："亏你们还说得出口，不合定例的砖，也敢送到京城来，不怕掉脑袋啊。不要再嚼蛆了，统统作废！"

李能主簿求钱大多高抬贵手。钱大多说："你找我没用。官府有法在先，谁还敢放行？放了，我会被杀头的。"

李能主簿还在和钱大多磨蹭。刘德华去别的船上去看货验收了。

晚上，刘德华在回工棚的路上，被一个陌生人拦住了，此人央求道："兄弟，我是黄冈窑师傅，京城东西贵，这点银子在京城随便花花吧。"

说罢，就把一个口袋往刘德华面前塞。

刘德华顿时明白来人的用意，一边拒绝，一边道："兄弟，无功不受禄，再说我们是陌生人，怎么能平白无故收你的银子呢？"

"在家靠父母，出门靠朋友。我们交个朋友吧。"来人说。

"朋友之交淡如水。我收了你的银子，我能给你什么好处？"

"唉，得饶人处且饶人。大路通天，各走一边。"

"你是说……"

"能放就放，与他人方便，就是与己方便。这二十两银子，你就拿了吧，天知地知我知，现在在外面不都是这样吗？"

"兄弟，我不能收，我只是一个验收工，决定权不在我这里。"

"那谁有权放行？"

"我上面有作头、督工。"

来人看刘德华很坚决，也就不再说什么了。

晚上回到住处，刘德华说："汤满，今天我差一点发大财了。"就把刚刚遇到的事情说了。

"你说，这银子来得多容易啊，我烧十年窑也赚不到这么多银子。"刘德华感叹道。

"这银子能要吗？官府一旦知道，命就没有了。"汤满道。

"我现在明白了，为什么都说当官好，当官有权，有权就有银子啊！俗话说得好，三年清知府，十万雪花银。汤满，你就留在京城做官吧。"

"听我妈妈说，当年我父亲一直想做官，到后来怎么样了？后来真的做了验收官，还不是被赶回家了？"

"汤满，做官，有钱，就是好！你如果有钱，你就会造大房子，住高楼大厦，你就会娶到明月。"

提起明月，汤满低下头，没有说话。

"你说钱大多会不会收别人的银子？"刘德华问。

"我想他不敢。"汤满道。

"也许你把人想得太好了。"

"会有因果报应的。"

"汤满，有人给你送过银子吗？"

"我敢要吗？"

一天，汤满在龙江码头例行抽查税砖，在直隶安庆府怀宁县送来的一批砖中，发现一块砖轻了不少，便拿锤子敲了敲，立马判断出这是一块空心砖。他当场命令验收工将砖敲断，断砖里突然掉下来一个圆疙瘩，汤满捡起来一看，是一个面目狰狞的泥人头。汤满立马想到，这是有人故意放在砖里的。验收工从地上捡起泥人头，大声道："这是什么？"

站在一旁的怀宁县提调官刘仪也看见了，当场吓得面无人色。

汤满看了看砖上的印——

安庆府提调官通判王士廉司吏邓由巳怀宁县提调官主簿刘仪司吏石盏琮总甲韩再名甲首程士俊小甲张玄二窑匠王二狗

汤满厉声问："这是怎么回事？"

刘仪拿起了泥人头在手中看了又看，手抖个不停。

验收工道："这是在诅咒，这是镇物。"

提调官刘仪自言自语道："这……这怎么可能？"

验收官道："你们这是诅咒朝廷，真是恶毒啊，我们会如实上报朝廷，你们听候处置吧。"

汤满道："刘主簿，怀宁县的这批城砖暂且全部扣下来，等候官府发落。"

晚上，汤满刚回到住处，作头钱大多带了两个人来找，一个是安庆府的押运司吏邓由巳，一个是上午刚刚见过的怀宁县提调官刘仪。

刘仪对汤满连连作揖，用哀求的口气说："汤督工，我们求求你了，就不要报告朝廷了，如果告了，我们都会被朝廷杀头的。"

安庆府司吏邓由巳也恳求道："窑匠王二狗这个混蛋，肯定是闹着玩的，开玩笑也不能这么开。你就放我们一马吧。救人一命，胜造七级浮屠。"

刘仪掏出了一个袋子，塞给汤满，道："这一百两银子你们就收下吧，没有人知道。"

汤满推辞道："我只是朝廷派的验收督导，说话也不算数，我怎么能收你们的银子呢。"

邓由巳道："汤师傅，当时所有在场的人，我们都给了银子，他们都答应不对外说。求求你了，我看你面善心好，这次就开开恩吧，不要报告朝廷了。"

汤满道："银子你们先带走，我需要用的时候找你们要，得饶人处且饶人。"

好说歹说，几个人才离开。

晚上，汤满把事情经过告诉刘德华。刘德华道："这块砖如果给朝廷知道了，王二狗的狗头真的就没有了。"

汤满道："岂止是王二狗啊，府里、县里的一大批官员都会受牵连。怎么办呢？如果报告了，朝廷会杀一大批。这些窑匠也可怜，都不容易啊!"

刘德华道："天下烧窑人是一家，想想我们自己的苦处，算了吧。"

刘德华的这番话让汤满做出了不报告的决定。

刘德华道："遇到你我这样的人，算是他的福气。"

汤满道："唉，筑城实在是苦了天下匠人。"

八

最近，京城的鼓楼、钟楼已经完工，聚宝门、通济门工程也接近尾声，城墙正在抓紧合围，朱元璋决定亲自察看营建情况。

这天，朱元璋带领工部、都察院、兵部、锦衣卫等官员，登上位于黄泥岗的鼓楼城楼。此时正值初冬季节，天空晴朗，一碧如洗，站在城楼上，放眼望去，金陵城尽收眼底。朝东望，鸡笼山、覆舟山、紫金山绵延起伏；向北望，玄武湖、幕府山清晰可见；向西望，马鞍山、狮子山、四望山耸立江边，大江如带，逶迤北去。朱元璋道："鼓楼真是个登高望远的好地方。晨钟暮鼓，万民所瞻。催促文武百官勤于政务，提醒百姓辛于劳作，这里应该就是京城的中心了。"

话音刚落，鼓声响起，声震四方，礼部大臣道："鼓声为陛下所擂，寓意四海升平，八方宁靖。"

朱元璋点头，问："这城楼上现在有几面鼓?"

礼部大臣道："鼓楼定更所用的大鼓有二十五面，一面主鼓，二十四面群鼓，依农事二十四节气而置。"

站在鼓楼往西看去，不远处就是钟楼，朱元璋对礼部大臣道："钟楼内大钟已安置妥当?"

话音刚落，钟声响起，余音袅袅。

朱元璋道："声音小了些，可以再造一口大钟，让全城都能听到钟声。钟声与鼓声交错，声传八方，以彰显我大明非凡气势。"

工部尚书赵俊道:"为了让陛下纵览金陵全城,工部特地制作了金陵形势沙盘,请皇上御览。"

朱元璋惊喜道:"嗯,想得周到。"

众人围在沙盘旁,工部尚书赵俊指着沙盘讲解:"目前朝阳门已经建好,从朝阳门到正阳门这一段城墙已经加宽加固。从通济门到聚宝门这段城墙,由沈万三负责营建,目前已近完工。聚宝门、通济门即将竣工。从三山门到仪凤门,山多坡多,工程量大,正在抓紧营建。城北段,根据当初筹划,城墙从玄武湖经过鸡笼山,再经过鼓楼北黄泥岗北边,一直伸向大江边。此段城墙也正在抓紧营建。"

朱元璋问:"城墙经过山坡,尤其要牢固,否则,一旦大雨冲淋,就会坍塌。"

工部尚书赵俊道:"金陵地势起伏不平,只能因地制宜,城西多山,山上多岩石,采用包山墙的做法,每隔三丈,设置一个石头排水槽,如遇大雨,水就从水槽中排出,可保牢固。"

朱元璋点头,对着沙盘看了半天,道:"依你所说,北边的城墙从鼓楼旁经过,那鼓楼就不在京城的中心了。还有,江边的四望山、狮子山都在城外。陆侍郎,你有什么好建议?"

工部侍郎陆良道:"陛下,城墙可以再往北延伸,如此可以将狮子山包括其中。"

朱元璋点头道:"玄武湖边的城墙已经开建?"

工部尚书赵俊道:"已经建好十几丈。"

朱元璋道:"陆侍郎说得有道理,沿着玄武湖往北延伸去,将狮子山、四望山都囊括其中,工部抓紧勘察,尽早合围。"

工部尚书赵俊道:"遵命。"

接着,朱元璋一行又来到通济门工地察看。

通济门原为集庆路旧东门,扼守于内外秦淮河分界,东北为皇城,西南则是林立的商铺,实为京城的咽喉。通济门由工部侍郎陆良的弟弟陆善负责督建。

陆善在一个沙盘前向朱元璋报告营建情况："通济门整个瓮城坐南朝北，造型是一条福船，取同舟共济之意，为京城最大城门。与之相对应的西边是三山门，也设计成船形瓮城，寓意通达四海、畅通无阻。通济门是外秦淮河入城城门，三山门为内秦淮河出城城门。通济门的三道瓮城已经建好，基座都由条石砌成，条石上砌大城砖。目前正在营建瓮城之上的城楼。"

说罢，陆善领着朱元璋一行登上外侧的瓮城楼上。朱元璋看见，整个瓮城都被脚手架包住，很多匠人、工夫正在脚手架上忙碌。

朱元璋道："所砌务必牢固，工部有司，你们马上拿铁钎去戳验。"工部尚书赵俊立即安排人去工地上检验。

朱元璋问："陆善，你有什么办法保证营建牢固？"

陆善道："我们分成五六个小组，每天下午收工之前，小组之间互相检查，如果发现问题，立即返工。"

朱元璋点头道："好，你们兄弟俩艺高心细，都是难得的好匠人！"

朱元璋看到两边的城墙已经建好，就问陆良："如何保证大雨城墙不倒？"

陆良道："前人《营造法式》已有筑城定例，先用碎石伴黄土夯筑，再用圆木横竖两层，其中放置大块石头，再在墙的两侧用石灰浆浇灌，以防止渗水。在城墙顶部用石块铺满，用桐油加三合土填缝，外侧、内侧再砌三层砖，防止水渗入。如此营建，可保我大明城垣万年永固。"

朱元璋连连点头，道："好，说得好！城墙建好之后，还要守卫好。"

兵部大臣道："陛下，城墙内部设女儿墙，外侧设垛口。每二十丈设一个窝铺，派五个士兵驻守。"

有司禀告，检查通济门多处工程，营建牢固。

从通济门往南走，工部尚书赵俊指着面前的城墙说，这一段就是沈万三出资营建的。

朱元璋停止了脚步，打量着面前这段巍峨的城墙，若有所思，问：

"这么多条石哪里来的?"

"都是从汤山来的。石匠的工钱由沈万三支付。"在一旁的陆良说。

朱元璋走近城墙,只见几百个役夫正在工地上干活,很多人抬着巨大的条石,艰难挪动着脚步。

"这个沈万三有的是钱,他用条石筑城,倒是很坚固。在城壕边用石头砌墙,时间长了,会不会倒塌?"

工部左侍郎韩铎道:"陛下,地基挖得很深,中间用碎石和黄土夯筑,旁边再用三合土加固。"

"石头之间用的都是三合土?"

"工部还采用民间配方,用洋桃藤、蓼叶熬浆,或者用糯米粥,混入三合土中,一起搅拌,用这种灰浆砌墙,坚凝骨硬,刀斧不能开。"

朱元璋点头。

朱元璋一行又来到聚宝门工地。

陆良领着朱元璋登上刚刚落成的瓮城城楼。陆良介绍道:"聚宝门成一'目'字形,内瓮城三座,门垣四道。"

朱元璋道:"聚宝门南连长干桥,北接镇淮桥,是从南边进入京城的大门,实为要冲,务必要坚固。"

正说着,从城墙外传来了儿歌声——

　　找到聚宝盆,

　　再找戴鼎成,

　　头戴聚宝盆,

　　埋在城墙根。

　　……

朱元璋问:"嗯?这孩子们唱的是聚宝盆的事?"

陆良道:"是的。"

"聚宝盆埋下后,就顺利了?"

"陛下，自从埋入聚宝盆之后，就万事大吉了。"

"嗯，这要感谢沈万三啊，借了他家的聚宝盆。他有的是钱，出一个聚宝盆，算不了什么。聚宝盆埋在何处?"

陆良指着墙根道:"就埋在东南墙下。"

朱元璋对随行的工部有司说，你们去按例查验。

朱元璋来到长干桥上，从南边察看聚宝门，只见城楼高耸，巍峨壮观。他的目光被城门上方"聚宝门"三个字所吸引，他打量了好一会儿，道:"这三个字是新安詹希源所写?"

"是的。十三城门都是詹希源所写。"陆良道。

詹希源，当朝书法大家，善书大字，开国以来，颇受朱元璋器重，任中书舍人，掌管书写诰敕、制诏、银册、铁券等。京城的城门、宫殿，到处可见詹希源的大字。

朱元璋道:"这'门'字的右下边为何要带个钩? 我堂堂大明广纳人才，有这一钩，岂不是挡住了人才进门? 让詹希源重写。"

随行大臣道:"遵旨。"

出了聚宝门工地，朱元璋又来到石城门附近的工地察看。

从石城门往北去好几里的城墙已经砌好，朱元璋在城墙下仔细察看，让有司认真戳验。

走着走着，朱元璋看见前面的城墙上张贴着一个布告，走近一看，顿时火冒三丈。原来这布告上写了一首诗———

毁我十家庐，

构尔一邮亭。

夺我十家产，

筑尔一佳城。

官长尚为役，

我曲何时直。

本是太平民，

今愿逐捕客。

朱元璋脸色阴沉，大声道："这是何人写的歪诗？锦衣校尉，你们马上派人四周搜寻。"

过了一会儿，锦衣卫校尉来报，周围没有发现人，也许是事先写好张贴在这里的。

朱元璋怒道："你们继续搜。找到这个刁民，朕要亲自射杀。"

随后，朱元璋一行来到清凉门城墙，这里的城墙已经建好，朱元璋站在墙下，面对滔滔江水，若有所思。工部尚书指着城墙上镶嵌的石碑道："陛下，这里就是皇后的礼佛碑。"

朱元璋抬头看到，城墙里镶嵌了六七块石碑，石碑上都刻有"南无阿弥陀佛"的字样。朱元璋道："皇后叮嘱，她每拜一次佛，就让刻一块礼佛碑，镶嵌在城墙砖里，这是皇后的一片心意。今天回宫，我要亲口告诉她，她一定很开心。"

在定淮门附近，朱元璋看到很多工夫正在筑墙，就停了下来，走到城墙边，这里看看，那边摸摸，突然，他像发现什么似的，对随行有司说："戳戳这里看。"

有司用铁钎朝着砖缝处戳下去，露出了黄泥壤，再戳一下，还是黄泥壤。

"从外面看，一眼就能看出破绽来。你们多戳几处看看。"朱元璋对工部人员道。

过了一会儿，有司道："陛下，这段城墙所用灰浆，好像不是三合土。"

朱元璋抓起戳下来的灰土，用手搓了搓，发现里面石灰、沙子太少，多是黄泥，脸色一沉，大声喝道："砌墙的人在哪里？"

旁边有人道："就在旁边歇息。"

朱元璋对侍卫道："把他们带来。"

两个砌墙的瓦匠被带到朱元璋面前。

朱元璋指着城墙道："这是你们砌的?"

两人站在一旁，不知缘由，吓得两腿直打哆嗦，也不敢说话。

有司道："还不给皇上跪下。"

两人跪下，连连叩头，其中年轻一点的道："这……这是小的砌的。小的罪该万死!"

"你是哪里人?"

"我是直隶溧阳人。"

"这三合土是你拌的?"

"是我们三个人一起拌的。"

"三分石灰二分土一分沙，你们做到了吗?"

"这黄土也是黏的，小的先前在老家砌墙用的就是黄土，也蛮结实。"

"你在这里砌墙有多久了?"

"三个月。"

"没有人教你怎么做?"

"有人教……有人教，只是……上面给的石灰也不多。"

瓦匠支支吾吾，朱元璋觉得有蹊跷，追问道："谁教你们的?"

"先前来的瓦匠。"

朱元璋道："作头有没有教你们怎么做? 给我从实招来。"

"小的罪该万死，我是顶替别人来的，有人出钱，我们就来了。"

朱元璋道："你顶替谁来的?"

"我本来姓万，叫万磨子，来了之后，改了名，叫王大运。"

"朕看你真是撞上大运了。"朱元璋吼道。

朱元璋又问旁边年纪大的瓦匠："你也是顶替来的?"

"是的，小的该死。"

"你今年多大年纪?"

"七十了。"

"七十? 谁让你来的?"

"实不相瞒，原先是我儿子来的，他在外面做买卖，我是来顶替他的。"

朱元璋怒目而视，厉声道："把这里的督工、作头全部给朕喊来。"

一会儿，督工、作头都到了。

朱元璋呵斥道："畜生！朕问你们，是怎么做督工的？你们这些贱人！朝廷让你们做督工、监工、作头，你们拿着朝廷的俸禄，将筑城视同儿戏，不闻不问，不作不为，听之任之，毁我大明城垣，朕饶你们，天不饶你们。拉出去，将这两个贱人和那两个砌墙的瓦匠用乱棍打死，砌入城墙。"

督工、作头已经瘫软在地，侍卫立即上来将四人捆了起来。

朱元璋道："郑士元，你速去查清案情，朕严惩不贷。"

郑士元，洪武四年中进士，为官刚正廉洁，行事一丝不苟，近来深得朱元璋信任，担任都察院左佥都御史，负责督查案件。

郑士元道："陛下，且慢，如果现在就打死，线索中断，难以查清案情，不如待微臣查明缘由，再行刑不迟。"

朱元璋想想也是，道："郑士元，朕给你一天时间调查，后天一早，将这四人行刑处置，工部将筑城工地上的督工全部找来，看看朕怎么处置这帮贱民！"

九

这天上午，汤满和刘德华按照官府的通知，到定淮门工地集中。二人到了工地才得知，皇帝今天要杀人，在京城役作的督工、监工、作头都被召来观看。

汤满放眼望去，都是黑压压的人头，工地上随处可见持刀执戟的军士，城墙边是一片肃杀的气氛。

"听说皇帝今天要将几个活人砌入城墙。"

"这几个人砌墙太马虎，用黄泥当灰浆，真是倒霉啊，给皇帝撞上了。怎么就这么巧啊？"

"听说那个砌墙的瓦匠已经七十多岁了。"

"看来，筑城还真的不能马马虎虎。"

……

众人议论纷纷。

"皇帝驾到——"一行人簇拥着皇帝登上了临时搭建的高台上。人们纷纷踮起脚来看看皇帝的模样。汤满和刘德华站在后面，只能远远看一眼。

刘德华道："皇帝今天肯定气昏了。"

汤满道："奇怪，你抬头看看天，刚才是晴天，现在变阴天了。"

刘德华小声道："皇帝要杀人，天会变的。"

朱元璋站在高台上，大声道："你们知道朕为何要筑城造墙吗？自古以来，筑城造墙，卫国卫君卫民，无城无墙，盗贼横行，民不安，国不安，君亦不安。我大明朝建立有年，万象更新，蒸蒸日上，朕正在营建大明城垣，而今这几个刁民胆敢糊弄朕，砌墙时敷衍了事，用黄泥充当三合土筑城，花钱买通有司，用衰朽老翁来冒名顶替做役工，欺君之罪，定斩不饶。作为匠人，毫无匠心。朕今天要将这四人砌入城墙，让尔等看看，敷衍了事有什么样的后果！"

朱元璋言毕，只见十多位行刑的军士手拿长棍，在旁边待命。有人将四人装入麻袋，一人一个，锦衣卫行刑校尉一声令下，十多个行刑军士朝着四个麻袋就是一顿乱棍，一会儿，麻袋里没有动静了。接着，有人将麻袋抬到了旁边正在修筑的城墙上，数十个士兵，将麻袋推入土中，众人一起拿锹填土，四个麻袋很快就被埋入土中。

看了今天的这一幕，刘德华道："皇帝也太残忍了。"

汤满道："不残忍，肯定早就被人杀了，还能当上皇帝？不过这几个人也太马虎了。一城之墙，一块砖也不能马虎啊！"

刘德华在京城服役的时间到了。

临走前一天，刘德华说，我要去父亲的坟地看看，这一走，以后不知道哪一年再来京城。二人上次来过，这一次很快就找到了刘顺一的墓，汤满发现墓前的一棵小树如今已长高许多。

第二天一早，刘德华就乘船回袁州府了。

十

都察院左佥都御史郑士元最近一直忙于调查三山门暴动、定淮门城墙工地上冒名顶替案件。

郑士元在调查三山门暴动案件时发现，三山门工地上的匠人、工夫吃得差，活又重，怨气大，加上平时作头态度不好，导致双方经常发生冲突。郑士元觉得，官府供应直米，役夫们不会吃不饱，他怀疑有人从中克扣直米。由于督工、作头被役夫们打死，调查无从深入。在调查定淮门工地三合土不合例一案时，发现有人偷工减料，贪污钱财。在调查冒名顶替事件时，虽然抓到几个地方小吏，都一口咬定是他们自己所为，并没有上级有司参与。遗憾的是，皇帝只给了他一天时间调查，有的线索无法深入下去。郑士元觉得筑城工地上的问题不少，他决定近期到工地上去听听匠人们的反映。

这天，郑士元来到聚宝门工地拜访陆良。陆良虽然是工部侍郎，但他最近一头扎进聚宝门的营造中，基本不理工部的事务，平时与工部的官员接触也很少。

郑士元道："陆侍郎，今天特来拜访。"

陆良认识郑士元，知道他最近在调查两个大案，便问道案子的进展情况。郑士元道："目前都没有见分晓，今天特来请教营造上的一些事情。"

陆良道："尽管吩咐。"

"工地上的直米、蔬菜、肉，都是自行采购，还是由官府拨下来？"

"直米都是由户部拨下来。"

"那你们工地上的役夫们能吃饱？"

"吃饱肯定没有问题啊，你可以在聚宝门工地上随便找一个役夫问问。官府供应的直米、蔬菜、肉，全部都给了役夫，中间不得有任何人从中截留。"

"侍郎先前有没有听说过役夫们吃不饱?"

"京城工地太多,役夫也多,几十万人,我这个侍郎也没有跑过很多工地,所以不知底细。"

"物料购买,中间是否有缝隙?又如何堵住漏洞?"

"工部、户部每天负责货物进出,多人与银子打交道,的确有缝隙可钻。不过,物料购买,都有定例,并造册登记,一一注明经办人。每一笔都必须有两个人签字,方可做账。各级官员都有都察院负责监督,也不敢肆意妄为。"

"那我如何去查看这个缝隙?又如何能识别小人?"

"古人云,不入虎穴,焉得虎子?没有不透风的墙。你要多到工地上走走,多与匠人们聊聊,或许能听到更多的情况。"

郑士元到聚宝门工地上,随便问了几个匠人,都说能吃饱。

听了陆良的建议,郑士元一副匠人打扮,每天都到工地上去转悠。一天,他在一个工地上听到一则消息:定淮门城墙工地又发生了事故,两位匠人从高架上跌落下来,生命垂危。郑士元立即赶到现场,发现两人已经死亡,尸体已经被督工送走。郑士元亮出身份进行调查,督工一口咬定是两位匠人自己不小心从空中跌落摔死的。郑士元随后到工地上走访工夫,工夫们也都众口一词,说是摔死的。

第二天,郑士元扮成工夫的模样,又来到定淮门工地,主动走近一位瓦匠,搭讪道:"唉,这京城城墙真是一个无底洞的大工程,不知道哪一天才能让我们回家呢?"

瓦匠看了他一眼,道:"朝廷筑城,还是少议论一点儿为好。"

郑士元故作惊讶:"难道附近有耳目?"

这位瓦匠只管埋头做自己的活,不搭理。

郑士元又找了一位瓦匠,问:"听说工地上有人摔下来?"

这位瓦匠根本就不搭理。郑士元想,工地上的匠人似乎都有戒备心,是不是有人下了封口令?

郑士元在城墙脚下转悠,突然看见一个工夫背着一背篓土,往城墙上走，脚被土块绊了一下，摔倒了，郑士元赶忙走过去，扶起他。工夫一边致谢，一边道："年纪大了，不中用了。"

"你老人家应该在家享受清福才对，怎么还来工地上干活？"郑士元问。

"哪里还享什么清福呢？"工夫说话时，朝四处张望。

"唉，工地上不太平啊，又有人摔死了。"郑士元故意挑起了话题。

工夫看到面前的这个人也是做工的，刚才还帮了自己，便放松了警惕，轻声道："我还认得这两个人呢。"

"你当时在场？"

"在的。"

"唉，怎么就掉了下来？可怜。"

工夫向左右看了一眼，轻声道："饿的。饿晕了。"

"啊？怎么是饿的呢？难道没有饭吃？"郑士元故作惊讶。

"是啊，每天吃的什么饭菜啊，不是上霉，就是有沙子，经常没有菜吃。饭都吃不饱，谁还有心思干活？"

"我也听说工地上有人偷工减料。"

工夫低声地道："很多匠人都在糊弄人。先前那两个瓦匠倒霉，给皇帝撞上了。反正皇上也不可能天天来看，督工、作头嘛，也都在偷懒，能糊弄则糊弄。"

"你是哪里人？"

"常州府人。你呢？"

"我是庐州府人，你老人家在这里待多久了？"

"我在这里已经做了半年。"

"我看你年纪也不小了，该在家歇歇了。"

"谁不想在家歇一歇呢，没有办法啊。"工夫长叹了一口气。

"你家里还有几口人？"

"我家里五口人，儿子腿残了，不能动，官府非要征我儿子到京城来做工，我只好花了二十贯，买通了当地做官的，我替我儿子来了。"

"还能花钱买？"

"当然了。这世道，有钱能使鬼推磨。"

"花钱买了，京城工地的花名册也对不上啊。"

"这还不好办，再给京城的官员送银子啊。"

郑士元这一次暗访，获得了重要的线索，他决定到工地的伙房看看，当他亮出了都察院的身份后，伙房师傅们都愣住了。

郑士元径直走到灶旁，揭开锅盖，只见大锅里还有米饭，他拿起铲子拨了一下，锅里的米饭颜色发黑，再闻闻，一股霉馊味直冲鼻子。

郑士元问："这米饭怎么有霉味？"

伙房师傅你看看我，我看看你，没有人应答。

郑士元道："这米是上面拨来的？"

一个伙房师傅结结巴巴道："上面……给的……就是这种米，我们也没有办法。"

郑士元说："你们再把米给我看看。"

一位伙房师傅指着两袋尚未开封的米说："都在这里。"

郑士元用剪刀剪开麻袋，抓起一把米看了看，米已经发黑，闻了闻，一股霉味。

郑士元问："这米好像很陈了，还能吃？"

那位说话结巴的伙房师傅道："是的……是的，这米……是不太好。"

郑士元道："这一袋米，我带走了。"

伙房师傅一直愣在那里，不知所措。

随后，郑士元拜见工部尚书秦逵，道："尚书大人，近来筑城工地上，有的伙房反映，上面供应的直米发霉，不知大人是否听说过？"

秦逵刚刚接手工部担任尚书，直言没有听说此事。

郑士元道："最近，有匠人工夫反映伙食太差，我就到工地的伙房查看，发现直米上霉、发黑，还在煮给匠人役夫们吃。"

秦逵道："有这等事？不过，直米来自户部。我们要认真查一下。"

郑士元道："那我再到户部了解情况。"

秦逵道："虽然不是本部发放，但本部伙房明知发霉，怎么还煮给匠人工夫吃呢？这太不应该了，没有一点体恤之心。"

郑士元道："尚书大人且慢，待我查出一个原由来，再向大人禀报。"

秦逵道："我支持你查下去。"

郑士元了解到，进料事项由工部左侍郎韩铎负责，便找到了韩铎，把在伙房里看见霉米的情况说了，韩铎很诧异："难道有这等事？"

郑士元道："伙房里的直米上霉，是我亲眼所见。我明天带韩侍郎去看看。"

第二天，郑士元和韩铎一起来到郑士元上次检查过的伙房，伙房师傅拿出三袋米，郑士元让伙房师傅打开，奇怪，都是好米。面对郑士元和韩铎，伙房师傅说："这些都是好米，上次发现的一两袋霉米，可能是搞错了，混杂在其中。"

郑士元没有说什么，只是觉得此事很蹊跷。随后他又来到户部，想了解这批直米究竟来自何处。户部侍郎王左说，这米是京城粮仓提供的，也有可能是在粮仓搁置时间太久导致上霉的。

郑士元又随着户部侍郎王左到京城附近的户部粮仓查看，郑士元突然拿出从伙房带来的霉米给管理粮仓的小吏看："这米是你们粮仓的？"

粮仓小吏不知什么情况，看了一下米，道："是我们仓的。这批陈米是工部营缮司郎中侯恒礼申领走的，一共三百八十袋，说是给京城驮运物料的牲口吃。"

"给牲口吃？"郑士元吃了一惊。

"是的。这批直米存放时间太久，上霉了，人是不能吃的。"粮仓小吏说。

"请把账本给我看看。"

粮仓小吏拿出了账本。

郑士元一边翻看着账本，一边道："这个账本我带走有用，过几天还给你。"

郑士元心想，这批陈米本是用来喂牲口的，却煮给人吃，这是无意中搞错，还是有人故意偷梁换柱？看来只有工部郎中侯恒礼心里清楚。

一天，郑士元又来到不久前发生摔死人事故的工地上转悠，发现工地上一位工夫走路一跛一跛，就上去问："这位师傅，你的腿不好走，怎么还在这里干活？"

看到有人同情自己，工夫停下手中的活道："哎哟，我腿上生疮了。"

"生疮了，怎么也不歇息？"

"工期太紧，作头不让歇息。在这里干活，苦啊！如果有银子，我早溜走了。"

"我也想走呢，怎么走？"

工夫看看郑士元也是工地上做活的工夫，也就没有什么防备，道："我告诉你，你不要再告诉别人。现在只要送二十贯钱给作头，保准让你回家。可是我哪里有这个钱呢！"

"真的？你听说有人送吗？"

"有啊，我的同乡已经回去十多个了，都送了钱。"

郑士元故意朝四周望了望，然后小声道："我也想送呢，送给谁？麻烦指点一下。"

"我也只是听说，先送给李作头，李作头再找一个叫什么陈恭的，事情就办妥了。"

"陈恭？此人是工部的官员，权力很大。"

"嗯。"

"请问你贵姓？"

"免贵姓李，叫李大耳。"

随后，郑士元找到了韩铎，把侯恒礼、陈恭的事情说了，韩铎先是一愣，继而道："这不可能，这两人我是很了解的，不会做这种贪赃枉法的事情。"

"侯恒礼的确是从户部领走了发霉的直米，有账本在。陈恭卖放役夫，也有证人。"

"现在栽赃的人也多，这要有证据啊！"

"我已经找到一个证人，叫李大耳，他说，他们村有十多个人出了钱，都放回去了。"

"这个人我要亲自审问。"

第二天，郑士元派人去找李大耳，回话说，李大耳昨天傍晚从脚手架上掉下摔死了。

郑士元十分惊愕，这肯定有人在搞鬼！郑士元还发现，作为工部的官员，韩铎对调查一事一点不积极，对指向侯恒礼、陈恭的线索，一口否定。

郑士元找到刑部尚书唐铎，报告最近一段时间以来查到的线索。

唐铎，凤阳人，朱元璋刚刚起兵时，侍奉左右。大明建国后，唐铎官至兵部、刑部尚书。唐铎为人厚道，做事缜密，不徇私情。郑士元想让唐铎介入，尽早查清案情。

唐铎听了报告后，大吃一惊，便和郑士元商量，为了避免打草惊蛇，先把工部郎中陈恭、侯恒礼抓起来，突击审问。同时，将此事报告给朱元璋。朱元璋听后，勃然大怒，立即下令唐铎以最快速度查清此案。

只用了两天时间，工部郎中陈恭、侯恒礼就供认了贪赃事实，并供出了工部两位员外郎王大用、陈侃监守自盗的犯罪事实。在审讯王大用时，他又供出城砖验收官钱大多受贿事实。四人一口咬定都给工部左侍郎韩铎分了银子。

唐铎和郑士元都觉着这个案情特别重大，牵涉到工部众多官员，又立即报告了朱元璋。

朱元璋简直不相信自己的耳朵："工部郎中、员外郎？他们有这么大的胆子？"

唐铎道："他们亲口招供的，人证物证俱在。另外，陛下，还有一个人与此案关联。"

"谁？"

"工部左侍郎韩铎。"

"韩铎？就是我从云南召回来的韩铎？"

"是的，陛下，我们掌握充分的证据。"

韩铎，博学多才，曾任吏科给事中。一次，他在没有得到朱元璋同意的情况下，私自拟好了提拔人员名单。事发后，朱元璋十分恼火，判了他死刑，但念及他办事能力强，就将他发配到云南，让他反省自己的过错。仅仅过了几个月，又将他召回到京城，担任工部侍郎。现在一年不到，竟然又受贿。朱元璋气得脸色发青。

郑士元道："他们私自收钱放人，将户部喂牲口的米，拿来给匠人们吃，再将好米拿到外面卖掉，从中赚取银两。还有，他们监守自盗，大肆盗卖烧砖用的木炭、芦柴。"

朱元璋怒道："这简直是无法无天！把这些人都给朕带来，朕要亲自审问。"

第二天早朝时，群臣百官拜过皇帝之后，锦衣卫将陈恭、侯恒礼、陈侃、王大用、钱大多五人带到奉天殿。

朱元璋大声喝道："你们这五个贪心之徒，知道犯了什么法？"

五人连声道："小的该死！""小的该死！""小的真是鬼迷心窍。"

朱元璋大声喝道："畜生！你们这些畜生！你们在工部任职，有吃有穿，理应为国家营建大事尽职尽责，可是你们丧尽天良，贪赃枉法，坏我大明纲纪，说，你们都做了些什么坏事？"

工部郎中侯恒礼道："罪臣负责发放直米，看到已经发霉的直米，可以任意领取，就谎称给牲口吃，然后将直米卖掉，从中贪得三千余贯。罪臣还偷偷卖掉芦柴二万八千捆，得钞六千余贯。"

工部郎中陈恭道："罪臣卖放民夫回家二千五百余人，共得钞一万三千余贯。罪臣让岳阳县不合例城砖通过验收，和验收官钱大多合伙收受贿银五十两。"

工部员外郎王大用道："罪臣监守自盗木炭八十万斤，得钞一万六千贯。"

工部员外郎陈侃道："罪臣盗卖芦柴二万八千捆，得钞六千余贯。罪臣还帮怀宁县摆平城砖里发现泥人头事件，收受怀宁县贿银五十两。"

验收官钱大多道："小的收受岳阳县、怀宁县贿银七十两。"

朱元璋道："工部还有什么人与你等有牵连？"

陈恭、侯恒礼、王大用、陈侃都说将贪污的银子分给了韩铎侍郎一份。

韩铎此时就在大臣中间，听到有人供出他的名字，浑身一哆嗦。

朱元璋大声喝道："韩铎——"

韩铎走出队列，连忙施礼，道："陛下，臣在。"

朱元璋厉声道："韩铎，你说，你干了些什么？给朕从实从快招来。"

韩铎说："陛下，陈恭狗急跳墙，在乱咬人。臣平时对他们要求严格，他们便怀恨在心，这实在是冤枉臣了。"

接着，侯恒礼、陈侃、王大用都说给了韩铎钱。

韩铎大声道："陛下，冤枉啊，冤枉，臣没有拿一分一厘。"

朱元璋道："唐铎——"

刑部尚书唐铎应道："臣在。"

朱元璋道："朕冤枉了韩铎？"

唐铎道："陛下，四人都供出了与韩铎私分赃钱，每一笔都有记录。"

朱元璋大声吼道："韩铎，朕待你如何？"

韩铎跪着，全身发抖，道："罪臣本该死罪，是陛下救了臣。"

朱元璋道："那你为什么还胆敢贪污钱财。"

韩铎道："陛下给了罪臣一条命，罪臣万死一生，怎么敢贪赃枉法？罪臣是被人害了，万望陛下明鉴。"

朱元璋道："唐铎、郑士元，你们拿出证据来。"

郑士元道："侯恒礼，你说，你每次贪赃，韩铎是否知道？"

侯恒礼道："知道，每次都是向他汇报的。然后得款后，再私分掉。我每笔都有记录，还有韩铎的亲笔签名。"

郑士元把侯恒礼的记录本，递给了朱元璋，朱元璋翻了几页，道："人证物证俱在，韩铎，你还不承认？来人，先拉出去，打三十大棍。"

过了一会儿，行刑官说，韩铎招供了。

几位锦衣卫军士将遍体鳞伤的韩铎抬到朱元璋面前，韩铎趴在地上，道："罪臣该死，罪臣鬼迷心窍，对侯恒礼、陈恭他们卖放役夫的事情是知道的，他们给我赃款共二万三千余贯。加上侍郎李祯卖放顾受四等一千五百个木瓦匠，送罪臣两千贯，共贪得赃款两万五千贯。"

"还有李祯？刑部，你们速把李祯给我抓来。"朱元璋两眼冒火星，道，"韩铎，朕待你不薄，你……你为什么还要如此贪婪？你先前私拟职名，模糊启奏，已经被判斩刑，朕念你有才，才将你发配到云南，你本应吸取教训，洗心革面，重新做人，没有想到你仍旧贪心不改，一而再再而三干出贪赃枉法的事情，是可忍，孰不可忍！朕问你，你为什么如此贪心？"

韩铎道："罪臣从云南回京后，本来发下毒誓，要重新做人，报答陛下救命之恩，没有想到罪臣鬼迷心窍，贪心再起。工部役作众多，官员掌握着物料进出大权，身边一干人都在贪赃，他们先是给罪臣送钱，开始时罪臣坚决拒绝，没有想到他们一而再再而三给罪臣送钱。罪臣招架不住，就拿了。后来他们每次都给我送一份，罪臣也都收下了。"

朱元璋道，"尔等听明白了，我《大明律》明文规定，贪污八十贯即判绞刑，监守自盗四十贯即判斩刑，没有想到工部的这些贪官们胆大包天，知法犯法，来人，将这些贪官全部拉出去凌迟。"

第二天，朝廷判决工部左侍郎韩铎、右侍郎李祯磔刑，郎中侯恒礼、郎中陈侃、员外郎王大用凌迟，夷三族；验收官钱大多处死；岳阳府黄冈县主簿李能充军；怀宁县窑匠王二狗凌迟；安庆府司吏邓由已、怀宁县提调官刘仪削职为民。

陆良作为工部侍郎，没有及时发现、报告，属于放任、失察，免去侍郎一职，以工赎罪。

督工汤满在城砖中发现诅咒朝廷的小泥人，不及时报告官府，属于藏匿罪犯，本应追究责任，但念及烧造白玉砖有功，从轻发落，放回宜春。

右佥都御史郑士元查获本案有功，升为左都御史。

第二天早朝，朱元璋训诫群臣："你们当官的，拿着国家的俸禄，朕给你们吃的住的穿的，你们还不知足，人心不足蛇吞象啊。营建京城城墙，是国之大事，贪赃枉法的人，竟然昧着良心干出这种龌龊的事情，把好米卖掉，把给牲口吃的霉米拿来给匠人吃，这太可恨了！良心都给狗吃了。朕最恨贪官，即便是小贪，朕也绝不会饶恕。今后，如果再有贪污的，不论轻重，先砍下头再说！"

过了六七天，早朝后，朱元璋将左都御史郑士元留下。

朱元璋看起来，一脸落寞，问道："郑士元，朕很伤心，朕决心除去贪赃官吏，奈何朝杀而暮犯，杀了这么多，为何还有后来者？"

郑士元道："自建国以来，工程浩大，皇家营建，比民间成本要多出数倍甚至数十倍，内府之侵削，部吏之扣除，匠头、匠人再拿一点，最后只好层层加码。"

"朕早就察觉到这一点，所以，朕几乎每年都要换工部尚书，就是怕他们在这位置上时间一长，抵挡不住金钱的诱惑。朕没有想到工部下面的这些官吏一个比一个贪心，朕总不能天天去换这些有司吧。这个韩铎真是利令智昏，犯了死罪，朕救了他，他竟然还不知悔改，见钱眼开，朕失望至极啊！"

"常在水边走，哪有不湿鞋？"

"郑士元，朕提拔你做都察院左都御史，御史者，天子之耳目，督察百官，纠举不法，辨明冤枉。希望你能替朕好好监督，发现一个，杀一个，将贪官杀得一个不留。"

"林子大了，什么鸟都有。法令再严密，还会有铤而走险的人。"

"郑士元，韩铎临死前说了什么？"

"韩铎临死前说了一件事，希望能以此减罪。"

"嗯？"

"他说，当年皇上在凤阳建中都，工部尚书薛祥用一些病死的人充当木匠，让很多木匠免于处死。"

"韩铎临死前说的？"

"是的，事情已经过去这么多年，又没有证据，也不足为据。"

朱元璋脸色大变，道："韩铎在工部任职，是了解情况的。原来薛祥也有欺君之罪！"

郑士元道："陛下，事情已经过去了，况且，薛祥是为了保护天下的匠人，而非贪一己之利。臣以为应该从宽发落，不必追究。"

朱元璋道："不，欺君之臣不可留。"

又过了几日，郑士元听说，薛祥被杖杀，顿时懊悔不已。真是一语撞倒山啊。如果自己不告诉皇帝，不就没事了吗？罪过啊！

不日，朱元璋命令刑部将韩铎贪污案编入《大诰》，广发天下官吏、百姓，每户一册，以儆效尤。

十一

汤满得知被朝廷放回家，心想，我本来就不想在京城待，也不稀罕做什么官，放我回家，正合我意呢。

这天，汤满来到聚宝门工地，向陆良父子告别。

见到汤满，陆良一脸愁云："真的没有想到啊，我本来就是一个匠人，无心做官，非要让我做官，工部的贪污案与我没有任何关系，我也没有贪一文钱，却也罢了我的官。"

汤满不知道怎么安慰陆良，道："陆师傅，你是天下无双的匠人，走遍天下都不怕。"

在一旁的陆子祥也闷闷不乐。

陆良道："快走吧。京城不宜久留。"

汤满道："聚宝门完工，你们也可以回家了。"

陆良神色沉重地道："沈万三被充军了，他被皇帝发配去了云南。"

"啊！"汤满十分惊讶，"为什么？"

"不为什么。沈万三太自负了，没有给皇帝面子。皇帝是什么人？皇帝就是天下第一、唯我独尊啊。你沈万三再有钱，又能怎么样？人怕出名猪怕壮。沈万三到处炫耀自己，竟然在皇帝面前摆起阔来。我也多次劝他低调一点，就是不听，唉！"

汤满一脸疑惑："他为皇帝做了那么多事情，捐了那么多金子银子，皇帝也应该念这个情啊！"

"皇帝念什么情啊，只要对我有用，我才念，否则，一脚踢开。我在京城见得多了，只是不能乱说，和你说说没有关系。上次在奉天殿里，你也在场，沈万三竟然说，要犒劳军士，让皇帝下不了台啊！"

"那皇帝也不能如此无情，这次为什么把他充军去？"

"说起来可笑。这次，沈万三出资二十万两银子修三山街路面，好不容易从茅山运来石头铺路，铺就铺吧，非要将路中间用白色石头铺，这样，路面就有两种颜色，有人告到皇帝那里，说路'心'不一样，沈万三有'谋心'，朝廷就将他抓了起来，将他的沈园也没收了，所有的家产全都充公。皇帝本来要把他杀掉，好几个大臣谏言，才改为流放云南。听说沈万三临走前，特地提出到城墙边看一看，一边哭一边抚摸城墙道：'这应天城真小啊！'"

汤满听了，一脸木然。

"伴君如伴虎。等到聚宝门、通济门建好，我和陆善、子祥就远离这是非之地。"陆良道，"你回去后，在你父亲墓前代我告慰几句，我陆良很想念他。"

汤满告别陆家父子后，走在大街上，失魂落魄。他真想不到，沈万三出了这么多银子修城墙，结果却落得个充军的下场！

十二

春天来了，京城春风吹拂，百花盛开。

汤满走了，他和二十多个服役期满的袁州府匠人、工夫一起踏上了回乡之路。

京城日子似乎过得很快，但他感觉好像过了很多年。他与父亲的想法不同，父亲一直抱有幻想，想在京城做个官，可是他不想，陆良都做了那么大官，到头来还不是被夺去了官帽？沈万三给皇帝做了那么多事，皇帝一点情分也不讲，竟然把他充军了。想想这些，他的心里愤愤不平。京城繁华，不如他的月亮湾亲。他喜欢在月亮湾看月亮，月亮又圆又大。他喜欢在老槐树下，和村民们一起天南海北，无所不谈。他喜欢站在门口看袁河水。他喜欢看烧窑时火膛里升腾的火焰。他喜欢闻月亮湾窑烟的味道。他喜欢在开窑的那一刻，摩挲着自己烧的新砖新瓦……家乡的一切，此时回想起来，都是那么美好！他总觉得爷爷、父亲、母亲、刘顺一都还健在，他们或者在田里做农活，或者在窑场烧窑，或者坐在老槐树下聊天……他们的音容笑貌，清晰无比。有那么一刻，他想到明月，但随之而来的是锥心之痛。他努力不去想她。

归乡的路好漫长，汤满在船上看着江水发呆。

"你在京城做什么事？"坐在一旁的匠人问。

听见有人问话，汤满从迷迷糊糊中惊醒："我在京城烧窑。"

"我做木工。烧窑？对了，我在京城听说我们袁州府出了一个窑匠，叫汤满，烧出了一种白玉砖，被皇帝看中了，皇帝给他封了大官。"

"什么大官啊？什么也不是。"

听到旁边的人这样说，木匠问道："你认识他？"

"我就是。"汤满道。

木匠愣住了，张口结舌道："你……你……就是汤满？"

汤满没有说话。

"你不是在京城做官吗？怎么回来了？"

"我哪里做官了？我不是在这里吗？"

"哎哟，汤满师傅啊，没有想到你这么年轻。你是宜春人？"

"是的，宜春月亮湾人。你是？"

"我是袁州城里人。那你什么时候再去京城？"

木匠以为汤满回来探亲。

"我不去了。"

"皇帝真的召见过你？"

"召见过又怎么样？我都见过几次了。"

"啊，你见过几次皇帝？皇帝长得什么样？"

"高高大大，一脸麻子，猪腰子脸。"

"听说以前是一个要饭的。"

"是的，要饭的小和尚。"

"人家命好啊。不是我说你，汤师傅，你怎么不做官呢，做了官，就不要干重活了，就会有银子，就能娶到有钱人家的大小姐。"

"有钱也会被充军。"汤满想起了沈万三。

"汤师傅，我叫王小贵，交个朋友吧。"

"亲不亲，家乡人。我们隔得很近，欢迎你来月亮湾做客。"

"我以后一定会去月亮湾。对了，汤师傅，你成家了?"

"没有。"

"在京城玩过女人?"

"你玩过?"汤满被木匠的直爽逗笑了。

"那当然。京城那么多女人，不玩不是亏了! 我到京城去逛了一家'醉香楼'，说实话，京城女人眼界高，瞧不起我们这些做工的。"

"你哪里有钱去逛呢?"

"逛最低等的，用不了多少钱。"

怪不得官窑山有女人呢，汤满想。

王小贵很喜欢说话，一路上说个不停。

夜晚，船在江上行，透过船窗，可以看见满天的星斗。

汤满忽然想起爷爷说过的话，天上一颗星，地上一个人，就问王小贵:"我问你，人死了之后到底还有没有魂?"

"当然有的。我在京城时，一天晚上，我在河边走，突然一阵风刮过，前面走来一个人，我一看，这不是我父亲吗? 我父亲是一个木匠，是被人家害死的。我妈妈一直说，儿子你快点长大，去报仇吧。可是我父亲不这样看，他说，儿子啊，你千万不要去报仇，我现在在地府里做木匠，手艺好，日子过得很好。我正要问他，有钱用吗? 一阵风吹过，他一闪，就不见了。我几乎每年都遇见他，他总是劝我不要去报仇。你说我还能去报仇吗? 唉!"

"古话说，冤家宜解不宜结。你父亲怕你吃亏，叫你不要去报仇，也是有道理的。"

"古话说，君子报仇，十年不晚。难道不能去报仇吗?"

"报了仇，伤了自己，值得吗?"

"是啊，我有时候也这么想。我父亲就希望我好好学木匠手艺，可惜他死得早，他的不少绝活没能传给我。"

"你父亲有哪些绝活?"

"我父亲曾经为明月山寺庙营造一座七层宝塔，不用一根铁钉，全部是卯榫。我父亲打的桌子椅子，用了几十年，纹丝不动。人们都喊我父亲'榫头大王'。"

"那你的榫头做得也不错吧？"

"可惜我父亲四十几岁就死了，那时我还小，没有学到他的诀窍。什么木料，我父亲看一眼，就知道是什么树。这一招，我学会了。"

"这一招就很厉害了。你说父亲不让你报仇，是怎么回事？"

"当年，袁州府有两个木匠帮，南帮和北帮，我父亲是南帮的帮主。同行是冤家。两帮之间互相抢生意，结果被北帮的人陷害了，一天早晨，我父亲给人家新屋上梁，结果梁轰的一声倒塌，我父亲掉了下来，摔死了。你猜怎么了，北帮的人夜里动了屋顶的榫头。"

"那真是太可惜了。"

"你祖上也烧窑吧？"

"是的，我爷爷就是汤和七，烧的是'和七窑'。"

王小贵瞪大眼睛，道："哎呀，'和七窑'太有名了，你们家是袁州第一啊！你爷爷现在还烧窑？"

"他已经不在人世了，我父亲母亲都不在了，现在都成了天上的星星。这么多星星，哪一颗是他们呢？"

"你认不出他们，但他们在天上一定会认得你。他们现在就在天上看着你呢。"

……

十多天下来，二人成了无话不说的好友。船到了宜春境内，王小贵邀请汤满到宜春城里吃扎粉。王小贵说，这家酒楼的扎粉是宜春城里最好吃的，汤满看他诚心，就答应了。二人在袁州北门大码头下了船，走进濒临袁河的一家酒楼。

窗外杨柳依依，春风习习。

二人靠着临河一边坐下，要了宜春的米酒、扎粉、慈化鸡、香芋包圆，边喝边聊，好不痛快。不知不觉，二人都喝得晕乎乎，谯楼上传来了二更鼓声。

王小贵说："汤师傅，你我有缘结识，今天又一起回到家乡，真是特别开心，我带你去戏院听听家乡戏吧。"

汤满连声说好。

二人摇摇晃晃走进不远处濒临袁河边的依春院，走近一看，只见台上两个艺人正在用宜春话表演评话《穆桂英》。汤满和王小贵都已经有几分醉意，听不清在唱什么，但听到家乡熟悉的戏音，都很开心。

听了一会儿，汤满比刚才更晕了。他坐不住，便朝院子里看，天井那里有一片红红的灯光在摇曳着，他起身摇晃着往灯光方向走去，走过天井，来到一个大厅，大厅里有十多个打扮得像仙女一般的女人。看到有男人走来，好几个女人朝着他笑。

"小哥哥，来吧，妹妹给你唱一曲。"一个女子主动凑近汤满。

汤满没有搭理。他想，这里怎么有这么多好看的女人？难道是……是妓院？他以前听人家说过，宜春有一家很大的妓院。

"来吧——，小哥哥——"又一个女子朝汤满招手。

"小哥哥——"倚靠在门旁的女子喊道。

汤满没有理会，继续踉踉跄跄地往里走。醉眼蒙眬中，他似乎看到里屋还有不少花枝招展的女子。妓院里的女子长得就是好看，怪不得男人们喜欢到这里来。他想。

突然，汤满的眼睛在一个女子的脸上停下了，他用手揉了揉眼睛，再定睛看了看，对方的眼睛也正好看到他，两人的目光对视了片刻，女子很快低下头。这一低头的动作，汤满很熟悉。啊，她是明月？不会吧，她怎么会在这里？肯定是我看错了。

他再次抬头朝女子看去，只见女子头更低了。

没错，就是明月！

她的眼神，她的动作，我太熟悉了，她怎么会在这里呢？难道是我喝醉了？还是我看错人了？

汤满迈开腿朝她走去，女子忽地站起来，转身朝里屋走去。

汤满大步走到女子面前。

"明月——，你是袁明月？"汤满喊道。

女子低着头，没有应答。

"明月？你是明月？"

女子没有吱声。

"袁明月，你怎么在这里？"

女子哭着冲进另一间屋。

这时，老鸨正好朝这边走来，看见汤满，感觉他不像是来花银子的样子，便高声喊道："哎，这位官人，你在这里有什么事吗？"

汤满道："我……我来是听戏的。"

"听戏在前厅，你到后厅来干什么？"

汤满站在原地摇摇晃晃："我……我……"

"你快点走吧。这里不是你待的地方。"

汤满听这话，眼睛直冒火星，想说一句狠话，可是说不出来。

"来人啊，把这个人给我撵出去。"老鸨高声喊叫。

两个门童走了过来，看见汤满，就来拉他。汤满借着几分酒劲，怎么也不走。两人一人拽一只胳膊，就往外拖。汤满使出浑身力气，就是不走。拉扯间，汤满和两人打了起来。虽然汤满力气大，但岂是两个男人的对手，更何况他已经喝醉。他很快便被门童打晕，扔在了大门口。

这边王小贵不知何时才意识到汤满不在身边，左看看，右看看，没有，一惊，顿时酒醒几分，慌忙站起来，跌跌撞撞往里面走找汤满。他听见有女人的声音，有人在向他示好。王小贵以前来过戏院，知道这些女子都是妓女，没有搭理，继续往前走，他想，难道汤满进去找女人了？有人问王小贵，往哪里去，他也不回答。这时刚好撞见老鸨，王小贵便问老鸨，有没有见到一个男人，老鸨刚才被汤满气了一下，就没好气地说，什么男人女人，我怎么会见到？王小贵发愣，那汤满究竟去哪里了呢？这时，两个门童走过来，王小贵问，有没有看见一个男人？门童恶狠狠地说，滚到外面去了。王小贵想，没有得罪你，为什么说话这么狠？王小贵掉头朝门外走去，刚到门口，借着红灯笼的微光，看见地上躺着一个人，再低头一看，正是汤满。王小贵以为汤满喝醉了，就来扶他："汤满，汤满，醒一醒。"

汤满躺在地上轻轻地哼着。

王小贵架着汤满往戏院里走,这时两个门童走过来拦住不让进,说:"这个酒鬼不能进去。"

王小贵问:"我们是在这里吃饭看戏的,为什么不能进去?"

门童说:"这个酒鬼坏了我们这里的规矩。"

"他……他怎么了?他是窑师傅。"

"哼,什么摇师傅晃师傅的,歪歪倒倒的师傅,口袋里没有一文钱也敢到这里来。"

王小贵也没有再去理论,看看汤满,哎哟,头上都是血。

汤满嘴里还在喊着"明月,明月"。

明月是谁?王小贵心想,汤满肯定是喝醉了。

"汤满,我们走吧。"王小贵道。

汤满哼道:"不……不,我不走……明……明月在这里。"

王小贵感到疑惑,什么明月在这里,肯定是醉话。

"汤师傅,我们找一个地方歇歇去。"

"真的,不会错……不会错,我看见明月了,我看见袁明月了。"

王小贵将汤满扶到附近一家小旅馆住下,擦去汤满头上的血迹,服侍他躺下。

当夜,王小贵听汤满一直在喊"明月"。

第二天早晨,汤满酒醒了,王小贵问,明月是什么人?汤满就把自己与明月的前前后后说了。

"汤师傅,原来你心中真的有了明月。我说吧,你要是做官了,就会有钱有势,就能娶到明月。唉,现在倒好,被人家欺负。"王小贵说。

"真奇怪,明月怎么会在这里?"汤满呜呜地哭了起来。

"你喝醉了,肯定看错人了,只是长得像而已。"

"不会的,我看得很清楚,是她,是明月,我不会认错的。"

"那就奇怪了,一个大户人家的女儿怎么会在这里呢?莫不是……?"王小贵若有所思。

"我再进去找她去。"

"汤师傅，不行，他们不会让你进去的。你势单力薄，先回月亮湾吧，顺便打听一下是怎么回事。"

汤满觉得王小贵说得有道理，就决定先回月亮湾再说。王小贵将汤满送到北门码头，坐上了船。不一会儿，船就到了古樟岩码头。

汤满很快爬上大堤，找到岸边棠梨树坐下，坐了一会儿，再快步向袁家大院走去。可是他的两腿根本不听使唤，发软，挪不动，他只好坐在田埂头歇一歇，身边的蒲公英花开了，黄黄的，在风中招摇。喜鹊在旁边的树上叽叽喳喳地叫着。他努力站起来，继续朝着袁家大院走去。

绕过池塘，就到了袁家大院门口。汤满朝门口看，大门是锁着的，再朝旁边看，边门是关着的。没有狗叫，更没有人声。只有鹧鸪在树上"咕咕"地叫着。大院里外杂草丛生，像是没有人居住。

汤满心里有一种不祥的感觉。他离开了袁家大院，往月亮湾走去。

汤满远远看见了村中的老槐树。熟悉的袁河，熟悉的小路，熟悉的田野，熟悉的味道，月亮湾，我汤满回来了！

汤满朝窑场方向望望，窑场那边有白色的窑烟正在升起。

到了自己家的门口，门是锁着的。

父母在，家在，父母不在，家又在哪里？上了锁的门，告诉汤满，他们真的不在了。汤满蹲在门口的石头上，眼泪顿时涌了出来。

汤满随后来到妹妹家，谢妹正好在家，看见哥哥回来，喜从天降，连忙问东问西，道："我给你做扎粉去。"

汤满想起过去每次从外面回来，妈妈也是这么说，于是，鼻子一阵发酸。在吃扎粉的时候，他已经感觉不到味道，眼泪一串串滚落到了碗里。

过了一会儿，刘德华回来，彼此见了，嘘寒问暖。

等到坐定，汤满问刘德华，古樟岩袁家大院发生了什么事情，刘德华长叹一口气，道："真是天有不测风云啊，这个袁满正真倒霉，造房子用了一些没有盖砖章的大城砖，被人告发，总甲被革除，袁满正自己被充军，一家人妻离子散。明月的丈夫家也用了一些城砖铺路，两家连坐，丈夫上吊自杀，明月可怜被卖到了妓院。现在古樟岩的袁荣德做了总甲。"

汤满愣住了，顿时变得像一个木头人。如此看来，昨天晚上见到的那位女子，肯定就是明月了。

他没有马上告诉刘德华。

刘德华说："好好的一家人散了，事已至此，都是命啊！"

过了两天，汤满一个人来到了宜春依春院。

门童认识汤满，见他又来了，便厉声道："你又来做什么？给我们家主人看见了，不打断你的腿才怪！"

汤满道："兄弟行行好，我只是打听一个人。"

"谁？"

"袁明月。"

"袁明月是谁？"

"那天晚上，我在戏院看见的那个女子。"

"我们这里没有这个人。"

"我亲眼看见她在最里面坐着。"

"你说的莫不是阿凤？她可是我们这里的摇钱树啊。你要见她？"

"我……"

"你有多少银子，要去见她？"

"我……我……认得她，我想……带她出去。"

门童笑了起来："哈哈哈，这真是癞蛤蟆想吃天鹅肉，我问你，你是做什么的？"

"我是窑匠。"

"窑匠啊？你有多少银子？！"

正说着，一个胖胖的人腆着肚子从门口走来："谁在那里说话？"

门童看见来人，立即弯腰行礼，道："老爷，这个人说要见阿凤。"

胖子上下打量汤满一眼，道："你是哪里人？到这里来做什么？"

汤满道："官人，小的是宜春月亮湾人，小的认识这里一个女子，我们……我们是邻居，而且……很熟悉，我想见她。"

胖子扑哧一声笑起来，道："我劝你还是算了吧，你有多少银子要见她？"

汤满支吾道："我……我只是见一面，说几句话就走。"

"没有银子，见什么见。你不知道这里的规矩？"

"官人，我……我们是熟人，只是……"

胖子道："你们是熟人？人家能看上你？你是做什么的？"

"我是窑匠。"

"窑花子啊，你家住哪里？"

"我家住月亮湾。"

"月亮湾我倒是听说过，烧窑的地方，我劝你还是回家好好烧你的窑吧，这年头挣个钱不容易，别动歪心思了，这里不是你来的地方，我是为你好，才这么说。快快回去吧。"

"官人，我今天带了银子，我要见她。"

胖子对门童说："既然他带银子来了，你就带他进去吧。"

门童将汤满引进去，让汤满在门厅里等。

汤满等了好一会儿，门童才出来，说："我说吧，人家根本不愿意见你。"

汤满愣在那里。

胖子又来了，见到汤满，道："人家看不上你，你就不要自作多情了。年轻人，你回去吧，好好烧你的窑。"

"我……我想带她出去，要……要多少银子。"汤满嗫嚅道。

"你说什么？你要赎她出去？别做白日梦了吧。"

"我说的是实话，多少银子？"

"二百两，你有二百两银子吗？不要做梦了。"

两个门童一起将汤满推出了门。

汤满脑子是空的，腿也发软，在街头漫无目的地走着……抬头望望天，天是蓝的，白云在悠然地飘着。他想找一个僻静的地方，好好哭一场。他想起当年去京城的时候，和刘德华一起去过宜春台，于是便向宜春台走去。宜春台有不少游人在看风景。汤满径直来到嫦娥祠，朝嫦娥拜了三拜，道："嫦娥啊，天有不测风云，人有旦夕祸福。没有想到明月一家遭受到一场灾难。明月与我，彼此心生喜欢，一定是前生就生就了缘分，只是我汤满做错了事，现在上天惩罚我，让我们分开。我汤满此生只喜欢明月，我有什么办法让明月走出苦海？你帮帮我吧……"

拜好后，汤满又来到凭虚亭里，就着美人靠躺下，恍惚中，明月走到他身边。

"明月，你怎么来了？你怎么知道我在这里？"

明月只是哭，不说话。

"你为什么到那种地方去？"

明月还是哭。

"明月，我带你走吧。"

"我已经被卖入乐籍，不是一个好女人，你还是走吧，不要管我了。"

"不，我要让你出来。"

"这是我的命，我是一根稻草，随风飘飞，你还是不要管我了。"

"不，我不能不管你。"

"我的命苦，我不能让你也受苦。"

"人和人是有缘分的。这缘分不能丢。"

明月只是哭。

"明月，我们走吧，我带你回月亮湾，我们一起烧窑去……"

"我怎么走得了？"

"走吧，现在也没有人看见，我们一起走吧。"

汤满拉着明月的手，跑啊跑，突然，听见后面传来追赶声。不好，被人发现了。汤满想。

追赶的人骑着马，汤满和明月很快就被追上，汤满被人打倒在地，捆了起来。有人将明月抱上马背，一溜烟跑得不见踪影。汤满眼睁睁地看着明月被抢走了。

"明月——，明月——"汤满大声哭喊。

"年轻人，你在喊谁？"

汤满睁开眼一看，一位白发老人，正坐在旁边，手里还拿着书。

原来自己在做梦！汤满一骨碌爬起来，再看看，这位老人好像在哪里见过？对了，就是那年和刘德华去京城，在这里碰见过的老人。

"明月是你什么人？"老人问。

汤满一时不知怎么回答。

"这明月啊，自古以来就惹人喜欢。"说罢，哼唱了起来——

> 月出皎兮，佼人僚兮。舒窈纠兮，劳心悄兮。
>
> 月出皓兮，佼人懰兮。舒忧受兮，劳心慅兮。
>
> 月出照兮，佼人燎兮。舒夭绍兮，劳心惨兮。

"老先生，你唱的是什么意思？"汤满问。

"这是很早很早以前古人写的诗，我来说给你听。月亮出来，好亮好亮。月亮出来，好白好白。美人啊真好看，走起路来，身姿窈窕，步步轻盈，我时时刻刻都在思念，心里很烦很烦，又有谁能知道我的心思呢？"

汤满想，这说的不正是我的心情吗？

"这首诗是在夸女子的美貌。"老人道，"年轻人，你是袁州人？"

"是的，我是袁州月亮湾人。"

"嗯？怪不得你刚才在喊明月呢。月亮湾，好名字。袁州还有一座明月山呢，也是好地方，嫦娥就住在那里。"

"我听我爷爷说过，明月山很好看，他去过那里。"

"是啊，那里可好了，鸟语花香，泉水瀑布，人间桃花源啊！"

"那里有很多桃花？"

"当然有，桃花杏花梨花，什么花都有，人间仙境。清风明月，竹篱茅舍，鸟语花香，鸡犬相闻。"

"你去过那里？"

"我的家就在那里。对了，你们月亮湾烧窑很有名。"

"我祖祖辈辈都是烧窑的。"

"当年这个袁州城的城墙就是你们月亮湾人烧造的。"

"他就是我的祖先。"

"啊？"老人很吃惊，"你姓汤？叫什么名字？"

"我叫汤满。"

"汤满？你这名字啊，有正，也有反。常言道：月盈则亏，水满则溢。溢时，则反。年轻人，你要趋利避害。"

"老先生，你说什么，我听不懂。"

"每月的十五十六，是月亮大圆之日，正是鼎盛之时，大圆之后，就开始变亏。水太满了，就会向外流出。年轻人，你命中注定，以后定会有大红大紫之时，但物极必反，随后便是大亏在等待你，所以，往后务必处处小心！"

"老先生，我一个烧窑的匠人，哪里有什么大红大紫呢？我连一个心上的人都得不到，还有什么满不满的？"

"年轻人，此话差矣，沧海桑田，只是一瞬间的事情，何况大红大紫！"

"我不求大红大紫，我只要明月。"

"命里有时终须有，命里无时莫强求。布衣暖，菜根香。袁河流，日子长。"

汤满听得似懂非懂，只觉得老先生或许是一个算命先生，故意说得模模糊糊，但又似乎在讲一种做人的道理。我汤满从来没有让人算过命。自己的命，别人又怎么能算得出来？陆良的命，能说不好？手艺无人能比，做了那么大的官，一夜之间，还是被夺去了官帽。沈万三的命不好？金银财宝，无所不有。帮皇帝做了那么多事情，到头来还被充军去了。袁家大院的袁满正怎么能想到自己被充军呢？看来，大富大贵，是好事，也是坏事。我汤满只是一个窑匠，什么大富大贵、大红大紫，与我无缘，我现在只有一个愿望，就是能把明月救出来。

"老人家，想请教你，一心一意想得到，但又得不到，怎么办？"

"心诚则灵。只要一心一意，还有做不成的事情？"

说完，老者飘然而去。

汤满想，爷爷早就说过，只要手到眼到心到，还烧不好窑？那心到，不就是心诚的意思？

看看天色已晚，汤满到王小贵家住了一夜，第二天一早，回到了月亮湾。

汤满想，不就二百两银子吗？我一定要筹到。他把想法告诉了刘德华，刘德华说："汤满，你疯了？明月都已经是风尘女子了，再说是二百两银子，不是二两银子，你哪里去筹到？你还是死了这条心吧。"

谢妹说："哥哥，不要这么傻了，找一个好人家的女子过日子吧。"

汤满没有吱声。

汤满打算一家一家地借，一点一点地攒。汤满借钱的事情，被月亮湾人知道了。有同情的，有劝他的，有骂他的。汤满就是犟，谁也劝不住。月亮湾人陆续拿出了自家积攒的一点点钱。铁柱拄着拐杖来找汤满，说，家里只有三十贯，拿走吧。汤满差一点哭了。

刘德华知道汤满的犟劲，只好和谢妹商量，将自己家存的几两银子全部拿了出来。

刘德华到了古樟岩，把汤满的事情告诉了刘芷娘、袁小河，袁小河是个讲义气的人，对刘芷娘说，汤满技艺高超，为人厚道，我们就是砸锅卖铁也要帮他。于是，他把家里积攒的四五两银子全部拿了出来。

古樟岩有好几个窑师傅知道了汤满的事情，纷纷给汤满捐钱。

二百两银子很快凑齐了。

这天一早，汤满就和刘德华乘船到了袁州城里，找到依春院。

汤满和门童说，要见掌柜。

门童说，掌柜不在。

汤满和刘德华只好走到旁边巷子里转悠等待。

"不会是骗我们吧？"汤满说。

"那我们给他几文钱，试试看。"刘德华说。

两人又回过头来找门童，刘德华从怀中掏出几文钱塞给门童，门童没有推辞，收下了，说："我再去看看，王掌柜回来没有。"

再过了一会儿，王掌柜出现了。

"又是你？月亮湾的窑师傅。"王掌柜很惊讶。

"掌柜，我……我今天带银子来了。"汤满说。

王掌柜愣住了："什么？你带银子来做什么？"

"那天，你亲口答应我的，只要给二百两银子，就可以把人赎走，今天我带银子来了。"汤满道。

王掌柜想，那天我也只是随便一说，没有想到这个穷窑匠还真的带来二百两银子。

"这位小哥哥，阿凤可是我们这里第一等好看的女人，我前面说的二百两银子嘛，也就是随口说说的，如果没有四百两银子，我是不会放人的。"王掌柜慢悠悠地道。

汤满顿时气得发抖："你……你……怎么说话不算数！"

刘德华火冒三丈："掌柜，君子一言，驷马难追。你说过的话，要算数，又不是小孩子说话。"

王掌柜道："兄弟啊，就是给你带回家了，你能养得起她吗？她可是富贵人家的千金啊。我劝你还是赶紧收了这个心吧！"

刘德华冲到了王掌柜的面前，大声道："你这个掌柜，不能这么欺负人！"

王掌柜也不示弱道："欺负你，怎么着？来人！"

四五个门童围了上来。

刘德华冲上前去，一把揪住王掌柜的衣领。这时，旁边的门童和里面的人全都围上来，朝着汤满和刘德华就打。汤满和刘德华哪里是他们的对手，都被打得鼻青脸肿。

汤满和刘德华回到月亮湾。刘德华将受欺负的事情和月亮湾人说了，月亮湾人都很气愤，走，我们一起去找那个掌柜算账，帮汤满出出气。

当天傍晚，月亮湾四十多人来到依春院门口。

刘德华高声喊叫："王掌柜，出来！"

门童看到一下子来了这么多人，飞快进屋报告王掌柜。王掌柜躲在屋里不敢出来，月亮湾人齐声高喊："王掌柜，出来！"

门童看到人多，也都缩在一旁，不敢声张。

月亮湾人说："再不出来，就放火把依春院给烧了。"

看到外面人越来越多，喊声震天，王掌柜只好走出来，满脸堆笑道："兄弟们，有什么事，好说，好说。"

刘德华大声地说："王掌柜，你为什么要欺负人？白酒红人面，黄金黑人心。说好的二百两银子，怎么又改口四百两？"

刘六性子急，走上前去，一把抓住王掌柜的衣领就是一拳，打得王掌柜两眼直冒金星。

王掌柜高声喊道："你们都出来，这帮人无法无天。"

依春院出来十多个人，双方动手打了起来。这依春院里的人哪里是月亮湾人的对手，不一会儿，倒的倒，爬的爬，地上一片哀号声，王掌柜被打得不能动弹，众人在依春院内外，见到东西就砸。早有人报告了宜春县衙门，衙役赶到的时候，依春院已经被砸得一片狼藉。衙役把双方的人都抓了起来，带到了衙门。由于案情严重，宜春县衙连夜开审，刘知县、高亨主簿、陈廷玉司吏全都到场。

刘知县惊堂木一拍："无知小民，你们光天化日之下，聚众闹事，打砸抢掠，情节恶劣，是可忍孰不可忍！原告、被告双方，各自将案情陈述来，如果有欺诈蒙骗行为，本衙门立即杖责问罪！"

先有原告王掌柜陈述理由："原告王富，依春院掌柜，守法经营，不承想月亮湾刁民汤某，率众冲砸依春院，打伤多人，要强行带走依春院中人袁明月，是非分明，请大人做主啊！"

"被告将案情陈述来。"

汤满道："被告汤满，和依春院里人袁明月认识，曾互有好感，心生喜欢。不承想天有不测风云，袁家中道变故，袁明月被卖到依春院，汤满京城做工回袁州，偶然遇见，便问王掌柜多少银子可以将明月赎走，王掌柜说要二百两银子，我千方百计筹得二百两银子送至依春院，王掌柜自食其言，中途变卦，又说四百两银子。堂堂男子，说话如同儿戏，我月亮湾村民闻之震怒，都来帮我讨还公道，双方便打了起来。"

刘知县听罢大吃一惊，这不是烧出白玉砖的汤满吗？他不是去京城了吗？怎么会在这里？刘知县再定睛一看，正是他。他可是皇帝召见过的人啊！

刘知县道："王富，你先前说过二百两银子？"

"小的没有说，是汤某信口雌黄。"王掌柜道。

"被告，当时还有什么人在场？"刘知县问。

"有好几个门童。"汤满道。

"带证人！"刘知县说。

门童从来没有见过这个场面，吓得腿在发抖。

刘知县问："门童，你们要如实招来，胆敢撒谎，就会把你送进大牢。我问你，当时你听到双方说了什么？"

"我听得很清楚，王掌柜说，有二百两银子就可以放人，没有想到这个窑师傅不认账。"

这个门童误以为汤满不认二百两银子，所以说出了这番话。此言一出，那王掌柜浑身发抖，哎哟，这个该死的，怎么帮对方说话呢？

刘知县道："事实很清楚，原告出尔反尔，说话不作数。既然允诺二百两银子，被告立即照付。双方各有伤情，依春院物品损坏，王掌柜犯错在前，故月亮湾人不予赔偿。"

王掌柜连声道："好吧，好吧，我放人，银子拿来，你们带她走吧，我自认倒霉。"

刘德华当场将银子交给了王掌柜。

双方走出县衙。王掌柜让人把袁明月送到县衙门口。

袁明月一直哭个不停，谢妹、刘芷娘在一旁安慰。

众人将明月引上船，一起回到了月亮湾。

十三

火膛口升腾起炽烈的火焰。

豆大的汗珠，在汤满黝黑的上身滚动着。他举起铁叉时而喂着柴草，时而转过头来与明月说着话。

明月在一旁为汤满擦着身上的汗珠。汤满黝黑的皮肤，被窑火映得闪闪发光。

"汤满，你做事好有力气。"

"窑师傅，没有力气，怎么烧窑?"

"烧窑很难学吗?"

"说难，也不难。只要手到眼到心到，就不难。我爷爷经常这么说。"

"爷爷烧窑的手艺，你都学到家了?"

"学到家，还谈不上。艺是学不完的。"

"汤满，你要教我烧窑。"

"嗯。"汤满露出了憨厚的笑。

"你妹妹烧得好?"

"比我差一点。"

明月端起一碗水，递给汤满，汤满一口喝干了。

"此生我怎么报答你呢?"明月说。

"不是说百年修得同船渡吗?"汤满说。

"千年修得同窑人。"明月说。

……

汤满走过来，一把将明月抱住。他褪去了她的衣服。明月雪白的身体被窑火映得白里透红，两座乳峰耸立在汤满的面前。汤满痴痴地凝视着像是被朝霞映得红红的两座山峰，轻轻地说："明月，你真好看!"

汤满用手轻轻地抚摸着山峰，然后让滚烫的脸贴了上去。

他将她放在棉被上，然后用滚烫的身体覆盖住了她，他进入了她的身体里，她轻轻地呻吟着。

窑火在炽热地燃烧……

他感觉到身体突然之间飘了起来，就像火膛里的柴草一般，完全燃烧起来。在一阵吼叫中，他带着她飞了起来，飞到了云端里……

两人瞬间都融化了，融化成火膛里炽烈的灰烬。

许许多多日子里，汤满烧窑，明月在旁边做帮手。虽然出身大户人家，从小没有做过事，但明月一点也不娇气，刨土、掘泥、练泥、做坯、烧窑，什么活一教就会。

汤满烧窑的时候，明月就来窑场陪他。汤满不让她陪，可是明月一定要来。汤满一边添柴火，一边和明月说着话。两个人有说不完的话。在夜深人静的时候，两个人在火膛前，尽情地交融在一起……

十四

汤满和明月在平静中过着一天又一天。在月亮湾人看来，汤满现在完全变了，再也不是以前那个沉默寡言的汤满了。他的脸上总是带着微笑。晚上，汤满会和明月一起来到老槐树下，和乡邻说着天南海北。

有一天，汤满和明月有了自己的儿子。

汤满像他爷爷、父亲一样，农忙时，忙着种田，农闲时，就去烧窑。"和七窑"名气越来越大。人们说，汤满烧的砖瓦比他爷爷汤和七烧得还要好。

一天，袁州府衙四匹骏马飞奔到月亮湾，衙役说要找汤满。月亮湾人说，汤满正在烧窑。

衙役来到窑场，找到了正在做砖坯的汤满，道："汤大人，官府有请，请和我们一起火速赶到府衙。"

汤满第一次听人喊他汤大人，好生奇怪，问："有什么急事？"

衙役说："我们只是来传令。"

汤满说："我正在做砖坯，走不开。"

衙役恳求说："汤大人，你不要让我们为难，你就去一趟吧。"

明月在一旁说："我来做，你去吧。"

明月的话，汤满是听的。汤满跟着衙役到了袁州府衙。府衙里坐着很多官员。袁州府提调官隋赟走到汤满面前，含笑致意。

府吏高声叫道："肃静，宣读皇帝诏书。"

众人都跪下，袁州府主簿开始宣读诏书——

奉天承运，皇帝诏曰：自皇朝以来，袁州府政通令顺，百姓温良，匠人辈出，艺高德馨，辛劳勤勉，所烧税砖，为数最多，白玉之砖，色正结实，堪称砖中之极品，故本皇帝为奖赏先进，擢升提调官隋赟为广东按察使正三品，擢用窑匠汤满为工部员外郎从五品，蠲免袁州府税粮五万担。钦此！

众人齐声道："谢皇恩！"

汤满一时蒙了，朝廷让我去做官？！

众人纷纷向他表示祝贺，汤满一时不知所措，只是腼腆地笑笑。

隋赟走到了汤满面前，道："汤师傅，恭贺你！这是朝廷对你的褒奖啊，实至名归。"

汤满道："隋大人，恭贺你！"汤满对隋赟的印象颇好，他觉得这个官员平易近人，体察民情，敢做敢当。

朝廷给汤满封官的消息在月亮湾传开了，人们奔走相告，纷纷到汤满家来祝贺。

"汤满马上要到京城做大官了。"

"汤满家的老祖坟得力了。"

"汤满啊，你升官发财，对月亮湾要好一点。让月亮湾人沾沾光。"

"月亮湾出大人物了。"

……

古樟岩的窑师傅们也纷纷到汤满家放爆竹，以示祝贺。

谢妹、刘德华开心极了，忙上忙下，招待客人喝茶。袁小河和刘芷娘也来帮忙。

"恭贺汤大人！"刘芷娘笑道。

汤满有些不好意思："什么大人小人，我是窑匠汤满。"

单独在一起的时候，明月笑着说："朝廷封官，是对你的褒奖，这是光宗耀祖的大好事，你要开开心心才是。"

汤满笑道："我很开心啊，自从和你在一起，就是天底下最开心的人。"

隋赟很快要去广东赴任了，走之前，特地设宴招待袁州府的五十位窑师傅，汤满自然在邀请之列。窑师傅们受宠若惊，一个州府的提调官自己掏钱请窑师傅，哪朝哪代有这等好事呢？

隋赟对众人道："如果没有各位师傅，也就没有我隋赟的今天。我要感谢袁州府的窑师傅们，我敬诸位三杯酒！"

说罢，连喝了三杯。

隋赟接着道："袁州物华天宝，人杰地灵，泉清水沛，莹媚如春，我隋某人能在袁州效力，实属三生有幸啊。袁州师傅辛劳勤勉，才艺高超，令我终生难忘。众师傅所烧城砖，色正质好，尤其是汤满能烧出白玉砖，享誉四方，堪称天下无双。雁过留声，人过留名。他日，众师傅到京城去，可以去看看大明城垣，你们烧的城砖，如今都砌在巍巍城墙里，你们的名字连同城砖，传之永久。天无常圆之月，人无不散之席。我隋某人就要离开袁州赴广东任职了，山川异域，日月同天，此别以后，各自珍重。"

隋赟的一席话，说得众人眼泪汪汪。众师傅频频举杯，相互敬酒祝愿。

隋赟特地来到汤满面前敬酒，道："汤满师傅，我要特别感谢你，你是一位好匠人！"

"谢谢隋大人，我只是一个窑匠。"汤满举杯一饮而尽。

袁州府、宜春县的官员都纷纷给汤满敬酒。汤满现在的称呼变成了"汤大人"，汤满听了，好不习惯。

隋赟离开的那天，袁州府的窑师傅从四面八方赶到了袁州府衙，人们排起了长长的队伍，为这位能干的清吏送别。

政声人去后，民意闲聊时。在后来的很长日子里，袁州府的人都在说着隋赟的故事。

这天晚上，谢妹和刘德华来找汤满。谢妹说："哥，你要去京城做大官了，你走之前要去爷爷、父亲、母亲的坟前，告诉他们一声哦，说不定，他们已经知道了呢。他们一定很开心。"

汤满道："难道不做官，他们就不开心了？"

谢妹道："哥，这不是向他们报喜嘛！"

刘德华在一旁道："汤满，你这是牙疼话，明天我代你去做官吧。"

汤满笑道："就这么说定了，你替我去做吧。"

刘德华做了一个鬼脸："我明天就改名汤满，替你做去。"

谢妹道："哥，做了大官，不要忘记家乡人，多回来看看我们就好。何时也把我们接到京城去看看热闹吧。"

汤满道："你如果到京城，就会看到你烧的城墙砖。"

"砖上有什么记号？"

"不是有你'窑匠谢妹'砖章吗？"

"对了，对了。我怎么这么笨呢。"谢妹恍然大悟。

夜晚，一轮明月照袁河。

静静的月亮湾。

汤满道："明月，我……我不想去京城做官。"

明月问："真的不想去？"

汤满道："我只想和你在一起。"

明月笑道："那谢妹会失望的。"

汤满道："我两次去京城，待了好几年，见过皇帝，见过大官，见过当今最有钱的富豪，可是后来怎么样了呢？帮皇帝修了城门的苏州大师傅陆良，被削职了。为皇帝修了城墙的江南大富豪沈万三被充军了。为皇帝打下江山的大臣，还不照样被砍头？皇帝就是一个喜怒无常、说变就变的人，想杀谁就杀谁，所以……"

明月深情地望着汤满。

汤满道："打鱼的不离船边，打柴的不离山边。你想让我去京城做官？"

明月道："就是做牛做马，我也愿意和你在一起。"

十五

汤满和明月在做最后一批砖坯，这一窑烧好，就意味着月亮湾的税砖任务全部完成，这也是袁州府最后一批税砖了。

汤满在做砖坯。儿子在摇篮里睡着了。明月把家里的小白猫"白玉"带来，"白玉"黏着她，在她周围跳来跳去。

"哎哟，汤满，你看'白玉'的小脚印，多好看。"明月说。

小白猫在刚刚做好的湿砖坯上留下了一串脚印。

汤满受到了启发，忽然想起了什么似的，道："对了，明月，我们在砖上留下一个记号吧，这砖会砌入京城城墙的。"

明月说："被验收的人看见，会被拒收吗？"

汤满说："不会的，自从我烧了白玉砖之后，袁州府的税砖是免检的。"

明月问："做什么记号呢？"

汤满道："我们每人按一个手印。"

"太好了。"明月大声叫道。

汤满先按了一个手印，明月在汤满手印下，按了下去。

汤满道："这手印一看就是你的，细细的。对了，明月，你认得字，在上面写几个字吧，或者写一首诗啊，写一首关于明月的诗。"

"我哪里会写诗啊？"

"我那天在宜春台遇见一个读书人，他在念什么明月的诗，我想想，'月出皎'什么来着？"

"月出皎兮，佼人僚兮。"明月道。

"是的是的，明月，你是大家闺秀，读的书多，一说你就知道。"

"我念过，是《诗经》里的话。"

"就写这个，好吧？"

"写这个有什么意思！"

"那就写'满月'两个字怎么样？代表我和你。"

"不好，满月过后，就是月亏，走向衰落。"

"那写什么好？"

"我想想。"

"对了，就写'天长地久'。"

"你让我想想嘛。"明月道，"有了，这样吧，我想一句，你想一句，好不好？由我来写。"

"好。"

明月拿起刀在砖坯上写下第一句："袁水汤汤"。

"你接下一句。"明月道。

汤满想啊想，明月催着："快，随便想四个字。"

"窑火旺旺。"

"好，不错。"明月笑道。说罢，拿起刀，在砖坯上写下这四个字。

刚写好，汤满抢着说："有了，有了，妹手我手。"

"嗯嗯。"明月又写下"妹手我手"四个字。

"日月共长。"明月道。

汤满说"好"，明月又把这四个字写上了。

"明月，你念一遍给我听听。"明月念了起来——

> 袁水汤汤
>
> 窑火旺旺
>
> 妹手我手
>
> 日月共长

汤满盖上砖章——

　　袁州府提调官隋赟司吏任俊宜春县提调官主簿高亨司吏陈廷玉

　　总甲袁荣德甲首邱宏义小甲易如山窑匠汤满造砖人夫明月

明月说："帮我刻一个'窑匠圆明月'砖章吧，把袁明月的'袁'换成圆满的'圆'。"汤满请木匠师傅刻了一个新砖章，第二天就盖上了——

袁州府提调官隋赟司吏任俊宜春县提调官主簿高亨司吏陈廷玉

总甲袁荣德甲首邱宏义小甲易如山窑匠圆明月造砖人夫汤满

明月问："这砖肯定能送到京城吗？"

汤满道："不仅能送到京城，而且一定会砌入城墙。袁州府烧的白玉砖，官府求之不得呢！"

朝廷有令，七天后，袁州府派人将汤满送至京城。

到了第六天，袁州府丁知府亲率几十位官员策马来到月亮湾，接汤满去京城。到汤满家门口一看，门是锁着的，随后又来到窑场，窑场也没有人影。

月亮湾人说，汤满可能在他妹妹家。众人又来到谢妹家。谢妹说，他最近几天一直在窑场烧最后一批砖，说烧好就不烧了。

众人又来到窑场，只见窑场打扫得干干净净，没有人影。

所有人都奇怪，汤满一家人去哪里了？

月亮湾人开始四处寻找，但都没有结果。

汤满失踪了！

一传十，十传百，袁州府、宜春县都派大批官员四处寻找，还是没有影子。

袁州府官员紧张了。

有人说，有一天一大早，看见汤满和明月在古樟岩乘船，不知去了哪里。

也有人说，看见汤满和明月往明月山方向去了。

在以后很长很长的一段日子里，人们都在议论：汤满究竟去了哪里？人们做出了各种猜测。

不知过了多久，有人在明月山的山坳里看见汤满和明月，身边多了几个孩子，那里有树林、瀑布、溪水、桃花……

十六

洪武二十三年（1390年）五月初的一个清晨。

"咚……咚……咚……"鼓楼的黎明鼓声响起。

接着钟声响起："当……当……当……"

位于鼓楼城楼下的十三匹骏马载着司钥官，朝着京城十三座城门飞驰而去，不一会儿，城门缓缓开启，聚集在城门内外的人们潮水般涌进涌出，顿时摩肩接踵、人声鼎沸……

大明京城新的一天开始了。

这天，朱元璋免了早朝。一早，他带领群臣和儿子们登顶钟山，俯瞰京城城垣。就在两天前，工部尚书沈溍奏告朱元璋，京城三道城墙全部合围完工，恭请皇帝检阅。朱元璋道，那朕就先上钟山顶俯瞰纵览京城全貌吧。他特地将在外地的秦王朱樉、晋王朱棡、燕王朱棣召回京城。

从元末至正二十六年（1366年）朱元璋下令拓建建康城，到今天京城三重城墙合围已经整整修筑了二十四年。朱元璋也从三十多岁的壮年变成了六十多岁的老者。当初下令筑城时，大明尚未建国，到了第三年才在应天建国。二十多年过去了，朱元璋已经坐稳了江山。他要让儿子们看看，他亲手缔造的大明都城是何等的壮丽、气派、牢固！

初夏的早晨，天上白云悠然，路边野花烂漫。画眉、黄鹂在路旁的树上欢快地歌唱，空气中飘漾着醉人的芬芳。

几十抬大轿沿着崎岖的山路向钟山顶大茅峰逶迤而去。

坐在轿子里的朱元璋看着路边的风景，思绪飘得很远……

眼下，神州统一，四海平静，江山美好，只是时光不待，朕老了，不过，人总有老的时候。人事有代谢，往来成古今。好在皇太子已经长大成人，我朱元璋今天所做的一切，都是在为太子铲除荆棘，铺平道路。就在上个月，朕还做了一个艰难的决定，将已经七十七岁的太师、中书左丞相韩国公李善长全家七十多口以"狐疑观望怀两端，大逆不道"罪名满门抄斩。接着，朕又杀了陆仲亨、唐胜宗、费聚、赵庸，这一个月朕已经杀了三万多人。我朱元璋为什么这样做？朱标啊，还不是为了你？人活一辈子就是几十年，谁能长生不老？李善长啊李善长，想当年，我们一起驰骋沙场，绝处逢生，迎接着一个又一个胜利，那种喜悦之情，无以言表。打下江山后，朕对你也不薄，你该享受的都已经享受过了，人活得太老，也没有多大意义，你已经七十多岁了，人生七十古来稀，人总会有一死。我朱元璋都已经六十多了，有一天也会走的。如果你们不走，说心里话，朕是不安心的。朕知道，江山都是你们和朕一起打下的，但江山只能有一个姓，只能姓朱，这是没有办法的事。朕也已经做好准备了，在老糊涂之前，将江山社稷交给朱标，江山终究是他们的。

朕刚刚又做了一件事情。就在这个月的初二，犒劳功臣，魏国公徐辉祖、开国公常升、曹国公李景隆、宋国公冯胜、申国公邓镇、颍国公傅友德，各赐黄金二百两、白金两千两、钞三千锭、文绮三十匹。九侯每人赐给黄金二百两、白金千两、钞一千锭、绮三十匹。朕为什么要这样做，就是让他们安心回家，不再居功自傲，不再过问政事。

皇太子啊皇太子，为了你，朕已经大开杀戒。不这样，又有什么好办法呢？江山面前，没有仁慈可言，自古皆然。

想着想着，轿子里的朱元璋眼前浮现出一些熟悉的身影——徐达、常遇春、胡惟庸、汪广洋、宋濂、刘基、李文忠、邓愈、薛祥……一个个音容笑貌在眼前晃动，有的表情怪异，有的脸上挂着泪痕，有的在发怒……忽然，他身上出了一身冷汗，他努力睁开眼，看看周围，原来他是坐在上山的轿子里。下一刻，他的心头掠过一丝丝悲凉感。今天，好在还有几个老将陪在身边，小时候的伙伴汤和、郭英都来了。汤和年后身体一直不好。朱元璋知道他很知趣，一直待在家乡，没有到京城来添麻烦。念他来日无多，今天特地带他到钟山顶上看看。郭英身体还算好，此时掌管禁卫军，每天陪伴在朱元璋左右。也只有他才能让朱元璋放心。

正走着，山道旁，走过一位白胡子老人，一边走，一边高声喊叫——

五十年不在城里，

三百年不在城外。

三百年不在城外，

五十年不在城里。

朱元璋问身边的大臣，这人说的是什么意思，没有人能回答得上。大臣们说，路边野人，胡说八道，陛下不必在意。

皇驾继续前行，轿子经过一棵枣树旁，朱元璋传令侍从停驾，要下来看看。轿子停下，朱元璋走了出来，对左右道，这棵是枣树吧，身边的大臣都说"是"。朱元璋道，和我家乡的枣树一模一样，开的花，淡淡的，绿色，记得小时候，朕与汤和一起放牛，有一天，我与汤和爬到枣子树上，偷吃人家的枣子，主人来了，朕跳下去跑了，汤和藏在树上，结果被主人逮住了……

"汤和，你还记得吗？"朱元璋问汤和。

汤和此时已经不能说话，表情痴呆，只能望着树，似笑非笑，点点头。

"结果你被抓住了，还记得吗？"

汤和又点头。

"唉，老了，真的老了。"朱元璋叹口气。

"李新——"朱元璋又喊道。

"臣在。"李新应道。

李新也是朱元璋的老乡，凤阳人，很早就和朱元璋一起起兵，立下赫赫战功。洪武十五年（1382年），朱元璋让李新负责修筑孝陵，如今孝陵完工，朱元璋很满意。

"孝陵修得好，神道上的石刻刻得好。"

朱元璋的意思是说，孝陵前的石人石马石象刻得栩栩如生。

"李新，明儿你也回凤阳吧，朕给你田地、金子。"

"谢陛下！臣过几天就走。"李新道。

起驾继续攀登，队伍很快便来到大茅峰。朱元璋和群臣都下了轿。站在这里，俯瞰金陵城，只见远处，长江如一条白色长练，从城西飘然东去。覆舟山、鸡鸣山、四望山、狮子山、幕府山……山山在望。玄武湖碧绿如茵，如天上掉落在人间的一面镜子。京城城墙蜿蜒逶迤，城门点缀其间，巍峨壮观。朝阳门附近，黄瓦鲜亮，宫殿森然。城南城西，瓦屋参差，街巷纵横。

好一座壮观的大明城！

看了一会儿，朱元璋对身边的大臣们说："诸位爱卿，你们看看这京城城墙像什么？"

有的说像一条项链，有的说像一根飘带，有的说像一条丝巾。

朱元璋笑道："我看金陵城像一个美人，这城墙啊，就是一条项链，而长江就是头上飘起的丝巾。玄武湖嘛，就是一面镜子，美人正在照镜子呢。"

众臣都点头称好。

朱元璋又问工部尚书沈溍："现在京城城墙周长多少？"

沈溍道："京城城墙周长九十六里，堪称百里，当属天下无双。"

朱元璋点点头，又问："城墙最高处有几丈？"

"城墙一般高都在五丈左右，最高处达八丈，城墙上端宽一般在一丈五左右，最宽处三丈。"

"十三道城门都已建好？"

"全部建好。"

工部尚书将京城城垣图展现在朱元璋面前。

朱元璋问："你们看，这应天城围起来像什么？"

有说像粽子，有说像扇子，有说像人的脸，有说像宝葫芦。

"对，就是宝葫芦。这宝葫芦里装的可是大明朝的天下啊。"朱元璋道。

众臣称是。

朱元璋看了一会儿，道："那个建聚宝门、通济门的'香山帮'师傅陆良、陆善兄弟俩后来去了哪里?"

"城墙完工之日,就回苏州了。"

"回去也好。在京城营造多年,也不知道贪走朕多少银子呢。"

众臣没有说话。

朱元璋又微笑道:"朕想到,这城门就像一个人的眼睛。有了城门,金陵城就生动起来,也就可爱了。不过,城墙建好后,兵部要派重兵把守,让城墙真正成为铜墙铁壁。"

兵部尚书唐铎道:"遵旨。"

"咚……咚……咚……"

正说着,从城里传来了悠扬的鼓声。

"这是哪里的鼓声?"朱元璋问。

礼部尚书李原名道:"禀告陛下,这是鼓楼的鼓声,接受陛下检阅。"

朱元璋微笑着点头。

过了一会儿,"当……当……当……"钟声响起。

"这是钟楼大卧钟的声音。"

朱元璋道:"声音好清脆啊。这是后来铸造的大钟?"

礼部尚书李原名道:"是的,这口大钟高一丈三尺,口径六尺,重四万六千斤。钟声响起,余音袅袅,全城都能听到。"

朱元璋道:"好!钟鼓之声相闻,市肆之声间杂,大明城就活起来了。"

朱元璋又指着玄武湖中的一个小岛问:"那就是梁洲?"

户部尚书杨靖道:"是梁洲,南朝昭明太子萧统的梁园就在那里,他曾在梁园编纂《昭明文选》。现在,大明朝的黄册库就建在那里。"

朱元璋道:"天下黄册,载录户籍、事产,事关国家重务,放在玄武湖中梁洲,真是再好不过的了,可以防火防盗防暴民。"

"洪武二十年以来,已经在全国重新丈量土地,编绘鱼鳞图册,这项工程即将完工,届时,天下图册,尽藏其中。"

"现在岛上有多少间库房?"

"库房二十五间,架阁一百座。"

“以后每年再建一些。眼下京城有多少人口?”

“应天府下辖江宁、上元两县，人口在四十七万，从全国调集来的工艺匠户四万五千多户，约有二十万口。从江南迁来应天府充实京师的富户一万四千三百多户，五万多口。再加上常驻京城内外的军队二十万口，总人口在九十万。”

“还没有到一百万，再从山西等地迁来一些人。”

户部尚书杨靖道：“遵旨。”

朱元璋问工部尚书沈溍道：“十六楼的位置已经选好?”

“已经选好，集中在江东门、三山门、聚宝门、三山街等最热闹的地带。”工部尚书沈溍道。

朱元璋念及朝廷送往迎来，要有宴集之所，于是决定在繁华地带建造十六座楼，哪十六楼？来宾、重译、醉仙、鹤鸣 、南市、北市、集贤、乐民、轻烟 、翠柳、梅研、淡粉、江东、讴歌、鼓腹、听佛。

朱元璋问今天同来的大臣，纵览京城城墙后有何感想。有说，金陵城池，坚固无双。有说，铜墙铁壁，无人能敌。有说，千年巍峨，万世不衰。

好话悦耳，朱元璋喜笑颜开。他要问问身边一位聪明、狡黠的年轻人。

“解缙啊，看了京城城垣，你有什么想说的?”朱元璋问道。

解缙，江西吉安府人，十六岁中进士，现为文华堂庶吉士，此人聪颖机灵，朱元璋十分欣赏他的才华，每当遇到什么疑问，总喜欢问问他。

“陛下，白胡子老人说的‘打破一个圈，又画了一个圈’，有解了。”解缙道。

原来，一天，朱元璋在宫外散步，老远看见一位白胡子老人，喊道：“打破一个圈，画了一个圈。打破一个圈，又画了一个圈。打破一个圈，又画了一个圈。”朱元璋听后，一直琢磨着，这是什么意思？他就问解缙，解缙也被问糊涂了，一时也答不上，今天忽然有所悟。

“嗯?”

“你看看，将前朝围圈的建康城打破了，又造了一个新城，再造了一个宫城，加上京城，正好三个圈，这不就是答案吗?”

朱元璋哈哈大笑。

解缙继续道:"京城三道城垣,坚固永久,海内无双,但臣以为京城最外一道城墙是多余的。"

"此话怎么说?"朱元璋一愣。

"普天之下,莫非王土。城墙内外,皆是陛下的子民。由此观之,城墙是多余的。"

解缙机智的回答,让朱元璋笑了起来:"哈哈哈,解学士和朕耍嘴皮子。"

"既然建了,应该建四道城墙,还差一道。"解缙又一脸严肃地道。

"嗯?"

"京城、皇城、宫城,皆为有形城墙足以卫君卫国卫民,防盗防贼防寇,但还有一座城墙,必不可少。"

"什么城墙?"

"在百姓的心中,筑起一座牢不可破的城墙,此可谓众志成城。这座城墙建起来了,可保我大明万世之宏基永不动摇。"

"聪明,聪明。"朱元璋连连点头,"你对朕还有什么好建议呢?我和你从道义上是君臣,从恩情上如同父子,你应当知无不言,有什么话就直接说嘛。"

解缙道:"皇上声教远被遐荒,守在四夷,道布天下,民情顺服,为何要借助城墙之高来显示大明朝的坚固呢? 宫室之广,台榭之兴,不急之务,土木之工,圣君之所不为。京城役作已有二十多年,微臣不时听到民间怨言。微臣以为,大明城垣建好之后,可永革京城之役作,收拢百姓的心里之'志',此可谓众志成城。"

朱元璋想了想,道:"解缙啊,筑城为了御暴卫民,卫国卫君,务在坚厚深阔,此番役作,必不可少。每当杂言杂语,朕就不高兴。你不要像那些人一样鼠目寸光,看不到远方。从今以后,不准议论京城的役作。"

"罪过! 该死! 微臣今后绝不会乱说。"解缙很知趣,知道自己失言,连忙道。

朱元璋看他转得很快,忍不住笑了。

今天，朱元璋特地将长子朱标、秦王朱樉、晋王朱棡、燕王朱棣带在身边，让他们也感受一下大明城垣的气魄。

朱元璋道："今天真是一个好天气，玉宇澄清，天高云淡，万物滋长，鲜花怒放。江南佳丽地，金陵帝王州。想一想，朕来金陵已有三十多年了。朕已经老了，长江后浪推前浪。吾儿，你们今天看了大明城垣之后，有什么感想啊？"

太子朱标道："杜工部的'荡胸生层云，决眦入归鸟'，正是此景写照。京城城阙逶迤，雄浑威武，看了心潮澎湃，精神为之一振。但儿臣也想到天下匠人停辛贮苦，挥汗如雨，来之不易。"

朱元璋道："吾儿有仁慈之心，但治理天下仅有仁慈之心是不够的。'劳心者治人，劳力者治于人。'此等道理，吾儿不可不懂。"

朱元璋再问其他几个儿子还有什么想说的，都说没有。

朱元璋道："乌云有时候不会自己散去，好风凭借力，必须要让大风吹吹，才能吹去。吾儿，京城已经营造三十多年，今天，城池坚固，百姓乐业，我大明朝可以永葆万代常青。朕造了两座城垣，一座是看得见的，另一座是看不见的。当年跟朕一起打江山的人都老了，朕给他们发了金子银子，让他们走了，江山社稷就好交到你们手里。这其实是为你们筑墙，筑了一道看不见的城墙。"

朱元璋朝四儿子燕王看了一眼，道："燕王，你有什么想说的？"

燕王朱棣道："父皇大人，儿臣不敢胡言乱语。饱览如此美好城池，我等心怀感激之情，真是无以言表。只是金陵多山，需加强防备。此钟山为最高，倘若在这里架上大炮，岂不是炮炮都能击中金陵城下？儿以为，不可不加防范。"

在诸多儿子中，燕王、晋王最为朱元璋倚重。就在这年的正月，朱元璋派傅友德率兵出征漠北，听候燕王指挥，大明军队打败了元臣乃儿不花，朱元璋对燕王夸不绝口："肃清沙漠者，燕王也！"在朱元璋眼里，四儿子燕王朱棣，很有主见，眼界开阔，能力也强。听了燕王朱棣这话，朱元璋一愣，向四周看了看，道："那燕王的意思是，应该将钟山囊括其中？"

"儿臣的意思是今后可派重兵在山顶把守。"

朱元璋点点头，没有说话。

从钟山下来，朱元璋就一直在琢磨燕王朱棣的话。他觉得朱棣说得有道理，京城城墙建得再坚固，如果有人抢占了钟山最高处，就会对京城构成威胁。

仅仅过了三天，朝廷下令建京城外郭，将钟山、幕府山、聚宝山全部圈进。

工部尚书沈溍道："陛下，在京匠人、役夫都已经放回去了，如何摊派徭役？"

朱元璋道："此次营建不用民力，让驻守京城卫所将士们筑城。养兵一日，用兵一时。做做苦力活，总比打仗轻松吧。外郭不必用砖砌，夯筑土墙，利用丘陵冈阜，再围一个大圈，在重要关口设置城门。"

朱元璋又对礼部尚书李原名道："京师是天下之本，万邦辐辏，四海之所归依，万民之所取正。等外郭建好，你们仔细勘察，编一本《洪武京城图志》，将宫阙、城门、山川、坛庙、官署、学校、寺观、桥梁、街市、楼馆、仓库，一一注明，昭示天下。"

礼部尚书李原名道："遵旨。"

两年后，即洪武二十五年（1392年），大明城垣的外郭城墙建成。

外郭环城周长一百八十里。辟有十八道城门。哪十八道城门？

东南六门：姚坊、仙鹤、麒麟、沧波、高桥、上方。

西南六门：夹冈、双桥、凤台、驯象、大安德、小安德。

西边三门：江东、栅栏、外金川。

北边三门：佛宁、上元、观音。

从此，南京城门有了"里十三，外十八"之说。

关于"里十三"，有好事者编成了一首儿歌，在金陵城代代传唱：

三山聚宝连通济，

正阳朝阳镇太平。

神策金川定钟阜，

仪凤淮清到石城。

按此说法，"里十三"为三山、聚宝、通济、正阳、朝阳、太平、神策、金川、钟阜、仪凤、定淮、清凉、石城。

就在京城外郭城垣建好的当年，洪武二十五年（1392年）四月，朱元璋寄予厚望的皇太子朱标突然暴病而死，年仅三十八岁。这让朱元璋陷入巨大的痛苦中，他病倒了。他在万般无奈之际，将十六岁的嫡长孙朱允炆立为皇太孙。

朱元璋还在构筑他的无形城墙。对，蓝玉还在，傅友德还在，冯胜还在……他们都是大明的功臣，如果有一天，朕不在了，他们能俯首帖耳？

洪武二十六年（1393年），蓝玉以谋反罪被杀，连坐族诛两万多人。

蓝玉一生戎马倥偬，南征北战，所向披靡，最后落得个剥皮实草的下场！

再过一年（1394年），傅友德被赐死。

再下一年（1395年），冯胜被赐死。

开国之初的大将们至此全部销声匿迹。

洪武三十年（1397年）九月，朱元璋生了一场大病。大病初愈的一天，他想去看看京城的城墙。侍卫将他抬上离宫城最近的朝阳门，坐在轿子里，他朝着钟山方向看了看，钟山逶迤，独龙阜清晰可见，马皇后就葬在那里，想到自己百年之后，也会归于那里，眼里露出凄凉、无奈的神色。

朱元璋望望旁边手执长枪的守城卫士，问："朝阳门有多少守门军士？"

在旁边的兵部尚书茹瑺道："一个千户所，统领军士一千二百人。

十三城门，守城军士有一万四千五百六十人。"

朱元璋道："留守卫要在京城的东北西北中各设一个兵马指挥司，负责晨昏启闭，关防出入。持城门锁钥，必须两人同时到场，方可启闭。守城门军士，每班必须全部在岗，如一人不到，全队不得当值。"

茹瑺道："遵旨。"

朱元璋离开朝阳门，沿着东边的城墙往南慢慢走着。

城壕边一丛丛白色的、黄色的野菊花，正在风中摇曳。

走着走着，突然传来一群孩子的歌声："城门城门几丈高……"

朱元璋很好奇，问身边的侍臣："孩子们在唱什么?"

侍臣道，孩子在城墙边唱儿歌。

朱元璋道："唱得很好听，你把他们给朕找来。"

侍臣很快将六七个孩子带到朱元璋面前，看看周围都是官府的人，孩子们都很紧张。

"刚才的儿歌，很好听，你们再唱一遍，给朕听听。"朱元璋道。

孩子们你看看我，我看看你，愣在了那里。

一位大臣和颜悦色道："不要紧张，就把你们刚才唱的那歌再唱一遍。"

孩子们还是不知所措。

一位大臣急了，给每个孩子塞了几文钱。

其中一个孩子很生硬地唱道"城门城门几丈高"，其他几个孩子也就一起唱了起来——

> 城门城门几丈高，
> 三十六丈高。
> 骑白马，
> 带把刀，
> 城门底下走一遭……

朱元璋听了，笑了起来："朕今天没有白马，也没有带大刀，可是朕也来走了一遭。像你们这么大的时候，我们几个小伙伴在一起，也唱儿歌。"说着，便哼唱了起来——

> 天高皇帝远，
> 民少相公多。
> 一日三遍打，
> 不反待如何？

大臣们最近没有看到朱元璋像今天这样开心过。

朱元璋继续沿着高大的城墙，向前走着，不时朝城墙望望，突然，停下脚步，目光停在白色城砖上。他凑近一块白色城砖道："你们给朕看看，这个白色城砖上的窑匠叫什么名字？"

侍从念了一块砖上的名字——

甲首邱宏义小甲易如山窑匠汤满造砖人夫明月

当念到"窑匠汤满"时，朱元璋一愣，对，汤满，就是这个袁州府宜春县年轻人烧造的白玉砖，朕曾经嘉奖过他，好像还封了他一个官。

"这个汤满现在在哪里？把他找来，朕要见他。"

"是，遵旨。"

朱元璋又继续往前走，突然，城壕对面走过一位白胡子、佝偻着腰的老人，一边走，一边高声喊叫——

> 五十年不在城里，
> 三百年不在城外。

朱元璋听了，问身边的大臣："那人说什么？"

众人又竖起耳朵听——

三百年不在城外，

五十年不在城里。

大臣们把白胡子老人的话重复一遍，朱元璋想起，有一次，在登钟山时，也碰到这位白胡子老人。他每次现身总会胡说些什么。

"你们去拦住他，把他抓来。"朱元璋对侍从说。

侍臣去追，白胡子老人很快消失得无影无踪。

"五十年不在城里，三百年不在城外。这是什么意思呢？"朱元璋问解缙。

"五十年不在城里，意思是说，大好秋光，都在郊外。古人不是说'春在溪头荠菜花'吗？三百年不在城外，意思是说，金陵城最美的风光，已经不在城外，而在城内，那时候，大明城内会建得像人间仙境一般。"解缙巧舌如簧。

朱元璋若有所思，点点头。

后人对这两句偈语有另一番解释：金陵城作为都城，为五十三年，正合了"五十年不在城里"之意。明朝在历史长河里只存在了两百七十六年，也合了"三百年不在城外"之意。这实际上是白胡子老人对大明未来的预言。此说法是真是假，也未可知。

朱元璋回宫后，大臣禀报，袁州府宜春县月亮湾窑匠汤满不在京城做官，后来回袁州府了。

朱元璋道："我明明将他召到了京城，怎么会不在？你们再去好好查查。"

过了几天，大臣禀报，汤满还是没有找到。

朱元璋道："那你们去袁州府把他找来，一定要找来。"

一个月后，袁州府官员来到京城禀报：宜春窑匠汤满去向不明，有人发现在明月山里烧窑，但搜遍明月山，也没有找到。

朱元璋道："这个犟窑匠！传旨，将汤满住的那个村子改名汤满村，立一座牌坊纪念他。"

"遵旨！"

424

第七章　尾声

洪武三十一年（1398年）闰五月初十，七十一岁的朱元璋驾崩，葬于钟山独龙阜玩珠峰下孝陵。

第二年，即建文元年（1399年），朱元璋孙子朱允炆继承皇位。

这一年春二月的一天，京城的一处城墙下，走来一男一女。男人身着灰色短衣，头裹褐色头巾，一副匠人打扮。女人身着夏布裙袄，淡绿色大袖圆领。两人边走边说话。

"城墙建好了，皇帝死了。"男人说。

"建了多少年？"女人问。

"二十多年。"

"有你一份功劳。"

"天下无数匠人的心血。"

"这城墙好结实。"

"明月，你看看，我们宜春人烧的白玉砖就是不一样，一眼就能看得出来。"

"哪一块是我们烧的？"

男人走近城墙，仔细辨认着砖上的印字，说："明月，快来看，这一块上有我爷爷汤和七的名字。"

女人凑近一看，用手轻拂着砖侧面的印字。

男人继续在墙面上寻找。

"这里有我父亲汤丙的名字，还有我的。"

"我的名字呢？"女人问。

男人继续找。

男人找了一会儿，道："汤丙、铁柱、刘德华、刘芷娘、谢妹……都有。袁满正，你父亲在这里，快来看。"

女人凑近一看，当看到"总甲袁满正"时，她用手抚摸着，轻声道："父亲大人，是我，明月。"女人泣不成声。

男人又继续找。终于找到一块上面有"窑匠汤满人夫明月"的印字。

"找到了，找到了。"

女人凑近仔细地看着。

"汤满，印上我们手印的那块砖在哪里呢?"

"那是看不见的，肯定砌入城墙里了。"

女人点头，问："这一圈城墙走下来，要多长时间?"

男人说："没有走过，听说要一天一夜。"

"京城建了几道城墙?"

"四道。宫城、皇城、京城，还有一道是外郭。"

"你说这城墙多少年不倒?"

"五百年? 一千年? 谁知道呢。"

"一千年后，大明朝还在?"

"俗话说，千年田换八百主。"

"那一千年、一万年后我们的名字还在这里?"

"当然了。"

"那时候，我们会在哪里?"

"你就变成了明月，我就变成了星星，每天夜晚，我们都会照在城墙上。"

女人不说话，在流泪。

女人凑近城砖，用手摩挲着上面"汤满"的名字。

男人说："几百年后，我们的子孙会在城墙边找到我们的名字。"

话音刚落，一群鸟儿从城墙上空掠过，玄武湖湖面上泛起阵阵涟漪……

2020 年 4 月 7 日完稿

图书在版编目（CIP）数据

大明城垣 / 陈正荣著. -- 北京：作家出版社，2021.2（2021.5重印）
ISBN 978-7-5212-1133-7

Ⅰ. ①大… Ⅱ. ①陈… Ⅲ. ①长篇小说 – 中国 –当代
Ⅳ. ①I247.5

中国版本图书馆CIP数据核字（2020）第191678号

大明城垣

作　　者：陈正荣
责任编辑：丁文梅
封面设计：张金风
出版发行：作家出版社有限公司
社　　址：北京农展馆南里10号　　邮　　编：100125
电话传真：86-10-65067186（发行中心及邮购部）
　　　　　86-10-65004079（总编室）
E-mail:zuojia@zuojia.net.cn
http://www.zuojiachubanshe.com
印　　刷：唐山嘉德印刷有限公司
成品尺寸：152×230
字　　数：380千
印　　张：27.25
版　　次：2021年2月第1版
印　　次：2021年5月第2次印刷
ISBN　978-7-5212-1133-7
定　　价：49.00元